小栗虫太郎

本名小栗榮次郎，出生於一個清酒商。小栗於廿一歲時，成立了四海堂印刷商，翻譯外文的推理小說，因此對推理小說產生興趣。一九二七年，他以織田清七之名發表了某檢察官的遺書。一九三三年獲得甲賀三郎的推薦，於《新青年》發表了《完全犯罪》，接著在新青年陸續連載《黑死館殺人事件》、《失樂園殺人事件》等。一九三五年推出長篇小說《白蟻》和《黑死館殺人事件》的單行本，同年入選第四回直木賞候補。一九四一年，他暫停了作家的生涯，因二戰調派到馬來西亞，於次年回國。一九四六年，小栗病重，暫居於江戶川亂步和海野十三的家中，最後因腦溢血去世。

詹慕如

自由口筆譯工作者。翻譯作品散見推理、文學、設計、童書等各領域，並從事藝文、商務、科技等類型之同步口譯、會議、活動口譯。

臉書專頁／譯窩豐—www.facebook.com/interjptw

Black Death Hall Murders

本格推理炫技經典｜日本四大奇書始祖

黑死館殺人事件

小栗虫太郎——著
詹慕如——譯

譯者序　無用的挑戰　詹慕如　005
序　篇　降矢木一族釋義　009
第一篇　關於屍體與兩道門扉　023
一、榮光的奇蹟　024
二、吾死於泰芮絲之手　034
三、屍光怎會無故發生　051
第二篇　浮士德的咒文　065
一、Undinus sich winden.（蠕動吧，水精。）　066
二、排鐘的頌讚曲　087
三、易介應當被夾死　100

第三篇　黑死館精神病理學　115
一、風精的異名是？　116
二、死靈集會之地　131
三、混蛋，閔斯特伯格！　156
第四篇　詩和甲胄與幻影造型　179
一、前往古代時鐘室　180
二、Salamander soll gluhen.（火精呀，猛烈燃燒吧！）　199
第五篇　第三樁悲劇　213
一、兇手姓名在呂岑會戰的戰死者之中　214
二、漂浮在半空中……喪命　249

第六篇　算哲埋葬之夜　259
一、那隻候鳥……一分為二的彩虹　260
二、在大樓梯後……　284
第七篇　法水終於誤判？　297
一、沙勿略主教的手……　298
二、光、色與聲音——完全掩沒於黑暗時　318
第八篇　降矢木家族的瓦解　339
一、浮士德博士的拇指痕跡　340
二、伸子呀，命運之星在妳胸口　364
三、父呀！我也是人子　379

譯者序
無用的挑戰

詹慕如

我一度以為，對這本書寫不出隻字片語。

因為實在太難太苦，難到我想收回之前對其他艱澀書籍的所有怨嘆，苦到我在粗譯完成後無法如同平時工序立刻進入查找單字、清除深難字詞的修潤過程。我得先提口氣、深呼吸，才有力氣繼續踏上這趟荊棘滿布、出口迢迢的戰場。疲憊至極，已經無力思考。

作者將場景設定在一個與西方文化頗有淵源的富裕世家，宅邸發生了神祕命案之後，警方邀來一名神探共同偵辦。除了主角神探，書中眾多配角個個學識淵博，隨時都能接下主角引經據典的明嘲暗諷，並且以同樣隱晦的方式回擊。而我儘管近身穿梭在這字字句句的槍林彈雨之中，依然看不透、摸不清這場舌戰的脈絡。

大戶人家所藏的珍寶圖書當然也大有來頭，當故事發展到主角即將踏入滿是珍稀藏書的古書庫時，我也忍不住跟著倒抽一口氣，接下來要面對的這場與書名、作者名稱搏鬥的硬仗有多麼慘烈，已隱約可見。

作注解向來是翻譯過程中不小的學問，在這本書中我選擇盡可能鉅細靡遺地加注，花在查找資料的時間超過總工時的一半。

但說老實話，過程中我不知有多少次後悔過這樣的決定。

要確認這裡面每一個名詞究竟是真有其書其人，或者只是作者憑空杜撰（也有些引自該作者過去的推理小說），沒有捷徑，只能靜下心來面對每一個字詞。

書中引用的人名和書名在日文搜尋引擎中出現的結果的往往只有本書、再無其他參考資料。可能的原因有很多，例如作者筆誤、標音錯誤（比方說用英文發音方式來標注德文、法文的名詞），或者沒有固定標音方法，每個引用者都各自採用自己偏好的方式，也有可能因為太過冷僻，以往完全沒出現過任何日文參考資料。這時候我只能以排列組合的方式，一一輸入各種可能的外文拼法和關鍵字比對，進行漫無止境的地毯式搜尋，來回大半天查不到一個字是家常便飯。

當作者寫到較長的詩句、引文時有個特殊習慣，會在其日文譯名上以類似注音的方式標上原文發音，這種情況下想找出原文，一是從日文譯名下手，諸如莎劇等知名度高一點的作品或者英文句子倒不難找，但是遇到冷門作品、非英語的外文可就沒那麼容易找到源頭了；這時只好改走另一條路，用上述的標音來猜測發音，試著拼湊出原文。這過程說是推理一點也不為過，首先必須知道可能是哪種外文，書中提到許多歐陸中古到近世的作品或者事件，因此德文、法文、義大利文、西文，甚至拉丁文都曾經出現過。從上下文找出關鍵字，推論出此處可能出現的單字，要查長句的狀況還得先多找出幾個可靠單字才能提高命中率，丟進搜尋引擎，接著虔心合掌祝禱，幸運的話可以馬上恭領正確結果，但查無結果或者結果明顯不相關的情況絕不少見。還有一種狀況是，經過這番工夫終於查出了原文，不過原文中譯的結果與作者日譯的意思不同，這又是另一個問題了。

我經常問自己，花了大半時間在這些讀者可能一瞥而過、看似毫無所謂的字詞上掙扎、推敲，究竟有什麼意義？為了走完這趟路，只能暫時強迫自己放下這些意念和追究，空白地、安靜地、專注地闖過一關又一關。等到終於搬開面前這些纍纍巨石，字句（多半）解了、典故（部分）懂了、（少數）邏輯也通了，這才能稍稍跳開來，從旁仰望書的全貌。

為什麼要寫、為什麼要翻，這本書的價值何在？

很多人說，小栗虫太郎在這本書中極盡炫學之能事，我無從猜測作者的意圖，但是假如作者窮究半生發狂似的追尋，都化為這些所謂炫學的字句成書，哪怕這可能是一種近乎瘋狂的固執，身為一個譯介者我或許不應僭越推量，只需要盡到自己的義務，讓讀者能更看清書中或真或假的描述。正因為這些描述虛實夾雜，更要讓讀者知道許多字串並非隨口編造，他們都確實存在。或有爭議、或者不符史實，但無疑都是從作者龐大知識中，經過思考、選擇而納入筆下的對象，其中確實也有些言外之意是在查找過程中終於恍然大悟。

如果說《腦髓地獄》是為了提醒我對文字、對智識之海的敬畏，那麼《黑死館殺人事件》的翻譯過程應該是一趟對人性怠惰虛妄的修練。

「確定就是這個人？」

「是這本書沒錯？」

浸泡在這些由四面八方龐雜時空匯聚而成的知識中，我無時無刻不想放棄，想選擇一條最輕鬆的路，「反正誰會發現？」宛如惡魔細語不斷在耳邊呢喃，但是一旦站在捷徑入口又太不甘心。

「我真的辦不到？」

在這趟挫折與打擊如影隨形的旅程中，感謝編輯一路的耐心等候，也感謝精通德文、法文、義大利文的諸位好友在拆字拼音的過程伸出援手、不吝解惑；關於此書，歷年來日本也有過專精研究的書迷嘗試過更加嚴謹專業的查證釋義、辨誤糾錯。

踩在前人肩膀上，無功可居。

在這裡書寫的心情，絕不是什麼展現得意譯作的胸有成竹，因為在這書中還留有多少未竟之憾，自己比誰都清楚。交給編輯的完稿中有許多醒目標示「查無原文」、「查無此人」，是無數挫敗的痕跡。

此時面對譯稿，腦中浮現的景象宛如荒野上人去樓空後徒留破落黑死館的斷垣殘壁，石牆坍塌、蔓草雜生，腳下或許會不意踩到有斑駁金漆的巨幅畫框，還會看到那酒紅帳幔自溼潤泥土中探出一角，舒展著舊時驕傲。

這是我與作者的對決，也是一封給讀者的邀請函，我所能做的，只是盡可能地掃開路上荊棘障礙、標出陷阱，之後就輪到各位接下虫太郎的戰書，一起攻克這座黑死館。

降矢木一族釋義

序 篇

由於法水沒有對外公布聖阿雷基賽修道院殺人事件已經解決，眼看著從第十天起案情陷入膠著的風聲四起，從那天起，調查的主導單位不得不放棄繼續追究殺害拉札列夫的兇手。因為擁有四百多年歷史，自臼杵耶穌會神學院①以來就被稱為神聖家族的降矢木宅邸，突然有宛如暗黑疾風般的毒殺兇手在此徘徊。這座俗稱黑死館的降矢木宅邸，向來謠傳總有一天勢必會發生不可思議的可怕事件。之所以會產生這種臆測，這座據說博斯普魯斯海峽以東僅此一座的獨特建築，顯然是重大理由之一。儘管現在已經看慣那極盡雄偉壯麗之能事的塞爾特文藝復興②風格城堡建築，那尖塔和瞭望樓勾勒出的線條帶來的奇妙感覺，簡直像在馬偕的古地理書插畫中曾經見過一般，至今仍然沒有改變。明治十八年建設此宅邸時，曾請河鍋曉齋③和落合芳幾④畫下本邸點睛之作龍宮公主圖，當時的綺麗炫目，已隨著往後的物換星移而逐漸淡薄。現在無論建築物或人，都不再是幼稚幻想的片段。彷彿石面受到自然變色的侵蝕，漸漸形成荒蕪冷清的斑駁一樣，不知不覺中，這座宅邸也好似包裹在濃霧之中。於是，整座宅邸漸漸像一團朦朧的祕密，那宛如妖氣的來源，正是累積在宅邸內大大小小的謎團，當然原因並不在於那仿普羅旺斯城牆而建的圍牆。事實上，自從動工以來，這裡曾經發生過三次動機不明的離奇命案，幾樁怪異事件接連發生，不僅如此，除了一家之長旗太郎以外，家中甚至還有四位組成弦樂四重奏團足不出戶的外國人，這些人打從襁褓時期，長達四十年都沒有踏出此邸一步……，這種種謠言再加上穿鑿附會，又在黑死館的實體前儼然形成一堵鐵灰色蒸氣般的高牆。不管人或建築物都腐爛透頂，從旁看來，或許就像個巨大的癌細胞一樣。正因為如此，這在史學上極其重要的血統，從遺傳學觀點來看，也宛如一朵奇形怪狀的蕈菇，另外，從已故降矢木算哲博士神祕的個性推測，再看看現在這不尋常的家族結構，這裡又好像是座詭異的廢寺。當然，每一項都只不過是出於臆測的幻視，但可以確定的是，其中確實有股莫名的不安浮動，似乎隨時要戳破神祕的協調。那種瘟疫似的氣息萌生於明治三十五年第二樁離奇命案後，十個月左右前算哲博士才出乎意料地自殺，眼前繼承人旗太郎年僅十七，再加上痛失支柱的心境，更讓裂痕更加擴大。倘若人的心裡住著惡魔，那惡魔就像要由此裂縫中，把其他人扯進罪惡深淵——這種難以預料的自我毀滅作用看似即將發生，讓世人漸漸感受到濃厚的恐懼。然而，一反外界的預測，降矢木家族表面上平靜如常，這沼氣表面連一丁點氣泡都沒冒出來，可能是那瘴氣般的空氣尚未到達飽和點吧？不、不對，那時儘管水面上平靜安穩，水底下卻已經形成傾瀉至黑暗地下水流的巨大飛瀑了。而在那段期間的鬱積，突然化為淒厲呼嘯的暴風雨，企圖遏制這神聖家族每個人的血流。而且這樁事件還有令人瞠目的深奧神祕，因此法水麟太郎除了面對狡猾的犯人，還必須對抗已經不在人世的人們。在事件揭幕初始，筆者得先記下法水手邊所蒐集關於黑死館的驚人調查資料。這些都是出於他個人特異偏好所蒐集的中世樂器、福音書抄本，還有關於古代時鐘等資料，不難看出這些都是想盡辦法四方蒐集而來，也難怪檢察官會不禁驚嘆、啞然失聲。光是看到他這番廢寢忘食的努力，就能了解法水已是側耳傾聽那水底滂沱瀑聲的其中一人。

那天——一月二十八日早晨。那個雨雪夾雜的拂曉案件，讓天生病弱的法水全身疲勞還未完全消除。因此，他聽到來訪的支倉檢察官說起命案，只是滿臉不耐，直到檢察官開口。

①一五八〇年耶穌會視察員范禮安（Alessandro Valignano，1539-1606）在日本的安土、有馬、大分、臼杵等地設置了四所教育機構。
②Celic Renaissance，愛爾蘭文藝復興運動盛行時，在舊塞爾特地區出現許多哥德式建築。明治中期日本各地也曾流行一時。
③一八三一—一八八九年，幕末至明治時期的浮世繪師、日本畫家。自稱「畫鬼」。
④一八三三—一九〇四年，幕末至明治時期的浮世繪師。

「對了法水，我剛剛說的案子其實是降矢木家。而且被毒殺的還是首席小提琴手格蕾特．丹恩伯格夫人呢。」

這時法水映在檢察官眼中的臉龐，才陡然展現一絲感興趣的光采。可是法水一聽到這裡，突然起身走進書房，不一會兒又抱著一堆書籍回來，一屁股坐下。

「慢慢來吧，支倉，既然是日本最奇妙的家族發生命案，至少也得花上一、兩個小時來補充基礎知識才行。之前那椿狗園殺人事件⑤裡的中國古代陶器只是單純的裝飾品。但這次可是算哲博士常年珍藏、自卡洛林王朝⑥流傳下來的工藝品。其中說不定還會有凱薩．波吉亞⑦壺呢。不過福音書抄本這類東西也不是一看就能懂的……」

說著，他將《一四一四年聖加侖修道院發掘記》等其他兩本放到一旁，推出一本斜向混貼著綾紋布和藍染菖蒲皮革，裝幀極美的書籍，檢察官訝異地大叫。

「是紋章學！」

「嗯，這是寺門義道的《紋章學祕錄》。現在已經是珍本了。對了，你之前看過這種奇妙的徽紋嗎？」

法水指著一個由二十八片橄欖桂冠圍繞著ＤＦＣＯ四字的奇異圖案。

「這是始於天正遣歐使之一，千千石清左衛門直員的降矢木家家徽。為什麼中間有豐後王普蘭師司怙．休庵（大友宗麟）的花押，周圍又圍著翡冷翠大公國的市表彰旗部分呢？總之你先讀讀下面的注釋。」

——《克勞迪奧・阿瓜維瓦⑧回憶錄》中唐・米格爾（即千千石）寄給傑納羅・柯爾博達（威尼斯玻璃工）一封書函。（前略）當日巴塔利亞修道院神父維洛里歐邀吾出席聖餐，但神父並未現身，吾正覺狐疑，一名高大騎士忽推門現身，對方佩戴巴羅薩寺領地騎士徽章，目光如炬，開口道：『法蘭切斯科大公⑨妃子比安卡・卡佩蘿夫人⑩在比薩・梅第奇家偷偷產下閣下子嗣。她將女兒交給黑奴奶媽，正候在圍籬外等候處置，請您去接收。』雖然驚駭，但吾心中有數，表示依言照辦，騎士遂離開。吾自此悔改，領取贖罪券離開僧院，歸途船中黑奴死於印度果阿，嬰兒命名爲直世，創立降矢木家。然而歸國後吾心中盡是紛亂妄想，天主似未消除帶給吾人誘惑的障礙。（以下略）

「也就是說，降矢木的血統始於凱薩琳・梅第奇⑪傳說中的私生子比安卡・卡佩蘿，聽說這對母女都是可怕的殘虐性犯罪者。凱薩琳以殺害近親知名，也是指揮聖巴托羅繆大屠殺⑫的主謀者，她女兒出現於毒婦盧克雷齊婭・波吉亞⑬百年後，被稱為長劍的暗殺者。而到了第十三代，出現了算哲這

⑤"*The Kennel Murder Case*"，美國古典推理作家范達因於一九三二年問世的作品。
⑥自公元七五一年統治法蘭克王國的王朝。
⑦Cesare Borgia，一四七六—一五〇七年。義大利文藝復興時期的軍人、政治家。
⑧Claudio Acquaviva，一五四三—一六一五年，耶穌會會長。
⑨Francesco I de' Medici，一五四一—一五八七年，梅第奇家族的第二代托斯卡尼大公。
⑩Bianca Cappello，一五四八—一五八七年，法蘭切斯科大公第二任妃子。
⑪Caterina di Lorenzo de' Medici，一五一九—一五八九年，法國國王亨利二世之妃。
⑫Massacre de la Saint-Barthélemy，法國宗教戰爭中天主教勢力對基督新教雨格諾派的大屠殺暴行，始於一五七二年八月二十四日聖巴托羅繆日，從巴黎擴散到其他城市，持續數月。
⑬Lucrezia Borgia，一四八〇—一五一九年，文藝復興時期波吉亞家出身的費拉拉妃。

個謎樣人物。」

說罷，法水抽出夾在書末的一張照片和外文剪報，檢察官數度掏出懷表又收回。

「託您的福，天正遣歐使一案已經明朗許多。但是發生於四百年後的命案跟祖先血緣之間，會有什麼關係呢？難道說在道德層面上，史學和法醫學、遺傳學有什麼共通道理……」

「原來如此，看來法律專家連看到詩都會想條列整理呢。」

法水對檢察官的諷刺報以苦笑。

「但也並非沒有前例。在沙可[14]的隨想中記載過，在科隆曾經有對兄弟，只因為哥哥對弟弟開玩笑說祖先是擊退惡龍的聖徒聖喬治，於是弟弟便殺了背地裡說修女壞話的女僕。另外，菲利浦三世的落魄六代後人貝爾德蘭，聽說菲利浦三世曾焚殺全巴黎痲風病患的事蹟，也打算對花柳病患者這麼做。沙可將之定義為源自血統意識的帝王性妄想。」

法水用眼神示意檢察官繼續往下看。

那張照片是附在自殺報導中的算哲博士照片，他垂胸白髯長及背心最下方的鈕扣，滿臉憂鬱，彷彿靈魂苦難在他心底煎熬，檢察官的視線很快就被另一張外文報紙吸引。那是一八七二年六月四日發行的《曼徹斯特郵報》，只是一篇題為〈日本醫學生被聖路克療養院逐出〉、由約克特派員發出的小報導。不過內容卻讓人忍不住瞠目結舌。

——來自布倫瑞克一般醫校於本校寄讀的日本醫學生降矢木鯉吉（算哲舊名），與理查．巴頓[15]私交甚篤，頗受注目，現因與誹謗埃克塞特教區主教、備受爭議的法術士羅納德．奎辛交好，本日遣回原校。然而經查奎辛手中持有來路不明之鉅款，追究結果，方才坦承他已將祕藏的布廉手抄本微奇古思咒術法典、威德馬一世[16]觸療咒文集、希伯來語手抄本猶太喀巴拉（包含新拼法[17]、異序法[18]，以及替換法[19]等釋經法）、亨利．克藍梅爾的心靈書寫法、編者不詳的拉丁文手抄本迦勒底[20]五芒星招妖術，還有榮耀之手（醋醃絞刑人手掌、再乾燥而製成），讓渡給降矢木。

閱畢後，法水興奮地對檢察官說：

「這麼說，只有我一個人因為拿到這些，才得知算哲博士和古代咒術的因緣呢。實在太可怕了。倘若微奇古思咒術法典真的留在黑死館中某處，那就表示除了犯人，我們又多了一個敵人。」

「為什麼？魔法書跟降矢木家有什麼關係？」

「據說微奇古思咒術法典是一種方術，以詛咒和邪惡的外衣包裹著現今的正確科學。微奇古思這個人原本是崇尚阿拉伯希臘科學的西爾維斯特二世[21]十三使徒之一。然而，該派魯莽地在羅馬教會

---

⑭Jean-Martin Charcot，一八二五—一八九三年，十九世紀法國神經學家、解剖病理學教授。
⑮Richard Francis Burton，一八二一—一八九〇年，英國軍官、探險家，翻譯家。據說通曉二十九國語言，曾翻譯過《一千〇一夜》。
⑯Valdemar I. den Store，一一三一—一一八二年，丹麥國王。
⑰Notarikon，擷取句首或句中字母，創造出新詞。
⑱Temoorah，字母順序從中間開始相反、對應成不同字母。
⑲Gematria，賦與文字對等的數值加以解釋。
⑳Chaldea，美索不達米亞東南沼地之古稱。西元前十世紀以後，移居此地的閃米族游牧民開始被稱為迦勒底人，長於天文學、占星術。迦勒底人在西元前七世紀建立了新巴比倫王國。
㉑Sylvester II，九四五—一〇〇三年，著名的學者和教育家，有「魔術師」之稱。首位法籍教宗。

發起大啟蒙運動。據說後來其餘十二人皆遭異端焚殺，只有微奇古思一人悄悄逃走，完成此方術巨著。據說這本方術書傳承到後年，成為波卡涅拉築城術、沃邦攻城法[22]，以及迪[23]和克羅烏薩的魔鏡術以及卡里奧斯特羅[24]的鍊金術，還有波特格[25]的瓷器製造法甚至霍恩海姆[26]及葛拉翰[27]的治療醫學等之起因，豈不令人驚訝？另外，據說猶太喀巴拉可以創出四百二十種暗號，除此之外皆為所謂純正咒術，是個極盡荒唐無稽的玩意兒。所以支倉啊，我們唯一該懼怕的，可說只有這部微奇古思咒術法典哪。」

這句預言後來果然成真，可是當時還未觸及檢察官的神經深處，他在法水到隔壁更衣時拿起了另一本書，翻開有摺痕的某一頁。那是明治十九年二月九日發行的《東京新誌》第四一三號，一篇題為〈當世零保久禮[28]博士〉由田島象二[29]（醉多道士——《花柳事情》等作者）撰寫之雜文。

——此次浪跡歸途所見，還請看官一聽（十幾行套句後插入下列漢文）近來大山街道遊客紛紛，神奈川縣高座郡葭苅，突現一座宛若龍宮之西洋城廓。據說屋主乃長崎富豪降矢木鯉吉，且讓我細說由來。鯉吉原在小島鄉療養所受荷蘭軍醫龐貝（Johannes Lijdius Catharinus Pompe Van Meerdervoort，一八二九—一九〇八年）指導，明治三年舉家遷至東京，後來赴德於布倫瑞克一般醫校學習，再轉至柏林大學，研鑽八年取得雙學位，原本預計於本年初回國，在此之前，已於兩年前派遣英國技師克勞德・戴克斯比在上述地點動工興建本國前所未有的西式建築。原因之一據說是為了取悅他來自法國貝桑松的妻子泰芮絲・西尼奧瑞。他將該地視爲薩沃勒斯河谷，本邸仿泰芮絲老家特萊維爾莊之城館而建，一心想斷妻子懷鄉之情。然而回國船中，泰芮絲在仰光死於回歸熱，實在可悲。向來出言諷刺的大鳥文學博士，見此館城牆仿似普羅旺斯，據說普羅旺斯中世城堡甚至掀拆屋頂以塞滿黑死病死者，遂指此邸笑稱是座黑死館——

檢察官讀完時，法水換好了外出服再次現身。但是他繼續深深坐進椅子中，對著那響個不停的電話鈴聲蹙眉。

「應該是熊城來電催促吧。反正屍體逃不了，不用急。我就慢慢告訴你在那之後發生的三樁離奇命案，還有至今依然難解的算哲博士謎樣行狀吧。算哲博士回國後在日本大學也取得了神經病學和藥理學兩個學位，但他並沒有投入教職，只是安靜地過著隱居般的單身生活。這時最值得注意的是，博士不僅從未住過黑死館，甚至還在明治二十三年，對剛竣工五年的邸內進行大規模整修，根本修改了戴克斯比的設計。而他自己則住在於寬永寺後，讓弟弟傳次郎夫妻住在黑死館，在那之後直到他自殺之前的四十多年，博士幾乎過著平靜無波的生活。連著作也僅有〈關於都鐸家族梅毒及犯罪之考察〉一篇，在學界的存在僅限於他與知名八木澤醫學博士的論戰。他們兩人爭論的內容是

㉒Sébastien Le Prestre de Vauban，一六三三—一七〇七年，法國將領、知名軍事工程師，提出沃邦塹壕攻城體系。
㉓John Dee，一五二七—一六〇八或一六〇九年，英國鍊金術師、占星師、數學家。
㉔Alessandro di Cagliostro（本名 Giuseppe Balsamo），一七四三—一七九五年，自稱醫師、鍊金術師、超自然專家，有多次詐欺之嫌。
㉕Johann Friedrich Böttger，一六八二—一七一九年，德國鍊金術師，歐洲瓷器發明人。
㉖Philippus von Hohenheim，一四九三—一五四一年，瑞士醫生、鍊金術士、占星師。
㉗Sylvester Graham，一七九四—一八五一年，美國牧師、素食主義者。
㉘文化文政時期流行的一種邊敲木魚邊輕快說唱的歌謠。
㉙一八五二—一九〇九年，明治前期雜文作家、記者。

這樣的：八木澤博士在明治二十一年提出顱骨鱗狀部及顱窩畸形者的犯罪素質遺傳說，算哲博士則對此舉出反駁，在那之後長達一年期間，雙方引發了激烈論戰，最後作出的結論走向栽培人類的實驗遺傳學這種極端說法，大家也都屏息關注其未來走向。奇怪的是，這兩人彷彿形成了某種默契，雙方的對立突如其來地消失了。沒想到，雖然與該論戰無關，不過算哲博士不在的黑死館中，也相繼發生了離奇命案。起初是明治二十九年，傳次郎在正妻住院中帶愛妾神鳥節回邸，第一個夜晚傳次郎就被她以裁紙刀割斷頸動脈，節也當場自殺。再來是相隔六年後，明治三十五年，博士已是未亡人身分的堂妹筆子夫人，被寵愛的嵐鯛十郎這位上方歌舞伎㉚演員絞殺，鯛十郎也沒有逃逸，當場自縊。而這兩樁他殺事件始終查不到犯案動機，甚至只蒐集到相反對的見解，最後只得解釋為衝動性犯罪，真相未明就草草結案。而失去了主人的黑死館有一段時期奉當時年僅三歲的算哲異母姪女津多子為主——你也知道，她現在是東京神惠醫院院長押鐘博士的夫人，不過從前她曾經是大正末期的新劇知名女演員，到了大正四年，算哲的愛妾岩間富枝意外懷了男孩。這男孩就是現在的一家之主旗太郎。過了三十多年風平浪靜的日子，就在去年三月又發生第三起動機不明的離奇命案。這次是算哲博士的自殺。」

他拉過放在一旁的資料檔案夾，從當局送來這些著名案件的驗屍報告中，找出關於博士自殺的紀錄。

「你聽好了——」

——傷口貫穿左第五、第六肋骨之間，刺入左心室，爲具有齊整傷口之短劍刺傷，算哲身在房間中央，緊握刀柄，腳朝門、頭朝後方帷幕，呈仰臥姿勢橫躺。表情痴呆放鬆，略顯悲痛，現場爲百葉窗緊閉的昏暗房間，家人聲稱並未聽到異樣聲響，房中物品也無凌亂形跡，此外，算哲除上述傷口外概無外傷，而且他抱著西洋婦人人偶進入該房後，不到十分鐘即案發。該人偶乃身穿路易王朝末期裙撐的等身人偶，放在床帳後方的床上，算哲用於自殺的短劍，推測爲人偶之護符刀。不僅如此，清查算哲身邊背景，完全查不出相關動機，一位天年將屆的嚴謹學者，究竟爲何有此愚行，實在令人費解——

「如何，支倉老弟，第二樁離奇命案後相隔三十多年，儘管能夠明確推測死因，卻依然動機不明——這一點顯然是所有案件中的共通特點。難道你不覺得隱藏其中的隱形力量，這次又出現在丹恩伯格夫人身上了嗎？」

「這只是你的空談吧。」

檢察官試圖想反駁。

「第二樁事件就完全打斷了前後關聯。那個上方演員並不是降矢木家的人啊。」

「好像也對。這回不知要給你添多少麻煩呢。」

法水用眼神做出誇張的表情。

「對了支倉老弟，最近有個奇怪的偵探小說家名叫小城魚太郎，他最近寫了本書叫《近世迷宮

㉚以京都、大阪等地為中心發展出的歌舞伎，相對於以東京為發展重心的江戶歌舞伎。

事件考察》，其中討論到有名的丘達比崩壞錄。維多利亞朝末期興盛一時的丘達比家滅絕的方式，剛好跟降矢木這三樁事件相同。第一樁發生在擔任宮廷詩文朗讀師的家主丘達比要出勤的早晨。當時謠傳已紅杏出牆的妻子安正要與他吻別，將手放在他肩上，丘達比突然拔出短劍，刺向背後的帷幕。沒想到染上一片鮮血當場斃命的竟是他的長子華特，驚愕的丘達比反手刺穿自己的心臟自殺。接著是七年後次男肯特的自殺。朋友將酒杯丟向他右頰，向他挑釁，但他表現得事不關己，讓他成為眾人嘲笑的目標，據說他的自殺是因為羞於面對外界的風言風語。可是同樣的命運兩年後也降臨在僅剩的女兒喬治雅身上。跟未婚夫的初夜時，不知為什麼她開口痛罵對方，後來對方惱羞成怒，在新床上將她絞殺致死。那就是丘達比家族的終響。然而小城魚太郎卻從這三樁看來純粹只能以命運解釋的命案，發現了科學的系統。並且如此斷定；他的結論是，這只是瞬間在右半邊顏面發生的古布累偏癱[31]之遺傳現象。首先家主刺殺長子，是因為妻子的手觸摸他右頰、但他卻沒有感覺，誤以為妻子的手伸向躲在背後帷幕的情夫；接著次男的自殺自然容易理解，可以推論女兒也一樣因為古布累偏癱，對丈夫的愛撫感到不滿。當然，這只是偵探作家常見的天馬行空。可是降矢木這三樁事件至少暗示著一種連鎖關係，並且替案情鑿出了一扇小窗。但是那並不僅限於遺傳學這個狹隘領域。在那磅礴的存在當中，一定藏著令人難以想像的可怕。」

「如果被殺的是繼承人，倒還可以理解。可是丹恩伯格……」

檢察官微微偏了頭，他繼續反問：

「對了，剛剛報告上寫的人偶是什麼？」

「那是泰芮絲夫人的記憶。博士請柯貝茲基家（波希米亞的知名人偶大師）[32]所作的等身大自動人偶。但最奇怪的就是那四位四重奏樂團的樂手。聽說他們還在襁褓中就被算哲博士從海外帶來，四十多年來都沒有呼吸過邸外的空氣。」

「聽說只有少數樂評家會在一年一度的演奏會上見到他們。」

「原來如此。我猜他們的膚色一定都慘白蠟黃。」

法水凝神說道：

「可是博士為什麼要讓那四個人過著這麼奇怪的生活？還有，這四個人又為什麼要默默服從他？說到這個，在日本大家只是覺得奇怪，沒有人對此認真調查，不過我偶然發現美國有個好事者調查了這四人的出生地點和身分。這恐怕就是關於那四人唯一的資料了吧。」

接著他又拿起一本一九〇一年二月號的《哈特佛福音傳道者》雜誌，那是桌上的最後一份資料。

「你讀讀看。作者名叫法洛，看看關於教會音樂那部分的描述。」

——出乎意料地，日本現在竟然還有純中世紀風的神祕音樂人，這恐怕是稀中之奇。回顧音樂史，也只有曼海姆選帝侯卡爾．特奧多[33]從前曾在施威琴根城中培養了六位戴面具的樂師。我素來對這種有趣傳聞很感興趣，因此運用各種方法嘗試調查，結果只查到那四人的身分。第一提琴手格蕾

㉛Gubler's hemiplegia，又稱交叉性偏癱。
㉜Mat　j Kopecký，一七七五—一八四七年。
㉝Karl Theodor，一七二四—一七九九年。

特・丹恩伯格是奧地利提洛邦瑪麗恩堡村狩獵區區長烏利奇的三女；第二提琴手嘉莉瓦妲・賽雷那是義大利布林迪西市金工家嘉里卡利尼的六女。中提琴手歐莉加・克里瓦夫是俄羅斯高加索區塔干茲西斯柯村地主穆爾高齊的四女。大提琴手奧托卡爾・雷維斯是匈牙利康達爾查鎮醫師哈德納克的次男。每位都出自名門。但是擁有該樂團的降矢木算哲博士，究竟有沒有學會卡爾・特奧多的豪華洛可可嗜好，至今仍完全不明。

這就是法水關於降矢木家的所有資料，而這些複雜內容只是讓檢察官頭腦愈來愈混亂。只有他面露驚懼喃喃念誦微奇古思咒術法典中的那句話，彷彿夢中看見的白色花朵一樣，永遠鮮明地停佇在網膜上。而當時的法水，想必也無法預料前方之路竟橫陳著殺人史上空前的異樣屍體。

關於屍體與兩道門扉

第一篇

一、榮光的奇蹟

到了私鐵T線終點，已進入神奈川縣範圍。直到那座能展望黑死館的丘陵之前，都是一整片橡樹防風林和竹林，在此之前只是稀鬆平常的北相模風景，不過一旦登上丘陵，俯瞰的風景就換上全然不同的味道。那裡跟馬克白在蘇格蘭北部的領地考特簡直一模一樣。此地不見草木，來到這裡，海水潮風中的水分也已耗盡，沒有溼氣的土壤表面風化成灰色，看來好比岩鹽，起伏徐緩的底部彷彿有著漆黑湖水——類似這樣的荒涼景色一直持續到這擂鉢底部的城牆邊。這片赭土褐砂的成因，據說是因為建設當時移植的高緯度植物轉瞬死盡。可是有一條修整完善的車道直通正門，在危顛外牆突出的主樓下方，有一扇裝飾著薊草和葡萄葉圖案的鐵門。那天下了一夜寒雨，厚重雲層低垂，再加上氣壓變化，讓人感到接近體溫的暖度，偶爾空中閃過雷光，嘟囔般的雷鳴聽來又悶又鈍。在這黯淡的天色中，黑死館巨大的兩層樓——特別是中央的禮拜堂尖塔和左右兩座瞭望塔就像塗抹在一筆刷過的薄墨色當中，整體宛如一幅單色的黑白油畫。

法水把車停在正門旁，開始走進前院。牆廓背後有一座爬著薔薇的紅格子矮籬，後方是配置為幾何學式構圖的勒諾特爾[1]式花園。縱橫貫穿花園的散步小徑，隨處擺放著列柱式涼亭和水神、或奇異或滑稽的動物像，紅磚斜砌的中央大道邊緣裝飾的綠色釉瓦，採用所謂的交叉型魚骨排列。接著本館由紅豆杉圍籬環繞，牆廓四周排著修剪成各種動物、字母的柏木作為裝飾圍籬。圍籬前方有一座帕那索斯②群像的噴泉，法水一靠近，就突然發出奇妙聲響，冒出水煙。

「支倉，這就是驚駭噴泉。那聲音和槍彈般的水滴，都是利用水壓形成的。」法水避開飛沫一邊隨口解釋，而這些巴洛克風的炫技，只讓檢察官不由得產生莫名的不祥預感。

接著法水站在圍籬前開始端詳本館。長方形本館中央有一處突出為半圓形、左右兩道凸線的穹頂後殿，只有這個部分的外牆以灰泥固定薔薇色小碎石，呈現出九世紀的前羅馬時期樸素風格。這裡面想必是禮拜堂。不過穹頂後殿的窗戶是由薔薇形狀的窗嵌在拱形格子中，中央壁畫也有描繪著十二宮彩繪玻璃的圓花窗③，這些風格上的矛盾，或許勾起了法水的興趣。不過除此之外，玄武岩石堆砌而成的窗戶，窗高約十尺，裝了雙段式百葉窗。玄關位於禮拜堂左邊，如果在那扇裝有門環的大門邊沒看到便服刑警，法水恐怕一直要沉浸在他的考證夢幻中，遲遲不醒了。但是在這段期間中，檢察官不斷感到法水神經的緊繃狀態，法水從鐘樓模樣的中央高塔開始，依序觀察著形狀奇妙的屋窗和煙囪林立的周圍、左右的瞭望塔，再看到險峻的屋頂後，又把視線往下移，面對牆面上下動了好幾次下巴，這種過程重複了好幾次，看來似乎正在進行數學上的比較檢討。果然，他猜得沒錯。

①André Le Nôtre，一六一三—一七〇〇年，法國園藝家。
②Mount Parnassus，希臘中部山區，希臘神話中阿波羅與繆斯的居所。
③Rose window，哥德式的建築特色之一，指稱由幾何圖案構成的花卉設計圓形窗戶。

法水並不急著先看屍體，而先探索著這座宅邸的氣息，企圖從當中揀出結晶。

玄關盡頭是大廳，候在那裡的老傭人領路帶他們到右邊的大階梯室。這裡地板上是丁香和暗紅色琺瑯圖案的馬賽克，接近天花板處圍繞圓廊的牆上又有壁畫，再加上地板和壁畫中間毫無裝飾的牆壁襯托之下，兩者的對照更加明顯，呈現出言語難以形容的色彩。爬上呈馬蹄形往兩旁伸展的階梯，來到中間平台，從那裡有一道短階梯沿來時方向再往上延伸，通往樓上。中間平台三方牆壁的高處上方，夾著中央的加布里埃爾・馮・馬克思[4]的畫作〈解剖學家〉[5]，左邊牆面掛著傑若德・大衛[6]的〈西薩姆尼斯剝皮死刑圖〉[7]，右邊牆面則是久弗瓦・托利[8]的〈一七二〇年馬賽黑死病〉[9]，每幅都是長七尺、寬十尺以上的放大複製畫，為什麼偏偏挑選這種陰森的作品呢？意圖實在令人好奇。不過此時法水的目光很快就轉移到排列於〈解剖學家〉正面前方的兩座中世盔甲武士上。兩尊武士皆手握旌旗旗柄，從尖頭垂下的兩幅綴織在畫面上方交會。右邊綴織的構圖是身穿貴格會信徒服裝的英格蘭地主攤開領地地圖，手上拿著製圖用的英畝尺，左邊的描繪了羅馬教會的彌撒。這兩者都是上流家庭常見的富貴和信仰之象徵，本以為法水不會在意，沒想到他特地叫了傭人前來詢問。

「這兩座盔甲武士平時就放在這裡嗎？」

「從昨晚開始放在這兒的。七點前還放在階梯下方兩側，八點多時就搬上這裡了。也不知究竟是誰搬動的。」

「我想也是。看到蒙特斯潘夫人[10]的克萊尼宮[11]就知道了。依照規則應該放在階梯下方兩側才對。」

法水毫不猶豫地點頭附和，接著他對檢察官說：

「支倉老弟，你試著搬搬看。怎麼樣？挺輕的吧。這種盔甲當然不具實用性。自十六世紀以來，盔甲完全變成裝飾品了。再加上進入路易王朝後，浮雕雕刻技巧愈發纖細，開始講求厚度，最後變得重到根本無法穿著走動。所以倘若從重量來看，這當然是多那太羅⑫以前，我看，大約是馬索格利亞或者桑索維諾⑬左右的作品吧。」

「喔喔，你是什麼時候變成凡斯⑭的？真的敢鐵口直斷，說這盔甲不至於重到抱不起來？」

檢察官大肆挖苦後又問：

「不過話說回來，這兩座盔甲武士到底是不能放在樓下，還是必須放在樓上呢？」

「當然是必須放在樓上。你先看看這三幅畫。講的是疫病、刑罰、解剖，對吧？另外犯人還有一項想要補充——那就是謀殺。」

「開什麼玩笑。」

④Gabriel von Max，一八四〇—一九一五年，奧地利畫家。
⑤"*Der Anatom*"，一八六九年。
⑥Gerald David，一四六〇—一五二三年，荷蘭畫家。
⑦"*The Flaying of Sisamnes*"，一四九八年。
⑧Jean-François de Troy，一六七九—一七五二年，法國畫家。
⑨"*La Peste dans la ville de Marseille en 1720*"，一七二七。
⑩Madame de Montespan，本名 Françoise Athénaïs de Rochechouart de Mortemart，一六四〇—一七〇七年，法國國王路易十四的寵姬、公妾。
⑪Château de Clagny，位於凡爾賽宮西北方，路易十四為了蒙特斯潘夫人所建。
⑫Donato di Niccolò di Betto Bardi，一三八六—一四六六年，十五世紀義大利佛羅倫斯著名雕刻家，文藝復興初期寫實主義與復興雕刻奠基者。
⑬Jacopo Sansovino，一四八六—一五七〇年，義大利文藝復興時期建築家、雕刻家。為威尼斯權威建築家，導入極盛時期的文藝復興建築。
⑭Philo Vance，美國推理作家范達因筆下的名偵探。

檢察官不覺瞪大了眼睛，法水聲音裡略帶亢奮，繼續說下去。

「換句話說，這就是這次降矢木事件的象徵。犯人揚起這幅大旗，隱晦地做出殺戮宣言。也可能是對我們的一種挑戰。你看，支倉老弟，這兩個盔甲武士右邊武士的右手、左邊武士的左手中各握有旌旗旗柄對吧？可是如果還放在階梯下方兩側，依照慣例，理應是右邊武士握在左手、左邊武士握在右手，構圖上才均衡。如此一來現在的位置等於左右錯置。也就是由左方看來原本依序應是象徵富貴的英畝尺、再來是代表信仰的彌撒旗，現在卻反過來了……犯人可怕的意志，就出現在這裡？」

「什麼可怕的意志？」

「就是 Mass（彌撒）和 acre（英畝）啊。你把兩個字連起來念念看。信仰和富貴，便成了 Massacre——屠殺。」

法水看到檢察官訝異的樣子，又說道：

「但是可能不只這層意義。從這盔甲武士的位置，可能還有更多具體的線索。」

接著他問傭人：

「對了，那麼昨晚七點到八點之間，有人曾經看到過這盔甲武士嗎？」

「沒有。那一小時剛好是我們的用餐時間。」

接著法水把盔甲武士逐個解體，仔細檢查了盔甲周圍，包括圖畫與圖畫之間的龕形壁燈，還有到被旌旗遮住的〈解剖學家〉上方，依然一無所獲。畫面該部分也接近背景邊緣，只有各種顏色線條雜然排列。接著他離開中間平台，登上上層階梯，這時法水也不知想到什麼，開始出現奇怪的動作。他走到一半又折返，站在剛剛上來那道大階梯的頂層。然後從口袋掏出一本格子筆記本，計算樓梯的階數，接著畫下鋸齒狀的線。檢察官看了也忍不住回頭。

「沒什麼，只是一點小小的心理考察而已。」

法水似是顧忌著到樓上的傭人，小聲回答檢察官。

「等到我有十足把握再告訴你，總之現在手邊還沒有任何足以解釋的材料。我只能先告訴你，剛剛我們爬上樓梯時，玄關不是傳來類似警車引擎的爆音嗎？當時那位傭人竟然能聽到理應被那震耳欲聾聲響掩蓋住的某個微細聲音。你知道嗎，支倉老弟，在一般普通狀態下是不可能聽到那聲音的。」

法水怎麼會知道如此荒唐矛盾的現象？可是他又補上一句，儘管如此，那位傭人並沒有半點嫌疑——他甚至連傭人姓名都不打算問，檢察官當然無從推測出結論，這件事成為法水所提出的一個未解之謎。

爬上樓梯後的正面，隔著走廊有間戒備森嚴的房間。鐵柵門後方有幾階石梯，後面是一道宛如保險箱門般閃亮的黑漆門。可是當法水知道那房間是古代時鐘室，了解收藏品驚人價值的他，也不禁認同蒐集家這看似荒唐的小心。走廊以此為基點往左右延伸。每個區塊都有一道門，走廊像隧道般昏暗，白天龕裡也點亮著燈。左右牆面上繪的紅土陶朱線是唯一的裝飾。走到右邊盡頭再往左轉，來到這條走廊的另一端，法水身邊出現一條短拱廊，列柱後方排列著和式甲冑。拱廊入口朝向大階梯室穹頂天花板下的圓廊，其盡頭又可看到一條新走廊。法水張望著入口左右的六瓣形壁燈，正要走進拱廊時，突然一臉驚愕地停下腳步，好像看到了什麼。

「這裡也有。」

說著，他指向左邊一排座甲冑（採坐姿放在櫃上者）中最前方的一具。那具頂著黑毛三枚鹿角立頭盔的緋緘鎖鎧甲，有什麼奇怪的呢？檢察官不耐地反問。

「頭盔被調換了。」

法水語氣平板地說。

「對面的都是吊甲冑（掛在半空中）不過看看第二個胴體為鞣革的廉價鎧甲上的頭盔，從鎖就可以判斷，那是地位高的年輕武士戴的獅子齧台星前立細鍬頭盔。還有，這個黑毛鹿角立的兇猛頭盔放在優雅的緋緘之上。支倉老弟，所有不協調的東西裡都藏著邪惡的意念。」

說著，他又向傭人確認了這件事，傭人也露出驚嘆的神色，不假思索地回答：

「是！您說得沒錯。直到昨晚為止，擺放的位置都如您所言。」

接著，他們穿過左右兩邊夾道的幾具甲冑之間，來到對面的走廊，這裡是一道另一端沒有出路的單向走廊，左邊是通往本館旁邊迴旋階梯露台的門，右邊數去第五間就是案發的房間。厚重門扉的兩面，是耶穌醫治駝子的聖畫浮雕，構圖古拙，充滿原始風味。這扇門的後方就躺著格蕾特・丹恩伯格的屍體。

打開門，一個年約二十三、四的女人正背對著門，表情極其不悅的偵查隊長熊城正啃著鉛筆尾巴的橡皮擦坐在她對面。看到兩人進來，他怒目而視，似是在譴責姍姍來遲的他們。他沒好氣地對法水說：

「法水，死者就在那帷幕後面。」

此時熊城也停下了對婦人的偵訊。不過，看法水一看到熊城似乎馬上撒手不管工作，還有偶爾掠過他表情中那股近乎「失神」的隱約渙散神色，也不難想像帷幕後面那具屍體帶給他多麼大的衝擊。

法水先望向房裡那名婦人。一張圓臉上有著可愛的雙下巴，稱不上是美女，不過晶亮的眼眸、清透如青瓷的眼圈，還有緊繃的小麥色皮膚，都顯得獨具魅力。她身穿葡萄紫色套裝，主動自我介紹，自稱是已故算哲博士的祕書紙谷伸子，她的聲音雖然美妙，但卻驚懼得面色如土。她離開後，法水靜靜地走在室內。這房間雖然寬闊，卻顯得陰暗，再加上家具少，更顯得空曠冷清。地板中央鋪著將大魚腹中的約拿⑮化為圖案的科普特織毯⑯，那部分的地板是彩色大理石與木蠟樹木片交互鑲嵌成車輪圖案的馬賽克。夾著這片地板，其兩端地面到牆壁為胡桃木和櫟木的拼接組合，處處埋著鑲嵌圖案，散發著中世的沉穩風格。挑高天花滲著烏黑的時代汙斑，幾乎看不出木質，周圍凝結著鬼氣森森的陰冷氣息。出入口只有剛剛進來的那扇門，左邊是朝側院開的兩扇兩段式百葉窗，右邊牆壁是由數十塊石材疊起的大壁爐，中央刻著降矢木家的家紋。黑色天鵝絨帷幕如鉛般沉沉垂吊在正面，門口連接暖爐那面牆邊高約三尺的台上，裸體駝背和知名立法者（埃及雕像）的座像背對背放著，靠窗一角有高高的屏風區隔開，屏風裡放著長凳和兩、三張桌椅。走到角落遠離人群，一股陳舊霉味猛然衝入鼻孔。壁爐台上灰塵大約積了五分，一碰到帷幕，天鵝絨的絨線織眼間就揚起嗆人的微粉，銀光閃閃宛如飛沫般降下。一眼就能看出這房間已經多年沒人使用。法水撥開帷幕，探

⑮出自《舊約聖經．約拿書》第一章第十七節：「耶和華安排一條大魚吞了約拿，他在魚腹中三日三夜。」

⑯Coptic Tapestry，西元三世紀到八世紀，由埃及的基督教徒所創始、發展的織法。多以麻、羊毛、絲為素材，以水鳥、植物、聖經人物或場景、幾何圖案等為主題。

頭往裡面一看，那一瞬間所有表情都靜止下來，甚至沒察覺到檢察官反射性從背後抓住他肩頭，也沒發現從那手上傳來的陣陣顫動，只有耳鳴不斷，臉頰如火般發燙，除了眼前這令人驚訝的現實，其他世界彷彿都瞬間銷聲匿跡。

看！躺在那裡的丹恩伯格夫人屍體，燦然綻放著神聖榮光。全身彷彿被光霧包覆一樣，從體表外高約一寸的空間，泛著清澈的藍白光芒，緊緊包住全身，朦朧浮現在黑暗中。那光線帶著冰冷清冽的虔敬氣質，還有那泛著乳白色的混濁光暈，儼然是深奧難測的神性啟示。醜惡的死亡陰影也因此被端正景象軟化，一種難以言喻的靜謐包覆著她全身。從那夢幻、莊嚴的景象當中，彷彿還能聽到天使吹奏的喇叭聲。就好像隨時可聽到聖鐘殷殷聲響，神聖的光芒開始化為金線往四周放射——啊，丹恩伯格夫人的童貞受到讚頌，在最後恍惚之境，被迎為聖女——不知不覺中，無法自已地發出讚嘆。但那道光同時也照射在排在一旁三張呆滯臉龐上。法水終於回神過來，開始調查，他打開百葉窗，那光線頓時減弱，幾乎看不見。屍體全身僵硬，估計死後至少已經過了十小時，不愧是法水，他絲毫不為所動，沒有忘記進行科學驗證。他先確認了死者口腔內也有光，然後讓屍體俯臥，觀察背上出現的鮮紅屍斑，一把小刀俐落插在背上。稍微傾斜屍體，流出了濃稠凝滯血液，血液很快在屍光中形成光暈和一堵血紅的牆，看起來就像一片薄霧被隔出兩區一樣，血水蜿蜒爬過其間。檢察官和熊城都無法直視這悽慘的光景。

「血液不會發光。」

法水的手離開屍體，失望地低聲說道。

「目前只能以奇蹟來解釋。很明顯，光源並非來自外部，而且沒有燐的臭氣，如果是鐳化合物，皮膚上應該會出現壞疽，再說衣服上也沒有類似的痕跡。光線看來就是從皮膚發出來的。而且這光無熱又無味，是所謂的冷光。」

「你的意思是，這也是毒殺？」

檢察官對法水說，熊城聽了答道：

「嗯，看血色和屍斑就知道了，這很明顯是氰化物中毒。可是法水，這個看似奇妙刺青的傷痕是怎麼形成的？這才是嗜奇又沉溺變異的你最擅長的領域吧。」

接著臉上露出剛愎的他素來不會有的自嘲笑容。

其實除了這奇怪光芒，還有另一個讓法水瞠目結舌的屍體現象。丹恩伯格夫人所躺的床鋪就在帷幕的內側，那裡有松果形狀的頂花為頭飾，柱子上是覆蓋著蕾絲天篷的路易王朝風格桃花木。屍體以俯臥在床最右邊的姿勢倒下，右手往背後扭，手臂放在臀上，左手從床鋪上垂下。這個婦人銀色頭髮隨意紮起，身上套著黑色綾織單衣，鼻尖垂至上唇，是典型的猶太人長相，她表情扭曲成S字，死狀實在很滑稽。但最不可思議的，就是兩邊太陽穴出現的割傷圖案。好比尖銳細針尖畫過的刺青圖案一樣——只巧妙刮在表皮上的，類似擦傷的淺傷痕，兩側都是直徑約一寸的圓形，此圓周圍延伸出如蜈蚣腳般的許多短線條。傷口只滲出泛黃的血清，不過貼在這更年期婦人乾燥皮膚上，看來與其說淒美，更像是乾燥蟯蟲的屍體，也像噁心鞭毛蟲排泄出的長長糞便。而這血清的成因到底來自內部或者外部——狀況太過複雜，連要推測都極其困難。可是當法水的眼睛離開那淒慘的顯微鏡模樣，無預警地與檢察官視線相接。兩人在默然無語之間，交換了彼此的戰慄。因為那傷痕的形狀，正是降矢木家家徽的一部分，翡冷翠市章的二十八葉橄欖冠。

二、吾死於泰芮絲之手

「再怎麼看都很像這家徽啊。」

檢察官結結巴巴地跟熊城解釋了降矢木家的紋章。

「為什麼犯人取了死者性命還不滿足？還要做這些莫名其妙的舉動呢？」

「對了，支倉老弟。」

法水叼起一根菸。

「別管那些，我現在正對自己的發現感到驚愕。這具屍體是在雕刻完幾秒後斷氣的。也就是這些紋路並非在死後、也不是在服毒之前雕上。」

「開什麼玩笑。」

熊城面露不耐、語帶怒意地對他說：

「你說這不是立即死亡？那我倒要聽聽你怎麼解釋。」

法水的口氣就像在安撫胡鬧的孩子一樣。

「嗯，這個案子的犯人下手確實相當迅速陰險，又極其兇殘。但是我的理由很簡單。其實你把強度氰化物中毒想得太誇張了。呼吸肌肉很可能在瞬間麻痺，但是到心臟完全停止，我估計至少還有將近兩分鐘的時間。而出現在皮膚表面的所謂屍體現象，會跟心臟功能衰竭同時出現。」

說到這裡他頓了頓，仔細盯著對方。

「假如了解這一點，我相信你對我的說法應該也不會有異議。但是這些傷口很巧妙地只切割到表皮部分。看到只有血清滲出也可以了解這個事實，通常如果在生體上這麼做，會有皮下溢血、傷口兩側腫脹的現象——而傷口上確實可以清楚看到這些痕跡。但是再看看刮傷的傷口，上面還沒有結痂。看起來是不是很像透明雁皮？可是很明顯地，這才是屍體現象。不過這麼一來，兩種現象就產生極大的矛盾，無法說明傷口形成時的生理狀態。所以要知道最後的結論，只要思考指甲和表皮死於什麼時期就行了。」

法水精密的觀察反而更加深了傷痕圖紋之謎，這新的戰慄讓檢察官的聲音徹底失衡。

「一切都只能等解剖結果再說。不過話說回來，兇手光是造成這種屍光般的超自然現象還不滿足，竟然還留下降矢木的烙印……。那清淨的光我看起來倒是充滿淫虐的味道啊。」

「不，兇手可不想吸引好事圍觀的群眾。他要的正是你現在感受到的那種心理不安。這傢伙的個性怎麼會如此病態、但又如此充滿創意呢。不過套句海爾布魯諾[1]的話，最淫虐、最有獨創性的，其實是小孩呢。」

法水陰沉地微笑，然後開始照章提問。

①Johann Christoph Heilbronner，一七〇六—一七四五年，德國數學史家、神學家。

「熊城，屍體是什麼時候開始發光的？」

「一開始檯燈還亮著所以我們也沒發現。不過大概到十點左右吧，驗屍和附近的調查大致告一段落，闔上百葉窗、關掉檯燈後，這才發現……」

熊城嚥了口口水。

「所以別說家中的人了，警員裡也有人不知道。對了，我先告訴你目前知道的案情吧。」

於是他開始說明概略始末。

「昨天晚上家中舉辦集會，席間丹恩伯格夫人突然倒下──那時剛好是九點。於是被帶到這個房間來照料，由管理圖書的久我鎮子和領班川那部易介徹夜陪伴看護，十二點左右被害人吃的香橙裡，被加了氰化鉀。從她現在口腔裡留下的果肉殘渣，也可以發現大量的氰化鉀，最不可思議的是，那是她最先送入口中的一瓣。也就是說，看來兇手應該是碰巧在第一瓣就命中紅心。你看，其他果肉還留在這裡，上面都沒有藥物的痕跡。」

「喔，原來塗在香橙上。」

法水輕輕搖了搖臥床天篷的柱子低聲說道：

「這麼一來，又多了一個謎。這表示兇手完全不了解毒物。」

「可是傭人中並沒有可疑人物。久我鎮子和易介都表示，香橙是丹恩伯格夫人自己從水果盤裡挑的。而且這個房間十一點半左右就上了鎖，玻璃窗和百葉窗上都像蕈菇叢生般長滿了鐵鏽，看不出一丁點從外部入侵的形跡。奇怪的是，放在同一個盤中的梨子，向來是夫人最愛的水果哪。」

「什麼？上了鎖？」

檢察官想到這跟傷痕圖紋間的矛盾，正覺得愕然，但法水依然緊盯著熊城，毫不客氣地繼續往下說：

「我不是那個意思。光是用香橙這種偽裝來掩飾氰化物這個行為，就可以看出兇手高明的素質實在令人恐懼。你想想看。有那種明顯臭味和特殊苦味的毒物，竟然下了致死量的十幾倍。而且用來掩飾的，還是偽裝性能極不理想的香橙。你說說，熊城君，這麼明顯拙劣的手段，為什麼能帶來奇蹟似的效果？為什麼丹恩伯格夫人別的不拿、就伸手去拿那顆香橙呢？這令人驚訝的矛盾，正是下毒者的驕傲。對他們來說，這是自有倫巴底魔女以來，永生不滅的圖騰。」

熊城還沒回過神來，法水似是又想到什麼，問道：

「那斷氣的時間呢？」

「今天早上八點驗屍，推測死後過了八小時，所以斷氣時刻跟她吃下香橙的時間正好相符。發現屍體是清晨五點半，在那之前兩個陪同照顧的人都沒發現有異，他們也表示十一點以後沒有任何人進入這間房間，其他家人的動靜一概不清楚。這就是剛剛提到裝香橙的水果盤。」

說著，熊城從床台下拿出一個銀製大盤。那是一個直徑將近兩尺的杯形，外側以俄羅斯拜占庭特有的生硬線條，刻劃著艾瓦佐夫斯基[②]的匈奴獵馴鹿浮雕。盤底倒立著一隻虛擬的爬蟲類，頭部和前肢是底座，長著刺的胴體彎成く字形，後肢和尾巴支撐著盤子。相對於這く字的另一端，附著半圓形的把手。盤中的梨子和香橙都被切成兩半，留下鑑識檢查過後的痕跡，當然，這些水果裡並沒

②Ivan Konstantinovich Aivasovsky，一八一七—一九〇〇年，俄國畫家。

有檢測出毒物。可是奪走丹恩伯格夫人性命的那顆香橙，有著極其顯著的特徵。它跟其他香橙不同，並不是橙橘色的，而是偏紅熔岩色的大顆血橙。而且看那紅到近乎發黑的熟透狀態，就像剛凝固的血漿一樣，令人作嘔，不過那顏色只是莫名刺激著人的神經，當然也未能由此找出推理的線索。從香橙上沒有蒂頭這一點推斷，應是由此處灌入膏狀氰化鉀。

法水的視線離開水果盤，開始在室內走著。被帷幕區隔開的那一角，跟房間前方風格迴異，牆壁上塗了灰泥，地板也是同樣顏色，鋪著素面地毯，窗比前室稍小，開窗位置稍偏上方，使得內部顯得很是陰暗。灰牆和地板，再加上黑色帷幕——這讓人想起從前哥登・克雷格③時代的舞台裝置，這種外觀缺乏生動感的基調色彩，讓房間更顯陰鬱。看來這裡也跟前室一樣荒廢許久，每走一步牆壁上方就會滑下成層塵埃。室內的擺設只有床鋪旁的酒甕形櫥櫃，上面放著附上斷了筆芯鉛筆的便條紙，還有應是被害人趴臥時取下的近視二十四度玳瑁眼鏡，另外還有一座戴著繪有圖案之絲質燈罩的檯燈。如此輕微的近視度數，只是輪廓看來稍微模糊，應該大致可以清楚辨別事物，這一點沒什麼值得注意。法水就像在欣賞畫廊兩側牆上的作品一樣，腳步相當緩慢，檢察官跟在他背後說：

「法水，奇蹟果然還是存在自然各種理法的另一端呢——是吧。」

「嗯，現在我知道的只有這一點。」

法水發出不帶情感的聲音。

「兇手好比威廉・泰爾，只消用一根箭就能將氰化物射入對方腹中，這可比外部沾染更加嚴重。也就是說，達到最後結論之前，需要呈現光和傷痕圖紋。換言之，這兩者具備補強犯行的作用，堪稱是其過程中不可或缺的深遠學理。」

「開什麼玩笑。空口說白話也得有個限度吧。」

熊城不耐地從中打斷，法水依然自顧自地繼續他的奇異推理。

「你想想看，兇手侵入上鎖的房中，必須在一、兩分鐘內雕完圖案。或許得像克立爾醫生④一樣，再怎麼不可能，也只得朝不可思議的生理方向去想。我的疑點還沒說完，你看這右手往後扭的形狀，還有右肩也有一處小勾裂痕跡。」

「這些都無所謂。」

熊城忿忿說道：

「被害者只是以趴臥的姿態吞下香橙，在那瞬間失去了抵抗能力——如此而已。」

「對了，熊城你知道嗎，在阿道夫．漢克⑤的舊法醫學書⑥裡記載了一個有趣的例子，一個妓女以手臂橫在身體下方的姿勢服毒，但是由於瞬間的衝擊，反而是麻痺的那隻手臂動了，將瓶從窗口投入河中。所以我覺得應該要試著重現一開始的體態。還有，關於屍體的光，在阿韋利諾的《聖人奇譚》裡面……」

「喔，所以命案也可能跟教士有關是嗎？」

熊城露骨地表現出毫不在意的樣子，又突然神經兮兮地打算從口袋裡取出某樣東西。法水也沒

③Edward Gordon Craig，一八七二—一九六六年，英國舞台劇演員、製作人、導演。

④George Washington Crile，一八六四—一九四三年，美國外科醫生。提出「外科休克防止麻醉法」。

⑤Adolph Henke，一七七五—一八四三年，德國醫生、藥理學家。

⑥阿道夫．漢克的著作，*"Lehrbuch der gerichtlichen Medicin : zum Behuf akademischer Vorlesungen und zum Gebrauch fur gerichtliche Arzte und Rechtsgelehrte entworfen"*。

回頭，就這樣朝著背後問道：

「對了熊城，指紋呢？」

「有很多，但是多半都有合理的說明。再來昨天晚上被害人進入這間空房時，整理過床鋪，也用真空吸塵器清理了地板，很不巧，一點足跡都沒留下。」

「嗯，原來如此。」

說著，法水突然停下腳步，站在盡頭的牆壁前。那面牆上相當於一般正常人臉部的高處，留有最近才被拆下疑似畫框的痕跡，而且看來相當鮮明清楚。但是他從那裡又走回先前的位置，好像從檯燈裡面發現了什麼，突然轉向檢察官：

「支倉，請把窗戶關上。」

檢察官一驚，但還是依言關了窗，法水再次在屍體妖光照射之下點亮檯燈。這時檢察官才發現，那顆燈泡是近來已經很罕見的碳絲燈泡，可以猜想大概是緊急找來權充的東西，已經很久沒用了。法水的眼睛在紅褐色光線中，打量著那半圓外罩好一會兒，又在剛剛發現畫框痕跡的牆壁前方一尺左右的地面做了記號，然後房間再次回到原本的狀態，乳白色的外部光線從窗戶照射進來。檢察官朝窗戶的方向嘆了一口氣。

「你到底想到了什麼？」

「其實我的假設也還很不踏實，所以我正試著做出一個肉眼看不見的人。」

法水一時興起般說著，而熊城則緊跟著他的語尾，遞出一張紙片說道：

「這應該可以粉碎你的謬論吧。根本沒必要費那麼大勁創造出不存在的東西。你看吧。昨天晚上這間房間裡確實有意想不到的人潛伏其中。丹恩伯格夫人在香橙入口的那一瞬間發現了，而且企圖留下訊息。」

看到那張紙片上寫的文字，法水覺得彷彿有人一把揪住他的心臟。檢察官幾乎像是驚呆了，大聲叫道：

「泰芮絲！這不是自動人偶嗎！」

「沒錯。要把這個跟那傷痕圖紋連結在一起，總不能說是幻覺了吧。」

熊城顫抖地低聲說。

「其實這張紙條掉在床鋪下，仔細看了它的內容，我簡直全身寒毛聳立。兇手一定用了人偶。」

法水一樣發揮他衝動式的嘲諷。

「原來如此，一會兒土偶人偶、一會兒惡魔學的——看來兇手的目的是對於人類的潛在批判呢。可是這麼古典的字體還真少見。看來好像愛爾蘭字體還是波斯文字。但是你能證明這出自被害人之手嗎？」

「那當然。」

熊城聳聳肩。

「其實剛剛你們來時還在場的紙谷伸子小姐，對我來說就像是最後的鑑定者。她說丹恩伯格夫人有個習慣，總是用小指和無名指夾著鉛筆的中段，然後斜斜拿筆，用拇指和食指抓著筆來寫字，所以夫人的筆跡很難模仿。再加上這擦痕，也剛好與鉛筆斷掉的筆尖相符。」

檢察官渾身發顫。

「這豈不是死者驚人的揭露嗎！怎麼樣法水？你以為呢？」

「一定得把人偶跟傷痕圖紋連在一起想嗎？」

法水不情願地嘟囔。

「這房間看來應該是個密室，如果可能，我也希望這一切都是幻覺。但面對眼前的事實，我卻不得不漸漸被拉向另一頭。說不定檢查人偶之後，可以從它的機械裝置裡掌握解開傷痕圖紋之謎的線索呢。再說，一直在這麼昏暗的環境當中看著這妖異鬼火，也正好開始渴望光線了，哪怕再微弱都好。我看不如晚點再偵訊家人，先調查這具人偶吧。」

接著一行人決定前往放置人偶的房間，吩咐便衣刑警先去拿鑰匙，沒多久，那名刑警神情激動地回來。

「鑰匙不見了！還有藥物室的也是！」

「那也只好破門而入了。」

法水顯得決心堅定。

「但是這麼一來就有兩個房間得調查了。」

「藥物室也要？」

這次輪到檢察官驚訝地問。

「氰酸鉀這種東西，連小學生的昆蟲採集箱裡都找得到啊。」

法水沒理他，逕自起身走向房門。

「這是為了調查兇手的智力。我認為遺失鑰匙的藥物室內，可能留有測定犯案計畫深度的線索。」

收藏泰芮絲人偶的房間位於大樓梯後方，中間隔著一道走廊，正好在「解剖圖」正後方無尾走廊的盡頭。來到門前，法水狐疑地盯著眼前的浮雕。

「這扇門的浮雕是希律王屠殺伯利恆嬰兒之圖，與陳屍房間那幅耶穌醫治駝子的聖畫，都是出自著名的《奧圖三世福音書》⑦裡的插畫。這麼看來兩者之間應該有某些關聯。」法水貌似不解地微偏著頭，試著推開房門，但門卻一動也不動。

「還客氣什麼，事到如今只好破門了。」

聽到熊城粗聲這麼說，法水連忙制止。

「我一看到門上的浮雕就捨不得撞破了。況且聲響過大也可能掩蓋線索，不如輕輕割開下半段門板吧。」

於是，他們從門下方割開的方孔鑽入房內，法水點亮手電筒。在圓形光環的照射下，只看到地板與牆壁，幾乎沒有稱得上家具的物件。他從最右邊開始環照房間一圈，就在即將繞完時，沒想到法水身旁，也就是門右邊的牆角，驟然劃破陰暗。泰芮絲．西尼奧瑞的側臉，隨著由此迸發出的陰氣一同浮現。至於這面具有多嚇人，或許人人都有過類似經驗，比方說，即使在堂堂白晝造訪古老神社額殿，望著掛在山牆格子門上的能劇面具，也會油然生起彷彿全身由下往上被人輕撫過的悚然。更別說是給這樁事件醞釀出妖異氣氛的泰芮絲，從老舊荒廢的房間暗處悄然浮現，也難怪在那瞬間

⑦"Gospels of Otto III"

三人都屏息語塞。窗外掠過微微閃光，清楚地勾勒出鐵窗輪廓，此時遠方地動般的雷鳴也沿地匍匐爬來。在這悽愴的空氣中，法水凝神盯著眼前的妖魅人偶——啊，這具沒有生命的玩偶，走在夜半的寂靜走廊上。

找到電燈開關，點亮室內。泰芮絲人偶是身長五尺五、寬六寸左右的覆蠟人偶，身穿格子青藍打摺裙與同色上衣。臉部給人的感覺與其說可愛，更像是一種詭魅之美。人偶有著一對魯本斯[8]畫作中常見的半月眉，還有人稱「覆舟口」的下彎嘴角，向來被視為淫亂之相。但放在這張臉上卻與圓潤的鼻尖顯得協調，展現令人心蕩神馳的處女憧憬。而在這精緻輪廓包裹之下，垂著一頭金色捲髮的，就是特萊維爾莊佳人泰芮絲・西尼奧瑞的精緻複製品。受光的臉頰綻放著鮮活光采，血管清透可見，但與那巨人般莫名龐大的軀幹卻顯得極不搭調。可能是顧及穩定性，遂將肩膀以下的身體製作得格外巨大吧，就拿腳掌來說，約莫是一般人的三倍大。法水依然以其考證般的眼光打量著人偶。

「看起來就像是泥偶巨人[9]或鐵處女[10]。聽說這是柯貝茲基的作品，但與其說是布拉格風格，反而更接近德國巴登巴登的傀儡人偶。這種簡潔線條中隱含著其他人偶所沒有的無限神祕。算哲博士不找正統人偶師傅就製作出這麼巨大的傀儡人偶，實在很像他的作風。」

「想悠閒鑑賞等有時間再說吧。」

熊城皺起臉說道。

「法水啊，你可別忘了房門是從裡面反鎖的喔。」

「嗯，這真是太令人驚訝了。但總不可能是兇手靠意志力來遠距操控這具人偶吧。」

檢察官看到插在鎖孔中繫著吊飾的鑰匙似乎顯得有些發毛，他馬上從自己腳下開始循跡檢查地上腳印。從門口到正面窗邊的地板上，留有來回兩次、四道大而扁平的紊亂足跡，除此之外只有一道從門口至目前人偶所在位置的腳印。但最讓人震驚的是，這些足跡中並沒有人類的腳印。聽到檢察官失聲驚呼，法水報以嘲諷一笑。

「這有什麼好驚訝的。只要兇手先依照玩偶的步幅走動，然後再讓人偶踩在這足跡上，就能消除自己的腳印了。在那之後的出入都踩在這玩偶腳印上。不過，假如昨天晚上這具人偶原本並不是放在門口，就表示它昨夜未曾離開過這房間一步。」

「就憑這些荒唐的證據？」

熊城極力忍住怒氣。

「那你怎麼證明腳印的先後順序？」

「這是打從盤古開天就有的基本減法。」

法水也不甘示弱反唇相稽。

「假設人偶原本的位置不在門口，就無法合理解釋這四道足跡。也就是說，從門口到窗邊的兩道足跡最後會多出一道。那麼假設人偶原本在窗邊，踩著兇手腳印走出室外，然後再回到原本位置。這麼一來就必須再次走向房門去上鎖。可是你們也看到了，人偶在門前轉向現在的位置，那麼剩下一道足跡就完全多餘了。所以如果來回一趟是為了掩飾兇手的腳印，為什麼得又回到窗邊一次呢？

⑧Peter Paul Rubens，一五七七—一六四〇年，巴洛克時期的法蘭德斯派畫家。
⑨Golem，猶太民間傳說中具有生命的泥人偶。
⑩Iron maiden，中世紀歐洲用來刑罰和拷問的一種刑具。

為什麼人偶非得放在窗邊才能鎖門呢？」

「玩偶鎖門——」

檢察官不敢置信地大叫。

「除了它還有誰能鎖門？」

不知不覺中法水的語氣顯得很熱切。

「這方法其實也了無新意，只是數十年如一日利用絲線的老招罷了。不如來實驗一下我的想法對不對吧。」

他先將鑰匙插入門內。不過，這次他也能順利重現十天左右前在聖阿雷基賽修道院中吉娜達房間贏得的成功嗎？——看來不太樂觀。因為那支舊式長柄鑰匙長長地突出於門把之外，幾乎不可能重現上次的技巧。在其他兩人的注視之下，法水命人備妥長線，將線從房外穿入鎖孔，先繞過鑰匙環狀的左側，接著從下方穿過再往上繞過右側，然後由上方勾住環形左側的根部，將剩餘的線繞在檢察官身上，並將線頭再次穿過鎖孔，垂放在靠走廊的外側。

「假設支倉是人偶，從窗邊走過來。但是在這之前兇手得先量好一開始放置人偶的正確位置。無論如何都要讓其左腳在門檻邊停住。因為一旦左腳停在這個位置，接下來就算右腳緊接著移動，也會被門檻擋住。所以可以藉著剩下一半的餘力以右腳為軸旋轉，讓人偶的左腳逐漸後退。等到轉為完全橫向時，就可以與房門平行前進了。」

接著法水讓熊城在門外拉動兩條線、讓檢察官朝牆邊的人偶走去。等檢察官走過門前、鑰匙在其身後時，法水要熊城拉緊線頭。這時，檢察官前進的身體也拉動了緊繃的線，鑰匙環形右側被拉動，開始轉動。當鎖具落下的同時，線也被鑰匙割斷。熊城手裡拿著兩條斷線（來到房中），很不情願地嘆了口氣。

「法水，你實在是個奇才。」

「但這還不足以證明人偶是否離開了這個房間。還有，我對多出來的那道腳印觀察也還不夠。」

法水最後如此強調，接著打開人偶衣服背後的衣勾，打開對開小門，觀察人偶體內的機械裝置。裡面彷彿集合了數十個時鐘般，極其精巧。各種大小不同的齒輪重疊擺放中，有具備數段自動功能的方舵機，還有控制各種關節活動的細黃銅棒呈現放射後光狀。這當中還可以看到上發條用的突起和制動機。接著熊城嗅遍人偶全身，還用放大鏡找尋指紋與指模，不過看來沒有任何吸引他注意的發現。法水待熊城結束後說道：

「人偶的性能有限，頂多走路、停止、揮手、握放物件——如此而已。就算能走出這個房間，也不可能離出那種傷紋。要說人偶模仿丹恩伯格夫人的筆跡更是荒唐無稽。」

法水這些結論似乎說中了熊城心思，但在法水心裡儘管人偶影像逐漸淡去，卻還留有一個無法拂拭的疑問。法水繼續說道：

「不過熊城，兇手為何要讓人以為是由人偶來鎖門呢？有可能是想增添事件的神祕，也可能在誇示自己的優越。但如果想強調人偶的神祕，反而不需要搬弄這些技巧，還不如敞開房門，讓人偶手指上蘸點香橙汁，還更有效。嗯……兇手為什麼要刻意留下絲線和人偶機關這些線索呢？」

法水面露疑惑，過了一會又開口道：

「總之先看看這人偶的動作吧。」

此時他眼神瞬間一沉。

人偶開始以極緩慢的速度和機械特有的笨拙姿勢邁出步伐。每當生硬地踏出一步，就會響起叮鈴叮鈴、輕聲細語般的美妙顫音，那正是金屬線震動的聲音，一定是人偶身體內部設有這樣的裝置，在體腔內產生了共鳴。法水的推理，讓論斷人偶的奧妙尚留一線疑影，而現在聽到的這個聲響，似乎就是左右事件的關鍵。取得這個重大發現之後，三人離開了放置人偶的房間。

法水原本表示想繼續調查樓下的藥物室，但他忽然改變計畫，走進排列古式盔甲的拱廊中。站在通往圓廊的門邊，他凝神望著前方。這道圓廊的對面牆上掛著兩幅驚人的瀆神石灰壁畫。右邊是〈處女受胎圖〉，臉色蒼白的聖母瑪利亞站在圖的左邊，右邊聚集了《舊約聖經》中的先知們，每個人都以手掩住雙眼，而站在中間的耶和華則用充滿性慾的眼神死盯著瑪利亞。左邊那幅壁畫的主題似是〈各各他山的翌晨〉，右邊以鮮明線條描繪了十字架上的耶穌死後軀體僵硬的線條，一群懦弱卑屈的使徒正怯生生走向耶穌。法水本已拿出一根菸，又打消念頭將菸放回菸盒，沒頭沒腦忽然問道：

「支倉老弟，你聽過波德定律[11]嗎？就是以簡單倍數公式計算海王星以外的其他行星與太陽的距離。如果你知道這個定律，你覺得它會怎麼應用在拱廊中？」

「波德定律？」

出乎意料的問題讓檢察官驚訝反問。法水至今多次難以理解的言行，讓他和熊城交換了無奈的視線。

「我看不如讓這兩幅畫來批判你的空談大論吧。你怎麼看這種毒辣的聖經解釋？我想，喜歡這類畫作的費爾巴哈[12]應該不像你這麼好辯吧。」

法水聽了檢察官這些話只是一笑置之，他離開拱廊又回到陳屍房間後，接獲了驚人的消息。聽說領班川那部易介不知何時已下落不明。他昨晚與負責管理圖書的久我鎮子一起照顧丹恩伯格夫人，是熊城眼中最可疑的人物，因此熊城一聽到易介失蹤，很是得意地搓著雙手。

「我的偵訊在十點半結束，接著鑑識課員去採集他的掌紋，所以失蹤時間應該是從那時起到現在凌晨一點之間。對了法水，聽說這是以易介為模特兒所製作的。」

熊城指著門旁邊的雙人雕像。

「我早就已經知道那駝背侏儒在事件中扮演什麼樣的角色。不過話說回來他還真是愚蠢，怎麼會沒發現到自己那招人注目的明顯特徵呢。」

法水只是輕蔑地看著熊城。

「真是這樣嗎？」

平淡的語氣中隱含著不以為然，接著他走向那雕像。站在與立法者座像背對背站立的駝子雕像前。

「咦？這駝子已經痊癒了呢。實在太巧了吧。他在門上的浮雕中接受耶穌的治療，然後一進門就看到他完全康復。還有，我想那個男人一定已經成了啞巴吧。」

⑪即提丟斯－波德定律，Titius－Bode law，計算太陽系中行星軌道半徑的簡單幾何學規則。一七六六年時由德國一位大學教授約翰．達尼拉．提丟斯提出，後來被柏林天文臺臺長約翰．波德（Johann Elert Bode）歸納成公式。

⑫Ludwig Feuerbach，一八〇四—一八七二年，德國哲學家。

他加強了語氣說出最後這句話，不過表情卻像突然竄過一股寒意，也開始出現些許神經質的動作。

然而那座雕像看來並沒有什麼變化，只是一座有顆扁平大頭的駝子，瞇著眼下垂的眼角湛出一絲狡猾笑意。這時，檢察官好像發現了什麼，他招手喚法水前來，讓他看了桌上的紙片。紙片上就像這樣，逐條寫上檢察官條列的疑問：

一、法水在大樓梯上說，他知道管家聽到了常態之下理應聽不見的聲響——他的結論爲何？
二、法水在拱廊看見了什麼？
三、法水爲何點亮檯燈、測量地板？
四、法水對泰芮絲人偶房間的鑰匙，爲何堅持以反論方向來解釋？
五、法水爲什麼不急於偵訊降矢木家的人？

讀完後，法水莞爾一笑，在一、二、五底下畫上破折號，寫下答案，還接著寫下「倘若我等有幸，或能發現可指證兇手的人物（第二或第三樁事件）」。檢察官訝異地抬起頭。法水繼續寫上第六個疑問和標題，並在下方寫上這麼一行：盔甲武士為何必須離開樓梯旁？

「關於這一點，你已經明白了？」

檢察官瞠目反問，但就在此時房門靜靜打開，第一位被傳喚的圖書管理員久我鎮子走了進來。

三、屍光怎會無故發生

久我鎮子年約五十二、三，其典雅風貌可謂前所未見。她臉部極其纖緻的線條彷彿是用鑿子精心雕琢出的一樣，此等容貌世間實在難得一見。她神情時而緊繃，顯現出老婦人鋼鐵般的不屈意志，在她隱世般的寧靜身影當中，宛如冒著熾烈燃燒的火焰。法水馬上感受到這位婦人深沉的精神力量，還有從她全身散發出的凝重壓迫感。

「您一定想知道，為什麼這房間的家具這麼少吧。」

這是鎮子開口的第一句話。

「這裡原本是間空房吧？」

檢察官打了岔。

「與其說空房，更正確的形容是禁地。」

鎮子毫不客氣地訂正，並從腰帶裡取出香菸點上火。

「各位或許已經聽說了，過去連續三樁離奇命案都發生在這個房間裡。因此在算哲老爺自殺後，就決定永久關閉這個房間。唯有這座雕像和床鋪是原本就在房中的家具。」

「禁地？」

法水露出複雜的表情。

「既然是禁地，那昨天晚上又為何開放？」

「是奉丹恩伯格夫人之命。夫人飽受驚懼，昨夜不得不到這裡來尋求最後的庇護。」

說完這悽愴的句子，鎮子開始訴說這瀰漫宅邸內的異樣氣氛。

「算哲老爺過世後，家裡每個人都著了慌。就連以往未曾起過爭執的四位外國人話也漸漸少了，彼此警戒的態度愈來愈明顯。到了這個月，每個人幾乎很少離開自己房間，尤其是丹恩伯格夫人，幾乎可說陷入瘋狂。除了她向來信賴的我或者易介，她不讓其他人送餐進房。」

「那麼您怎麼解釋他們恐懼的原因呢？倘若是個人之間的暗鬥也就罷了，不過這四位應該都沒有所謂遺產問題吧？」

「原因我不清楚，但我很確定，這四位都感受到了生命威脅。」

「而這種氣氛在進入這個月後愈發嚴重，是嗎？」

「我還真希望自己是史維登堡①或約翰．衛斯理②呢（衛理公會創立者）。」

鎮子挖苦地說。

「我不明白丹恩伯格夫人是如何費盡心思想躲開那股恐懼，但是最後的結果就是在夫人的指揮下，舉辦了昨晚的神意審判會。」

「神意審判會？那是什麼？」

檢察官問。鎮子一身全黑和服讓他有股近乎窒息的壓迫感。

「算哲老爺留下了一件奇怪的東西。據說是梅克倫堡③魔法其中一種，把絞刑屍體的手掌醋醃後再經過乾燥，然後在這所謂『榮光之手』的每根手指上，放上由同樣死於絞刑的犯人脂肪製成的屍燭。聽說點燃蠟燭後，若心有邪念者馬上會身體緊縮、失去意識。召開這場神意審判會的時間就在昨天晚上九點整。出席者除了家主旗太郎先生之外，還有那四位外國人以及我和紙谷伸子小姐。押鐘夫人（津多子）原本也暫住在此，不過她昨天一早就回去了。」

「那麼最後燭光揪出了誰呢？」

「就是丹恩伯格夫人她自己。」

鎮子壓低音調，聲音裡帶著顫抖。

「那前所未見的光線，看來既非出於白晝陽光，也不是來自夜晚燈火。蠟燭發出猶如氣喘般的滋滋聲響開始燃燒，在逐漸擴大的火焰中，看到了詭異的灰藍色物體開始蠢動。蠟燭一根、兩根地點燃，我們也完全喪失了辨別周圍狀況的能力，覺得自己彷彿飄在半空中。但是等到蠟燭全部點著之後——就在那幾乎令人窒息的瞬間，丹恩伯格夫人面容淒厲地瞪視前方，叫喚著可怕的話語。那或許就是她當時眼前確切看到的東西吧。」

「那是什麼？」

「她大叫著——啊！算哲！然後便當場癱倒在地。」

①Emanuel Swedenborg，一六八八—一七七二年，瑞典科學家、神祕主義者，晚年自稱靠冥想靈魂出竅，拜訪過古今中外在天堂或地獄裡的人們。
②John Wesley，一七〇三—一七九一年，英國傳教士，基督教新教衛斯理宗創始人，自稱有多次受聖靈感動的經歷。
③Mecklenburgische，位於德國北部。

「什麼？算哲？」

法水臉色當下鐵青，但馬上恢復常態，冷靜地說：

「但是這諷刺也未免太戲劇化。本來想從其他六人中揪出邪惡的存在，結果被擊倒的竟然是自己。不如我來重新點亮一次那榮光之手吧。看看究竟是什麼把算哲博士請了出來……」

「您以為這樣做就能讓那六人像狗一樣，轉過頭來又吃下自己吐出的東西嗎？」

鎮子藉用彼得④說過的話重重給了法水一記反擊。

「不過您很快就會明白，我不單只是一個醉心心靈論的人。沒多久，夫人就清醒了，但是她臉色蒼白、汗如雨下。她顯得絕望痛苦，顫抖地說道：『就在今晚，終於來了』。接著她吩咐我和易介送她來這個房間。我非常了解夫人一心想躲避逼近眼前的恐懼，才會挑選這間眾人都不熟悉的房間。當時已經快十點了，而就在這個晚上，她的恐懼的確化為現實了。」

「但到底是什麼讓她叫出『算哲』這個名字呢？」

法水又重提了心中的疑惑。

「床底下也確實發現了夫人臨終前寫下『泰芮絲』字樣的紙條。可能是某種刺激幻覺的生理變化，或者是某種精神異常……。對了，妳讀過武爾芬⑤的作品嗎？」

此時，鎮子眼中乍現異樣的光采。

「是的，在這種狀況下五十歲的生理變化確實也是一種解釋方式。再說也可能是外表無法判斷的癲癇發作。但當時的夫人神志很清楚，非常清醒。」

她如此斷定，又接著說道：

「之後，夫人睡到十一點左右醒來，說她喉嚨很乾，所以易介從大廳端來了那個水果盤。」

鎮子也發現此時熊城眼珠子動得極快，她馬上接口。

「啊，看來您是屬於經院學派的吧。您是想問當時那顆香橙在不在吧？但人類的記憶可沒那麼方便，能隨時供您們取用呢。再說，我雖然覺得昨晚自己並沒有睡著，但是在旁邊打個盹還是總是難免。」

「這一點我們問到的也相去不遠。宅邸裡的人異口同聲表示，昨天晚上罕見地熟睡呢。」

法水也不禁苦笑。

「對了，那麼十一點時有人進來了是吧？」

「是的，旗太郎先生和伸子小姐前來探望丹恩伯格夫人。可是這時丹恩伯格夫人忽然說稍後才要吃水果，想先喝點飲料，易介便去拿檸檬汁。夫人疑心很重，要求其他人先試喝。」

「哈哈，還真是謹慎哪。那是由誰試喝呢？」

「是伸子小姐。丹恩伯格夫人看了之後似乎也放下心，連喝了三杯。之後夫人看來睡著了，所以旗太郎先生便取下牆上的泰芮絲畫像，跟伸子小姐兩人一起帶著畫框回去了。啊，因為泰芮絲在這邸中被認為不祥惡靈，尤其丹恩伯格夫人更是討厭她，所以旗太郎先生注意到這一點，可說是相當機伶體貼。」

「但是臥房內並沒有什麼能隱藏的空間，看來畫框跟人偶應該沒有關係吧？」

檢察官從旁插話：

④語出《聖經．彼得後書》二：二二，「俗語說得真不錯，狗所吐的牠轉過來又吃，豬洗淨了又回到泥裡去滾，這話在他們身上正合式。」

⑤Erich Wulffen，一八六二—一九三六年，德國法學家。

「重要的是，她喝剩的飲料呢？」

「應該已經洗掉了。不過您問這樣的問題，可是會被赫爾曼⑥（十九世紀毒藥學家）嘲笑的呢。」

鎮子露骨地表現出嘲諷。

「如果這樣還不行，那我再告訴您能讓氰酸消失的中和劑吧？砂糖或石灰裡含有會與丹寧化合的生物鹼，不能與茶同時飲用。接著到了十二點，丹恩伯格夫人要我們鎖上房門，她將鑰匙放在自己枕下，才讓我們端水果過去，拿起那顆香橙。拿起香橙時她什麼話也沒說，接著就沒發出任何聲音，看來已經熟睡，所以我們將長椅搬到屏風後，躺在椅上休息。」

「那麼你們在這前後有沒有聽見輕微的鈴聲？」

檢察官問。鎮子答道並沒有，檢察官丟掉菸蒂低聲自語：

「這麼看來，既然畫像已經不在房中，莫非夫人看到的泰芮絲真是幻覺？再說，假如這裡是完全的密室，又和她身上的傷紋出現嚴重矛盾了啊。」

「你說得沒錯，支倉老弟。」

法水靜靜地開口。

「我還發現了一樁更奇妙的矛盾呢。剛剛在人偶房間建立起的假設，回到這裡卻突然逆轉了。雖說這個房間是禁地，但實際上長久以來還是有人不斷出入，而且還留下了清楚的痕跡。」

「別開玩笑了！」

熊城吃驚地大叫。

「這房間的鑰匙孔滿是長年鏽痕，當初要開門時連鑰匙都插不進去呢！再說這間房間和放置人偶的房間不同，門鎖靠的是堅固的發條作用，不可能利用絲線操作開門，而且我們也利用迴音測定器確定過了，地板和牆上都沒有暗門。」

「所以剛剛我說駝子痊癒的時候你才會笑對吧？但是自然怎麼會在人眼所及之處留下痕跡呢。」

法水帶著眾人走到雕像前。

「通常從幼年時便形成的駝背，上半身的肋骨會呈現凹凸不平的念珠形狀，但是這雕像身上有嗎？不過各位不妨試著拂掉這厚厚灰塵看一看。」

厚重塵埃如雪崩般崩落時，眾人一邊嗆得趕緊掩住口鼻，也不禁瞠目結舌地望著雕像的第一肋骨上，如法水所說的念珠形狀。

「如此一來，堆在念珠狀肋骨上的灰塵理應是攤平的。可是不管利用多麼精巧的機器，人類的雙手都無法辦到。這是自然的鬼斧神工，就像風和水歷經幾萬年時間在岩石上雕畫出巨人臉孔一樣，這座駝子雕像也在這封閉的三年之內被治癒了。那個經常出入這個房間的人物，總是將燭台放在雕像前的台座上。儘管他再怎麼小心掩飾、仔細不留下痕跡，從他進房那一刻起，就製造出一種無言的證據。火焰搖晃所引起的細微氣動，不著痕跡地讓念珠狀肋骨上方最不安定的灰塵一點一點地飄落。支倉啊，你仔細聽，是不是有種類似螽蟲的美妙雕鑿聲？說到這種魏倫⑦的詩句……」

「是沒錯。」

---

⑥Ludimar Hermann，一八三八—一九一四年，德國生理學家。

⑦Paul Marie Verlaine，一八四四—一八九六年，法國詩人。

檢察官慌忙打斷他。

「可是，這兩年的歲月又不能證明昨夜一個晚上的事。」

法水迅速轉身，回頭望著熊城。

「我猜你沒有檢查過地毯下面吧？」

「地毯下會有什麼？」

熊城瞪圓了雙眼叫道：

「對了，所謂的死點並不只存在視網膜或者音響學上，佛利曼從織痕縫隙間，放入了特殊的貝殼粉末。」

法水靜靜捲起地毯，發現垂直望向地面雖然看不見，但是隨著鑲嵌馬賽克的車輪圖案數量增加，也漸漸浮現出奇怪的痕跡。殘留在這彩色大理石和木蠟樹條紋上，是水漬留下的痕跡。整體全長約兩英尺，呈橢圓的模糊塊狀，仔細一看，周圍有無數小點包圍，其中聚集了各種不同形狀的點和線。而且這些形狀就像腳印一樣，交互著往帷幕的方向前進，愈往前痕跡愈淡。

「看來要恢復原狀不容易哪。而且泰芮絲的腳印也沒有這麼大。」

熊城完全摸不著頭緒。

「其實只要看負片就行了。」

法水賭定地說：

「科普特⑧織毯沒有和地板緊貼，而且木蠟樹含有大量棕櫚酸，因此具有撥水性。從表面滲透到裡層的水會從纖毛滴落，如果下方是木蠟樹，水便會形成水滴飛濺。而纖毛在此反作用力下會漸漸改變位置，所以不斷滴落的水滴最後會從木蠟樹移到大理石的方向。因此從距離大理石中心最遠的那條線反向回推，直到接觸木蠟樹之點，就幾乎等於原本的輪廓。換句話說，纖毛就好比以水滴為鋼琴琴鍵，跳著迴旋曲。」

「原來如此。」

檢察官點點頭。

「但這些水到底是哪來的？」

「昨天晚上連一滴水也沒滴落。」

聽到鎮子這麼說，法水似乎覺得很有趣，輕笑了一聲。

「不，那就是紀長谷雄⑨筆下，女鬼化為水消失的傳說了。」

不過法水的戲謔並不是臨時起意的戲言。熊城將依他之言所成形的輪廓，與泰芮絲人偶的腳印及步幅比對後，發現兩者呈現驚人的一致。經過幾次的推論，人偶在奇妙閃爍中，踩著不知從何而來的水而走來，已是不爭的事實。而這麼一來，那堵如銅牆鐵壁般的房門，和那美妙顫音之間就橫亙著更明顯的矛盾。香菸的朦朧煙霧不斷冒出，謎團也接二連三地出現，現場的緊繃氣氛已經讓檢察官顯得有些亢奮，他起身去打開窗戶，再走回來，法水望著流出去的白煙，再度回到座位。

「對了，久我女士，姑且先不管過去的三樁案件，為什麼這個房間裡充滿這麼多富有寓意的東

⑧Coptic，指埃及的基督徒，科普特文化最著名的就是壁畫、織品，金工和泥金抄。

⑨八四五—九一二年，平安時代之貴族、文人。以下典故出自《長谷雄卿草子》，紀長谷雄與鬼賭博，贏得美女。但他未遵守百日之內不得碰觸女子之約，美女遂化為水溶掉。

西呢？像那座立法者雕像，不就清楚地暗示了迷宮嗎？我記得那是馬利埃特⑩在鱷府墓地的迷宮入口發現的，對吧？」

「那迷宮很可能暗示著即將發生的事件。」

鎮子平靜地開口。

「或許連最後一個人都會被殺。」

法水驚訝地盯著她一會兒。

「至少那三椿事件都……」

他喃喃重述了鎮子的話，又接著問道：

「難道久我女士您還茫然深陷在昨晚神意審判的記憶中嗎？」

「那只是其中一項證據。早就有人向我預告會發生這次事件了。不如讓我猜猜看吧。屍體是不是籠罩在聖潔的榮光之中？」

檢察官與熊城還因為兩人奇妙的問答摸不著頭緒，聽到這句話時彷彿晴天霹靂。為什麼這老婦人會知道理應沒有其他人知道的奇蹟？鎮子又繼續往下說。但是她的問題對法水來說卻宛如一把利劍。

「對了，您知道其他屍體發出光芒的例子嗎？」

「我想，應該只有瓦特主教、阿雷茲奧主教，還有護教者聖馬西摩⑪，和亞拉岡⑫的聖拉凱爾……大概就是這四個人吧。但是這些說穿了都只是推銷奇蹟者的惡質行為罷了。」

法水冷冷地回答。

「也就是說，您並沒有足以解釋這些事件的說明是嗎？還有，一八二七年十二月，蘇格蘭因佛尼斯一名牧師的屍光事件呢？（注）」

（注）（西區阿西利安醫事新誌）沃爾卡特牧師在妻子艾碧嘉和友人史提夫陪伴下，同遊史提夫經營的紅磚工廠附近的卡特林冰蝕湖。但是史提夫卻在出遊的第三天失蹤，隔年一月十一日晚上，牧師夫妻趁著月光遊湖，那天夜裡卻再也沒有回來，四、五位村民半夜發現月亮隱身後，牧師屍體在雨中的遙遠湖面發出光芒，眾人太過害怕，等到天色微亮才敢前往。牧師死因爲他殺，致命傷是從左側射入頭蓋骨內的槍傷，現場沒有發現凶器，屍體位於冰上凹處，身上的光芒已經消失，牧師妻子也在當晚失蹤，跟史提夫一樣從此下落不明。

法水有些不悅地粗聲回答鎮子的嘲諷。

「那個事件可以這樣解釋——牧師是自殺的，而另外兩人則是被牧師所殺。依序來說明，牧師先殺了史提夫，然後將他的屍體丟入停工中的高溫磚窯，加速屍體腐敗。在這期間他又製造了一艘船身鑿了無數細孔的輕型船形棺，將已確認充分腐敗的屍體放入船中，然後用長繩索綁上重物，使船沉入湖底。當然也必須考慮到數天之後等到屍體體內的腐敗氣體膨脹，船形棺可能會浮上水面。於是（預估船形棺即將浮上的）那天夜裡，牧師從沉船地點計算出位置，鑿破湖面冰層，從浮上水面的船身細孔刺入屍體腹部，放出氣體，然後點火。您也知道，腐壞的氣體中含有許多例如沼氣等熱度稀薄的可燃性氣體，所以這些燐光遮蔽住月光在冰洞周圍形成的陰影，讓滑冰的妻子墜入冰洞

⑩ Auguste-Ferdinand-François Mariette，一八二一—一八八一年，法國埃及考古學家。

⑪ Maximus the Confessor，五八〇—六六二，神學家。

⑫ Aragón，中世紀時西班牙東北之一王國，於一四六九年亞拉岡國王斐迪南二世與卡斯蒂利亞女王伊莎貝拉一世結婚，建立了西班牙。

中。他的妻子可能在水底拚命掙扎，想推開頭頂上的船形棺吧，但最後還是筋疲力竭地沉入了湖底深處。然後牧師舉槍射穿自己的太陽穴，槍掉在船形棺上，他自己也倒在上面，被燐光包覆的屍體，自然會被村民們誤以為是聖光。不久之後隨著氣體減少，失去浮力的船形棺載著手槍一起沉下，壓在湖底的牧師妻子艾碧嘉屍體上，而牧師的屍體則因為四肢有冰牆支撐，繼續留在冰上，不久後，下雨的湖面再度凍結成冰。牧師的動機可能是妻子和史提夫的姦情，不過他讓妻子的屍體墮入冰洞，又加蓋掩飾，實在是有如惡魔般的報復手段。可是丹恩伯格夫人死前的目擊現象並未如此紊亂複雜。」

聽完之後鎮子略顯驚訝，但臉色沒有太大改變，從懷中取出對折的卷紙形高級紙。

「請您看看。這是算哲博士畫下的黑死館邪靈。聖光是不會平白發散出來的。」

紙上對折的右邊畫著一艘埃及船，左邊的六幅畫中，每幅上都畫著背後發出方形光芒的博士站姿，望著身旁異樣的屍體。然後在下方則寫著丹恩伯格夫人及易介等六人的姓名，紙張背面預言了恐怖殺人方法，如此寫道：

格蕾特散發出榮光被殺。
奧托卡爾被吊起後殺死。
嘉莉瓦妲倒立後被殺。
歐莉加蒙上眼睛後被殺。
旗太郎浮在半空中被殺。
易介被夾住殺死。

「這預言太可怕了。」

就連法水也忍不住聲音顫抖。

「四角光背確實是生存者的象徵。還有那艘船，我想那應該是古埃及人幻想死後生活會出現的神奇死者之船。」

鎮子表情沉痛地點點頭。

「您說得沒有錯。那艘船浮在蓮池當中，沒有船伕操縱，死者一上船，船上各種機具就會依照其意自行開始行動。您認為四角光背和眼前死者有什麼樣的關係呢？這就象徵了表示博士永遠活在這宅邸中，而會依照其意自行活動的死者之船，就是那具泰芮絲人偶。」

浮士德的咒文

第二篇

一、Undinus sich winden.（蠕動吧，水精。）

久我鎮子拿出的六格預言圖雖然隱含悽慘殘酷的內容，但看上去卻是極其古拙的線條，形狀也很詼諧。不過在這樁事件裡，這絕對是各種要素的根源。如果在這個時機爬梳錯誤，哪怕之後再經過數千次的偵訊討論過，一定也會出現難以突破的厚牆，阻礙調查進展。因此，在鎮子提出驚人解釋時，法水只是低頭將下巴抵在胸前，看似入睡般凝神默思，他心中的苦惱想必遠遠超越過往的經驗。這樁完全沒有兇手的命案——看來終究無法否定與埃及船和死狀圖關係的解讀。不過令人意外的是，終於抬起頭的他，臉上漸漸充滿活力，呈現鮮活的表情。

「我懂了，可是久我女士，這些圖的原理絕對沒有那種史維登堡[1]神學（在《詮釋啟示錄》[2]和《天界的奧祕》[3]中，史維登堡對〈出埃及記〉以及〈約翰啟示錄〉的字義採用相當牽強附會的數讀法，讓這兩部經典預言出日後諸多歷史上的重大事變）的解釋。這當中非但不帶瘋狂成分，反而呈現出條理分明的邏輯形式。另外，在各種現象中都相通的空間結構幾何學理論，也是這當中絕對不變的單位。因此如果能將這些圖與宇宙自然界的法則相對照，其中勢必會浮現抽象化的對象。」

法水突然踏入這可謂空前未有、超脫經驗的推理領域，連檢察官聽了也只能啞然以對。大家都說數學邏輯是一切法則的根本原理，但即使在那樁主教殺人事件④中，黎曼．克里斯多福的曲率張量推論⑤也只單純用來表達犯罪概念。但法水卻試圖將其實際應用到犯罪分析上，正要踏入一個空泛的思維抽象世界……。

「啊，真是……」

鎮子顯露出明顯的嘲弄態度。

「這讓我想起以前曾聽過某個愚蠢的理科學生，在上了勞倫茲收縮⑥的課後，把直線畫歪的故事。那麼您可以分析解說一下閔考斯基⑦的四維時空架構和第四容積（在立體體積中只有靈質得以滲透存在的空隙）嗎？」

法水狠狠將對方的嘲笑瞪回去，先對鎮子略示警告後才開口：

「在宇宙結構推論史上最精采的一頁，應該是愛因斯坦與德西特⑧兩人對空間曲率的理論論辯。當時德西特主張空間曲率係根據空間特有的幾何學特性，反駁愛因斯坦的反太陽論。但是久我女士，

①Emanuel Swedenborg，一六八八—一七七二年，瑞典科學家、哲學家、神學家。
②*"Apocalypse Revealed"*
③*"Arcana Coelestia"*
④*"The bishop murder case"*，美國推理作家范達因之代表作。
⑤Riemann–Christoffel tensor.
⑥勞倫茲收縮（Lorentz contraction）由荷蘭物理學家 Hendrik Antoon Lorentz（一八五三—一九二八）提出。指特殊相對論中，距離因相對速度在和速度平行方向收縮的效應。
⑦Hermann Minkowski，一八六四—一九〇九年，德國數學家，猶太人，四維時空理論創立者，曾是著名物理學家愛因斯坦的老師。
⑧Willem de Sitter，一八七二—一九三四年，荷蘭數學家、物理學家和天文學家。

如果對比這兩者，就會出現預言圖的本質。」

法水說出這些讓人聽來瘋狂的話，並且畫出這張圖開始說明。

「首先，先從反太陽論說起，愛因斯坦認為由太陽發出的光線在繞過球形宇宙的邊緣後，會再度回歸到原點。所以最初到達宇宙邊界時，太陽光會在此形成第一映像，之後再經過數百萬年的旅程，繞過球形外圍來到背後的對向點，形成第二映像。然而此時的太陽已經死亡，只是個黑暗星體。也就是說對應這映像的實體，已經不存在於天體世界中。久我女士，您不覺得這種實體已經死亡但卻出現過去映像的因果關係，跟此次算哲博士與六位死者的關係很相似嗎？確實，一邊是Å⑨（一釐米的千萬分之一）、另一邊是百萬兆英里，可是在世界空間中，它們的對照也只是一微小線段的問題。而德西特進而訂正了愛因斯坦的論點。他認為，螺旋狀星雲的光譜線距離愈遠、愈往紅色移動，隨著其移動，可以推斷光線的振動週期會愈遲緩。因此，在達到宇宙邊界時光速會成為零，完全停止行進。所以映現在宇宙邊緣的影像應該僅有一個，可能與實體沒什麼不同。接下來我們就必須從這兩種理論中，擇一來解釋預言圖的原理。」

「我看你愈說愈荒唐。」

熊城搔落滿地頭皮屑，嘟囔道。

「也差不多該從天國的蓮台回來了吧。」

法水只能苦笑面對熊城的調侃，繼續講他的結論。

「當然，如果試著將德西特的理論從太陽心靈學轉移到人體生理上，會發現即使橫越宇宙半徑、歷經漫長歲月，實體與映像依然不變，而這套論點套用在人類生理上又代表什麼呢？舉個例來說，假如這裡有一個病理性潛在物質，從發生到生命終結既無繁殖也未衰滅，永遠保持不變的形狀，那這會是……」

「你的意思是？」

「那是種特異體質。」

法水毅然斷言。

「可能是肥厚性心肌症，或者硬腦膜冠狀縫未癒合。但是能夠形成對稱的抽象現象，就代表自然法則也在人體生理中循環。像順勢療法⑩就企圖用熱力學來解釋生理現象。所以說，賦與算哲博士這個無機物神奇力量、引人想像人偶具有心靈感應功能，其實只是兇手狡猾的障眼法。這圖中的死者之船等等，可能純粹象徵的時間進行，別無他意。」

特異體質——熊城被兩人精采的論辯火花吸引，萬萬沒想到事件背後竟有如此色彩晦暗的打火石，他神經質地擦去掌中的汗水。

「原來如此，如果是這樣，為什麼除了家人名單中還有易介的名字呢？」

「這就是重點哪，熊城。」

法水滿意地點點頭。

「謎題不在於圖畫的本質，而在於繪圖者的意志。但是再怎麼看，這種醫學幻想都不像是本於

⑨angstrom，埃，一埃為十的負八次方公分。

⑩homeopathy，又稱同類療法，由德國山穆爾・海尼門（Samuel Hahnemann）醫師（一七五五—一八四三）發現並創建基礎。

良心的輕微示警。」

「但這圖形不是相當詼諧嗎？」

檢察官表示異議。

「這也沖淡了那露骨的暗示啊。我可不覺得這當中有絲毫醞釀犯罪的氣息。」

聽了檢察官的反駁，法水嚴謹地陳述自己的觀點。

「幽默或玩笑確實可以帶來一種生理上的洗滌。但是對於一個情感無處宣泄的人來說，這卻極其危險。如果一個人的腦中只有一種世界、一種觀念，這種人一旦萌生興趣，便會對其產生偏執傾倒，一直以相反的形態來尋求感應。假使這圖中的本質反映出這種倒錯心理，最後便會扭曲觀察的視點。並且從形式轉移到個人經驗上，也就是從喜劇轉為悲劇。之後就像瘋子般開始追尋自然淘汰的痕跡，只留下冷血可怕的狩獵心理。所以說支倉啊，我雖然不是宋戴克⑪，但比起瘧疾或黃熱病，我更害怕雷鳴和黑夜。」

「喔，罪徵學是嗎……」

鎮子依舊發揮她嘲諷的功力。

「我向來以為那種東西只需要瞬間的直覺。說到易介，他幾乎等於降矢木家的一分子了。他跟才來這裡七年的我不同，雖然身分是傭人，從小到現在四十四歲為止，一直都跟著算哲老爺。還有，這些圖當然沒有登載在圖書索引上，我敢斷定，過去從來沒有人看過。這圖藏在算哲老爺死後沒人動過、滿是灰塵的未整理書籍底下，就連我也是去年年底才發現有這種東西存在。所以假使如您所說，兇手的計畫靈感取自這預言圖，那麼兇手的算計——不，應該說是滅法吧，可就非常不簡單了。」

這位奇妙的老婦人突然表露出令人費解的態度，讓法水也有些不知所措，不過他馬上恢復原本的灑脫。

「這麼說，只要在算式中加入幾個無限記號就行了吧。」

說完之後他又吐出一句驚人之語：

「但我認為即使是兇手，也不只需要這張圖。難道您不知道這圖還有另一半嗎？」

「另一半……誰會相信這種妄想？」

鎮子忍不住歇斯底里地大叫，法水這才展現他極敏銳的神經。不管是預言圖的解讀或者這句話，從法水直觀思維皺摺釋放出來的訊息，都已經超越人類感覺的界限了。

「如果您不知道我就告訴您吧。或許您只覺得這是天馬行空的想像，但其實這張圖不過是分成兩半的其中之一。在這六幅圖之外，還有更深遠的涵義。」

熊城聽了很是驚訝，他開始以各種方式對折、比對這張圖的四邊。

「法水，你可別胡說。這張圖的刀痕雖然寬，但線條卻很正確。看不出事後又經裁切的痕跡啊？」

「不，當然不會有裁切痕跡。」

法水平靜地說著，並且指向整體呈形的預言圖。

⑪科學鑑識推理小說之父理查．奧斯汀．弗里曼（Richard Austin Freeman）筆下「宋戴克系列」的科學偵探，強調以理性邏輯及科學證據來辦案。弗里曼曾以軍醫身分赴任非洲西岸的英屬黃金海岸，染上瘧疾，回國後在醫院休養期間創作了跟自己同為軍醫背景的宋戴克一角。

「這個形狀本身就是一種暗號。死者的暗示原本就極其陰險，所以手法也相當扭曲。在這張圖上也可以看出來，整體呈現刀具（石器時代的滑石武器）的刃形。但右上方的斜切部分，其實包含極深遠的意義。當然，如果算哲博士不具備考古學的造詣這也不成問題，不過在那爾邁・美尼斯王朝[12]時期的前金字塔象形文字中，確實有符合這個形狀的文字。各位請想想看，博士為什麼要在這種局限又不自然的形狀中作畫呢？」

法水先用鉛筆在預言圖的空白處上畫出形狀。

「熊城，假如這是上古埃及表示二分之一的分數，我的想像或許也不全然是妄想。」

簡短說完後，他又對鎮子說：

「當然，已經未使用的語言中出現富有寓意的圖形，也很難斷言絕對不需要修正。但是直到那之前，我希望盡量避免循著這些圖計算出兇手。」

在法水解釋的這段期間，鎮子看似懶洋洋地望著半空，不過她眼中卻燃燒著追求真理的熾烈熱情。不同於法水清澄唯美的思維世界，她試圖不斷累積富含沉重陰影、飽含質量的點滴，來闡明實證性的深奧事實。

「獨創確實不凡。」

她自言自語般說道，再度恢復冷酷的表情，看著法水。

「實體不比假象炫麗，這的確是常態，不過，先不管那種含語族[13]的葬禮紀念品，如果真的有人目擊到方形光芒和死者之船，您怎麼說？」

「如果是您，我會要支倉將您起訴。」

法水面不改色地說道。

「不，是易介。」

鎮子平靜地回答。

「就在丹恩伯格夫人吃香橙的十五分鐘左右前，易介大約離開了房間十分鐘。後來我問他去哪兒，他是這麼告訴我的。易介說舉行神意審判會時，他正站在後門玄關的石板上，不經意望向二樓中央，有個東西映入他眼中。在舉行審判會房間右鄰的凸窗邊，好像有人在，一個詭異的漆黑身影一晃而過，還響起東西掉落地面的微弱聲響。受到好奇心驅使，他忍不住前往察看。但是過去一看，只發現散落一地的玻璃碎片。」

「那您問過易介是走那條路徑過去的嗎？」

「沒有。」

鎮子搖搖頭。

「再說，伸子小姐在丹恩伯格夫人暈倒後馬上到隔壁房間去拿水，除此之外沒有人離開過自己的座位。說到這裡您應該能了解，為什麼我近乎愚蠢地執著於這預言圖上吧。當然，那人影不在我們六個人當中。話雖如此，傭人們也不在兇嫌之列。所以您應該可以了解，這樁事件顯然沒有留下任何線索。」

⑫古埃及第一王朝。美尼斯（Menes）被視為是第一位統一上下埃及的統治者，於公元前三一〇〇年前創立了古埃及第一王朝。有學者認為那爾邁（Narmer）和美尼斯是同一人，亦有學者認為美尼斯從已經統一埃及的那爾邁手上繼承了帝國，另有人認為那爾邁是美尼斯之父。

⑬Hamitic，據傳為諾亞之子的一支。居住在非洲東部、北部，使用含語系語言。

鎮子振振有詞地陳述，氣勢逼人。法水盯著橙紅菸頭，過了一會兒，又露出一抹不懷好意的微笑。

「是嗎。可是像尼柯爾教授那種錯誤百出的醫生，也留下這麼一句名言——結核病患血液裡，含有讓大腦產生幻覺的物質。」

「啊！為什麼您還是……」

鎮子顯得很是氣惱，但馬上又恢復毅然的態度。

「那麼您看看這個……。假如這紙片掉落在玻璃碎片上，那易介的話也有根有據。」

說著，她從懷中拿出一張被雨水與泥土弄髒的信箋碎片，上面用黑色墨水寫著這句德文。

Undinus sich winden.

「這樣實在看不出筆跡。這哥德字體看來就跟螃蟹走路一樣。」

法水先是失望地低聲說道，但才剛說完這句話又立刻雙眼發亮。

「咦？這詞性變換倒是有意思。這句話本來的意思是『蠕動吧，水精[14]。』但是這個句子卻把原本陰性的 Undine 後面加上 us 變成陽性。您知道這句話的出處嗎？還有，宅邸內的藏書中，有沒有格林的《關於古代德文詩歌傑作》或者費斯特[15]的《德文史料集》[16]？」

「很遺憾，我不清楚。關於語言學的書籍我稍後再向你報告。」

鎮子倒是意外坦率地承認，靜待法水對這個句子的解釋。可是法水卻只是低頭看著紙片，遲遲不開口。熊城趁這沉默的空檔說道。

「不管怎麼樣，易介會到那裡去一定有某種重大意義。妳就別再隱瞞，老實說出一切吧！反正那個男人已經露出馬腳了。」

「如果還有其他該說的事，大概就只剩這件事了吧。」

鎮子依然不改冷嘲熱諷的語氣。

「在那段時間，我獨自一個人留在這房裡。既然要被懷疑，還不如一開始就被懷疑……不過通常再查下去就會知道，根本沒什麼可疑之處。還有，伸子小姐與丹恩伯格夫人在神意審判會開始的兩個小時左右前曾經起過爭執，但是他們的爭執與這些現象還有案件本質都沒有任何關係。再說，易介的消失和先前提到勞倫茲收縮一樣。就是您這種恫嚇式的偵訊，才會導出類似那名理科學生的倒錯心理。」

「可能吧。」

法水緩緩吐出一句，抬起頭，但他的臉上卻籠上一層陰影，彷彿在暗示某種事件的可能性。不過他對鎮子說話的語氣卻很是殷勤。

「總之呢，很感謝您準備這麼多豐富資料，但是就結論來說，我深感遺憾。您完美的類比推論法在我看來，也只是呈現所謂仿似觀點。所以就算人偶真的出現在我面前，我也只覺得是幻覺吧。畢竟現在還不知道那種非生物學的力量究竟何在。」

⑭歌德在《浮士德》的原文中為"indine sich winden"。

⑮Sigmund Feist，一八六五—一九四三年，德國歷史語言學家。

⑯"*Die deutsche Sprache*"。

「您會慢慢了解的。」

鎮子的口氣好像在給法水最後一次警告。

「其實在算哲老爺的日記本中，自殺的前一個月、也就是去年三月十日那欄中有這麼一段記載。『不得不藏匿的隱密力量，倘若吾苦尋得之，該日定將燒毀魔法書』。博士已成無機物的遺骸或許不值一顧，但是我總覺得，在這棟建築物裡，潛藏有某種能有機驅動無機物質的奇妙生體組織。」

「那就是燒毀魔法書的理由吧。」

法水話中有話，但漸漸離開預言圖的話題，提出另一個問題。

「不過現在也只能盡力重現消失的東西，屆時再次請教您的數理哲學。再來想請教您關於目前的財產，還有算哲博士自殺當時的狀況。」

這時鎮子盯著法水，站起身來。

「不，我想這個問題應該由田鄉管家來回答。他既是當時的發現者，更好比這棟宅邸的利希留（路易十三世王朝的主教宰相）。」

說罷，她走向房門兩、三步，又停下腳步，回頭毅然看著法水說道：

「法水先生，接受贈與也必須有高尚的精神。忘記這一點的人，總有一天會後悔。」

鎮子的身影消失在門的另一側後，經歷一番爭論的房間有種放電後近似真空的空虛狀態，再度瀰漫著發霉般的沉默，安靜得幾乎可聽到連樹林裡的烏鴉叫聲和冰柱掉落的細微聲響。檢察官拍拍後頸，終於開了口。

「久我鎮子只追求實相，而你則沉溺在抽象世界中。但是前者不否定自然理法，後者則企圖套用法則性，在經驗科學的範疇中檢視──法水，這個結論到底需要用什麼樣的論證？我聽來只覺得是惡魔論……」

「對了支倉，那就是我的夢想之花──接續在那張預言圖後，還沒有任何人看過的另外半張──就是那個。」

法水不帶感情地吐出這些囈語般的語。

「我猜內容應該是始於算哲焚書，而且與這樁事件的所有疑點相通。」

「什麼？那也包括易介見到的人影嗎？」

檢察官驚訝叫道。

熊城也嚴肅地點點頭。

「嗯，那個女人絕對沒說謊。但問題在於易介告訴她的真相有幾分真實性。不過，她還真是個不可思議的女人哪。」

熊城面露驚嘆。

「她竟然會主動想去接近兇手的領域。」

「或許是被虐狂吧。」

法水側身悠哉地轉著旋轉椅，發出軋軋聲。

「所謂苛責，可能具有難以抵抗的魅力。比方說賽維哥拉一位名叫娜格的修女，經過宗教審判嚴格的拷問後，竟然希望還俗，而非改宗。」

說著，他迅速轉了個方向，恢復往前直視的姿勢。

「久我鎮子當然學問淵博，但這個女人充其量只是個索引。她只不過是能將每椿記憶像格狀棋盤一樣正確排列。沒錯，確實可以做到正確無誤。所以這其中既無獨創性也缺乏發展性。更重要的是，像她那樣缺乏文學感性的女人，怎麼可能具備擬定這種空前犯罪計畫的想像力。」

「文學跟這次的命案又有什麼關係？」

檢察官反駁道。

「就是那句話啊，『蠕動吧，水精』。」

法水這才開始解釋這句話。

「這句話出自歌德的《浮士德》。浮士德這位全能博士，為了破除化為長毛狗的梅菲斯特之魔力，說出這句咒語，這是那個時代最流行的迦勒底五芒星術中的一句，用來呼喚火精、水精、風精、地精這四大精靈。但鎮子居然不知道，你不覺得奇怪嗎？通常在這種老屋的書架上，幾乎一定會有伏爾泰[17]的思辨哲學和歌德的文學作品。可是那女人對這些古典文學一點也不感興趣。還有，那句咒文裡包含著一點令人發毛的訊息。」

「是什麼？」

「首先是連續殺人的暗示。兇手已經藉由改變盔甲武士的位置來宣告殺人，但是這麼做更具體，很明確地指出即將殺害的人數與方法。對了，如果知道浮士德咒文中裡出現的精靈數目，更是叫人立刻心驚膽顫。因為假如旗太郎和四位外國人中有一人是兇手，最多被殺人數當然是四個。還有，我之所以認為這跟殺人方法有關，是因為其中提到了『水精』。你應該還沒忘記地毯下形成人偶腳印的奇怪水痕吧？」

「不過至少可以確定兇手懂德文吧？再說這一句也不屬於文獻學的範疇。」

檢察官說。

「開玩笑！有句話說，音樂就是德國的美術。在這個宅邸中就連那個名叫伸子的女人也會彈豎琴。」

法水露出很驚訝的表情。

「而且這個句子裡還有難以理解的性別轉換，除了語言學的藏書之外，應該沒有其他足以拆解這句咒文的資料。」

熊城忽然放下交抱的雙臂，罕見地嘆了口氣。

「唉，怎麼一切聽來都充滿嘲諷呢。」

「沒錯，兇手遠遠超乎我們的想像。幾乎像是查拉圖斯特拉[18]般的超人[19]。這種不可思議的事件不能用過去那種希爾伯特[20]之前的邏輯學來說明。就拿水跡來說，假如用老套的剩餘法來解釋，或許會作出『水讓人偶體內的發音裝置失效』這種結論。但事實絕非如此。更何況事件整體結構極其多元，目前可說毫無線索。在此種曖昧朦朧的狀況下，令人發毛的謎團不斷增生滿溢。而且那埋葬死

⑰Voltaire，一六九四—一七七八年，法國啟蒙時代思想家、哲學家、文學家。

⑱Zarathustra，？—五八三年，又譯瑣羅亞斯德，古代波斯祆教的先知、創始人。

⑲Übermensch，由德國哲學家尼采在《查拉圖斯特拉如是說》書中以查拉圖斯特拉之口提出的理論，所謂超人乃勇於嘗試自我超越、價值重估的人，是尼采對人的理想典範。

⑳David Hilbert，一八六二—一九四三年，德國數學家。

人的地底世界，還一直把紙團往上丟。但是現在我們只知道這其中包含四項要素。一是預言圖中的可怕自然情景，其次是那還未發現的另外半張圖上所解釋的死者世界。還有第三，過去三樁離奇命案。最後是兇手企圖以浮士德咒文為主軸發展的實際行動。」

說到這裡，法水頓了頓，但是他黯淡的語氣裡開始增添幾分光明。

「對了，支倉老弟，我要請你寫下這樁事件的備忘錄。格林家殺人事件㉑不也是嗎？在故事尾聲凡斯製作備忘錄時，懸案也奇蹟似地解決了。但是那絕不是因為作者想不出其他方法。范達因企圖藉此告訴我們，決定因數有多麼重要。所以呢，當務之急就是從眼前模糊的疑問中，篩選出幾項因數。」

接著在檢察官製作備忘錄這段期間，法水離開房間約莫十五分鐘，待他回房不久，一位便衣刑警也緊跟著進來。刑警回報，雖然已在宅邸各處仔細搜索，依然沒有找到易介，只能無功而返。法水挑了挑眉毛。

「古代時鐘室和拱廊也都調查過了？」

「至於這兩個地方……」

刑警搖搖頭。

「昨天晚上八點管家便鎖了門，但是現在鑰匙遺失了。還有，拱廊朝迴廊方向的兩扇門中，只有左側那扇門打開。」

「是嗎。」

法水點點頭。

「那麼先別找了吧。反正易介不可能離開這棟建築物的。」

他這些話裡透露出極端矛盾的兩種不同觀察，熊城聽了很驚訝。

「別開玩笑了。你或許想給這樁事件裱上濃妝豔抹的外框，但是除了易介，還有誰能揭開謎底？」

他還在期待有人能傳來在邸外發現侏儒駝子行蹤的消息。到這時，終於如熊城所願地確定了易介的失蹤。接著法水命人調查玻璃碎片掉落處附近，並且傳喚管家田鄉真齋來接受偵訊。

「法水，你剛剛又去了拱廊？」

便衣刑警離去後，熊城揶揄地問道。

「我是去確定這樁事件的幾何學分量。既然算哲博士畫了預言圖，又暗示著不為人知的另一半紙片的存在，那麼理應有某種方向可循才對。」

法水略顯不耐地回答，緊接著他口中又吐出令人驚訝的事實。

「所以我已經知道是什麼可怕的暗潮，讓丹恩伯格夫人陷入瘋狂。其實我打了電話到村公所去查過，你們一定很驚訝吧，那四個外國人已經在去年三月四日歸化為日本人，入籍降矢木家成為算哲的養子養女了。而且他們還沒辦理遺產繼承手續。換句話說，這棟宅邸現在還不屬於正統繼承人旗太郎名下。」

「這確實令人訝異。」

㉑"*The Greene murder case*"，美國推理作家范達因作品。

檢察官驚訝地拋下手上的筆，屈指試算。

「手續拖延，可能是因為算哲留下了遺書吧，距離法定期限只剩下兩個月。過了這個期限，遺產就歸國庫所有了。」

「沒錯。假如殺人動機與此相關，就能了解浮士德博士的隱身衣——那五芒星的圓形。這當然也是調查的角度之一，畢竟那四人歸化入籍，確實是事先未曾料想到的意外。這個問題的深度非比尋常。我反而因此掌握了其中幾個疑點。」

「那是什麼？」

「就是你剛剛的問題中第一、二、五條。盔甲武士飛上樓梯走廊、傭人聽見本應聽不見的聲音，還有在拱廊上，波德定律依然無法套用在海王星上。」

說完這串令人驚訝的獨斷論點後，法水拿起檢察官寫好的備忘錄。上面正確記載了事件的順序，並未參雜個人想法。

一、關於屍體現象的疑問（略）

二、關於泰芮絲人偶留在現場的證跡（略）

三、當天案件發生前的動靜

之一、押鐘津多子清晨離開宅邸。

之二、晚上七點到八點之間，盔甲武士的位置移動到樓梯廊道上，兩具日式盔甲被調換位置。

之三、晚上七點左右，已故算哲博士的祕書紙谷伸子與丹恩伯格夫人起了爭執。

之四、晚上九點，丹恩伯格夫人在神意審判會中暈倒，同時易介目擊到隔壁房間凸窗口有奇怪人影。

之五、晚上十一點，伸子與旗太郎前來探望丹恩伯格夫人。當時旗太郎取走牆上的泰芮絲畫框，伸子試喝了檸檬汁。易介端來水果盤，裡面盛著可能注入氰化物的香橙，但當時香橙的狀況尚無法證明。

之六、晚上十一點四十五分左右，易介發現先前的人影有東西掉落，遂前往後院窗邊，發現了玻璃碎片以及記載有《浮士德》片段文句的紙片。此時只有被害人和鎮子在房中。

之七、午夜零時左右，被害人吃下香橙。

另外，關於鎮子、易介、伸子以外的四個家人，並無值得記錄的動靜。

四、關於黑死館過去的離奇命案（略）。

五、過去一年來的動向

之一、去年三月四日　四位外國人歸化入籍。

之二、去年三月十日　算哲在日記本中留下奇怪的記載，表示當天要燒毀魔法書。

之三、去年四月廿六日 算哲自殺。

自此之後，邸內家人皆惴惴不安，被害者終於決定根據神意審問法，究明根源。

六、關於預言圖的考察（略）

七、動機所在（略）

法水讀完後這麼說。

「這些項目中，第一項關於屍體現象的疑問，應該已經包含在第三條之中了。表面上看來或許只是單純的時間排列。但光是香橙進入被害人口中的路徑，絕對充斥著複雜如芬斯勒幾何公式[22]的原理。還有，算哲的自殺緊接著四位外國人歸化入籍和他焚燒魔法書之後發生，也很值得注意。」

「好了，我聽夠了你那些深奧分析。」

熊城有些不耐。

「比起這些分析，更重要的是犯案動機和人物的行動之間有著很大的矛盾哪。伸子跟丹恩伯格夫人起了爭執，易介的行動剛剛也說過了。還有鎮子，誰也不知道易介離開房間期間她做了什麼。對了，你所謂浮士德博士的圓，指的正是剩下的四人。」

「這麼說，只有我不在嫌犯之列嘍。」

這時，背後傳來異常沙啞的聲音。三人驚訝地轉過頭，看見管家田鄉真齋不知何時已進入房內，滿臉笑容地俯視他們。真齋能如風般悄聲出現在三人背後是有原因的。這位半身不遂的年老史學家，坐在一台傷兵使用的橡膠輪手動四輪車上。真齋是著名的中世紀史家，除了在此宅邸中擔任管家，也陸續發表了多本著作，小有名氣，現已是個年近七旬的老人。他赭紅色的臉上沒有鬍鬚，顴骨突起、下顎骨特別發達，不過鼻翼周圍塌陷，要說他相貌醜怪，其實更近脫俗，正是所謂胡貌梵相，就像會在道釋畫或十二神將[23]中出現的長相，容貌非常奇特。再看看他頭頂纏的印度布巾——一切只能用詭異來形容。可是他又給人毫不妥協的古板頑固印象，整體看來，雖然外表猶如覆上堅硬外殼，但卻沒有如鎮子般的深沉思慮或者複雜的個性。說到他所乘坐的手動四輪車，前輪較小，後輪則如初期的腳踏車一樣，大得驚人，整台車靠起動機和制動機來操作。

「對了，關於遺產分配的問題……」

熊城連點頭回應真齋的招呼都沒有，性急地開口詢問，真齋則態度傲慢地說道：

「喔，原來你們已經知道四位入籍的事了。確有此事，但詳情還請直接問他們本人吧。這些事我……」

「不過遺囑應該已經開封了吧？我看最好先告訴我們那遺囑的內容吧。」

熊城老練地設下陷阱，但真齋一點也不為所動。

「什麼，遺囑？……喔，我可沒聽說這回事。」

真齋輕描淡寫地帶過，一開始就跟熊城兩人展開殺氣騰騰的暗鬥。法水先是瞥了真齋一眼，接著像是陷入深思，這時才丟出一個含蓄的勝利眼神。

㉒Finsler geometry，由瑞士數學家保羅・芬斯勒（Paul Finsler）在一九一八年的博士論文中提出。
㉓藥師如來藥師經中守護信徒的十二武神。

「哈哈，您是半身不遂吧？原來如此，看來這黑死館內的一切均非屬內科範圍。對了，聽說你是第一個發現算哲博士自殺的人，想必您也知道是誰下的手吧？」

聽完這句話，不僅真齋，就連檢察官和熊城都頓時啞口無言。真齋像蛤蟆一樣撐起雙臂探出上半身，大聲咆哮。

「荒唐！那已經是判定自殺的案子……。您也看過了驗屍報告吧！」

「就是讀過才會這麼問。」

法水繼續追問。

「我猜您連殺人方法應該都很清楚。究竟為什麼太陽系的內行星軌道半徑，要下手殺害那位老醫學家呢？」

二、排鐘的頌讚曲

「內行星軌道半徑？」

這不著邊際的一句話，讓真齋頓時一陣混亂，不知該如何回答。法水繼續嚴肅地往下說：

「沒錯。身為史學家，您應該知道曾經風靡中世紀威爾斯的巴達斯信經吧？那部繼承德伊迪（西元九世紀雷根斯堡的主教法師）流派咒法經典的信條是什麼？（宇宙中瀰漫著各種象徵，而這些神祕法則和排列妙義，可顯告或預測隱藏的現象。）」

「但是這……」

「這其實是一種分析整合的道理。當我知道某個可憎的人物殺害博士的巧妙方法時，這才體會到占星術和鍊金術的妙處。博士確實是在房間中央以腳朝房門、緊握住刺進心臟短劍劍柄的姿勢倒地。但是如果以房間入口為中心，畫出水星與金星的軌道半徑，在這當中所有他殺的證據都會完全消失。」

法水在房間的平面圖上，先畫了雙重半圓。

「但是首先我們必須先知道，行星記號也等於某些化學記號。各位或許都知道 Venus 是金星，但這個字也代表了銅，另外 Mercury 是水星，同時也是水銀之意。而古代的鏡子是在青銅薄片背後塗上水銀而成。這麼一來，鏡面就等於此圖中的金星後方，當然，鏡中也會映照出從帷幕後方出現的兇手長相。因為將金星半徑縮短到水星位置不僅代表了精采的殺人技巧，同時也顯示了犯行推展的方向，甚至是博士與兇手的動作。兇手漸漸將其縮短到中央的太陽位置。太陽所在地就是當時算哲博士斷氣的位置。可是當背面的水銀與太陽交會時，會發生什麼狀況呢？」

法水以縮小內行星軌道來比喻，究竟想表達什麼？檢察官和熊城都萬萬想不到，法水運用現代科學的推理中，竟然會同時出現鍊金術士的陰鬱世界和早期化學特有的相似律原理。

「對了田鄉先生，您知道S這個字母代表什麼嗎？」

法水維持著他緊迫盯人的步調往下說。

「是太陽，同時也是硫磺。說到水銀和硫磺的化合物，不就是朱（硫化銀）嗎。朱是太陽，也是血色。換句話說，算哲的心臟是在房門邊綻裂的。」

「什麼？在房邊……。這只是你荒謬可笑的狂言。」

真齋發狂似地拍打著四輪車的扶手。

「你在作夢。你說的那些根本與事實顛倒。當時，只有博士倒地的周圍有血跡。」

「那是因為兇手馬上將縮短的半徑恢復到原來位置。再看看S這個字吧，還有很多意思吧？例如安息日（Sabbath day）[1]、立法者（Scribe）……。沒錯，就是立法者。兇手就像那座雕像一樣……」

法水此時緊抿著唇，直盯著真齋看，似乎暗在心中測量，還要隔多久再開口。他看準時機，突然厲聲說道：

「兇手，就是像那座雕像一樣無法站立行走的人。」

奇怪的是，在此同時真齋身上也起了莫名的異狀。剛開始彷彿上半身有股衝動，緊接著瞪大雙眼、張嘴如喇叭，那悽慘的樣子猶如孟克筆下的老嫗。他拚命想嚥下口水，顯得十分痛苦，過了一會兒才好不容易擠出嘶啞的聲音。

「你、你看看我這身體，我這種殘廢怎麼可能……」

真齋的咽喉似乎真的有什麼異狀，之後他也持續有呼吸困難的症狀，出現奇怪口吃現象，顯得相當痛苦。法水格外冷靜地觀察他的狀況，繼續往下說，不過他的態度顯然經過算計，看來他對自己講話的速度相當謹慎留意。

「不，正因為是殘廢，才有可能殺人。我見到的並非您的肉體，而是這輛手動四輪車還有地毯。我想您應該聽過本韋努托．切利尼②（文藝復興時期的偉大金工，同時也是駭人兇手）殺害卡爾多納佐家的帕米耶里（倫巴底第一大劍客）時的事蹟吧，劍術遜於對方的切利尼，先鬆鬆鋪上地毯，然後比試到一半用力拉緊，讓帕米耶里一個沒站穩踉蹌了兩步，趁隙上前刺殺對方。要殺害算哲，這種應用了地毯的文藝復興時期劍術絕非空談。換句話說，內行星軌道半徑的伸縮，就是你在地毯上下的功夫。那就讓我來說明實際行兇的過程吧。」

說著，法水對檢察官和熊城投以略帶責備的視線。

①原文之漢字為「惡魔會議日」，但其假名標音意為「安息日」（Sabbath day），涵義似乎有所差距，在此顧及配合英文語意，擇「安息日」譯之。

②Benvenuto Cellini，一五〇〇—一五七一年，文藝復興時期的義大利畫家、金工師、雕刻家、音樂家。

「為什麼你們看過門上的浮雕，卻沒注意到駝子的眼睛凹陷呢？」

「真的！凹陷成橢圓形哪。」

熊城立刻起身到門邊查看，確實如法水所言。法水聽了會心一笑，轉向真齋。

「您看，田鄉先生，這凹陷部位豈不是剛好與算哲博士心臟位置同高嗎？而且這橢圓形狀，一看就知道是護身短刀的柄頭所致。除了安享天年之外毫無自殺動機，那天還抱著愛人的人偶沉浸在年輕回憶中的博士，為什麼會被推到門邊、刺穿心臟呢？」

真齋非但發不出聲音，症狀也依然持續，幾乎要耗盡氣力。他黏稠的汗滴不斷從蠟白色的臉上滑落，悽慘的樣子令人不忍卒睹。而法水視若無睹，並不打算停止他殘酷的追問。

「但是在這裡卻出現了一個奇妙的悖論。四肢健全的人反而不可能犯下這樁命案。因為兇手需要那幾乎無聲的手動四輪車機械力，先讓地毯形成波浪狀收縮層疊，最後再讓博士猛烈撞上房門。當時的房間裡光線昏暗、近乎漆黑，博士不知道你躲在右邊帷幕後方，他撥開左邊帷幕，在床上看著傭人送來的人偶，然後走向門去打算上鎖。而你的犯行就在此時開始。在此之前，先以釘子固定好地毯的另一端，從人偶身上拔下護身短刀，等博士面對門口、背對你時，你便拉高地毯邊緣，再利用踏板往縱向押去、增加速度，地毯便產生了皺摺，波浪也漸次變高。然後你從背後以踏板撞向博士的膝蓋窩。此時地毯的波浪從側面被推擠，高度幾乎與博士的腋下相同。同時也產生了所謂晏德臘西克反射③動作，施加於該部分的衝擊傳達到上臂，引發反射運動，當然，博士也下意識地將雙臂水平舉起。這時你由後方自兩側擒抱博士，將右手的護身短刀輕輕抵在他心臟上，隨即鬆手。博士想必會不自覺地反射性握住劍柄，就在這千鈞一髮之際，兩人握劍的手交替，變成博士握住劍柄。

接著在這一瞬間他撞上身後的門，被自己手中握住的短劍刺穿心臟。也就是說，兇手必須能對年邁而行動緩慢的博士施加足以讓地毯形成波浪狀又不發出聲響的速度，以及機械性的推進力，為了讓他能握住劍柄，必須空出他的雙手，更重要的是得刺激膝蓋窩，引起晏德臘西克反射作用。而具備這一切要素的，就是這輛手動四輪車，犯行在短短幾秒之間，以幾乎來不及發出聲響的驚人速度發生。所以除了運用你不方便的身體，沒有其他人能在殺了博士之後還留下他自殺的證據。」

「那為什麼需要在地毯上製造波紋？」

熊城趁空提問。

「那就是內行星行星半徑的收縮啊。先讓地毯一度收縮至最小，然後讓波浪頂點達到與博士脖子相當的位置，再讓地毯伸展為原狀。所以博士的屍體才會以緊握劍柄的姿勢倒在房間中央。當然啦，雖然是空房，但是房間並沒有上鎖，所以幾乎不會留下痕跡，死後也不可能繼續緊握。可是幹驗屍官這一行的人往往對神祕不可思議的魅力缺乏感受性呢。」

這時，傳來一陣演奏古典經文歌的清寂排鐘聲，撼動了這充滿肅殺之氣的陰森房中空氣。法水之前雖在尖塔裡看過擺鐘（有鐘舌的錘擺鐘），卻沒發現到排鐘（按下琴鍵後會敲打音調不同的鐘，作用類似鋼琴）的所在。然而，就在眾人都因為這種異樣對比分了神的同時，之前始終趴在扶手上的真齋拚命擠出斷斷續續的微細聲音。

「你胡說……算哲老爺的確死在房間中央……。但是為了維護這個家族的榮譽……我害怕外界

③Jendrassik's maneuver，由匈牙利內科醫生晏德臘西克（Ernst Jendrassik，一八五八—一九二一）所創之手法，使兩手相握用力分離，測試膝反射。

的風言風語，才從現場取走那個東西……」

「什麼東西？」

「黑死館的惡靈、泰芮絲的人偶……那人偶被壓在屍體下方，就像是屍體背著它一樣，而且雙手疊在算哲老爺握住短劍的右手上……我看到滲透衣服流出的血不多……所以命令易介……」

檢察官和熊城雖未表現得畏縮驚恐，卻也察覺到每發現一樁新事象，不應存在生者世界的神祕力量就愈發濃重。而法水只是冷冷地丟下一句：

「我也無法再說下去了，因為我不可能再繼續推論下去。現在博士的屍骨已化為無機塵土，能夠決定是否起訴的理由，也只有你的自白了。」

就在法水說完時，經文歌的樂聲停止，緊接著一陣出乎意料的美妙弦樂聲又開始撼動耳膜。在隔了好幾層牆壁外的彼端，四種弦樂器有時莊嚴合奏，有時則由第一小提琴吟唱出撒瑪利亞的和平，宛如潺潺溪水。熊城聽了忿忿說道：

「怎麼搞的？現在家裡有人遇害呢！」

「因為今天是這座館的設計師克勞德．戴克斯比的忌日……」

真齋一邊痛苦喘息一邊回答。

「在宅邸的行事曆中，記載著追思在回國船上於仰光跳海的戴克斯比之日。」

「原來是無聲的鎮魂曲啊。」

法水出神地說道。

「這樂風聽來很像約翰．史坦納④。支倉啊，我真沒想到因為這次事件還可以聽到那四重奏的演奏呢。我們去禮拜堂看看吧。」

於是法水命令便衣刑警照顧真齋，離開這個房間。他們一走熊城立刻追問：

「你為什麼不再追問下去呢？」

沒想到法水哄聲大笑。

「難道你以為我剛剛說的是真的？」

檢察官和熊城都忽然覺得被嘲笑，但是剛剛那理路井然的推理，叫人如何不相信呢。法水憋著笑，繼續說道：

「老實說，我向來最討厭那種恫嚇式的問話。但是我一看到真齋就有種直覺，不得不臨時編出剛剛那些道理，其實我真正的目的不為別的，只是想搶先真齋居於精神層面上的優勢。要解決這樁事件，一定得先粉碎那老頑固的外殼。」

「那房門的凹陷呢？」

「二二得五。那處凹陷揭穿了這扇門陰險的特質，也證明了水痕。」

突來的大逆轉實在令人震驚。他們兩人彷彿吃了一記重錘般，一臉茫然，法水馬上緊接著說明。

「門是靠水來開啟的。如果想不用鑰匙開門，絕對不能沒有水。好吧，我先說個類似的故事。有一本馬姆斯伯里伯爵所著的古書《約翰．迪伊⑤博士鬼談》，裡面記載了魔法博士迪伊的許多神

④Sir John Stainer，一八四〇—一九〇一年，英國作曲家、管風琴家。

⑤John Dee，一五二七—一六〇八年，英國著名數學家、天文占星學家、地理學家、神祕學家及伊麗莎白一世顧問。

奇法術，其中有一篇讓馬姆斯伯里大為驚嘆，那就是關於隱形門的記載，我就是由此學到如何用水來開門的。當然，那算是一種信仰治療法，迪伊博士先讓瘧疾患者跟看護一起進到一間房間，再把鑰匙交給看護，讓看護鎖門。過了大約一個小時後，明明鎖了門，這扇門卻像起了變化一樣，輕輕鬆鬆就被打開了。迪伊做出了一個結論——附身的半羊人⑥已經逃了——而且房門附近也真的有羊騷味，這名患者就這樣從精神層面被治好了。但是熊城哪，剛剛說的羊騷味裡其實包含了迪伊的詐術。對了，我猜你應該知道，毛髮會依照溼度伸縮，而且伸縮程度也會與溼度成正比，就如同蘭博瑞溼度計⑦的原理一樣。假如試著把這種伸縮理論應用在扣鎖的微妙動作呢？你也知道，發條中使用的扣鎖，原本是半木式結構（英國十八世紀初的建築樣式，在塗灰泥的牆壁規則釘上粗略刨削的木材）特有的零件，通常扣鎖會游離於平坦黃銅棒兩端，隨著黃銅棒的上下擺動，扣鎖會沿著支點附近的角狀兩邊起落。而愈接近支點起落的內角就愈小，這簡單的道理應該不難理解吧？假設這時綁住接近扣鎖支點的某一點，再將此繩拉緊，使其倒下時可能呈水平，在接近繩子的中心放上一個用髮束綁住的重物。接著從鑰匙孔注入熱水，這麼一來溼度當然會增加，所以毛髮隨之拉長，使墜子落在繩上，繩子也會變成弓形。這股力道作用於扣鎖的最小內角，拉起倒下的扣鎖。所以當時迪伊博士用的應該是羊尿吧。而在這扇門上，駝子眼睛的背面就是這個裝置所需的凹洞，因此這個較薄的部分經過頻繁反覆的乾溼變化，才會形成凹陷。換句話說，布置這機關的是算哲，而利用這個裝置長期進出這個房間的，可能就是兇手。怎麼樣？文倉，這下子你應該了解為什麼在剛剛的人偶房間裡兇手要留下絲線和人偶機關了吧？如果光推敲外部的技巧，這個案件就會永遠有一扇門被鎖住。再說，你不覺得此時微奇古思咒法的味道愈來愈濃了嗎？」

「這麼說，人偶是踩到了當時溢出的水？」

檢察官的聲音嘶啞。

「再來只剩那鈴鐺聲的疑問還沒有解開。這麼一來幾乎可以確定人偶與兇手同在。可是你每次靈光乍現的結果，最後總是會出現與你意圖相反的現象。這到底怎麼回事？」

「嗯，我自己也不懂。總覺得自己好像走在陷阱裡一樣。」

但法水似乎思緒有些混亂，熊城掐緊時機強調：

「這一點我倒認為兩者應該是相通的。你看剛剛真齋那慌亂的態度，怎麼能不好好追究呢。」

「但是呢。」

法水苦笑著。

「但說來或許奇怪，其實我的恫嚇式問話當中也包含一種生理性的拷問。因為有了那段問話，才能有如此出色的效果。對了，西元二世紀亞流神學派[8]的教士菲利雷思曾經有過這種論述。他說當靈氣（呼吸之意）隨著呼吐離開身體，便是趁虛而攻之機。他還說，要選擇可徹底隔絕的比喻。實在是至理名言。所以我之所以將內行星軌道半徑跟幾乎毫微米等級的殺人事件連結在一起，最終也是因為不想讓共同因子太容易被發現。不是嗎？讀了愛丁頓[9]的《空間、時間與引力》[10]那天，我發

⑥Faun，半人半羊的農牧神。

⑦Wilhelm Lambrecht，一八三四—一九〇四年，德國測量機器廠商創始人。

⑧Arianism，基督學之異端，是三、四世紀亞略神父（Arius）所倡的學說，否認耶穌的天主性。

⑨Arthur Stanley Eddington，一八八二—一九四四年，英國天文學家。

⑩*"Spacet, Time and Gravitation: An Outline of the General Relativity Theory"*。

現其中的數字完全失去了對稱式的觀念。還有，就算是像比奈[11]那樣的中期生理心理學家，也提到了當肺臟滿溢時的均衡和質量上的豐富。當然，在剛剛的情況下我只搭配著他想吸氣的時機，說些容易刺激他的話，同時也希望帶來我所期待的生理衝擊效果。他的症狀是一種叫做咽喉後方肌肉抽搐的持續性呼吸障礙。謬爾曼在《老年的原因》裡，提到了伴隨肌肉骨化而來的衝動心理現象。當然那只是種間歇性症狀，可是老年人在吸氣時亂了調息，就像剛剛真齋那樣，可能引發嚴重症狀。所以我才能同時在心理上和生理上，難得地同時命中紅心。但那只是錯漏百出的推論，除了想阻礙對方思考，同時還有先發制人的功效。因為我得剝開他牡蠣般的堅硬外殼，聽聽裡面的一些訊息。也就是說，這是我的權謀詐術，也是某項行為的前提。」

「這番馬基維利[12]的推論也實在太驚人了。那麼，結果呢？」

檢察官急著追問。法水微微一笑。

「你該不會忘了吧？剛剛可是你問我的哪。你忘記先前問我的第一、二、五項問題嗎？那位形同利希留的實際掌權者，竭力不讓追查犯人的官員窺見黑死館的心臟。所以等到他從鎮靜劑的藥效清醒過來時，說不定事件已經順利解決了。」

法水依然維持他故弄玄虛的風格，接著他往鎖孔中注入熱水，完成實驗的準備後前往樓下禮拜堂的演奏台。

穿過大廳時可以聽到樂聲從飾有十字架與盾形浮雕的大門另一端傳來。門前站著一位傭人，法水將門推開一道細縫，馬上接觸到在那寬廣冰冷空間中靜寂搖動的寬闊空氣。那是只有具備厚重莊嚴氣息才能散發出的奇異魅力。禮拜堂裡瀰漫著許多褐色蒸氣微粒，在這霧靄般的昏暗空間中，漂著微弱而穩定的光線，那形狀猶如朦朧夢幻一般。光線來自聖壇的蠟燭，三角形大燭台前焚著乳香，煙霧與光線沿著火箭般林立的小圓柱上攀，匯集於頂上的扇形穹頂附近。樂音在柱與柱之間反射，迴盪出異樣的和聲，彷彿隨時會有一隊身穿燦爛金色聖衣的主教助祭會從步廊後出現。然而對法水來說，這也只是一種充滿問罪氣息的詭異氣息。

聖壇前設有半圓演奏台，台上四位身穿多明尼克修道院⑬黑白服裝的樂師，已然進入渾然忘我的境界。最右邊那位看來簡直像粗糙巨石的大提琴手奧托卡爾・雷維斯，圓鼓鼓的臉頰讓人想放上一口半月落腮鬍，頭上戴著一頂與身體大小不成比例的瓜型小圓帽，這個人看來非常樂觀，大提琴拿在他手裡看起來彷彿只有吉他般大小。他身邊那位是中提琴手歐莉加・克里瓦夫夫人，她的眉骨高聳、眼角線條銳利，有一個細鉤狀的鼻子，看起來相貌冷峻。聽說她的演奏技壓那位知名獨奏者柯奇斯，或許也因為如此，她演奏時的態度也展現出傲然氣勢和異常刻意的誇張動作。而在她身邊的嘉莉瓦妲・賽雷那夫人剛好與前者形成明顯對比。她皮膚看來透明如蠟，再加上臉部輪廓小、柔和圓潤，整體感覺很是嬌小。她黑白分明的清亮眼珠也看不出凝視般的銳利。整體來說這位婦人略顯憂鬱的神情中藏有謙遜的個性。以上三位年齡大概都約莫四十四、五左右。

而最後一位第一提琴手，就是剛滿十七的降矢木旗太郎。法水覺得自己眼前彷彿看到全日本最俊美的青年。但是他的俊美是屬於演員那類的慵懶嫵媚，從他身上任何一處線條或陰影，都找不到

⑪Alfred Binet，一八五七—一九一一年，法國心理學家。
⑫Niccolo Machiavelli，一四六九—一五二七年，義大利政治思想家。主要著作有《君主論》。被視為權謀術數的代名詞。
⑬由聖多明尼克（Dominic of Guzman，一一七〇—一二二一年）創立的修道會。慣穿黑白服裝。

思慮的深度與數學性的正確。也就是說，他欠缺了睿智的表徵，也沒有算哲博士照片上展露的端正五官與威嚴。

原本以為無緣聆聽到這神祕樂團的演奏，現在雖能親臨現場，但法水並沒有單純陶醉其中。因為法水發現，來到樂曲最後部分時，兩支琴都裝了弱音器，因此只有低音弦發出深壓般的聲響，那聽起來非但不像結束於天國榮耀的莊嚴終曲，更像是來自地獄的恐懼和感嘆呻吟，給人相當異樣的感覺。演奏到終止符前，法水關上門，詢問站在一旁的傭人：

「你平常都這樣站在門邊？」

「不，今天是第一次呢。」

傭人一臉自己也莫名其妙的表情。

但法水卻似乎隱約察覺到其中的原因。接著三人緩緩走著，法水沒頭沒腦地低聲說：

「那扇門確實是地獄之門哪。」

「那地獄是在門內還是門外呢？」

檢察官反問他，法水深深吸了一口氣，像演戲一樣動作誇張地說道：

「是門外。那四個人看來確實相當害怕。如果他們不是在演戲，那就表示我猜得沒錯。」

鎮魂曲的演奏在他們爬完樓梯時結束。接著有一段時間什麼也沒聽到，不過等到三人打開隔間門，踏上通往命案房間的走廊上時。排鐘再次響起，這次演奏的是拉索[14]的讚美詩（《新約聖經．大衛詩篇》第九十一篇）。

你必不怕黑夜的驚駭

或是白日飛的箭
也不怕黑夜行的瘟疫
或是午間滅人的毒病。
你必無須憂慮

法水低聲哼唱著，跟頌讚曲一樣，以送葬行列般的速度走著，但是每重複一小節，樂聲就顯得更微弱一些，同時法水臉上也顯得更加擔憂。到了重複第三次時，「也不怕黑夜行的瘟疫」這一小節幾乎聽不見，奇怪的是接著來到「或是午間滅人的毒病」這一節，同樣的音色卻可發出「泛音」。到了最後一節又完全聽不見。

「果然沒錯，你的實驗成功了。」

檢察官瞪大了眼睛推開原本上鎖的房門，但是法水卻背倚著正面的牆，黯然盯著半空。接著他輕聲喃喃說道：

「支倉，快去拱廊。拱廊的吊式盔甲裡，有易介被殺的屍體。」

兩人一聽忍不住大驚。到底法水是如何從排鐘樂音當中，得知屍體的下落呢？

⑭Orlande de Lassus，一五三二—一五九四年，比利時作曲家。

三、易介應當被夾死

不過，法水並不打算前往近在眼前的拱廊，他繞過迴廊，站在與禮拜堂圓頂相接的鐘樓樓梯下。他召集來所有員警，要大家從此為起點，從屋頂到牆廓上的瞭望塔都派人看守，監視尖塔下的鐘樓。於是，在兩點三十分，距離排鐘響後短短五分鐘後，這裡已經形成滴水不漏的嚴密包圍網。一切都進行得無比神速又專注，似乎即將揭曉結論的緊繃氣氛讓人以為事件即將告終。但是除非剖開法水的腦袋一窺究竟，誰也無法預測他到底在打什麼算盤。

不過各位讀者想必都已經注意到法水的言行舉止有多麼出人意表吧。姑且不管他是否說中，但那跳躍性思考幾乎已經超越了人類極限。聽了排鐘的聲音，他馬上想像到易介陳屍於拱廊，但接下來的行動卻將焦點放在鐘樓上。可是對照他過去的舉動，這些撲朔迷離彷彿也有跡可循。例如他一開始回答檢察官條列問題的內容，還有之後對管家田鄉真齋施加嚴酷的生理拷問，以及之後他自己說出的重大悖論。當然，那類似共變法的因果關係也立即打動了其他兩人。或許無須等到真齋的自白，藉此機會就能揭開真相。但是下令完後法水的態度又再次令人意外。他再度恢復先前的凝重面容，臉上開始交錯各種疑慮混亂的影子。他走向拱廊時，突如其來的嘆息聲讓兩人又是一驚。

「啊！我給弄糊塗了。假如殺害易介的兇手在鐘樓，這麼一來明確的證據就一點意義都沒有了。老實說，我腦中懷疑的兇手除了現在已經知道的人物，還有另一個人，可是他卻出現在不可能出現的地方。難道還有其他椿命案？」

「那你為什麼拉著我們團團轉？」

檢察官激憤地叫道。

「你先說易介的屍體在拱廊。但是話才剛說完又要大家去看守完全無關的鐘樓。根本是沒有道理、沒有意義的改變哪？」

「這沒什麼好訝異的。」

法水扯著嘴角冷笑著回答。

「關鍵在於排鐘的讚美詩。我不清楚演奏者是誰，但是那聲音漸漸變弱，最後一節甚至沒有演奏。還有尾聲的『或是午間滅人的毒病』那裡，竟然聽到奇妙的泛音（Do Re Mi Fa……以最後一個Do為基音的高八度音階）。支倉，這完全不符合一般的法則。」

「那就先聽聽你的解釋吧。」

熊城在此打了岔，法水眼中展現出異常的光采。

「那簡直是惡夢。既恐怖又神祕。可不是能單純解釋的問題。」

法水的口氣先是無比狂熱，然後又漸漸冷靜下來。

「對了，假如易介早就已經離開人世——我想不出幾秒我們就能知道確切的事實——這麼一來所有家人的人數就會多出一個負數。原本有四位家族成員，就算演奏結束後立即離開禮拜堂，也沒有充裕的時間來到鐘樓。另外，不管從各方面來說，應該都可以排除真齋的嫌疑。那麼剩下的可疑人物只有伸子和久我鎮子了，而另一方面，排鐘的樂聲是逐漸減弱、並非戛然而止，考量到這一點，那兩人就不可能同時身在鐘樓。當然，想必演奏者身上一定發生了某些異常，但就在此時，讚美詩最後一節竟發出了高八度樂聲。無須贅言，理論上排鐘不可能發出高八度樂聲。那麼熊城，這種情況下鐘樓裡除了一位演奏者，勢必還有另一個能進行奇蹟般演奏的人物存在。啊！那傢伙到底是怎麼出現在鐘樓的呢？」

「既然如此，為什麼剛剛不先調查鐘樓呢？」

熊城進一步追問，法水顫抖著聲音幽幽答道：

「老實說，因為我擔心那個高八度的聲音藏有陷阱。我覺得兇手故意巧妙地露出馬腳，而且他可能已經算計好，只有我會發現到這個現象。首先，我實在不懂兇手為何這麼急於行兇。再說，當我們在鐘樓蹉跎時，樓下那四人可是處於幾乎沒有防備的狀態啊。在這麼廣大的宅邸裡，處處都有隙可乘，實在很難防備。所以過去的事儘管已經無能為力，我至少希望可以竭力防止新的犧牲者出現。換句話說，我針對腦中這兩種不同顧慮，各自採取了不同對策。」

「喔，又有神祕人物出現了是嗎？」

檢察官咬著下唇低聲說道。

「一切都太超乎常理、太瘋狂了。兇手就好像風一樣，躲過我們的耳目通過面前。法水啊，這種超自然現象到底會怎麼發展。好像真的慢慢往鎮子所說的方向在演變呢。」

雖然還沒接觸到事實，但一切事象都明白地指向收束的方向。不久，拱廊開放的入口出現在眼前，而通往盡頭圓廊的其中一扇門不知何時被鎖上，裡面幾乎漆黑。撲面而來的冰冷空氣中，可以嗅到隱約的血腥味。這時距離他們開始調查才過了四小時。然而當法水他們還在一片迷霧中摸索案情時，兇手的惡行已經隱密地進行，犯下了第二樁命案。

法水立刻打開通往圓廊的門引入光線，接著開始檢視排列在左邊的吊式盔甲。不過他馬上指向其中一具：「就是這個。」那是個萌黃色盔甲，頭戴五根鍬形的頭盔，另外還有毘沙門篠的護臂、小袴、護腿、鞠靴，正統全副武士裝束。從臉部至咽喉有護喉甲和上了黑漆的猙獰面具遮掩。背後中央有日月圓扇，背負繪有南無日輪摩利支天的防箭護衣，兩旁插著龍虎旗幟。但是這排盔甲最值得注意的現象，就是以此萌黃色盔甲為中心，不僅左右全都同樣斜向放置，其橫向方向也採交錯方式放置，也就是一左、一右、一左，呈現異樣的一致性。法水卸下那盔甲的面具，裡面出現了易介悽慘的死狀。法水非凡的透視力果然成真。不僅如此，不同於丹恩伯格夫人發出屍光的屍體，這位侏儒駝子的屍體竟然莫名地被穿上盔甲、吊在半空中。啊，兇手此時再次展現了其華麗的裝飾癖好。

最先映入眼簾的是易介咽喉上的兩條割傷。說得更仔細些，那兩條割痕湊在一起恰巧成個「二」字，位置就在從甲狀軟骨到胸骨、也就是前頸部上，傷口呈楔形，看似短刀所致。此外，傷口的深淺也呈現奇怪的ㄩ形，上面那道割痕先是從氣管左邊刺入約六公分深，然後提起刀尖往橫向淺淺入刀繞至右側，來到右側再用力刺下才拔刀。下面那道割痕的形狀大致相同，不過方向稍微偏斜下方，深抵胸腔內。不過兩道割痕都沒有觸及大血管或內臟，甚至還巧妙地避開了氣管，顯然不至於當場致命。

接著，他們剪斷連結天花板和盔甲內綿衣的兩條麻繩，正準備將屍體移出盔甲外，此時又察覺有異。在這之前因為被垂下的護喉甲蓋住看不清楚，但現在才發現易介竟是橫穿著盔甲。也就是穿盔甲時左邊的接合部分在易介背後，他背後突起的肉瘤則塞進篷骨的凸形中。傷口流出的濁黑血液，沿著從小袴滴到鞠靴中，屍體已經完全沒有體溫，自下顎處開始有僵硬現象，足以推斷死後大概已經過了兩小時。拉出屍體後，又看到更令人驚愕的事實。易介全身都出現明顯的窒息徵象，處處可見痛苦痙攣的痕跡，從雙眼、排泄物和血色，都可馬上判斷他死於窒息，不僅如此，他表情極其淒厲，甚至能感受到垂死掙扎時的激烈痛苦和懊惱。可是在他的氣管中並沒有發現足以栓塞呼吸道的東西，口鼻也沒有閉塞的痕跡，當然更沒看到索痕或勒殺的痕跡。

「這簡直重現了拉札列夫（聖阿雷基賽修道院[1]中之死者）啊。」

法水的聲音聽起來幾乎像呻吟。

「這傷痕是死後才造成的。看看拔刀後的剖面就知道。通常如果刀刺入人體後馬上拔出，血管的剖面會收縮，但這傷痕的剖面卻是敞開的。而且我從來沒看過窒息死亡特徵這麼明顯的屍體。實在殘酷至極——我想兇手的手段一定可怕到超乎想像。讓導致窒息的原因，一步一步緩緩逼向易介。」

「你又是怎麼知道的？」

熊城面露狐疑，法水繼續揭露那無比陰慘的內容。

「人垂死掙扎時間的長短，與死後症狀的明顯程度成正比，我覺得這具屍體甚至可以拿來當作法醫學上的新案例。如此看來，唯一的可能就是易介的呼吸愈來愈困難。在臨死這段期間他想必費盡各種淒厲的努力，試圖掙脫這死亡之鏈。可是身體卻因為盔甲的重量漸漸鈍重，最後只能任憑擺布。在他無奈等待最後那一瞬間到來時，兒時至今的記憶或許就如電光石火般掠過，一幕接著一幕地出現在腦海中。熊城哪，你說人生裡還有比這更悲慘的時刻嗎？還有比這更殘忍、帶來更深刻痛苦的殺人手法嗎？」

就連熊城想像到這種叫人不忍卒睹的光景，也不禁打了個哆嗦。

「不過易介是自己穿上這盔甲？還是被兇手……」

「要是能知道這一點，就可以解開殺人手法之謎了。最大的疑點是，他並沒有發出慘叫聲。」

法水馬上打斷他，檢察官則指著被頭盔重量壓扁的屍體頭顱，提出自己的論點。

「我覺得跟頭盔重量可能有某種關聯。如果傷痕和窒息的順序顛倒，就沒什麼問題了……」

「就是啊。」

法水也表示同意他的想法。

「有一種說法認為頭蓋部位的頂骨導靜脈承受外力一段時間後，血管會破裂。這種情況下腦室受到壓迫，會出現類似窒息的症狀。但是並不會太過明顯。這具屍體並不屬於猝死的類型。而是一步一步逐漸步向死亡。所以直接死因我看應該與護喉甲有關。當然沒有劇烈到壓破氣管，但是他頸部大血管確實受到極大強度的壓迫。這似乎也可以解釋為什麼易介沒有出聲慘叫。」

「嗯，你的意思是？」

「我是說，其實死因並非腦充血、而是腦貧血。再加上葛利辛格[②]這個人曾經說過，這種情形會

①小栗虫太郎的短篇偵探小說。
②Wilhelm Griesinger，一八一七—一八六八年，德國精神病學家、神經學家。

引發類似癲癇的痙攣。」

法水若無其事地平靜回答，但似乎又因為某種悖論感到困擾，臉上蒙著一層苦澀陰影。

熊城提出他的結論。

「總而言之，如果這些割傷與死因無關，那麼這樁命案很可能是出於異常心理狀態的產物。」

「不，怎麼可能。」

法水堅定地搖搖頭。

「這樁事件的兇手如此冷血殘酷，怎麼可能單純出於興趣而行動，不帶任何目的？」

接著展開指紋與血跡的調查，不過毫無斬獲。除了盔甲內部以外完全沒發現任何一滴血跡。調查結束後，檢察官問法水，為什麼會有剛才那番透視般的想像。

「你怎麼會知道易介死在這裡？」

「當然是根據排鐘的聲音啊。」

法水說得一派輕鬆。

「其實這是根據彌爾[3]所謂的剩餘理論。亞當斯[4]發現海王星，也是以剩餘理論或者未知事物為前提，除此之外沒有其他原理了。你想想看，像易介這麼個怪人消失卻沒有人發現。就在這時，除了高八度樂音之外排鐘又出現了另一個異常音。發生命案的房間與外界有房門隔絕，但是走廊上不同，這裡的空間與整棟建築物相連。」

「你的意思是……」

「因為當時聽到的殘響很少。一般說來，鐘沒有鋼琴中的防震裝置，餘音格外明顯。而且排鐘的每一個音色與音階都不同，在近距離內或同一棟建築物裡，之後接續發出的鐘聲會互相干擾，最後變成極不悅耳的雜音。沙因斯坦將此比喻為色彩圓的迴轉，起初看到了紅色與綠色，在其中央感覺到黃色，但是最後只看到一片灰色。這真是至理名言哪。更何況在這座宅邸中到處都是拱形天花板和弧形牆面，還有些地方形成氣柱，所以我原本想像的是混沌一片的鐘聲。可是剛才聽見的聲音卻是那麼清澄透亮。聲音若是散入空氣中，殘響當然會較為稀薄，所以那聲音很明顯是從連接露台的法式窗傳進來的。發現這一點後我不禁愕然。因為這就表示建築物中必然有東西阻擋了擴散其中的噪音。前後的隔間門都關著，剩下的只有拱廊朝向圓廊的那扇門。但是剛才第二次過去時，我記得我把左邊靠吊式盔甲的門敞開沒關上。那裡換個角度來說是掌握事件關鍵的重要地方，我還特別交代過絕對不准亂動。那扇門如果被關上，此區就等於一塊吸音裝置，近似一個能隔絕殘響的消音室。所以我們耳裡聽見的，就是從露台傳進來的一個強烈基音。」

「那這扇門又是怎麼關上的？」

「靠易介的屍體關上的。在他從生到死的這段悽慘時間當中，有個東西推動了這副易介自己無從施力的沉重盔甲。你也看到了，這列盔甲全都朝左右傾斜，而且方向每隔一具盔甲就不同，呈現左、右、左交錯的擺放方式。也就是說，因為中央這具萌黃色盔甲轉動，它的袖板橫向推動了旁邊盔甲的袖板，使其旋轉，就這樣依序推動，一直傳動到最後面一具盔甲。而最後一具袖板撞擊到門

③John Stuart Mill，一八〇六—一八七三年，英國哲學家、經濟學家。

④John Couch Adams，一八一九—一八九二年，英國數學家、天文學家。

把，關上了房門。」

「那是什麼讓盔甲旋轉的？」

「頭盔和篷骨。」

說著，法水拿下防箭護衣，指著用粗鯨骨製成的篷骨。

「如果易介要依照正常方式穿上這幅盔甲，首先會被他背部的肉瘤擋住。所以我第一個思考的問題是，易介要如何在盔甲中處理自己背部的肉瘤？於是我想到了背向盔甲側邊接合處，把肉瘤納入篷骨的方法。也就是我們現在見到的樣子，但是體弱多病的易介不可能有足夠力氣移動這些重量。」

「篷骨和頭盔？」

熊城狐疑地重複了幾次，法水不以為意地繼續做出結論。

「我為什麼會認為是頭盔和篷骨呢？因為如果易介的身體浮在半空，盔甲整體的重心就會移到上方。不僅如此，還會偏向某一側。靜止的物體出現自發運動，通常除了質量變化或者重心轉移不會有別的原因。而原因其實就在頭盔和篷骨上。再說得仔細一點，易介的姿勢應該是這樣的。他頭部承受著頭盔的重量，背部肉瘤剛好嵌入篷骨的半圓形中，腳浮在半空中，當然這種姿勢一定相當痛苦。所以在他還有意識時，想必會拚命尋找可以支撐手腳的地方，這時他的重心應該位於小腹附近。但等到他喪失意識，就失去了那股支撐的力量，手腳也完全懸在空中，這時重心便會轉移到幌骨部分。也就是說，盔甲會移動並不是靠易介的力量，而是出於原有重量和自然法則而決定。」

儘管早就知道法水超乎尋常的分析能力，但是看到他能在瞬間組合架構起這些事實，連司空見慣的檢察官和熊城也不得不驚訝得頭頂發麻。法水又繼續說道：

「如果能知道在他斷氣前後，與什麼人在哪裡、做些什麼就好了。不過這倒可以等到調查完鐘樓後再進行……，不過熊城，請你先查問傭人中是誰最後一個見到易介。」

不久之後，熊城帶著一名與易介差不多年紀的傭人回來。這個人名叫古賀庄十郎。

「你最後一次見到易介大約是幾點？」

法水馬上切入正題。

「豈止見到？我還知道易介先生就在這具盔甲裡，也知道他已經死了……」

庄十郎驚懼地避而不看屍體，語出驚人。

檢察官和熊城都激動地瞪大了眼，不過法水卻語氣溫和地繼續問：

「那就請你從頭開始說明吧。」

「起初我記得是十一點半左右。」

庄十郎開始回答，態度顯得坦然磊落。

「我在禮拜堂和更衣室之間的走廊看到他，當時他語氣激動，絮絮叨叨地抱怨著自己運氣糟透，惹來嫌疑，我不經意地看看他，發現他眼裡布滿血絲，便問他是不是發燒了，他說，怎麼可能不發燒呢，還拉了我的手去摸他額頭。我看至少有三十八度左右吧。接著垂頭喪氣地走向大廳。總之，那就是我最後一次跟他見面。」

「這麼說，接下來你還看到易介進到盔甲裡嘍？」

「沒有，我是因為發現這裡的吊式盔甲全部開始慢慢轉動……我想那時候大概一點剛過吧，各位也看到了，圓廊那邊的門是關的，裡面一片漆黑。但是我可以看到金屬移動時閃動的微光。所以我一具一具地檢查盔甲，就這麼巧，在這萌黃色護臂後面抓到了那男人的手掌。我馬上就知道這一定是易介，除了個子嬌小的他，還有誰的身子藏得進盔甲裡呢？我當時試著叫了『喂！易介！』，可是他沒回答。不過那手心摸起來很燙，我覺得應該有四十度左右吧。」

「喔，所以一點多的時候他還活著嘍？」

檢察官忍不住驚嘆。

「是的，不過說也奇怪。」

庄十郎別有深意地繼續說。

「接下來大約是兩點整，排鐘第一次響起的時候，就在我服侍田鄉管家上床躺好，正準備去打電話給醫師的路上。我又走到這具盔甲旁，聽到易介奇怪的呼吸聲，我心裡一陣毛，速速離開拱廊，把電話內容回報刑警之後，又走回這裡，這次我鼓起勇氣伸手去摸了他的手掌。結果你猜怎麼著？才隔了十分鐘左右。那掌心已經冷透如冰，也完全聽不見呼吸聲了。我嚇了一跳，連忙跑開。」

檢察官和熊城似乎已經無力開口。如果根據庄十郎的說法，不僅一舉擊潰了法醫學的高塔，同時，假如朝圓廊那扇門是一點之後才被關上，那麼也從根本推翻了法水主張易介是緩緩窒息而死的說法。光是知道易介發高燒的時間，就已經讓推測的死亡時間產生疑點了，這一個小時的差距確實至關重要。不僅如此，假如依照庄十郎提出的證詞來解釋，易介是在短短十分鐘左右的時間內，由於某種奇妙方法導致窒息，之後還被割破喉嚨。在這難以名狀的混亂中，只有法水仍然表現出鋼鐵般的沉著冷靜。

「兩點，那剛好是排鐘在演奏經文歌的時刻……。從這時候到接下來讚美詩響起之間，還有三十分鐘左右的時間，就前後關聯上來看並沒有順序上的問題。說不定去一趟鐘樓，可以找到釐清易介死因的線索呢。」

他自言自語般地低喃著。

「對了，易介具備盔甲的相關知識嗎？」

「有的，因為盔甲都由他來負責整理保養，偶爾他還會得意地炫耀盔甲的知識呢。」

待庄十郎離開後，檢察官迫不及待地開口。

「我的猜測或許有點異想天開，不過有沒有可能易介其實是自殺、而傷痕是兇手之後刻意留下的呢？」

「是嗎？」

法水顯得不以為然。

「吊式盔甲如果要自己穿，或許還有可能，但那又是誰幫他綁頭盔的繫帶呢？跟其他頭盔比較之下就知道了。其他盔甲都採用正式的綁法，從三乳到五乳、表裡各一，都是正統的古式綁法，但是這件五根鍬形頭盔的胡亂綁法，一點也不像熟知盔甲的易介所為。我剛剛之所以問庄十郎那個問題，也出於跟你一樣的理由。」

「但這也是一種男人的綁法吧？」

熊城不服氣地說。

「怎麼？你說起話來倒挺像塞克斯頓・布雷克⑤的嘛？」

法水輕蔑地瞥了他一眼。

「就算是男人的綁法、或者有男人穿過的女人鞋印，那又如何？那對這種奧妙難測的事件又有什麼幫助？這一切都只是兇手的指路標而已。」

接著法水無力地低喃。

「易介應當被夾死——」

每個人腦中都留有預言圖中預言易介死狀的這句話，但卻有一股奇怪的力量阻止這句話出口。接著檢察官好像被傳染了一樣，也跟著複誦了一次，那聲音又讓室內如沼澤般的凝滯空氣，更添陰森。

「沒錯，支倉，那就是盔甲和篷骨。」

法水冷靜地說道。

「所以乍看之下這具屍體似乎是法醫學上的怪物，其實還有兩個重要的焦點。最根本的謎就在於易介到底是不是依照自己的意志進入盔甲中，還有他為什麼要穿上盔甲……也就是他進入盔甲前後的狀況，以及兇手必須殺害他的動機。當然，這其中也可能包含了向我們挑戰的意味在。」

「笨蛋！」

熊城忿忿地大叫。

「這有什麼好想的？所謂封口不如滅口。這只是兇手顯而易見的自衛手段。丹恩伯格夫人命案的結論已經很清楚，易介就是共犯。」

「為什麼？這又不是哈布斯堡家[6]的宮廷陰謀。」

法水再次嘲笑偵查隊長的直覺。

「如果是那種利用共犯來下手毒殺的兇手，現在你早就可以口述偵訊報告了。」

法水接著向走廊方向走去。

「走吧，到鐘樓去看看我的猜測到底準不準。」

這時，調查完玻璃碎片附近的一位便衣刑警帶著格局圖過來，法水只是摸了摸用那張圖包起的某個硬物，馬上放入口袋，前往鐘樓。爬上兩段式階梯後，前方是呈半圓形的鑰匙形走廊，在中央和左右共有三道門。熊城和檢察官都神情緊張，屏氣凝神地想像可能有個異形怪物藏在陷阱深處。但是當右邊的門打開時，熊城不知先看見了什麼，一個箭步往右手邊跑去。紙谷伸子倒在牆邊排鐘的鐘盤前。她還坐在演奏椅上，上半身往後仰，右手緊握住短刀。

「喔，原來是這傢伙。」

熊城不顧一切，一腳跨向伸子的肩口，但這時他才發現，法水出神地望著中央那扇門。蛋黃色的油漆當中浮現出一塊四方形白色痕跡。走近一看，檢察官和熊城都不禁一陣寒戰。那紙片上寫著……

Sylphus Verschwinden.（風精啊，消失吧。）

---

⑤Sexton Blake，一八九三到一九七八年左右，由多位作者在英國雜誌上所創造的虛擬偵探角色。

⑥Haus Habsburg，從中世紀到二十世紀初，君臨神聖羅馬帝國、掌控歐洲的王朝。

黑死館精神病理學

第三篇

一、風精的異名是？

Sylphus Verschwinden.（風精啊，消失吧。）

排鐘室三扇門中，中央那扇門的高處又貼出浮士德五芒星中的一句咒文，蒼白的紙張彷彿在嗤笑著他們的凝視。不光是這樣，原本應該是陰性的 Sylphe 一樣被改為陽性，一樣用古愛爾蘭的尖銳哥德文字字體書寫，而這些字不僅沒有透露出一絲一毫書寫者性別的線索，就連筆跡的特徵也看不出。兇手到底如何突破重重戒備潛入宅邸中？又或者，其實伸子就是兇手，她心知已經逃不開法水機智的包圍，才出此自尋死路的手段……？無論如何，都得在這裡決定誰才是演奏出高八度樂音的惡魔。

「真沒想到，她應該只是失去意識吧。」

制式化地俐落地檢查過伸子全身後，法水盯著熊城的鞋子。

「可以聽到微弱心跳，呼吸雖淺，不過還有氣息。而且瞳孔反應也很正常。」

聽到法水這麼說，剛才叫囂著：「原來是這傢伙！」、踩了她肩頭一腳的熊城，現在大概也開始後悔自己的輕浮了。紙谷伸子手握短刀仰躺在椅上，那姿勢好似在說著：「看！這個人。」①在這之前，只能見到隨著幽微鬼影暗裡大膽舉動而瘋狂躍動的無數波濤，整樁事件表面未曾浮現任何人影。就在這時，出現了一道細緻氣泡，原以為這些泡沫上升到水面就會破碎，卻又突然出現了現在眼前的鬼蓮[2]。正因為如此，就連熊城也因為一時的亢奮漸漸冷卻，開始心生警戒。看到眼前這出乎意料的姿態，相反的見解反而可能性更高。手裡緊握著可能劃傷易介喉嚨的短刀，伸子彷彿高聲表明自己就是兇手，另一方面，也不能不更嚴謹地探討她為什麼會失去意識。結論只有一個。那就是如同布朵兒王妃[3]對黑人陰莖唱著「化為雨降落地面」般。這樁事件的錯亂顛倒終於陷入瘋狂的境地。

在這裡或許有必要說明一下排鐘室的概況。如前篇所述，這個房間與禮拜堂圓頂相接，剛好位於鐘擺所在尖塔的下方。爬到樓梯最高處是一條呈半圓的鑰匙形走廊，在中央、也就是半圓的頂點和其左右共有三道門。另外還有一點是進到室內才發現的，那就是當時只有左邊的門打開。從那附近的牆面環望室內，可以知道房間是基於音響學而設計的。簡單地說，這就像一顆巨大的扇貝，或者說是個凹狀的橢圓。這個房間在設置排鐘以前，原本很可能是四重奏樂團的演奏室吧，所以中央那道門不僅外觀上看來不太自然，還留有後來才切割牆面鑿出門孔的痕跡。而且就只有這扇門特別高大，幾乎要超過三公尺。從這道門到對面牆壁之間只有扁柏鋪成的地面。

另外，排鐘的鍵盤嵌在挖刨牆壁形成的空間內。三十三個鐘群各自調整為不同的音階，懸吊在鍵盤正前方的天花板上，藉由鍵盤和踏板來敲擊……這就是發出從前喀爾文[4]最愛聆聽聲響的結構，

①Ecce homo，《聖經．約翰福音》第十九章第五節中，彼拉多令人鞭打耶穌基督後，向眾人展示身披紫袍、頭戴荊棘冠冕的耶穌時對眾人說的話。
②Euryale ferox，又名芡，俗稱雞頭蓮。種子會沉入水底，有些可能會沉眠數年甚至數十年才發芽。
③Princess Badralbudur，一千零一夜故事中阿拉丁之妻，來自遠東的公主。
④Jean Calvin，一五〇九—一五六四年，法國神學家。

乘著尼德蘭運河河水推動風車轉動，發出那修道院般寂靜的聲響。另外天花板上也依照音響學構造打造，從橢圓牆面徐緩往鍵盤傾斜，而且恰似響板一樣在中間鑿出圓孔，其上方形成長長角柱形的空間。這兩端是剛剛從庭院裡看到的十二宮彩繪圓花窗，而且還畫了黃道上的星宿，每一格圖畫都藉由巧妙的結構未與本體完全相接，周圍除了一邊相連之外都有細縫，還會隨空氣波動而輕微振動。感覺有點像玻璃琴⑤，而通過那縫隙的聲音就像加了弱音器般，變得更加柔和，即使是排鐘特有的殘響，或者協和和弦的聲音，不論用多快的速度演奏，在一定程度之內都可以防止聲音的混雜。這個裝置的三十三個鐘群都一樣是以柏林的教區教堂⑥為藍本，不過在教區教堂裡正好相反，鐘群朝向教堂內部。法水的調查範圍也擴及到圓花窗附近，而現在只知道爬上尖塔的鐵梯剛好經過窗戶外面。

接著法水命令便衣站在門外，自己則試著用各種方式按壓鍵盤，企圖證明高八度音這個根本的疑點，不過他的實驗只是徒勞無功。最後證明了兩件事，一是排鐘只能演奏出兩個八度的音階，一是剛剛聽到的高八度音階，音高高於這兩個音階。過去在聖阿雷基賽修道院事件的鐘聲，也曾發生過與此極其類似的怪異現象。不過那單純只是機械學的問題，也就是鐘擺的順序問題而已。但這次卻不同，首先關於鐘的質量，也就是決定這三十多個音階的物質結構法則，存在著根本的疑點。因此如果要再窮究，結果勢必會導向相當極端的結論，不是否定排鐘的鑄造成分，就是承認可能有某種神祕的存在，從空中拉高了樂音。眼看就要能確認高八度的神祕之處，但此時法水臉上卻露出令人不忍的疲累神色，似乎連開口的力氣都沒有。不過視情況發展，他可能還得再次耗費心神，思考呈現奇異姿態的伸子為何會昏迷。此時夕陽就快西沉，這壯大的結構體沒入黑暗當中，只剩下從圓花窗射入的微弱光線在冰冷空氣中陰森搖動。其中偶爾可以看到折翼陰影掠過，那應該是成群烏鴉掠過圓花窗外，正要飛回尖塔鐘擺上吧。

關於伸子的狀態，也必須再加詳述。伸子只有腰部還坐在圓形的旋轉椅中，下半身向左偏、上半身則剛好相反，微往右歪，整個人身體往後仰躺。從這有如等邊三角形的姿勢也可以明顯推斷，她應該是在演奏中直接往後倒。但奇怪的是她全身上下沒有一丁點外傷，只有後腦留有皮下出血的痕跡，疑似撞擊地面時造成的。她身上也看不出中毒的跡象。兩眼張開，但看來眼色混濁、毫無生氣，表情也絲毫沒有緊張感，再加上她下巴張開，只給人噁心不悅的感覺。她全身出現單純昏迷時特有的症狀，沒有痙攣跡象，癱軟如棉，而唯一奇怪的就是她緊緊握著那把微泛油光的短刀，即使舉起她的手臂甩動她也不鬆手。整體判斷，伸子失去意識的原因應該來自體內。法水似乎已有想法，吩咐抱起伸子的便衣。

「你告訴本廳警視廳的鑑識人員，先替她洗胃。然後仔細檢查她胃裡的殘餘物還有尿液，再進行婦科檢查。還有，檢查她全身的壓痛點和肌肉反射。」

伸子被送下樓後，法水深吸了一口菸，微弱地低聲說：

「唉，這種局面我實在無法收拾。」

「不過發生在伸子身上的事豈不簡單？等她清醒什麼都能問得出來啊。」

檢察官不以為意地說，但法水卻流露滿臉懷疑，繼續嘆息：

⑤Glass Harmonica。
⑥Parochialkirche，位於柏林的教堂，創立於一六九五年。知名的鐘樓建築在第二次世界大戰中損毀。

「但再怎麼樣，那些顛倒錯亂的現象依然存在。可能反而比丹恩伯格夫人和易介的事件更難解決。因為這其中並沒有明顯的邪惡徵象。乍看之下彷彿什麼事也沒有，其實卻充滿矛盾。總之，我先請專家幫忙鑑定。光靠我自己淺薄的知識，實在無法判斷這詭異的小腦活動。畢竟這當中肌肉神經傳導的法則根本一片混亂。」

「可是，這種單純的……」

熊城正要反駁，法水馬上打斷他。

「如果她的內臟沒問題，也沒發現導致中毒的藥物，那只可能是消失於風精的天蠍宮（掌管運動神經）了。」

「別開玩笑了，怎麼可能是來自外力的原因？而且她又沒出現痙攣，這很明顯只是單純昏迷啊。」

這次輪到檢察官表示不以為然。

「你老是喜歡把簡單的事套上那些迂迴曲折的觀察，真是受不了。」

「當然很明顯。但正因為是昏迷。但是，正因為是昏迷才有問題。如果是屬於精神病理學的領域，那麼只要靠佩珀⑦過去那一本《鑑別診斷》⑧就能輕鬆解決。這當然不是癲癇或者歇斯底里發作。如果是恍惚失神理應可以從表情來判斷，又不像是僵直昏厥、病態嗜睡或者電擊昏睡。」

說著，法水凝望著天花板一會兒，然後用他沒什麼變化的聲音說道：

「不過支倉老弟，就算昏迷傳至末梢神經，各個末梢神經卻還是隨興朝不同方向移動——你說這到底是怎麼回事？所以我才會有這種念頭。就算能解釋她為何手握短刀，只要無法揭開高八度音的祕密，當然不得不懷疑伸子的昏迷有可能是自導自演。你覺得呢？」

「那是你的妄想吧。我看你還是休息一下吧，你看起來很累。」

熊城看來一點都不打算接受他的說法。但法水依然著迷地繼續說：

「熊城，事實上這確實跟某個傳說一模一樣。在尼格萊的《北歐傳說學》中，有一則從前北歐吟唱詩人四處走唱的塞京根侯爵呂德斯海姆的故事。時間是在腓特烈在位時[9]（第五次）十字軍東征之後。你先聽我說完這個故事——吟唱詩人奧斯華德喝下加了天仙子[10]的酒，不久後抱著克魯斯琴的身體開始搖晃如波，最後終於倒在夫人格特魯蒂膝上。呂德斯海姆以前從喀帕蘇斯島[11]（克里特島[12]北方）的妖術師雷貝德斯口中聽說過天仙子對神經所起的作用，於是馬上斬斷其頭顱，與身體一起燒掉。聽說這則故事出自吟唱詩人之王奧菲斯[13]之手，歷史學者貝爾福雷認為這是隨著十字軍傳入北歐最早的純阿拉伯迦勒底咒術文獻，而讓這些咒術文獻開花結果的就是浮士德博士，他才是中世紀魔法精神的化身。」

「原來如是這樣啊。」

檢察官挖苦地笑著。

「一到五月蘋果花盛開，城裡的乳酪小屋開始散發情慾氣息。因為此時丈夫已經隨十字軍東征

---

⑦William Pepper，一八四三—一八九八年，美國醫生，十九世紀醫學教育先驅。

⑧查無原典，疑為"*A system of practical medicine*"。

⑨第五次十字軍東征由教皇何諾三世（Honorius III）號召，當時在位的神聖羅馬帝國皇帝腓特烈二世（Frederick II）無意參與十字軍，稱病不前。

⑩Hyoscyamus niger，有毒草本植物。

⑪Karpathos。

⑫Crete。

⑬希臘神話中，由阿波羅與繆思女神所生的天才七弦琴演奏家與吟遊詩人。在他死後，希臘諸神為了紀念他，將他的七弦琴化為夜空中的天琴座。

了。趁丈夫不在時夫人打把貞操帶的備份鑰匙，與抒情詩人親熱嬉鬧，也是萬不得已哪。不過眼前重要的是，你能不能將話題轉回這次的命案呢。」

法水半帶微笑地沉痛反擊。

「支倉你也太沒用了，堂堂一個檢察官卻疏於鑽研病態心理。否則你一定會記得出現在《古代丹麥傳說》這些史詩中的妖術精神，還有其中大量引為例證的黴毒性癲癇人物。剛剛那個呂德斯海姆的故事雖然沒被引證，但若讀過傳說故事中的《朦朧狀態》，便能發現其中用科學角度說明了奧斯華德的昏迷。在其中提到單純昏迷的章節中是這麼說的——昏迷時由於大腦的運作會兀自凝聚，因此意志會立即消失，使得全身產生高揚感。但是另一方面，小腦還要再等一會兒才會停止作用，所以兩種現象相互產生力學作用，在極短暫的時間內讓全身出現橫向波動般的晃動。可是伸子的身體卻違背了這種自然法則，反而朝相反方向動作。」

說著，他把剛剛伸子坐的那張旋轉椅翻過來，指著中心的螺紋軸棒。

「我剛剛說自然法則確實是誇張了些，其實問題就在這張椅子的旋轉。你也看到了，這椅子的旋轉方向是往右邊轉，而且軸棒完全沒入螺旋孔中，往右的旋轉已經達到極限，不可能再低了。但是從伸子的體態看來，她坐得很深，下半身略偏左、上半身往相反方向，稍微朝右傾。這個姿勢表示她一定是稍微往左轉後才倒下。很明顯這並不合理。因為如果往左轉椅子應該會升高一些。」

「你不要說那些曖昧的暗示。」

熊城臉色不太好看，法水則繼續提出他觀察到的各項細節，舉出矛盾。

「當然，我並不認為這就是一開始的狀態。可是就算螺紋還有旋轉空間，除了考慮到她昏迷時的橫向搖晃動作，也不能忘記垂直作用的重量。因為有垂直力道，所以會一邊搖擺一邊確立方向。也就是說，愈往下降，身體的振動幅度當然會朝右方愈大。讓我再假設另一種情況，如果是先往右大幅旋轉一圈後，螺旋才卡在現在這個位置的狀況，旋轉時一定會產生離心力，所以停止後不可能還保持這種幾乎端正的姿勢。所以說熊城哪，對照椅子的螺紋軸棒和伸子的姿態，就會出現這些驚人的矛盾。」

「什麼？所以這是出於人為意志的昏迷……」

檢察官困惑地嘆了口氣。

「如果這是如此，那就像是格林家的艾達了。所以……」

法水兩手交握在背後，開始在房內四周踱步。

「我並不是無故要求替她去洗胃和驗尿。假如無法發現她自導自演這場昏迷劇的證據，問題才更大。」

這時他來到鍵盤前，停下腳步，用整隻手掌壓下鍵盤。這舉動似乎在暗示他奇異論點的根源。

「你看！演奏排鐘不是一般女性的體力可以負擔。即使是簡單的讚美詩，重複個三遍一定會累到筋疲力盡。所以當時的音色逐漸減弱，原因應該就出在這裡。」

「你是說她昏迷原因是出於疲勞？」

熊城迫不及待地問。

「斯特恩[14]說過，疲勞時的證詞不能相信。如果那時出現了某種意料之外的力量，那絕對是絕佳

⑭William Stern，一八七一—一九三八年，德國心理學家。

的狀態。不過一切都得先證明高八度音如何發生。那可說是最好的不在場證明哪。」

「你是說得證明伸子的演奏技巧？」

檢察官驚訝地反問。

「我實在不認為單靠排鐘就能證明那高八度音。而且我想現在最重要的應該是查清楚短刀是不是別人放在伸子手中的。」

「不，在她昏迷之後放入手中的話，不可能握得那麼緊。」

法水再度開始踱步，但聲音顯得漫不經心。

「當然，也可能有不同的意見，所以我才請來專家鑑定。而且這也牽涉到易介死亡時間的問題。傭人庄十郎表示，他在易介可能的死亡時間一小時後，也就是兩點時，還明顯聽到他的呼吸聲，不過這個時間伸子正在演奏經文歌。這就表示到她得在彈奏最後一首讚美詩之前這二十多分鐘之間，割傷易介的咽喉、製造昏迷的原因。我很擔心無法對此提出反證。一般來說採取包圍方式過濾出來的結果，應該是二減一等於一的單純答案，但是高八度音……高八度音呢？」

再想下去也只是陷入一片混沌當中。法水企圖凝神專注，將所有力氣放在伸子身上。過去在「康斯坦絲．肯特[15]事件」和「格林家殺人事件」等教訓，讓他學會這種時候必須再三仔細觀察。然而，猶如百花千瓣分裂的無數矛盾，使得法水分析性的各種說法都無法確立。事件表面彷彿被巧妙賣弄逆說反話的華麗修辭給覆蓋。但是每解開一個疑點又會出現新的，他就像是受到詛咒的荷蘭人一樣，疲憊茫然。當遇上高八度音這個問題時，他不得不被拉回奇想異說。突然之間，他好像接到天外飛來的靈感一樣，眼中開始泛起不尋常的光采，停下了腳步。

「支倉啊，你剛剛那句話給了我很好的提示。你說單靠排鐘不能證明那高八度音，也就是說得找出取代心靈論的說法。換句話說，就是必須從音響學上證明在其他地方有類似響石或木片樂器之類的東西。發現這一點，讓我想起從前被稱為『馬德堡修道院的奇妙事件』的『格伯特的月琴』故事。」

「格伯特的月琴？」

唐突的怪異論點讓檢察官頓時有些錯愕。

「月琴那種東西和鐘的異象又有什麼關係？」

「因為那格伯特就是西爾維斯特二世[16]，也就是製作那部咒術法典的微奇古思的老師。」

法水氣勢懾人地叫道。接著他凝視著映在地上的模糊影子，繼續夢幻般的話語。

「在平克萊克（十四世紀英格蘭語言學家）所編纂的《吟唱詩人史詩集成》中，記載了有關格伯特的怪談。當時一片厭惡回教徒的風潮，想當然格伯特也被視為妖術師。我摘其中一節讓你們聽聽。這就是鍊金抒情詩的一種。

舉頭仰望畢宿七星

格伯特奏德西馬琴

撥動低弦乍然無聲

孰料約莫半晌過後

⑮Constance Emily Kent，一八四四—一九四四年，英格蘭人，一八六〇年殺死同父異母的弟弟，於五年後向神職人員告解認罪。

⑯教宗西爾維斯特二世（Silvester II，九五〇—一〇〇三），原名Gerbert d'Aurillac，九九九—一〇〇三年在位。

身邊月琴無人自響
聲如怪獸弦音高亢
旁人無不掩耳逃遁

在傑塞維特[17]的《古代樂器史》[18]裡寫道，月琴為腸線樂器，但是德西馬琴到了十世紀改用金屬線來代替腸線，樂音很類似現在的鐵琴。我也曾試著分析過這怪談。熊城呢，我希望你能在此充分咀嚼中世紀非文獻史詩和命案之間的關係。」

「哼，你還沒說完嗎？」

熊城吐掉被口水沾溼的菸屁股，忿忿地說。

「我還以為剛剛說完殺人金工師傅[19]，關於角笛和鎖子甲的討論就結束了呢。」

「當然還沒結束。那就是歷史學者威勒萊撰寫的《尼古拉斯和貞德》。他描寫了陪審法官面對貞德時開始不住顫抖，奇異難解的異常心理。我甚至覺得相當不解，為什麼後世的諸位權威審判精神病理學家從不曾引用這種心理狀態。不過這種情況讓我聯想到極具妖術性質的共鳴現象。如果以鋼琴來比喻，一開始先輕輕按住Do鍵，不讓它發出聲音，然後用力敲下So鍵，在聲音停止時也同時鬆開先前按住的Do鍵，接著便會聽見清晰明顯的Do音。當然，這是種共鳴現象。也就是說So音裡包含了具備其高八度、也就是兩倍振動數的Do音，不過要在排鐘上聽到這種共鳴現象，理論上或許是完全不可能的。然而，這裡又可以導出一項重要暗示。那就是擬聲。熊城，你應該知道什麼是木琴吧？就是敲打乾燥木片或某種石片，發出金屬性聲響的樂器。在古中國有名為編磬的響石樂器，和方響這種平板打擊樂器，而古印加的阿茲蒂克長鼓和亞馬遜印第安人的刃形響石也都廣為人知。但是，我企圖要找的，並不是那種單音樂器，或者暴露出音源的形狀。對了，告訴你們一個驚人事實，看看你們聽了作何感想。聽說孔子得知舜的韻學中，包括了可以發出七音的木柱時大受震撼，茫然無語[20]。還有，在祕魯的托爾克西遺跡，以及特洛伊遺跡第一層都市遺跡（西元前一千五百年城被攻陷當時）[21]中，也留有相同紀錄……」

法水旁徵博引，試圖將這些古史文章中的科學解釋逐一對應現實的命案。

「甚至還有過魔法博士迪伊的隱形門。誰能保證這宅邸裡有沒有更高超的方術呢。算哲博士動手修改原本英國建築師戴克斯比的設計，其中一定包含了算哲的微奇古思咒法精神。所以不管是一根柱子、門閂，還有簷口和鋪滿走廊牆面的紅陶朱線都得仔細注意。」

「難道你需要這棟宅邸的設計圖？」

熊城不敢置信地叫道。

「是啊，我需要全館的設計圖。這麼一來應該就能破除兇手不可思議的不在場證明。」

法水堅定地回話，並且指出兩條方向。

「這確實像一趟漫無止境的旅程，但想尋找風精只有這兩條路可走。假如能重現格伯特式的共

---

⑰ Raphael Georg Kiesewetter，一七七三—一八五〇年，奧地利音樂學者。
⑱ *"Catalog der Sammlung alter Musik"*。
⑲ 指前文之本韋努托．切利尼。
⑳ 此處應指《論語．述而篇》所載：「子在齊聞《韶》，三月不知肉味。」
㉑ 特洛伊遺跡第一層應為西元前三〇〇〇—二五〇〇年，主要為青銅器時代毀於祝融的城市。原文中西元前一五〇〇年應為第六層（西元前一七〇〇—一二五〇年），目前認為相當於木馬屠城記發生的年代，也是特洛伊城的黃金時期。

鳴彈奏術，那麼幾乎可以肯定，伸子的昏迷確實是她自導自演。另外，如果能證明某種擬音方法，則可以證明是兇手讓伸子因某種原因昏迷後，再離開鐘樓。無論如何，唯一可以確定的是，當高八度音出現時，這裡只有伸子一個人在。」

「不，高八度音只是附屬的條件。」

熊城表示反對意見。

「說穿了都是你老喜歡把事情弄複雜。這只是邏輯形式的問題吧。如果知道伸子昏迷的原因，又何必像你那樣，打從一開始就一頭撞進石牆裡呢。」

「但是熊城啊。」

法水語帶挖苦地反駁。

「如果你把伸子的回答照單全收，我猜她只會給你這樣的回答：『我突然覺得身體不太舒服，接下來就不省人事了。』不光是這樣，在那高八度音裡，除了昏迷原因之外，她為何手握短刀，還有我剛才指出的旋轉椅矛盾現象，都包含在內。我甚至覺得連易介的事件都可能有關聯。」

「嗯，果然是心靈論。」

檢察官低聲唸叨著。

法水依然強調自己的主張。

「不，這可不只是心靈論。以心靈感應來演奏樂器過去的例子可不少。像施羅德[22]的《生體磁力論》[23]這本書裡，就舉出將近二十個例子。但問題在於聲音的變化。連聖奧里科尼斯[24]都不吝稱讚的知名偉大魔術師，亞歷山大的安條克[25]，雖然有過能遙控演奏水力管風琴[26]的傳說，但關於音調卻始終末見記載。還有大阿爾伯圖斯[27]（西元十三世紀末，埃爾堡多明尼克修道團著名的修道士，除了是知名魔法鍊金術師，同時也是通性論哲學者，中世紀知名物理學家，堪稱古今無雙的心靈術士。）演奏輕便風琴時也一樣。到了近代，義大利知名靈媒歐薩皮亞．帕拉蒂諾[28]雖能彈奏置於鐵網內的手風琴，但就連瘋狂學者佛林瑪利安[29]也沒有提及最重要的音色問題。由此可知，就算是能凌駕時間與空間的心靈現象，對物質構造卻還是一點力也使不上。但是熊城，這種物質結構的重要法則，卻痛快地顛覆了。啊，這傢伙實在太可怕了！風精，空氣與聲音的精靈，它敲響了鐘後，就逃逸無蹤了。」

法水關於高八度音的推論，只能停留在人類思維創造的範圍內，但兇手卻輕鬆地跨越了這條界線，完成了任何人都難以置信的超心靈奇蹟。而原以為終於能逃開紛亂糾結的迷網，眼前卻已聳立起一堵貫穿雲層的高牆。如此一來，別說當然無法期待伸子的陳述，就連法水提出的兩條通往奇妙高八度音之路，也僅是萬一的僥倖，渺茫得隨時可能被遺忘。眾人離開排鐘室，回到丹恩伯格夫人的房間時，夫人的屍體已被送交解剖，只有一位剛剛奉命調查家族成員動靜的便衣，安靜地在陰森森的房裡等待。他從傭人口中調查出的結果如下：

㉒H. R. Paul Schröeder。

㉓*"Die Heilmethode des Lebensmagnetismus: nebst einer Untersuchung über den Unterschied zwischen Hypnotismus und Heilmagnetismus"*

㉔Origenes Adamantes，一八二（？）—二五一年，古代基督教神學家，為亞歷山大學派的代表人物之一。

㉕Antiochus，塞琉古王朝的君主，共有一到十三世，考量與下文水力管風琴之描述的關係，可能為三世（西元前二四一—一八七）或四世（西元前二一五—一六三）。

㉖Hydraulic，公元前三世紀埃及亞歷山大港工程師克特西比烏斯（Ctesibius，西元前二八五—二二二）發明。

㉗Albert Magnus，一一九三—一二八〇年，德國中世紀經院哲學家、神學教授、邏輯學家。

㉘Eusapia Palladino，一八五四—一九一八年，義大利知名通靈人。

㉙Nicolas Camille Flammarion，一八四二—一九二五年，法國天文學家、作家。撰寫過許多天文科普書籍、科幻小說，以及關於通靈術的書籍。

降矢木旗太郎。正午用餐過後與其他三位家人在大廳談話，聽到一點十五分經文歌響起時，一同前往禮拜堂演奏鎮魂曲，兩點三十五分時和其他三人一起離開禮拜堂，回到自己房間。

歐莉加・克里瓦夫（同前）

嘉莉瓦妲・賽雷那（同前）

奧托卡爾・雷維斯（同前）

田鄉眞齋。一點三十分前與兩位管家一起摘錄過去的葬禮紀錄，接受偵訊後回自己房間臥床休息。

久我鎮子。接受偵訊後沒有離開圖書室，負責搬運書籍的少女可證明此事。

紙谷伸子。除了正午時命人送餐至房間外，沒有人在走廊上看見過她，推測應一直關在房內。有人目擊到她一點半左右爬上通往鐘樓的樓梯。

除上述事實之外，未發現其他異狀。

「法水啊，通往大馬士革的路只有這一條哪。」

檢察官和熊城對看一眼，看來很是得意地搓起手。

「你看，所有跡象都指向伸子不是嗎？」

法水將調查報告放進口袋，順手掏出剛剛在拱廊拿到的玻璃碎片和附近的格局圖。但打開之後，他們眼中又發出了在這次事件中不知已經第幾次呈現的驚愕。被印有兩道腳印的格局圖包住的東西，竟然是攝影感光乾板的碎片。

二、死靈集會之地

面對這已經感光的乾板，也就是碘化銀板，法水也啞然無語。因為這東西和這樁案件呈現出相當隔絕的對比。一路蹣跚地走過這段迂迴曲折，現在回頭從事件最初開始推敲過程，也絲毫未曾看過東西透過乾板這種感光物質成為具體標章形象，也沒有任何投射、暗喻的連字符。如果這與實際犯罪行動有關，只能說是神來之手吧。房中持續著一片死寂。在這期間中，管家進來給壁爐添了薪柴，等到室內溫度回暖時，法水望著火舌，輕聲嘆息。

「啊，這簡直就像恐龍蛋一樣。」

「不過為什麼需要這東西呢？」

檢察官平靜地帶過法水的誤喻，扭亮開關。

「不會是用來拍照的吧。」

熊城雙眼突然發亮。

「說不定真的有鬼魂存在。易介不是就目擊到了嗎？昨天晚上神意審判會時，隔壁間的凸窗有人影晃動，而且還掉落東西在地上。而且當時房內的七人都沒有離開房間。再說，如果是從樓下窗戶掉落，理應不會摔得這麼碎。」
「嗯，鬼魂可能真的存在。」
法水吐出一輪菸圈。
「但是易介死於這之後，也是不爭的事實。」
他開始闡述令人意外的奇異論點。
「你想想看，如果我們把丹恩伯格夫人的事件和之後發生的命案區分為兩部分，我主張的悖論就完全被推翻了。也就是說，風精知道水精存在，而殺了他。千萬不能因為那兩句咒文連在一起而被迷惑。不過，兇手只有一個人。」
「那麼除了易介之外還有……」
熊城驚訝地瞪大了雙眼，不過檢察官制止他。
「你別管他，他只是被自己的幻想牽著鼻子走。」
他語帶譴責地看著法水。
「你的論點就像是世紀之子[1]。你討厭自然和平凡。那些練達圓融的技巧中絕對找不到真性和良知。你看，剛剛你不就以幻想中的擬音憑空描繪了那高八度音嗎？但如果伸子的彈奏與同樣微弱的聲音重疊，又會如何呢？」
「唉呀，真讓我吃驚！原來你也到了那樣的年紀。」
法水故作誇張表情，回給檢察官一個挖苦的微笑。
「不管亨生[2]或者愛華德[3]都一樣，儘管他們在聽覺生理上爭辯，但是都認同這一點。也就是你所說的狀況……比方說，有兩種同樣音色的微弱聲音重疊，音階較低的聲音並不會引起內耳基礎膜的振動。但是當人老年出現變化，情況就正好相反。」

他先反諷檢察官，然後再次將視線拉回乾板上，此時他的表情起了顯著的複雜變化。

「可是這個矛盾的產物又該怎麼解釋？我還無法了解這些組合的意義。但是它確實給了我一些線索。我聽到查拉圖斯特拉以奇妙的聲音如是說。」

「這和尼采又有什麼關係？」

檢察官驚訝地問。

「那也不是理查．史特勞斯[4]的圓舞曲交響樂詩，是陰陽教（查拉圖斯特拉創立的波斯苦行教派）的咒法綱領。『神格賦予的光芒，也可能殺害其源頭的神』。這咒文的主要目的當然在於迎神的喜悅。在飢餓中與神明精神交融時，如果持續此種論法，苦行僧便會產生幻覺的統一。」

法水暢談著他平常不屑一顧的神祕學說，當然，誰也不可能馬上得知潛藏在他深不可測的理性背後的到底是什麼。但如果將法水說的這番話與神意審判會的異變相對照，說不定是乾板因屍燭的燭火而感光，讓丹恩伯格夫人看到了算哲的幻影，因而失去意識。這種充滿詭異玄妙的暗示漸漸濃

---

①語出繆塞（Alfred de Musset，一八一〇—一八五七年，法國貴族、劇作家、詩人、小說家）的著作《世紀之子的懺悔》（*"La Confession D'un Enfant du Siecle"*）。

②Victor Hensen，一八三五—一九二四年，德國生理學家、水產學家，研究聽覺器官的生理。

③疑似 Carl Anton Ewald，一八四五—一九一五年，德國消化科醫生。

④Richard Georg Strauss，一八六四—一九四九年，德國作曲家、指揮家。一八九六年的交響詩〈查拉圖斯特拉如是說〉（"Also sprach Zarathustra"），靈感取自尼采同名作品。

厚，就在這時，法水站了起來，給了更加具體的暗示。

「不過這樣說來，就得更加緊腳步重現神意審判會了。走吧，我們到後院去調查格局圖上這兩道腳印吧。」

但是經過樓下圖書室前時，法水突然停下腳步，不再前進。熊城看看表。

「四點二十分——再晚就看不清楚腳印了。想看語言學的藏書稍後也能看吧。」

「不，我想看的是鎮魂曲的譜。」

法水語氣堅定，讓其他兩人碰了一鼻子灰。但他們也因此了解，法水對於剛演奏快到尾聲時，兩把提琴裝上弱音器那種完全忽視樂理的疑點抱持著強烈執著。他背向房門，一邊轉動門把一邊繼續說：

「熊城啊，算哲這個人實在是位偉大的象徵派詩人。這麼一座巨大的宅邸，對他來說也只不過是『用影子和記號打造的倉庫』。這裡就像夜空一樣，撒滿了許多標章，再利用類推和整合，企圖暗示一樣可怕的事實。所以說，隔著這層迷霧來看事件，怎麼可能看出端倪？當然得先釐清這難以捉摸的特質。」

不難想像，他心裡如何焦躁地渴求那最終的目的，也就是預言圖那未知的另一半……還有匯聚向這一點的網狀流路之一。但門一打開，裡面不見人影，不過法水卻感到一陣暈眩。屋裡四方牆面由剛朵式⑤木板區隔，牆面上方是環繞式的採光層，並列的愛奧尼亞式女像柱子頂著弧形天花板。從高窗採光層照進來的光線，映照著天花板上由啟示錄中二十四位長老包圍的「達妮金雨受胎」⑥的壁畫，顯出難以言喻的神聖生動。再望向地面，不管是嵌有杜樂麗宮式⑦組字的書房家具，或是選擇乳白色大理石和焦褐色對比作為整體色彩基調，都是在日本少見的十八世紀維也納風格書房。穿過空盪的圖書室，打開盡頭陽光照射的那扇門，裡面就是令藏家垂涎不已的降矢木家書庫。隔成二十多層的書架後方是辦公桌，久我鎮子已經好整以暇地備妥嘲諷唇舌。

「喔？您竟然會到這裡來？看來您也不過如此嘛。」

「您說得沒錯。我們剛剛見面之後，沒再看到人偶，反而接連有鬼魂出沒呢。」

看到對方搶得先機，法水苦笑以對。

「我想也是。剛才又聽見了奇妙的高八度音。不過，您該不會以為伸子小姐是兇手吧？」

「喔？您也聽到了高八度音？」

法水的眼皮微微顫動，試探地看著對方。

「不過，至少我已經了解這次事件的整體結構。那就是您所謂的閔考斯基⑧四度空間。」

他不動聲色地切入主題。

「對了，我來是為了想調查之前的相關情況，您這裡應該有鎮魂曲的原譜吧？」

「鎮魂曲？」

鎮子一臉狐疑。

「您看那個要做什麼？」

⑤Gondor，衣索比亞高原北部的古都。建設於十七世紀，首都約有兩百年設於此處。
⑥希臘神話中阿果斯（Argos）城的公主達妮（Danae）長得極美，卻被父王從小囚禁在塔中，宙斯看上達妮的美貌，化成黃金雨使其受胎。
⑦疑指巴黎的杜樂麗宮（Palais des Tuileries）。
⑧Hermann Minkowski，一八六四—一九〇九年，德國數學家，猶太人，四維時空理論創立者。曾是著名物理學家愛因斯坦的老師。

「看來您還不知道哪。」

法水故做驚訝，嚴肅地繼續說：

「其實在樂曲接近尾聲時，有兩把提琴加了弱音器。所以我反而覺得好像在聽白遼士[9]的幻想交響樂。那確實好比本來應該在上絞刑台的罪人墮入地獄時響起雷聲，卻出現了冰雹般的定音鼓獨奏。我彷彿在其中聽見了算哲博士的聲音。」

「喔？那您可是失算得相當離譜呢。」

鎮子面露憐憫的笑容。

「那不是算哲老爺的作品。而出自威爾斯建築師克勞德．戴克斯比之手。看您如此在意那種東西，想是又多了一個幽魂吧？假如在您的對位法式推理中不可或缺，我自當設法找來。」

也難怪法水會暫時茫然失神。他原本推測這首鎮魂曲是由約翰．史丹納[10]（病歿於本世紀初的牛津大學音樂系教授）所作，再由算哲因某種原因加以改編，沒想到竟是這棟黑死館設計師戴克斯比的作品。難道那位據說在回國途中於仰光跳海的威爾斯建築師，也與這樁奇妙案件有關？不過法水一開始就沒有忽略探索死者的世界，可說是慧眼獨具了。

趁鎮子尋找原譜時，法水瀏覽著書架，牢牢記住降矢木家驚人的藏書內容。這些藏書自然可說是黑死館精神生活的全部，而在這個書庫某處或許也潛藏這些神祕深奧事件的根源。法水的視線迅速掃著書背上的文字，許久陶醉在紙張與皮革混融的氣味中。

一六七六年出版史特拉斯堡[11]版三十冊普里尼烏斯[12]《博物志》[13]與號稱古代百科全書並列的《萊頓草紙文稿》[14]先讓法水忍不住讚嘆。接著從索拉努斯[15]的《蛇杖使者》開始，到烏爾布利吉、羅斯林、朗德勒⑯等中世醫學書籍，還有巴科夫、阿爾諾夫⑰、阿格里帕⑱等使用符號的鍊金藥學書，日本有永田知足齋⑲、杉田玄白⑳、南陽原㉑等人的西洋書籍譯注版，以及古中國隋朝的《經籍志》、《玉房指要》、《黃帝蝦蟆經》、《仙經》等房術醫方。其他還有Susrta㉒、Charaka Samhita㉓等婆羅門醫書，歐福瑞㉔關於《愛經》㉕梵文原文所寫的著作。再來是本世紀二十年代知名限定出版《活體解剖》㉖、哈特曼㉗的《小腦疾病患者徵候學》㉘等類別，共有多達一千五百冊的壯觀藏書，幾乎羅列了一部醫

⑨Louis Hector Berlioz，一八〇三—一八六九年，法國浪漫樂派作曲家。《幻想交響曲》為其最著名作品。
⑩Sir John Stainer，一八四〇—一九〇一年，英格蘭作曲家、管風琴家。
⑪Strasbourg，位於法國國土東端，隔萊茵河與德國相望。
⑫Gaius Plinius Secundus，二三／二三—七九年，古羅馬博物學家、政治家、軍人。
⑬"*Naturalis Historia*"。
⑭"*Leyden Papyrus*"。
⑮Soranus，西元二世紀希臘婦產科名醫。
⑯Guillaume Rondelet，一五〇七—一五六六，十六世紀法國解剖學家、博物學家。
⑰Arnaud de Villeneuve，一二三五年左右—一三一二年左右，中世紀占星學家、鍊金術士、醫師。
⑱Heinrich Cornelius Agrippa von Nettesheim，一四八六—一五三五年，十六世紀文藝復興時期德國魔術師、人文主義者、神學家、法律學家、軍人、醫師。
⑲本名永田德本，一五一三—一六三〇年，日本戰國時代後期到江戶時代初期醫師。有「醫聖」之稱。
⑳一七三三—一八一七年，江戶時期蘭學醫。創辦私塾天真樓。
㉑一七五三—一八二〇年，江戶時期中到後期的醫師、水戶藩醫。
㉒Susrta samhita 亦有可能是 Sushruta Samhita，《妙聞本集》。
㉓《揭羅迦集》。
㉔Theodor Aufrecht，一八二二—一九〇七年，德國印度學研究者。
㉕"*Kāmasūtra*"，古印度性愛論書，推測為四到五世紀所著。作者為伐蹉衍那（Vātsyāyana）。
㉖"*Vivisection*"。
㉗Franz Hartmann，一八三八—一九一二年，奧地利醫師，神智學家。
㉘"*Die Symptomatologie der Kleinhirn Erkrankungen*"。

學史在此。另外，關於神祕宗教的蒐集數量也很龐大。從大英和愛爾蘭皇家亞洲學會[29]的《孔雀王咒經》初版、暹羅皇帝敕刊的《阿吒曩胝經》[30]、布倫費爾[31]的《黑夜柔吠陀》[32]，到斯齊拉金特威特[33]、柴德斯[34]等的梵字密宗經典之類。另外還有猶太教的經外書、啟示錄、傳道書等等，其中特別吸引法水目光的是猶太教會音樂珍本，弗羅貝格[35]《對斐迪南四世之死的哀嘆》[36]原譜，還有據說是從聖布拉辛修道院[37]傳出的稀世手抄珍本、維薩留斯的《神人混婚》，也悄悄遠渡重洋收藏在降矢木的書庫裡。還有，這裡也能見到萊岑施泰因[38]的巨著《密教》[39]和鄧．盧吉[40]的《葬祭儀式》[41]。其他還可以看到抱朴子的《遐覽篇》、費長房的《歷代三寶紀》、《老子化胡經》等與仙術神書。至於魔法書，雖然有紀賽維達的《人面獅身》[42]、維爾納大主教的《殷格翰咒術》等七十多冊，但大部分皆屬席爾德[43]《惡魔的研究》[44]之類的研究書籍，真正的魔法書可能已經被算哲焚毀了吧。再看看心理學類別，有許多關於犯罪學、病態心理學、心靈學的著作，除了柯爾奇的《擬似的紀錄》、李伯曼[45]的《精神病患之語言》[46]、帕替尼的《蠟質屈撓性》等病態心理學之外，還有法蘭西斯[47]的《死亡百科全書》[48]、史瑞柯．諾京[49]的《犯罪心理及精神病理研究》、瓜利諾的《拿破崙的面相》[50]、卡立爾[51]的《附身與殺人自殺衝動之研究》[52]、克拉夫特．埃賓[53]的《審判精神病理學》[54]、波登的《道德痴呆的心理》等犯罪學書籍。此外，在心靈學方面，有邁爾斯[55]的大作《人格及其不死》[56]、薩維吉[57]的《心電感應是否存在》[58]、傑林格[59]的《催眠式暗示》[60]、休達凱的奇書《靈魂遺傳論》[61]等龐大的蒐藏。經過醫學、神祕宗教和心理學部分，來到古文獻學書架前，法水正看著芬蘭古詩《康特勒琴女神》[62]原本、婆羅門音理學書《樂藝淵海》[63]、《古德倫詩篇》[64]、薩克索[65]的《丹麥事蹟》[66]等書時，鎮子終於帶著鎮魂曲的原譜出現。那本樂譜已成焦褐色，不過這麼一來安妮女王的透印圖反而顯得更清楚，歌

㉙Royal Asiatic Society of Great Britain and Ireland，一八二三年成立於倫敦。
㉚"*Atanatiya Sutta*"。
㉛Maurice Bloomfield，一八五五—一九二八年，奧地利屬西里西亞的伊朗文、梵語學者。
㉜"*Krishna Yajur Veda*"。
㉝Emil Schlagintweit，一八三五—一九〇四年，德國佛教學者。
㉞Robert Caesar Childers，一八三八—一八七六年，英國東洋學者。首位編纂英文巴利文（Pali）字典。
㉟Johann Jakob Froberger，一六一六—一六六七年，德國初期巴洛克音樂作曲家。
㊱"*Lamento sopra la dolorosa perdita della Real Maestà di Ferdinando IV Rè de Romani*"。
㊲位於德國巴登符騰堡州聖布拉辛鎮的本篤會教會。
㊳Richard Reitzenstein，一八六一—一九三一年，德國哲學家、古希臘宗教學家。
㊴"*Mysterienreligionen*"。
㊵Emmanuel de Rougé，一八一一—一八七二年，法國埃及學家。
㊶"*Études sur le Rituel funéraire des anciens Egyptiens*"
㊷"*Sphinx*"。
㊸Joseph Antoine Hild，一八四五—一九一四年。
㊹"*Etude sur les Demons*"。
㊺Albert Liebmann，一八六五—一九二四年，德國精神科醫生（專精語言障礙）。
㊻"*Die Sprache der Geisteskranken: nach stenographischen Aufzeichnungen*"。
㊼John Reynolds Francis，一八六四—一九三五年。
㊽"*The Encyclopedia of Death and Life in the Spirit World*"。
㊾Albert Freiherr von Schrenck-Notzing，一八六二—一九二九年，德國醫生、精神科醫生，著名心理學家，致力於研究與催眠和心靈感應有關的超自然事件。
㊿"*Facies Napoleonica*"。
(51)Carrier Georges。
(52)"*Contribution a l'etude des obsessions et des impulsions a l'homicide et au suicide chez les degeneres au point de vue medico-legal*"。
(53)Richard Freiherr von Krafft-Ebing，一八四〇—一九〇二年，德國、奧地利心理學家。
(54)"*Lehrbuch der Gerichtlichen Psychopathologie*"。
(55)Frederic William Henry Myers，一八四三—一九〇一年，英國哲學家、詩人。
(56)"*Human Personality and its Survival of Bodily Death*"。
(57)Minot Judson Savage，一八四一—一九一八年，美國一位一體論牧師、作家。

詞則幾乎看不清楚了。

法水接過後馬上翻到最後一頁，低聲說道：「喔，原來是用古式音符記號所寫。」接著便隨意丟在桌上。法水問鎮子：

「對了，久我女士，您知道這個部分為什麼要加上弱音器符號嗎？」

「當然不知道。」

鎮子挖苦一笑。

「Con Sordino 這幾個字除了加上弱音器，難道還有其他的意思？莫非是 Homo Fuge（人啊，快飛）之意？」

鎮子毒辣的嘲諷並沒有動搖法水半分，他反而更堅定地往下說：

「不，應該是 Ecce Homo（看！這個人！）的意思。這應該是在說『請看看華格納[67]的《帕西法爾》[68]』。」

「帕西法爾？」

法水突出此言讓鎮子有些錯愕蹙起眉來，不過法水沒再追問，提出了另一個問題。

「另外還想麻煩您一件事，如果有雷薩的《關於死後機械性暴力的結果》這本書……」

「我想應該有。」

鎮子沉思半晌後回答。

「如果急著要，您可以在那些待送裝訂的雜書中找找。」

法水依照鎮子的指示，爬上右邊暗門，這裡面的書架上隨意放著等待重新裝訂的書籍，只依照

ABC的英文字母順序排列。法水先從U的部分仔細找去，不久後他終於表情一亮，輕嘆道「就是這個！」接著抽出一本樸素黑布裝訂的書籍。法水的雙眼滿溢著不尋常的光采。這小小一本書究竟能帶來什麼？但是一翻開封面，他臉上卻掠過驚愕的神色，還茫然地讓手上的書掉在地上。

「怎麼了？」

檢察官驚訝地靠過來。

「這本雷薩名著只有封面。」

法水緊咬下唇，止不住聲音裡的顫抖。

「裡面是莫里埃[69]的《偽君子》[70]。你看，這是杜米埃的[71]插畫，書裡的反派主教正在大笑呢。」

---

[58] "*Can Telepathy Explain: Results of Psychical Research*"。

[59] Reinhold Gerling，一八六三—一九三〇年，德國作家、演員。

[60] "*Handbuch der hypnotischen Suggestion*"。

[61] "*Traduzianismus*"。

[62] "*Kanteletar*"。

[63] "*Sangita Ratnākara*"。由娑楞伽提婆（Sarngadeva，一二一〇—一二四七年）所著，十三世紀印度的樂理書。

[64] 古德倫，Gudrun，日耳曼與斯堪的納維亞英雄傳說中的女主角。

[65] Saxo Grammaticus，一一五〇—一二二〇年，丹麥歷史學家。

[66] "*Gesta Danorum*"。

[67] Wilhelm Richard Wagne，一八一三—一八八三年，德國作曲家，以其歌劇聞名。

[68] "*Parsifal*"，華格納最後一部作品。

[69] Molière，一六二二—一六七三年，十七世紀法國演員、劇作家。

[70] "*Le Tartuffe ou l'Imposteur*"。

[71] Honoré Victorin Daumier，一八〇八—一八七九年，十九世紀法國畫家。

「啊，有鑰匙！」

熊城尖聲大叫。他從地上撿起這本書時，發現剛好在中央部分有個旗斧狀的金屬。取出一看發現鑰匙圈環上掛著個小牌子，上面寫著「藥物室」。

「偽君子，還有遺失的藥物室鑰匙……」

法水空洞地低喃，他轉過頭對熊城說：

「看這明顯的牌子，這兇手根本存心要演這齣戲吧。」

熊城將滿心憤懣朝法水發洩，尖酸地說：

「我看打從一開始就是我們在演戲吧，又沒錢拿、卻被從頭笑到尾。」

「現在不是討論陰酷巴主教[72]的時候。」

檢察官看似在勸誡熊城，但這句警告卻引出讓人戰慄的結論。

「這簡直就像『考特伯爵馬克白（四位魔女的台詞）』。如果那傢伙不是鬼魂，又怎麼能搶先藏起法水預見的東西呢。」

「嗯，確實是場徹底的敗北。其實我也正覺得無法釋然。」

法水莫名地垂著眼，語氣有些緊張。

「剛剛我說過，遺失了鑰匙的藥物室裡，有足以衡量兇手的東西。同時我為了解開易介死因的某個疑點，想起了雷薩的著作。但是這個結果卻讓理智的天秤剛好相反，反倒變成我們被放在兇手事先擺好的秤盤上。但是看到兇手的迂迴嘲笑，說不定那本書中並沒有我原先猜想的本質性內容。無論如何，兇手一開始就決定要殺害易介。他死因中所出現的矛盾怎麼可能是偶然。」

法水雖然沒有解釋自己注意雷薩著作的原因，不過至少可以確定，儘管說來沒出息，他們一路到現在確實沿著兇手的神經纖維在前進。不僅如此，兇手在此宣戰，更充分證明了他難以想像的超人性。三人接著回到剛才的書庫，法水沒有詳細交代在待整理書庫發生的事，他問鎮子：

「這個事件終於也波及這間圖書室了。對了，最近有誰進過這道暗門嗎？」

「原來您要問這個啊。那麼我可以告訴您，這週內只有丹恩伯格夫人來過。」

鎮子的回答令人相當意外，此時只覺得她在狡辯。

「夫人似乎想查找些什麼，頻頻在那間待整理書庫翻找。」

「那麼昨天晚上呢？」

熊城忍不住搶著問。

「很不巧，昨晚我整夜陪著丹恩伯格夫人，忘了將圖書室上鎖。」

鎮子若無其事地回答，然後給了法水一個諷刺的微笑。

「我想順便送一顆『賢者之石』[73]給您，您覺得克尼拔的《生理筆跡學》如何？」

「不，我反而比較想要馬羅[74]的《浮士德博士悲劇》[75]。」

法水說出的書名，已經足以反擊對方不懂咒文本質的冷笑，但是他又提出還想再借閱洛斯科夫

---

[72] Incubus，希臘神話中趁著睡夢侵入婦人寢室的淫魔。在此比喻《偽君子》中的主角。
[73] Philosopher's stone。一種傳說中的物質，可將一般金屬變成黃金、或製造人長生不老的萬能藥或者醫治百病。
[74] Christopher Marlowe，一五六四—一五九三年，英國伊莉莎白年代的劇作家、詩人及翻譯家，為莎士比亞的同代人物。以寫作無韻詩及悲劇聞名。
[75] "*The Tragical History of Doctor Faustus*"。

的《傳說之研究》[76]（據稱為浮士德故事的原本）、巴爾德[77]的《關於歇斯底里性睡眠狀態》[78]、伍玆[79]的《皇室的遺傳》[80]，然後離開了圖書室。既然拿到了鑰匙，遂決定繼續調查藥物室。

接下來要調查的藥物室位於樓上靠後院那邊，從前應該是算哲的實驗室，隔著一間空房間，再往右就是召開神意審判會的房間。但是房內只瀰漫著藥物室特有的滲透性異臭，地板上則印滿了無從證明的雜亂拖鞋痕跡，除此之外連一點衣物擦痕也沒留下來。因此他們現在能做的工作，就只有調查這十多個藥櫃和藥籃，還有研判藥瓶移動的痕跡及藥品減少的量。不過那堆積了大約有五分厚的塵埃，反而讓調查更容易進行。他們最先看到的是瓶栓已經打開的氰酸鉀。

「嗯，好，下一個……」法水一一做好紀錄，不過接連聽了三個藥名之後，他眼睛反常地眨動，泛著狐疑。硫酸鎂、碘仿跟水合氯醛分開來看都是極其一般的藥物。檢察官也狐疑地側首低聲道：「這是瀉藥（瀉痢鹽可以用精製硫酸鎂製成）、殺菌劑，還有安眠藥。兇手打算拿這三樣東西做什麼？」

「不，他應該打算馬上丟掉，沒想到卻被我們服下了。」

法水又開始賣弄他稱為「悲劇性的準備」的奇言。

「什麼？我們？」

熊城滿臉驚愕。

「沒錯，大家不都說匿名批評有著相當於毒殺的效果嗎？」

法水用力咬緊下唇，說出出乎意料的觀察。

「首先是硫酸鎂，如果內服，當然是作瀉藥使用，但是如果跟嗎啡混合進行直腸注射，則可以帶來暢快的朦朧睡眠狀態。接下來說到碘仿，有時會引起嗜睡性中毒。還有水合氯醛，如果處於使用其他藥物也無法熟睡的異常亢奮狀態，可以讓人在瞬間昏睡。所以這並不是要用在新的犧牲者上，只是兇手慣有嘲諷習慣的產物。也就是說，兇手只是利用這三種東西，來嘲笑我們的困頓疲憊。」

眼睛看不見的鬼魂也潛進了這個房間，照例吐出黃色舌頭、橫手一指，正在訕笑。儘管調查持續進行，最後只有下面這兩項收穫。一是密陀僧（也就是氧化鉛）的大甕有曾開封的痕跡，另一是再度出現了死者的祕密。其實眾人險些就疏忽了，在後方空瓶旁發現了疑似算哲筆跡的這麼一句話：

暗示戴克斯比所在之物，亦已離開此世，未留一絲線索——

也就是說，算哲在找的是某種藥物？但是比起算哲在找什麼，此時更讓法水感興趣的卻是這些看似沒有任何意義的空瓶，這些空瓶讓他感受到無限的神祕。那或許是荒涼時間之詩吧。這些空空如也的玻璃器皿，就這樣空虛地等了數十年，不斷期待有東西灌注其中，但卻始終未能如願。這讓人覺得，算哲和戴克斯比之間好像存在著某種互相競逐的關係。另外，兇手為何要做出氧化鉛這種製藥劑，其真正意圖目前也還是個謎。無論如何，這兩項收穫都給事件的正反兩面帶來了重大提示，

⑯"*Die Studie von Volksbuch*"。
⑰Engelbert Barth。
⑱"*Über hysterische Schlafzustände*"。
⑲Frederick Adams Woods，一八七三—一九三九年。
⑳"*Mental and Moral Heredity in Royalty*"。

不過法水三人暫且將此留待之後解決，必須先行離開藥物室。

接著他們開始調查昨晚神意審判會的房間，在這座黑死館裡，那是罕見沒有裝飾的房間，原本應是設計作為算哲的實驗室。房內很寬敞，但窗戶很少，房間四邊是鉛製牆壁，混凝土地板上鋪著應該是只在昨晚集會使用的廉價地毯。面向庭院那邊只有一扇窗，除此之外只有左邊牆上則開了個換氣孔用的圓孔。四面牆圍著一張黑幕，本來就陰氣沉沉的房間顯得更加陰暗，其中瀰漫著沉滯凝重的空氣。在乾癟榮光之手的每根手指放上屍燭，逐根悶聲點亮——這驚人幻象彷彿化作微弱光線，還留在房中的某處。環視完房中後，法水來到左邊的空房。這個有凸窗的房間就是易介表示在神意審判會進行中看到人影出現的地方。房間的寬度和構造幾乎都與前者相同，不過這裡有四扇窗，室內比較明亮。地板上鋪著厚帆布，上面擺放的家具已經很久沒人用過，堆著高高的白色塵埃。法水的視線停在門旁的水龍頭上，昨天晚上可能有人擰開過，出水口垂著三、四道蚯蚓般的冰柱。這只是證明了昨天晚上丹恩伯格夫人昏倒後，紙谷伸子表示自己立刻去取水的行動。

「總之，問題就在於這個凸窗。」

熊城站在最右側的窗邊，悶然低喃道。那窗戶外側設有用仿葉薊葉形的阿拉伯式外凸古典鐵柵。隔著後院的花園與菜園，可以看到遠方造型優雅的幾何灌木雕塑樹籬。低垂的天幕陰暗而混濁，看來幾乎要壓上瞭望塔，只有低處還留有些許蠟色餘光，暗幕已經近逼到樹籬上方。空中偶有疾風掃過，讓百葉窗冷清地搖動，一、兩片雪花在窗片上緩緩消融。

「這裡的鬼魂不只算哲一個。」

檢察官說道。

「應該還有一個。不過我看戴克斯比也不是什麼了不起的角色，充其量只是魑魅魍魎吧。」

「不，那傢伙絕對是魔靈。」

法水再次語出驚人。

「那弱音器記號中藏著中世紀迷信的驚人力量。」

對樂譜一無所知的兩人，只能靜待法水說明。

法水深深吸了一口菸。

「Con Sordino 本身當然不具意義，但只有一個例外，那就是剛剛讓鎮子吃了一記悶虧的《帕西法爾》。華格納在這齣音樂劇中，使用＋符號當作法國號的弱音器記號，但這個符號同時也象徵了代表棺材的十字架，另外在數論占星學中則表示三個行星的星座連結。」

說著，法水用手指在掌心畫出那個記號，然後在記號的三個角落打上三個點，呈現十字位置。

「照你這麼說，那棺材又在哪裡？」

檢察官反問，法水則面露可怕神情，擺出側耳傾聽窗外聲音的姿勢。

「你沒聽到嗎？當風一停下，我就聽到鐘舌敲鐘的聲音。」

「喔，是嗎。」

嘴裡雖然這麼說，但熊城卻感到背脊一陣涼，不由得開始懷疑起自己的理性。在夾雜在婆娑枝葉的聲響中，確實可以聽到彷彿輕敲三角鐵般的清亮聲音，但那聲音卻來自後院遙遠右方，那裡被七葉樹圍繞，照理來說什麼都沒有。不過這並非神經性的病理作用，當然也不可能是妖異瘴氣所致。其實法水早已知道墓地的所在。

「剛剛隔著窗戶可以看見兩根粗大櫸木柱子，我知道那裡就是停柩門。當丹恩伯格夫人的靈柩停放在下方時，門上的鐘就會敲響。但是在那之前，還有其他原因驅使我先去墓地一探。戴克斯比不惜忽視作曲意圖，到底在努力暗示著什麼？我覺得答案就在那座墓地和鐘樓的十二宮當中。」

他們前往後院這段時間雪愈下愈大，得加快完成腳印的調查工作才行。法水先站在從左右兩方向走來的兩條腳印匯合點，從由此往左邊的足跡開始追蹤。這個匯合點剛好位於據說有鬼魂出現的凸窗正下方，這附近還有一個顯著的狀況。那就是不久之前剛燒過枯草的痕跡。烏黑的焦土因為昨天晚上那場雨顯得一片泥濘，上面還倒映著中央半圓室形成的銀色馬鞍狀倒影。而且沒燒乾淨的部分剛好在焦土上留下各種形狀的黃色痕跡，看起來就像燒焦屍體上的腐爛皮膚一樣，令人作嘔。

再仔細描述那兩條足跡，法水先是沿著左邊那道走，這是長度大約二十公分的男性鞋印，看來此人身材十分矮小，整體平滑，鞋底圖案沒有突起也沒有連續圓形，應該是用於特殊用途的橡膠長靴。循著腳印前去，才發現腳印的起始處是與主建築物本館左方緊密相連、掛著「園藝倉庫」門牌的夏雷式[81]（瑞士西邊山區的阿爾卑斯式建築）精緻小木屋。而另一道腳印長度二十六、七公分左右，看似一般體型的男人使用的套鞋腳印，從靠近本館右邊的出入門口開始，沿著半圓室外側的弓形抵達這裡。這兩道腳印都從其起點來回於乾板碎片掉落的地方。

法水從口袋裡取出捲尺，開始測量每個腳印留下的鞋痕。套鞋的步幅較小，除此之外沒有什麼特徵，腳步相當整齊。不過鞋印只有一個可疑的地方。那就是腳尖和腳跟這腳的前後兩端明顯凹陷，而且呈現往內彎的內翻形狀，更奇怪的是兩處凹陷愈近腳心痕跡則愈淺。另外那雙橡膠長靴腳印，與腳的大小相比，步幅稍窄，腳步顯得凌亂，重心放在腳跟上，可以看出特別使力的痕跡。另外整體腳印的寬度看起來，每個都有些微不同。而且比較腳尖和中央部分，發現就整體平衡感看來腳尖較小，有些不自然。而且該部分的鞋印特別不鮮明，形狀的差異也最大。這道腳印去程路線沿著建築物走，但回程看來是想筆直走回園藝倉庫，走了七、八步來到沒燒盡的草坪前，跨越了這道寬約三尺的帶狀草地。不過接下來的第二步，彷彿建築物是個大磁鐵一樣，足跡突如閃電狀曲折，側身一躍緊貼著建築物，又回到與回程相同的路線上，返回出發地點園藝倉庫。另外，這道腳印踏上回程的第一步是以右腳為軸旋轉身體，踏出左腳，跨越枯草坪的鞋印則是以蹬下左腳用右腳跨出。而且這兩道腳印都沒有留下走進建築物的痕跡。

前面提到的腳印總共將近五十個，只有從周圍隙縫滲入泥水讓底部有些溼濘，不過腳印依舊很鮮明。換句話說，這些腳印完全沒有被雨水沖刷過的痕跡。可以判斷這些腳印應該是在昨天晚上十一點半雨停之後才留下的。而且還有證據可以證明這兩道鞋印足跡出現的先後順序。若以乾板玻璃碎片為中心，在這兩道鞋印匯合處附近有一處留有套靴踩在另一道鞋印上的痕跡。很明顯地，穿著套靴的人可能與穿橡膠長靴的人同時、或者在其後到達。接著法水當然不忘調查園藝倉庫，這間夏雷式小木屋是未鋪地板的木造建築，裡面有一扇門與本館相通，雜亂地堆放著各種園藝工具和驅蟲噴霧器等東西。法水在出入本館的門旁找到一雙長靴。這是一雙上方呈喇叭狀敞開、包至一半大腿左右的純橡膠園藝靴。而且附著鞋底的泥土裡那如砂金般閃亮的，正是乾板的碎粒。後來他們知道，這雙園藝長靴的主人正是川那部易介。

㉛ Chalet。

這個時候各位讀者可能對這兩道腳印產生了許多疑問，特別是某項驚人的矛盾。另外即使從鞋印出現的時間關係去推測，依然無法得知這兩人在夜半陰森時分究竟在做些什麼。即使法水也無法回推原狀，更不可能對這錯綜複雜的謎團提出半點異議。但是此時法水似是靈光乍閃，他吩咐鑑識課員製作鞋痕模型後，要求便衣調查下列事項：

一、附近枯草坪是幾點左右焚燒？

二、調查附著在後院所有鐵窗上的冰柱。

三、訊問值晚班者昨天晚上十一點半以後後院的狀況。

不久，黑暗中可以看到點狀的紅燈移動，那是法水等人借來網龕燈，正要前往菜園後方的墓園。這時雪下得正大，蕭蕭強風吹著瞭望塔，化為風旋往下吹，再次將飄落地面的雪花掀得漫天飛舞，讓原本就已昏暗不明的光線更加看不清去路。接著，眼前出現一面正與這悽愴自然力量格鬥的橡樹林，其中有兩根停柩門的門柱。來到這裡，頭頂上方的格柵中傳出吊鐘發出磨牙般的軋聲，鐘舌敲著不動的鐘身，發出如瘋鳥般的陰慘叫聲。墓園由此開始，這條細砂小道的盡頭，就是戴克斯比設計的墓窖。

墓窖周圍由上方雕有約翰與老鷹、路加與鼓翼牛犢等十二使徒鳥獸圖的鐵柵環繞，中央橫擺著一座顯然是巨大石棺的靈柩台。在此先仔細介紹墓柵的內部。這裡大致上是模仿聖加侖修道院（西元六世紀左右由愛爾蘭主教在瑞士康士坦茲湖畔建設的修道院）或者南威爾斯的彭布羅克修道院[82]等現在還看得到的露地式靈柩台而建，不過卻呈現出明顯的不同。因為墓園中的樹木並非典型的合花楸或枇杷等，而是依照附圖中的配置，種植了無花果、絲柏、胡桃木、合歡樹、桃葉珊瑚、巴旦杏、水蠟樹等七棵樹木。而中央被這些樹包圍的靈柩台，姑且不管磨蘗石台座上的烏姆布利亞翁布利亞哭泣神官浮雕，上方覆蓋的白大理石棺蓋呈現著不尋常的設計。依照傳統的禮儀，棺蓋上面通常會是家紋、人像，或單純的十字架，但是這個棺蓋上卻雕著三角形薩特里琴[83]的線條，象徵降矢木的音樂傳統，上面又放了鍛鐵製的希臘十字架[84]和耶穌受難像。而且這耶穌像也很奇怪，頭略向左偏，雙手手指反翹、朝上扭曲，腳尖緊併並且極度往內彎，看似忍受著龐大的痛苦……還有肋骨也清晰可見，一副貧血的體態……一切都酷似地下墓穴時代，甚至比其更像歇斯底里患者的弓狀僵硬，這類精神病理的感覺實在讓人震撼。大致觀察過一遍後，法水用他彷彿熱病患者的眼神回頭看著檢察官。

「支倉啊，坎貝爾[85]不是說過，嚴重失語症患者直到最後還能說出詛咒別人的話。他還說過，當人類氣力用盡、失去反噬能力時，只有神祕主義[86]能緩和激情。這很明顯就是詛咒。戴克斯比來自威爾斯，就是那個至今還留有惡魔教派巴達斯[87]遺風，許多人都陶醉於謬亞達奇式十字架風格異教風情的威爾斯哪。」

「你到底想說什麼？」

---

[82] Pembroke Abbey。

[83] Psalterium，在扁平共鳴板上附著幾條琴弦的樂器，用手指或撥片撥動而發音。

[84] 指四方等長的十字架。

[85] Alfred Walter Campbell，一八六八—一九三七年，澳洲神經病理學家。一九〇五年在英國發表過大腦皮質組織學研究論文 "*Histological Studies on the Localisation of Cerebral Function*"。

[86] Okkultismus。

[87] "*Barddas*"。由德魯伊教（Druidism）復興中心人物愛德華・威廉斯（Edward Williams，威爾斯名 Iolo Morganwg）所著之詩集。此處之惡魔教應指稱德魯伊教。

檢察官叫著，不禁有些發毛。

「老實說，這個靈柩台很不尋常。這是傳說中死靈集會的標記，位於波斯拉（死海南方）荒野、白天由鬣狗守護，夜晚能呼喚魔神降臨，是冥府的標誌。」

法水一把抹掉睫毛上的雪，繼續說道：

「不過我既非猶太教徒，也不是利未族（猶太教中擔任祭司一族）[88]，就算眼前有冥府標記，我也沒有義務像摩西那樣去破壞它。」

「這麼一來……」

熊城出言挑戰。

「你剛剛那些對弱音器記號的解釋，該怎麼說明？」

「沒錯熊城，其實我的推論是正確的。」

法水開始說明那＋記號。

「這確實暗示著我所想像的三個行星的連結。你先看看墓園樹木的配置。在阿布納海特[89]之後的占星學中，將最前方的絲柏和無花果視為由土星和木星管轄，對面中央的合歡樹則是火星的象徵，當然這也可以用曼陀羅花、矢車菊、苦艾等草木來表示……這三個行星的集合，究竟代表什麼意義？在莫瑞瓦第等人的黑魔法占星學中，這就象徵著離奇死亡。對了，你們知不知道十一世紀德國的尼克斯教派[90]（崇拜非常厭惡基督教徒的姆摩爾湖[91]水妖尼克吉[92]之惡魔教派）？據說屬於該惡魔教派的毒藥業者集團，以纈草、毒參、歐白英這三種植物來代表三行星的集合（注），將這三種草藥吊在屋簷下，暗示毒藥所在。傳到後世則改用三種樹的樹葉來代替，那麼與這三棵樹連成的三角形相交的，又是什麼呢？」

（注）

一、纈草：敗醬科藥用植物，對於癲癇、歇斯底里痙攣等症狀有特效，爲學者之星木星的象徵。

二、毒參：繖形科毒草，含有大量古柯鹼，會先麻痺運動神經，爲妖術師之星土星的象徵。

三、歐白英：茄科毒草，葉中含有茄鹼、白英鹼，在感覺灼熱的同時，中樞神經也會迅速麻痺，爲火星的象徵。

網龕燈的暗紅色燈光讓積了一層薄雪的聖像陰影忽地上下、忽地左右不斷搖動，產生一股難以言喻的詭異生動感。這光線也讓法水的鼻孔與口腔看來格外巨大，塑造出一幅相當適合講述中世紀異教精神的容貌。但熊城繼續提出他的質疑。

「但是胡桃、巴旦杏、桃葉珊瑚和水蠟這四棵樹呈現的是正方形哪。」

「不，那是魚。」

法水又說出驚人之語。

「埃及大占星家奈克塔內布[93]把每年預告尼羅河氾濫的雙魚座用ㄖ或♓表示。剛剛你說的正方

⑧⑧Levites。
⑧⑨可能指 Albenahait，七七〇—八三五年，阿拉伯占星學家，著有十多本天文學書。
⑨⓪Nix。
⑨①Lake Mummelsee。位於德國巴登巴登。
⑨②Nixie。
⑨③Nectanebus，埃及末代法老。
⑨④Alpheratz，意為「馬的肚臍」。

形，也就是飛馬座的秋季四邊形大正方形，指的是由室宿一外二星與仙女座的壁宿二[94]連結而成的正四方形。假如這薩特里琴的刻紋代表三角座，那包圍在中央的聖像不就是飛馬座和三角座之間的雙魚座了嗎？對了，一五二四年也曾有過這種情形，當時的知名占星數學家史托弗雷[95]甚至主張《聖經》中的大洪水會再度來臨，總之，三行星與雙魚座連結的天體現象，向來被視為凶災之兆。但如果是人為凶災，不就叫做詛咒了嗎？你們先看看這個。其實我剛才在圖書室找到的麥克當奈爾[96]梵英辭典上，有個罕見的藏書印。不過現在回想起來，那應該是戴克斯比的藏書印，如此推測起來，這個靈柩台也一定表現了那男人的怪異興趣和病態個性。」

法水拍掉聖像周圍的積雪，從鍛鐵十字架上耶穌令人不忍卒睹的全身像，漸漸出現不可思議的變化。那奇怪的符號幾乎不像人類世界所有，讓人忍不住懷疑是不是法水施了什麼魔法。受難耶穌像從頭到腳都留下了白色的梵字𑖨。而法水則平靜地開始解釋聖像身上出現的奇妙記號。

「文倉哪，波特萊爾[97]說過，黑魔法是連接異教與基督教的符號。這就是誦咒時調伏[98]咒語使用的梵語𑖨字。另外，那酷似薩特里琴∀的形狀，則是阿毘遮嚕迦[99]的黑色三角爐不可或缺的堆柴法形狀。在柴德斯的《咒法僧》中刊載著《不空羂索神變真言經》[100]的解釋，根據其中的說法，𑖨是將天火引至火壇的金剛火。將該字片置於堆成∀形的柴下，點火念誦白夜柔吠陀[101]咒文，流傳千古的大史詩《摩訶婆羅多》[102]中出現的毘沙門天四大鬼將——乾闥婆大刀軍將、大龍眾、鳩槃茶大臣大將、北方藥叉鬼將這四鬼神，就會悄悄脫離毘沙門天的統率而來，同時，也會召喚來史詩《羅摩衍那》[103]中化為惡逆天火的羅剎羅縛拏，甩動十顆頭顱前來。所以如果我是個熱中於佛教祕密文學的人，一定會認為這墓園裡每晚都有肉眼看不見的符咒之火在焚燒，都有黑色陰風游移在黑死館的瞭望塔樓上。但我終究只能將其解釋為心靈分析的一種。同時，我只能推測戴克斯比這位擁有神祕個性的男人，生前懷抱何種意志。熊城，你知道為什麼嗎？因為我已經察覺到危險，心理學的著作從洛茲[104]《雷蒙德》[105]、鮑曼的《蘇格蘭人家》[106]修訂版之後我一概不讀，也把《妖異評論》[107]全套都燒毀了。」

法水直到最後都發揮了他堅定的唯物主義者本領。不過那些觸及到他緊繃如弦的神經之線索，很快地綻放盛開出瓣瓣精采類推。單憑一個弱音器記號，法水就能揭穿連住在黑死館的人都未曾謀面的已故克勞德・戴克斯比驚人心理。接著法水等人離開墓園，在風雪中走向本館，搜查活動持續進行到深夜，終於來到與黑死館神祕核心的三位異國音樂人士對決的時候。

---

95. Johannes Stöffler，一四五二—一五三一年，德國數學家、天文學者。
96. Arthur Anthony Macdonell，一八五四—一九三〇年，英國東洋學家。
97. Charles-Pierre Baudelaire，一八二一—一八六七年，法國詩人、評論家。
98. 佛教中調和身口意三業，以制伏諸惡，謂之調伏。
99. 調伏、降伏之意。
100. 不空羂索觀世音菩薩的祕密真言觀行法門和其修持功德的經典。
101. yajurveda。
102. Mahābhārata 意思為「印度人的歷史」。
103. Rāmāya a，意思為「羅摩的歷險經歷」，與《摩訶婆羅多》並稱印度兩大史詩。
104. Sir Oliver Joseph Lodge，一八五一—一九四〇年，英國物理學家、心靈主義者。
105. "*Raymond or Life and Death*"。
106. "*Der Schotte Home*"。
107. "*The Occult Review*"，英國一九〇五—一九五一年之間出版的神祕學說專門雜誌。

三、混蛋，閔斯特伯格[1]！

一行人再次回到原本的房間，法水立即命人傳喚真齋。不久，這位雙腳萎縮的老人駕著四輪車前來，不過他臉上已經不見原本的生氣，剛剛那番詰問讓他顏面浮腫、貌如槁灰，憔悴得判若二人。這位年邁史學家的手指神經質地抖動，神情滿是憂鬱，明顯可以看出他對再次接受偵訊的畏懼。法水對這經過自己殘酷生理拷問摧殘的軀體絲毫不以為意，敷衍慰問後馬上切入正題。

「田鄉先生，其實在發生這樁事件前，有件事我一直很好奇。關於遇害的丹恩伯格夫人等那四位外國人，算哲博士為什麼從他們小時候就開始撫養他們長大呢？」

「要是我知道……」

真齋先是露出放心的表情，接著開始坦白地陳述，與剛剛的表現完全不同。

「這棟黑死館也不會被人稱作鬼宅了。您或許也知道，這四位早在還沒斷奶的襁褓時期，就分別由算哲老爺在其母國的朋友送來日本。他們來到日本後這四十多年，確實過著錦衣玉食的日子，還接受了高等教育，表面上看來生活或許有如宮廷般優渥。但在我看來，他們更像是被囚禁在由高貴圍牆包圍的牢獄裡。就好像是《挪威王列傳》[2]（由奧汀神[3]所創造的古代挪威王歷代記）中的迪奧里迪爾大主教的管家一樣。那個札耶克斯老人為了當時的日繳租稅制度，得必須耗上一輩子來清償，那四位外國人也一樣，畢生都不被允許離開這宅邸一步。儘管如此，常年的習慣實在相當可怕，日子久了他們反而開始討厭與人接觸，厭人傾向愈來愈強烈。就連應邀來參加一年一度演奏會的樂評家們，他們也只從台上行注目禮，演奏一結束便馬上各自回房。所以他們為什麼還在搖籃裡就被帶來、得在這鐵籠裡終老一生，現在也已經成了過去的傳說。算哲老爺只留下這些紀錄，把祕密帶進了墳墓裡。」

「喔，就跟勒夫[4]一樣……」

法水故意誇張地嘆了一口氣。

「聽您剛剛的描述，似乎將他們的厭人習性視為一種趨向性轉變。但那應該是一種單位性的悲劇吧。」

「單位？以四重奏樂隊來說，當然算是同一個團體。」

真齋並不知道，法水的話裡還有更深的涵義。

「對了，您見過他們了嗎？每一位都是冷峻的禁慾主義者，儘管有些傲慢和冷酷，他們端正的人格除了真正的孤獨，似乎別無所求。所以他們日常生活中彼此並沒有什麼親密往來，雖然從小就親近地

①Hugo Münsterberg，一八六三—一九一六年，出生於德國的美國心理學家。應用心理學先驅。

②"*Heimskringla*"，一二二〇—三〇年代由冰島人斯圖魯松（Snorri Sturluson）所編纂的傳說集。

③Odin，北歐神話中的主神、眾神之父。

④Oscar Loew，一八四四—一九四一年，德國生理化學家，曾任東京帝國大學農藝化學教授。

生活在一起，也從未發生戀愛情事。可能因為壓根沒有想接近彼此的念頭吧，在他們之間或者對我們這些外國人，過去幾乎都沒看過有任何情感上的衝突。跟那四個人感情最親近的，還是算哲老爺了啊。」

「是嗎，他們對博士……」

法水先是露出意外的表情，接著呼出一口如緞帶般縈捲的煙，引用了一段波特萊爾。

「那麼他們之間的關係，應該就是所謂的『O mon cher Belzébuth.（我親愛的魔鬼別西卜）』吧？」

「沒錯，確實就是『Je t'adore.（我稱頌您）』。」

真齋稍顯動搖，不過還是不遜於法水的回報了對句。

「但是在某種情況下……」

法水顯得若有所思。

「A beau and witling perished in the throng.（好打扮者與自作聰明者在人群中互鬥）……」

說到一半他又突然打住，不再引用波普⑤的詩作《秀髮劫》⑥，改口引用《謀殺貢札果⑦》（《哈姆雷特》裡的劇中劇）台詞：

「大概是『Thou mixture rank, of midnight weeds collected.（夜半採集腥臭毒藥）』吧。」

「不，應該不是。」

真齋搖搖頭。

「絕對不是『With Hecate's ban thrice blasted, thrice infected.（女魔詛咒三度，毒效強化三倍）』。」

他用下一句接答，不過聲音有著異樣的抑揚，幾乎聽不出韻律感，而且不知為什麼緊跟著又複誦了一次，真齋臉色更加慘白。法水又繼續說：

「對了，田鄉先生，可能是我自己的幻覺吧，但這個事件總讓我想到『But the ethereal gate closed.（但天界大門合攏）』[8]的可能。」

法水在彌爾頓[9]的《失樂園》[10]裡中描寫路西法大敗的名句中，夾進了gate（門）這個字。

「不過確是如此。」

真齋看似平靜，口氣卻莫名生硬。

「既無暗門，也沒有暗蓋或密梯。所以確實『Not long divisible（無法再次開啟）』。」

「哈哈哈哈！不，可能反而變成『Men prove with child, as powerful fancy works.（極度幻想之下，男人相信自己能懷孕）』呢。」

法水一陣狂笑，出奇地讓原本陰森的緊繃氣氛緩解了下來。真齋也顯得鬆了口氣。

「法水先生，我倒覺得應該是『And maids, turned bottels, call aloud for corks thrice.（女人像個翻倒的瓶子，三度大喊找尋栓塞。）』[11]。」

這串古怪的詩句對答，讓一旁其他兩人只能啞然呆望，熊城不悅地斜眼瞪著法水，插了一句公務上的例行問題。

⑤Alexander Pope，一六八八—一七四四年，英國詩人。
⑥"*The Rape of the Lock*"
⑦"*The Murder of Gonzago*"
⑧原句為"But the ethereal substance closed."（但天界缺口合攏。）
⑨John Milton，一六〇八—一六七四年，英國詩人。
⑩"*Paradise Lost*"
⑪原句為"And maids, turned bottels, call aloud for corks."（女人像個翻倒的瓶子，得塞住。）

「我還想請教您關於遺產繼承的狀況。」

「很遺憾，現在還不清楚。」

真齋表情沉鬱地說。

「這個問題可說是一道籠罩著本館的陰影。算哲老爺過世前約兩週寫好了遺囑，保管在大保險箱裡。他把鑰匙和密碼表都委交給津多子夫人的先生押鐘童吉博士，指定了符合某種條件才能開封，因此遺囑至今尚未公布。儘管我被指定為遺產管理人，實質上沒有半點權利。」

「那麼有誰能分配到遺產？」

「這就奇怪了，除了旗太郎少爺以外，還有那四位歸化入籍的外國人也能分產。可是目前僅知這五人可以獲得遺產，但也不知道他們自己清不清楚遺囑內容，從來沒有人洩漏過一字半句。」

「這太奇怪了。」

檢察官丟下抄寫紀錄的筆。

「竟然把除了旗太郎以外唯一的一位親人排除在外。難道是因為他們感情不睦……」

「正因為沒有不睦才令人不解。算哲老爺向來最疼愛津多子夫人。而且那四個人恐怕作夢也沒想到會獲得這意外的權利吧。尤其是雷維斯先生，他還訝異地說這不是在作夢吧。」

「那麼田鄉先生，看來我們得盡快請押鐘博士來一趟了。」

法水平靜地開口。

「這麼一來或許可以鑑定算哲博士的精神狀態。您先請回。能請您轉告旗太郎過來這裡嗎？」

真齋離開後，法水轉向檢察官。

「現在你有兩項工作得做。首先要傳喚押鐘博士，另外要向預審推事申請搜索令。因為要消除我們的偏見，唯一方法就是開封遺囑。但無論如何押鐘博士都不可能輕易點頭。」

「話說回來，剛才你和真齋那段詩句問答……」

熊城坦率直問：

「那又是玩什麼風花雪月的文藝遊戲？」

「不，我才沒有玩什麼循環論法的把戲呢。除非我嚴重誤判，否則就是榮格[12]和閔斯特伯格根本是大混蛋。」

法水曖昧地敷衍帶過，就在此時，走廊傳來了口哨聲。口哨聲一停，房門剛好打開，旗太郎出現在門口。雖然才十七歲，可是他態度很成熟，連一般人成年前多少會殘留的幾分童心也絲毫見不到。他那不安的眼神和狹窄的額頭，破壞了美麗容貌的協調。法水客氣地勸坐。

「我認為《彼得羅西卡》[13]是史特拉汶斯基[14]最完美的作品。那簡直是可怕的原罪哲學。你看，就連人偶都有墳墓在張開大著嘴等待它。」

一進門旗太郎就聽到這番完全沒料想到的話，他蒼白瘦長的身體彷彿突然變得僵硬，開始神經質地嚥著口水。法水繼續說：

「但我並不是說因為你用口哨吹出《保母之舞》[15]的段落，泰芮絲自動人偶才開始動作。再說我們

⑫ Carl Gustav Jung，一八七五—一九六一年，瑞士精神分析醫生。
⑬ "Petrouchka"，主角木偶「彼德洛希卡」認為自己有靈魂，愛上女木偶，最後死亡。
⑭ Igor Fyodorovitch Stravinsky，一八八二—一九七一年，俄羅斯作曲家、指揮家、鋼琴家。

已經知道昨天晚上十一點左右，你跟紙谷伸子兩人去找過丹恩伯格夫人，然後馬上就回到自己寢室。」

「那您想問什麼呢？」

旗太郎用那已經完全變聲的聲音，帶點叛逆地問道。

「我想知道，算哲博士到底要求你們什麼。」

「喔，如果是這件事……」

旗太郎表現出些許自嘲的亢奮情緒。

「我確實很感謝他讓我接受音樂教育。否則我應該早就瘋了。不是嗎？每天睜開眼就只能活在倦怠、不安、懷疑、頹廢當中。誰能忍受跟一群彷彿老舊能劇服裝的人，共同生活在這種沉重的憂鬱中？其實家父為了在我身上留下人類悲苦的紀錄，就只為了這個目的，還仔細教過我保命求生的方法。」

「這麼一來，你的意思是除此之外一切都被那歸化入籍的四人給奪走了？」

「可能吧。」

旗太郎語帶保留。

「不，老實說我還不知道其中的理由。畢竟包括格蕾特女士在內，他們四個人一點都沒有那個意思。對了，你有沒有聽過安妮女王時代這句警語？『陪審團要是享有主教晚宴，就表示有一名罪犯被處絞刑』。我父親就像這種主教一樣，連靈魂深處都包藏著祕密和謀略，真受不了。」

「但是旗太郎先生，這其中存在著這棟黑死館的病灶。這病灶總有一天會除去，不過你手上也並不可能有博士的精神解剖圖。」

法水先是譴責對方的妄想，接著再次改口，進行事務性的詢問。

「您什麼時候聽博士說起歸化入籍的事？」

「在家父自殺的兩個星期左右前。當時他已經寫好遺囑，只把跟我有關的部分念給我聽。」

話說到這裡，旗太郎突然顯得有些不安。

「但是法水先生，我沒有權利告訴你那部分的內容。一旦說出口，就表示我喪失繼承的權利。我想其他四個人也一樣，應該都只知道跟自己有關的部分。」

「你不用擔心。」

法水聲音溫和地勸說他。

「日本的民法在這方面還算寬容。」

「但還是不行。」

旗太郎鐵青著臉堅定拒絕了。

「我實在很怕家父的眼睛。他就像梅菲斯特一樣，一定會以某種方式留下陰險的制裁方法。格蕾特女士會送命，一定也是在這方面犯了某種錯誤。」

「你的意思是，這是種報應？」

熊城單刀直入地問。

「對。這樣你們應該了解我不能說的理由了吧？不僅如此，最重要的是，如果沒有這筆財產，我就無法過活了。」

⑮"*The Wet-Nurses' Dance*"。

旗太郎平靜說完後站起身來。他十根提琴手特有的纖細手指平放在桌緣，激昂無比地說：

「我想你們應該沒有什麼要問我的了，而我也不可能再回答你們任何事。但這一點請你們務必記住。宅邸裡的人似乎都把泰芮絲人偶視為惡靈，不過我認為真正的惡靈其實是家父。不，家父應該還活在邸內的某個地方。」

旗太郎只輕描淡寫地提到遺囑內容，他再次跟鎮子一樣，強調黑死館人特有的病態心理。說完之後，他悵然點點頭，走向門口。但他的前方，卻有個異樣的東西在等著他。當他走到門口，不知為什麼突然怔愣著不動，一步也無法走向前。他看起來不是單純感到恐懼，從動作可以看出來，他心裡有著相當複雜的感情。左手放在門把上，另一隻手無力垂下，兩眼畏懼地凝視前方。很明顯地，他感覺到門的另一端有某樣令他害怕的東西。接著，旗太郎臉上青筋暴露，呈現醜惡面容。他向前方發出抽搐般的聲音：

「克、克里瓦夫夫人，妳……」

才剛開口，同一個瞬間門就從外側被拉開。兩名傭人分別站在門框兩邊，歐莉加・克里瓦夫夫人傲慢威嚴的身影從中現身。她身穿貂皮高領的黃色短衣，樣式類似西洋劍擊服，外披天鵝絨無袖罩袍，右手拄著上方雕有盲眼俄里翁⑯和奧立維爾斯伯爵⑰（一五八七年至一六四五年，西班牙菲利浦四世王朝的宰相）家徽的豪華權杖。這黑黃對比更強烈襯托出她的紅髮，令人覺得她全身宛如被火焰般的激情所包覆。她頭髮隨興往上撩，耳垂和頭部分開超過四十五度，耳朵上方尖銳，好比她剛烈的個性。髮際稍微後退的額頭上，有著高聳的眉弓，那灰色眼睛當中泛著異樣光芒，銳利的凝視像是袒露出眼底的神經。而顴骨以下宛如斷崖的兩頰顯得稜角險峻，筆直鼻梁長過鼻翼，也給人心機深沉的感覺。與她擦身而過時，旗太郎越過肩頭回頭對她說：

「歐莉加女士，您請放心。一切就像您剛剛聽到的一樣。」

「我明白。」

克里瓦夫夫人半張著眼，倨傲點頭，故作姿態地回答。

「不過旗太郎先生，也請您想想，萬一是我先被傳喚呢？我想，您一定也會跟我們有一樣的舉動的。」

克里瓦夫夫人所說的「我們」，不免令人覺得奇怪，但是原因馬上就揭曉了。站在門邊的並非只有她一個人，緊接著嘉莉瓦妲．賽雷那夫人和奧托卡爾．雷維斯也都現身了。賽雷那夫人手上的狗鍊繫著一隻毛流柔順的聖伯納犬，不論身材或容貌，都跟克里瓦夫夫人呈現完全對比的風貌。她身穿暗綠色裙子，上衣鑲著繩緣裝飾，還披著長至手肘的白披肩亞麻領片，頭上是奧古斯都會[18]修女戴的純白頭巾。任何人看到她優雅的姿態，都不會聯想到她的出生地是被龍布羅索[19]批評為激情犯罪城市的南義大利布林迪西市[20]。雷維斯穿著長禮服搭配灰色長褲，裝上翼領，晃動著他龐大的身軀最後出現。不過跟剛剛在禮拜堂遠望時不同，像這樣近距離觀看他時，反而覺得這是位內心愁悶、內心受到壓抑的年老紳士，容貌相當憂鬱。這三人彷彿要排隊領取聖餐一樣，慢條斯理地走進來。看

⑯Orion。
⑰Gaspar de Guzmán y Pimentel，Count-Duke of Olivares。
⑱Augustinians，起源於十一世紀末的天主教修道團體，為遵從奧古斯都戒律之各修道會的總稱。
⑲Cesare Lombroso，一八三五—一九〇九年，義大利犯罪學家、精神病學家，刑事人類學派創始人。
⑳Brindisi。

到這種情景，倘若此時再聽到吊著綴織旗幟飄揚下的法國號聲、敲響定音鼓，還有儀仗官肅穆的宣告聲，簡直就像十八世紀符騰堡[21]或克恩頓[22]一帶的小型宮廷生活吧，另一方面，再從他們身邊跟隨的傭人人數來看，也可以感受到他們的病態恐懼。再想到剛剛與旗太郎之間的那番醜惡暗鬥，令人不禁懷疑其中或許流動著可能是犯罪動機的湍湍黝黑暗流。不過這三個人從一開始就毫無疑點。克里瓦夫夫人終於走到法水面前，拿起杖尖敲著桌子，用她尖銳語調命令似地大聲說：

「我們有事想請您幫忙。」

「什麼事呢？您先請坐吧。」

法水稍顯躊躇，但並不是因為她命令般的語氣。他的遲疑其實是因為克里瓦夫夫人的臉遠看酷似小霍爾班[23]的「瑪格莉特．懷亞特[24]（亨利八世傳記作家托馬斯．懷亞特[25]爵士之妹）畫像」，近看卻滿臉天花疤痕般的醜陋雀斑。

「我就直說了，希望你們能燒毀泰芮絲人偶。」

克里瓦夫夫人語氣堅定。

熊城驚聲大叫。

「為什麼？不過就是一具人偶，為什麼要這麼做呢？」

「如果只是一具人偶，那或許是沒有生命的東西吧。但我們必須自保，也就是破壞兇手的偶像。你們讀過雷文斯基[26]的《迷信與刑事法典[27]》（注）嗎？」

「您是說約瑟貝．阿爾查嗎？」

在這之前法水一直沉思不語，這時他才首次開口詢問。

（注）出現在始於賽普勒斯國王畢馬龍[28]之偶像信仰的犯罪事件中。約瑟貝．阿爾查與羅馬人馬克尼吉歐並稱，是史上著名的陰陽人，有男女兩座雕像，經常在變成男人時祭拜女雕像，變成女人時祭拜男雕像。據說後來因詐欺、竊盜與鬥爭等導致男雕像被毀，生理上奇妙的雙重人格也隨之消失。

「沒有錯。」

克里瓦夫夫人滿意地點頭，先請其他兩人也坐下。

「我希望至少可以從心理層面來減弱兇手的行動力。為了防止慘劇繼續發生，我們已經不能再等了。」

接著開口的是賽雷那夫人，她雙手畏畏縮縮交抱在胸前，用懇求的態度說道：

「我們可不是在說心理崇拜的問題。那具人偶對兇手來說，就像是龔特爾國王[29]的英雄（在《尼伯龍根之歌》[30]中，代替龔特爾國王與布倫希爾德女王[31]對抗的齊格飛[32]）。今後如果再有重大罪行，

㉑Wuerttemberg，德國西南的施瓦本，今巴登符騰堡州的一部分。

㉒Kärnten，奧地利最南的邦。

㉓Hans Holbein der Jüngere，一四九七／一四九八—一五四三年，文藝復興時期德國畫家。

㉔一般名稱為"Lady Lee"，主角 Wyatt Margaret。

㉕Thomas Wyatt，一五〇三—一五四二年，英國詩人。亨利八世時擔任大使。

㉖August Löwenstimm。

㉗"*Aberglaube und Strafrecht*"。

㉘Pygmalion。

㉙Gunther，中古德語史詩《尼伯龍根之歌》中的人物。勃艮第（Burgundians）國王。

㉚"*Nibelungenlied*"，創作於十二、十三世紀之交，作者至今不為人知，少數史學家推測是布里格二世．馮．斯坦那赫（Bligger II. von Steinach）。

㉛Brynhild，《尼伯龍根之歌》中的冰島女王。

㉜Siegfried，在《尼伯龍根之歌》史詩中殺死了巨龍法夫納，幫助龔特爾國王成功娶到布倫希爾德。

那兇手一定會躲在陰險策略之後，只讓那個鄉人現身。我們畢竟和易介還有伸子小姐不一樣，一點防備都沒有。所以就算兇手一次失手，也只有人偶會被逮，誰說他沒有下次機會呢。」

「沒錯，如果我們三人不見血，慘劇是不會落幕的。」

雷維斯腫脹的眼皮顫動，悲傷地說：

「我們得遵守戒律，所以也不可能逃離這棟宅邸避災。」

「您能告訴我們戒律的內容吧？」

檢察官抓住機會追問，但克里瓦夫夫人馬上打斷他。

「不，我們沒有權利說。與其討論這種無意義的事……」

她的聲音突然變得激昂。

「啊！我們 Plunging in this dark abyss, suffering in the sea of fire（置身於黑暗地獄，在火焰之海掙扎）[33]。你們為什麼只是好奇地等待新的悲劇來臨呢？」她悲痛地吶喊著楊格[34]的詩句。

法水輪流看著他們三人，接著一副蓄勢待發的樣子，更換了交疊的雙腿，浮現陰冷的微笑。

「您說得沒錯，確實是『everlasting and ever（永遠持續、沒有終止）』。」

他突然說出這句瘋狂的話。

「帶給你們這種殘酷永久刑罰的就是過世的算哲博士。你們大概也聽到旗太郎說的話了。博士他『He is looking down from perfect bliss calling thee father（以被尊稱為父親而欣喜，俯瞰著你們的一切）[35]』。」

「你說父親他……」

賽雷那夫人換了個姿勢，凝視著法水。

「沒錯。因為『Through all depths of sin and loss, Drops the plummet of Thy cross!（我垂下十字測鉛，貫穿罪與罰的深度）』。」

法水得意地引用衛理爾[36]的名句，但克里瓦夫夫人卻報以冷笑。

「不，『Yet future abyss was found, Deeper that cross could sound.（而未來深淵，已非十字架足以測得）』[37]呢。」

只見她冷酷表情出現發作性的痙攣繼續說道：

「不過，『啊，不久之後那男人一定會死[38]』不是嗎？易介和伸子小姐這兩樁事件中，已充分暴露出你們的無能。」

「原來如此。」

法水輕輕點頭，語氣變得充滿挑釁和毒辣。

「然而不管是誰，都不太可能估出自己還剩下多少時間。我反而覺得昨夜『Scheint dort in kühlen Schauern, Ein Seltsames zu lauern.（詭異事端潛藏於清冷庇所）』。」

「那你倒說說看，那個人看見了什麼？我可不知道有這種詩句。」

㉝原文為"And see me plunging in this dark abyss, Calling Thee Father in a sea fire."
㉞Edward Young，一六八三—一七六五年，英國詩人。
㉟原文為" And canst Thou, then, look down from perfect bliss, And see me plunging in the dark abyss? Calling Thee Father in a sea of fire?"
㊱John Greenleaf Whittier，一八〇七—一八九二年，美國詩人。
㊲原文"Never yet abyss was found, Deeper than that cross could sound!"
㊳暗指下文所述法爾該的《白樺森林》，原文"Er starb in wenig Tagen."

雷維斯陰沉畏縮地問，法水狡猾一笑。

「雷維斯先生，就是『心黑夜黑、藥生效手腳俐落』，而地點又『正好四下無人』。」

法水這段話乍聽之下宛如明顯的威嚇，又像包藏了意圖的危險計謀，但是在他巧妙的朗誦方式下，竟形成一股令人莫名肌肉僵硬、血液凝結的詭異氣息。克里瓦夫夫人將她把玩著胸飾都鐸玫瑰（六瓣玫瑰）[39]的雙手合十置於桌上，對法水投以挑釁的凝視。但此時隱約蘊藏著危機的沉默，讓窗外肆虐暴雪的呼嘯聽得更清楚，氣氛顯得更加悽愴。法水終於開了口。

「這原文寫的是『Und mittags, wenn die Sonne glüht, Dass fast die Heide Funken sprüht.（而正午陽光燦然時，猶如火花灑落原野）』。奇怪的是，那是個在白天或光明中看不見、只有漆黑夜裡才看得見的世界。」

「只在黑暗中看見!?」

雷維斯反問，一時鬆懈了警戒。

法水沒回答，轉向克里瓦夫夫人。

「您知道這段詩文是誰的作品嗎？」

「不，我不知道。」

克里瓦夫夫人回答的態度有些生硬，不過賽雷那夫人似乎沒有意識到法水可怕的暗示，她平靜地說：

「我記得是法爾該[40]的《白樺森林》[41]。」

法水滿意地點頭，頻頻吐著菸圈，不過他臉上漸漸泛現不懷好意的笑容。

「對，確實是《白樺森林》。昨天晚上，兇手應該在這房間前的走廊看到了那片白樺森林。不過，『Ihm träumt' - er konnt's nicht sagen（他做了夢，卻無法說）』。」

「你是說，那男人又回來這死人房間，就像好友來往一樣？[42]」

克里瓦夫夫人忽然興奮了起來，語氣變得開朗，說出雷瑙[43]的《秋之心》[44]中的一句名言：As through the death of the friends。

「不，不是滑行，他們是不知何故地踉蹌而行[45]。哈哈哈哈！」

法水一陣爆笑，轉頭看著雷維斯。

「雷維斯先生，在那之前想必是『Ein trüber Wandrer findet hier Genossen（那悲傷旅人尋著伴侶）吧』。」

「你、你明明就知道。」

克里瓦夫夫人受不了，站起身來，粗魯地揮杖大叫：

「所以我們才來請求你們燒毀那伴侶啊。」

但是法水只是盯著亮紅的菸頭沒回答，彷彿在暗示自己的不認同。不過身旁的檢察官和熊城都能感覺到法水那不知何時才會停止攀升的無涯思緒，此時終於快要到達頂點。可是法水依然沒有停

㊴ Tudor rose，英國皇室紋章，其名源自都鐸王朝。但一般應為五瓣。

㊵ Gustav Falke，一八五三—一九一六年，德國作家。

㊶ "*Das Birkenwäldchen*"。

㊷ 暗指《秋之心》，原句為"Wie durch das Sterbgemach die Freunde gleiten"。

㊸ Nikolaus Lenau，一八〇二—一八五〇年，匈牙利抒情詩人。

㊹ "*Herbstgefühl*"。

㊺ 暗指《秋之心》，原句為"Das Tal hinab, und seine Wellen gleiten"。

止努力，他企圖要在這椿精神劇碼上尋求悲劇性的開展。法水打破沉默，語氣尖銳地說。

「可是克里瓦夫夫人，我不認為燒掉人偶就能結束這齣瘋狂的戲碼。老實說，還有另一具人偶，被更加陰險模糊隱晦的手段操控著。妳知道嗎，就連布拉格的世界偶戲聯盟㊻，最近也沒有表演《浮士德》的紀錄呢。」

「浮士德？你是指格蕾特女士臨死前寫在紙上的那些文字？」

雷維斯向前探出身子。

「對。第一幕是水精（Undine）、第二幕是風精（Sylphe）。現在那可憐的風精表演過驚人奇蹟後已經遁走。而且雷維斯先生，兇手還變成 Sylphus，是男性呢。您知道風精是誰嗎？」

「什麼？我怎麼可能知道!?夠了，別再開彼此玩笑了。」

遭到法水反擊的雷維斯一臉狼狽，原本態度倨傲的克里瓦夫夫人，此時卻忽然有些畏縮惶恐。可能因為太過激動，還發出不太像她的聲音。

「法水先生，我看到了。我確實看到你說的男人。我想昨天晚上進到我房間的，可能就是那個風精（Sylphus）。」

「什麼，妳說風精！」

板著臉的熊城表情瞬間僵硬。

「可是當時房門應該是鎖上的吧？」

「那當然，但還是奇怪地被打開了。然後，我看見一個高瘦的男人站在昏暗的門前。」

克里瓦夫夫人結結巴巴地往下說：

「大約十一點左右，我進房時確實鎖了房門。模模糊糊睡了一陣子之後睜開眼睛，正想看看枕邊的鐘，沒想到睡衣前襟兩端好像被按住，還有頭髮也像被拉扯一樣，整顆頭動也不能動。我平常睡覺習慣鬆開頭髮，所以以為自己被人綁住了，從背脊到頭頂一陣發麻，發不出一點聲音，身體更是動也不能動。這時候我背後吹來一陣微微涼風，滑動般的輕微腳步聲往我睡衣下襬的方向遠離而去，然後那腳步聲的主人走到門前時，剛好進入我的視野。那男人轉過頭來。」

「他是誰？」

檢察官也忍不住屏息。

「不，我不知道。」

克里瓦夫夫人不甘地嘆了一口氣。

「因為桌燈照不到那個地方一帶。但是我大概知道他的輪廓。身高約五尺四、五寸，體型細長，顯得弱不禁風。不過只有眼睛……」

雖然風貌不太一樣，但她描述的肢體卻跟旗太郎有幾分神似。

「眼睛怎麼樣？」

熊城習慣性的插話。這時克里瓦夫夫人又突然恢復她傲然的態度。

「有人說過黑暗中葛瑞夫茲氏症[47]患者的眼睛看起來很像是小型眼鏡呢。」

㊻Union Internationale de la Marionnette，成立於一九二四年。

㊼Graves' disease，甲狀腺機能亢進症中最常見的一種，起因於甲狀腺體細胞全面性過度活躍。

她先是回嘴嘲諷了一番，然後再次回頭摸索自己的記憶。

「總之，希望你們試著用超越一般感覺的前提來聽我說。讓我強調一點，那對眼睛確實發出了珍珠般的光芒。等到他的身影消失於門外，門把微微動了動，輕微的腳步聲聽來往左邊逐漸遠離。這時我才終於回過神來，頭髮不知不覺也已鬆開，頭部終於能自由活動。時間剛好是十二點半，接著我又鎖上房門，還將門把和衣櫃用繩子連結綁好，這麼一折騰我也睡不著了。可是等到天亮後仔細檢查，房間裡卻沒有任何異狀。看來這一定是利用了人偶的把戲。這個狡猾又膽小的傢伙，看到我醒過來根本不敢動我一根寒毛。」

儘管這個結論仍然留有很大的疑點，克里瓦夫夫人呢喃般的平靜語調卻讓旁邊這兩人彷彿陷入一場惡夢。賽雷那夫人和雷維斯也神經質地握緊雙手，似乎連說話的力氣都沒了。法水好似從睡中驚醒，他慌忙抖掉菸灰，但卻轉向賽雷那夫人。

「賽雷那夫人，關於那位流浪者的來路我們之後再討論，不過您知道葛符列㊽說過這麼一段內容嗎？『誰能夠妨礙我立刻與惡魔合而為一』。」

「『但是，那把短劍……』」

下一句才念到一半，賽雷那夫人好像陷入慌亂，開頭的音節就已經失去了詩特有的韻律。

「『Sech stempel schrecken geht durch mein gebein（短劍的刻印讓我身體戰慄）』，啊，您為什麼要問這個呢？」

她情緒漸漸亢奮，全身顫抖地大叫。

「你們一定正在找他。但你們怎麼可能知道他是誰？不可能，你們絕不可能知道的。」

法水在嘴裡玩弄著香菸，用他幾乎殘忍的微笑望著對方。

「我可沒有要您作出任何潛在批判。那齣風精默劇，其實根本無所謂。更重要的『你棲住何處呢？黯鬱的迴響』[49]是吧？」

他引用德梅爾[50]的《沼澤之上》[51]，視線依然停在賽雷那夫人臉上。

「啊，既然如此……」

克里瓦夫夫人表現出奇怪的畏怯。

「想必您已經知道伸子彈錯、反覆彈了兩次早上的讚美詩吧。其實今天早上她彈過一次大衛詩篇第九十一篇的讚美詩，但是在中午的鎮魂曲之後，本來應該彈奏第一百四十八首的『火與冰雹，雪和霧氣，成就他命的狂風』。」

「不，我說的是禮拜堂裡的事。」

法水冷冷地說。

「其實我想知道的是，當時『的確存在著薔薇，附近鳥啼聲消失』[52]。」

「你是說焚燒薔薇乳香的事嗎？」

雷維斯語帶不安，探詢地望著法水。

---

[48]疑為 Gottfried von Straßburg，十三世紀德國敘事詩人。
[49]原文為 "Wo wohnst du nur, du dunkler Laut, du Laut der Gruft?"
[50]Richard Dehmel，一八六三—一九二〇年，德國作家、詩人。
[51]"*Über den Sümpfen*"。
[52]原文為 "Doch Rosen sinds, wobei kein Lied mehr flötet."

「那是歐莉加女士在後半段過了一陣子後暫時中斷演奏時點的，不過請您停止這種滑稽的隱喻猜謎吧。我們只是想來請教如何處置人偶。」

「請讓我考慮到明天。」

法水不由分說地表示。

「但是說穿了，我們的職責畢竟在維護人身安全，站在保護的立場，可不會讓你們動那位魔法博士一根手指頭。」

法水一說完，克里瓦夫夫人便露骨地用動作表達她的憤怒，催促其他兩人起身。她忿忿地俯視法水，悲痛說道：

「算了。反正這場虐殺在你們眼裡也只不過是統計數字。不，說穿了我們的命運就跟阿爾比教徒（注一）或魏特利洋卡郡民（注二）一樣。不過，如果能想出對策……假如真能有對策，今後我們也不會再倚靠你們。」

（注）

一、阿爾比教徒：起源於南法阿爾比的新興宗教，受到摩尼教影響，否定《新約聖經》的一切，為了響應其法王因諾森三世提倡的新十字軍，一二〇九年到一二二九年間共有約四十七萬名死者。

二、魏特利洋卡郡民：一八七八年，俄屬阿斯特拉罕黑死病猖獗期間，俄國以炮兵包圍封鎖了魏特利洋卡郡，發射空包彈並以槍決要求，導致郡民無法逃生，幾乎全部死於黑死病。

「欸，您別這麼說。」

法水挖苦地回話。

「克里瓦夫夫人，我記得聖安博[53]曾經說過，『死亡對惡人是有利的』。」

被遺忘的聖伯納犬拖著狗鍊憂傷地低嗚，追在賽雷那夫人身後，三人剛離開，一位便衣刑警緊接著進來，他剛完成後院的調查，走進來將調查報告交給法水。

「短刀確實只有那一把。另外，已經照您的吩咐轉交給警視廳的乙骨醫師。」

回報完後，法水再次吩咐他去拍攝尖塔的十二宮圓花窗，才讓他離開。熊城疑惑地輕嘆了一聲：

「唉，又是房門和門鎖，這兇手到底是魔術師還是鎖匠？總不可能到處都是約翰·迪伊博士的隱形門吧。」

「我真是驚訝。」

法水嘲笑地看著他。

「那種把戲哪有什麼創意技巧呢。如果離開這棟宅邸，當然是值得驚訝的疑問。但是你剛才在書庫裡應該已經看過犯罪學現象的精采書目。也就是說，讓門不上鎖的技巧，幾乎可說是這裡精神生活的一部分。你回警視廳後看看格羅斯[54]（注）就明白了。」

（注）法水所說的格羅斯，應該是在《預審推事要覽[55]》中描述罪犯職業習性的章節，引用自阿

---

[53] Ambrosius，三四〇—三九七年。
[54] Hans Gross，一八四七—一九一五年，奧地利刑事法學家。
[55] "*Handbuch fur Untersuchungsrichter alas System der Kriminalistik*"。

貝特「犯罪的祕密」中的一例。從前曾擔任僕人的一位鞋模工，潛入某銀行家的房內的某個房間，爲了讓這個房間與寢室之間的房門不會鎖上，事先在鎖孔中插入經過巧妙加工的三稜柱狀木片。如此一來銀行家就寢前想鎖上房門，門閂也不會動，讓他產生了門已經上鎖的錯覺，讓犯人稱心如願地執行計畫。

法水並沒有再說什麼，就這樣不再追究，似乎覺得無可奈何，對於知道他平時凡事都要徹底釐清個性的兩人來說，當然覺得很驚訝。不過這次事件的深奧和神祕，或許就是他在書庫中獲得的結果。檢察官再次批判法水故弄玄虛的訊問態度。

「我不是雷維斯，但我請你來是希望你演齣動作劇，別再表演那種戀愛詩人般的吟唱比賽，認真思考一下剛剛克里瓦夫夫人暗示的那個旗太郎幽靈吧。」

「開什麼玩笑。」

法水故意做出小丑般的誇張動作，臉上完全不見平時的幻滅憂鬱。

「我的心理表現摸索劇已經結束，那只是為了了解歷史性的關聯。不過我真正的目標不是那三個人，而是閔斯特伯格。那傢伙才是真的大混蛋。」

這時，警視廳鑑識醫師的乙骨耕安進了屋裡。

詩和甲冑與幻影造型

第四篇

一、前往古代時鐘室

結束了伸子的診斷才前來的乙骨醫師，是位五十多歲的老人，他有張瘦削如螳螂的臉孔，不過炯炯有神的眼睛和散發堅毅氣息的禿頭給人深刻的印象。他在警視廳內是數一數二的資深法醫，對於毒物鑑識特別專精，還寫過五、六本著作，當然，跟法水也有深厚交情。才一坐下，他就毫不客氣地要菸，先滿意地深吸了一口。

「法水啊，很遺憾，我的心像鏡證明法已經無用。不論那旋轉椅如何，光是看到她蒼白透明的牙齦我就敢賭上我的辭呈，這可以斷定只是單純的昏迷。對了，有件事我要告訴熊城，一聽說那女人手上握著兇器的短刀，我覺得彷彿看到了似乎已窺見那副牌的背面。她的昏迷充滿陰險曖昧。一切未免太巧了。」

「原來如此。」

法水點點頭，看來有些失望。

「不過，總之我先聽聽你觀察的結果吧。說不定會讓我發現你糊塗出紕漏的地方呢。你用的是什麼檢測方法？」

乙骨醫師夾雜著術語，極端事務性地平淡說出他的發現敘述。

「確實有些毒物吸收較快。另外，假如是體質特殊的人，即使番木鼈鹼遠低於中毒量，也會引起類似指痙病[1]或僵直性痙攣[2]的症狀。但是從末梢反應上並沒有發現中毒反應，胃裡也幾乎只有胃液。這一點你可能覺得有點奇怪吧。不過，假如這個女人攝取了容易消化的食物兩個小時後倒下，那麼胃內沒有任何東西也很正常。還有，尿液方面也沒什麼特別反應，也沒有能定量證明的東西，只充滿了燐酸鹽。我認為這種增量應該是身心疲勞導致的結果，你覺得呢？」

「確實是敏銳的觀察。如果沒有那麼劇烈的疲勞，我可能也會放棄觀察伸子了吧？」

法水話中有話地肯定對方的見解。

「對了，你只用了這些試劑嗎？」

「那怎麼可能。雖然最後結果徒勞無功，不過我以伸子的疲勞狀態為條件，試著觀察她的婦科症狀。法水，今晚法醫學上的意義完全在於唇萼薄荷[3]（一種有毒除蟲菊[4]）上。如果讓Ｘ．ＸＸ作用於健康未懷孕的子宮上，服用後剛好過一個小時左右，會引起劇烈的子宮麻痺，並且出現瞬間類似昏迷的現象。不過，在她身上卻連 Oleam Hedesmae、Apiol[5]都檢測不出來。這個女人當然沒有動

①athetosis，又稱手足徐動症，腦性麻痺的一種。
②tetany，又稱手足搐搦症、手足僵直，一種代謝失調所致的綜合症。
③Pennyroyal。
④原文為「有毒除蟲菊」，但應非除蟲菊，建議改為有毒藥草。
⑤Oleam Hedesmae 為薄荷油，Apiol 為芹菜腦。原文中字串相連，但應為兩種不同物質。

過婦科手術的痕跡，內臟也沒有對中毒的特異性。法水，我的毒物採集病例只有這些，不過我的結論是，她的昏迷與其說是刑法上的意義，更來自其道德情感。也就是說，可能是刻意或者由內而發。」

乙骨醫師拍了一下桌子，強調這番見解。

「這是純粹的精神病理學了。」

法水凝重地回話。

「不過，你調查過頸椎吧？我不是昆克⑥，但我卻認為他『恐懼和昏迷是頸椎的痛覺』實在是至理名言。」

乙骨醫師用力叼著菸屁股，露出訝異的表情。

「嗯，我起碼讀過堯雷格⑦的《關於病態衝動行為》和迦奈⑧的《驗觸野》。第四頸椎受到壓迫，產生衝動性吸氣時，橫膈膜會有痙攣性收縮。不過這女人並不是駝子。在她之前不是有另一位駝背症患者遇害嗎？」

「話雖如此……」

法水顯得有些呼吸急促。

「這當然還不是確切結論，如果考慮到旋轉椅的位置和那不可思議的高八度音演奏，根本沒有探討的價值。但是我還是浮現出歇斯底里性反覆睡眠這個假設。我想要確認這有沒有可能是昏迷的原因。」

「法水啊，我這個人本來就不善於幻想。」

乙骨醫師語帶酸意地拂拭法水的疑惑。

「如果歇斯底里症狀發作，對嗎啡的抗毒性會呈亢進現象。但無論如何至少會有皮膚溼潤的現象。」

乙骨醫師在此以嗎啡為例提及鎮靜亢進神經，當然是為了諷刺法水，刻意針對他企圖超越人類思維極限的幻想。因為這種歇斯底里性反覆睡眠的病態精神現象，實屬罕病中的罕病，日本在明治二十九年八月時，福來博士[9]發表了第一篇文獻。向來偏好寺院或病態心理題材的小城魚太郎（最近出現的偵探小說家）的短篇中，也有描寫一位企圖殺人的獄醫讓原本只是勞工的病患聆聽醫學術語，使其之後發作時說出來，作為自己的不在場證明。就像這篇作品中所描述，自我催眠性的發作產生時，會分毫不差地重現或重述自己做過、說過的最新內容，因此又被稱為歇斯底里性無暗示後催眠現象，這名稱反而比較符合發作時的實際狀況。正因為如此，也難怪儘管乙骨醫師內心對法水的敏銳感到亢奮，表面上還是以強烈諷刺反駁。聽到他這麼說，法水先是自嘲地嘆了一口氣，接著出現他身上少見的躁狂亢奮。

「那當然是希有現象。但是如果不考慮這個可能，又該如何說明伸子昏迷、手握著短刀的理由？乙骨啊，亨利．皮耶洪[10]曾經舉出數十個起因於疲勞的歇斯底里性知覺喪失病例。而且這個名叫伸子

⑥Heinrich Irenaeus Quincke，一八四二—一九二二年，德國內、外科醫生。
⑦Julius Wagner-Jauregg，一八五七—一九四七年，奧地利醫學家。
⑧Pierre Janet，一八五九—一九四七年，法國心理學家、精神科醫生。
⑨福來友吉，一八六九—一九五二年，心理學家、超能力研究者、東京帝國大學助教、高野山大學教授。不過福來友吉發表催眠心理學相關文獻似在明治三十九年左右。
⑩Henri Piéron，一八八一—一九六四年，法國心理學家。

的女人在昏迷前再次彈奏了讚美詩，這本是她早上已經彈過、當時不應彈奏的曲子。難道這不會讓人想相信沙可的實驗，當時可能因某種原因壓迫了她的腹部，讓她陷入無意識狀態嗎？」

「這麼說，你在乎頸椎也是出於這個理由？」

乙骨醫師已經不知不覺被法水說動。

「沒錯。說不定還可能幻視以為自己變成拿破崙，我從剛剛開始就有了一種心像標本。你不覺得這樁事件裡有齊格飛跟頸椎的關係嗎？」

「齊格飛!?」

聽到這裡連乙骨醫師也啞口無言。

「不過我也認識一個頭腦瘋狂的男人。」

「不，到頭來還是比例問題。不過我相信知性當中也有魔法的效果。」

法水充血的眼中浮現出幻想的影子。

「對了，你知道強烈搔癢跟電流刺激有同等的效果嗎？我記得在阿爾魯茲的著作中提到，麻痺部分中央還有具知覺的點，會產生劇烈的搔癢感吧。你說伸子的頸椎沒有撞傷的痕跡。但是乙骨啊，只有一種方法可以讓昏迷的人產生動作反應。可以讓生理上不可能緊握的手指運動，藉著不可思議的刺激喚起反應。這可以用『齊格飛＋樹葉』的公式來表示。」

「原來如此。」

熊城嘲諷地點點頭。

「你說的樹葉大概是唐吉訶德吧。」

法水先輕輕嘆了口氣，然後再次提振起精神，試著對伸子奇蹟般的昏迷，做出絕望的抵抗。

「你先聽我說。這或許是惡魔式的幽默。如果將乙醚噴霧吹向皮膚，該部分的感覺將會隨著乙醚的滲透漸漸消失。假如對一個昏迷的人全身噴上這種噴霧，除了控制手部運動的第七、第八頸椎，這第七、第八頸椎就彷彿是齊格飛的樹葉。儘管昏迷時皮膚沒有觸覺，但皮膚內部的肌肉、關節，還有搔癢感都最容易受到刺激。這麼一來，第七、第八頸椎就會產生劇烈搔癢感，而這就像電流刺激一樣，刺激到頸椎神經最終影響的目標，讓手指出現無意識運動。我覺得這個假設似乎讓我掌握到伸子為何會握住短刀的根本公式。乙骨，你剛剛說過『可能是刻意或者由內而發』，但我認為應該是刻意，或者有某種代替乙醚的東西。直到釐清真相之前，還需要纖細微妙的分析性神經呢。」

他的表情漸現愁苦，換上低沉的聲音喃喃念道：

「啊，雖然這麼說，但旋轉椅的位置還有高八度音的演奏，又該怎麼解釋呢？」

法水呆望著煙霧飄散的去處，看來像是在穩定自己的亢奮心情，但過了一會兒他轉向乙骨醫師，換了個話題。

「對了，我拜託你拿的伸子親筆簽名呢？」

「我說你這個要求真值得收錄進提問例題裡呢。為什麼你要在伸子清醒的那一瞬間讓她寫下自己的名字呢？」

說著，乙骨醫師取出了紙條。三人的注意力瞬間聚焦在紙上。因為紙上寫的並不是紙谷伸子，而是降矢木伸子。法水只眨了眨眼，隨即開始解釋他引發的這陣波動。

「沒錯，乙骨，我確實想拿到伸子的簽名。不過我並不是龍布羅索，沒有必要為了知道水精與風精，而剽竊賈敏⑪的《筆跡學》。其實昏迷經常會導致喪失記憶。所以我其實暗自擔心，假如兇手不是伸子，有些事實或許會就此被遺忘，永遠無法水落石出。而我這種嘗試是根據《瑪利亞．布爾尼的記憶》一案。（注）」

（注）在漢斯．格羅斯的《預審推事要覽》中有個與潛意識相關的例子。一八九三年三月，巴伐利亞的迪特基爾亨的教師布爾尼家發生兩個兒子被殺、妻子與女僕受重傷，丈夫布爾尼因涉嫌重大被逮捕的事件。不過妻子醒來後被要求在偵訊報告上簽名，結果她並沒有簽下「瑪利亞．布爾尼」，而寫了「瑪利亞．格登堡」。但格登堡並不是她娘家姓氏，而且她再怎麼努力也想不起這個姓氏的來由。也就是說，案件發生之後她的記憶已經被埋沒在意識底下。但隨著調查推展，發現女僕的情夫就是這個姓，立即將他逮捕到案。所以當她寫下「瑪利亞．格登堡」時，在案發當時認出的兇手長相雖然因爲頭部受傷和昏迷而記不得，但是在偶然清醒的朦朧狀態下，那名字卻化爲潛意識呈現出來。

「瑪利亞．布爾尼……」

這個名字似乎喚起了他們共同的靈感，三人臉上出現一樣的表情。法水又點了一根菸，繼續說道：

「所以乙骨，我要求在伸子一醒便要她簽名，就是想抓住跟瑪利亞．布爾尼夫人一樣的朦朧狀態，說不定還能掌握她快消失的潛意識。看來那女人還是不出法律心理學家的案例集。奧菲莉亞就是伸子的前例。不過奧菲莉亞只是在發瘋之後回憶起幼年時奶媽唱過的〈明天就是情人節〉這首俗曲。但是伸子卻給自己冠上降矢木這個戲劇性的姓氏，表現得極其諷刺。」

這個簽名具有驚人的吸引力。凝視片刻後，向來率直的熊城首先意氣昂揚地說：

「所以說降矢木旗太郎就是格登堡？這麼一來就粉碎了克里瓦夫夫人的說法。法水，你已經推翻旗太郎的不在場證明了。」

「不，眼前還很難下結論。只能說兇手是降矢木X。」

檢察官沒有輕易表示認同。他話裡暗示著算哲這個不可思議的角色，法水似也同意他的看法，一臉錯亂，像是吃了一頓激烈嘲諷一樣。事實上，如果那是幽靈般的潛意識，這或許是法水的勝利。但如果只是單純的錯構症狀，那確實是超越推理測定的怪物。乙骨醫師看了看時間站起身來，這毒舌老頭可沒忘了臨行前丟下一句刻薄話：

「我看今晚應該不會再有死者了。不過法水啊，邏輯判斷力比幻想更重要。假如這兩者的步調能一致，我看你也能成為拿破崙了。」

「不，只要成為湯姆森⑫（丹麥史學家，解讀貝加爾湖畔南邊鄂爾渾河上游的突厥古碑文）就行了。」

法水不服輸地回擊，但是他接下來這段話又立即掀起一場不尋常的風暴。

「我當然沒有多麼高深的史學造詣。不過在這樁事件裡，我可以讀出比鄂爾渾碑銘更有價值的內容。你就暫時到大廳去，等待本世紀最偉大的發現吧。」

⑪Jules Crepieux Jamin，一八五九—一九四〇年，法國筆跡學創始者。

⑫Vilhelm Ludwig Peter Thomsen，一八四二—一九二七年。

「發現!?」

熊城臉上寫滿驚訝。儘管不知道法水心裡打什麼算盤，但是光看他眉宇之間展現的毅然決心，就能明顯知道他正要進行孤注一擲的豪賭。不久，在這種令人窒息的緊張氣氛中，田鄉真齋在乙骨醫師離去後緊接著進來，法水立刻切入正題。

「我就直接問了，昨天晚上八點到八點二十分之間，你巡視宅邸時鎖上了古代時鐘室的門，對吧？但是應該有一個人從那時起就消失了。不對，田鄉先生，正確來說，昨晚進行神意審判會時，這棟宅邸裡降矢木家的人數應該不是五位，而是六位吧？」

真齋一聽彷彿全身觸電般開始顫抖。接著，他像是在尋找什麼可依靠攀附的東西，不安地四處張望，然後又突如其來採取反撲的態度。

「哼哼，如果你們打算在這暴風雪中挖出算哲老爺的遺骸，最好手上有搜索令。」

「假如需要，難保我不會打破法律規定。」

法水冷靜地回道。不過他似乎判斷再跟真齋來回辯論也沒有意義，逕自開始論述自己的觀點。

「其實我壓根也沒期待你一開始就坦白。所以就由我由外往內來證明這消失的人物吧。你聽過『盲人聽觸覺標型』這個名詞嗎？盲人會運用視覺以外的各種感覺，再整合傳到各個個體上的分裂資訊。透過這個過程試著形塑出接近自己的物體。田鄉先生，我眼中當然看不到那個人。我聽不見他的聲音，甚至從沒聽過關於他的任何隻字片語。可是當這個事件一開始，就有一股離心力在作用，將某個人遠遠拋到相關人員圈外。我踏入這黑死館時已經感覺到某種前兆。從傭人們的行為上也能看出這一點。」

「所以我之前問的那些……」

檢察官帶著異樣亢奮大叫著。他終於領悟，已經來到揭開自己疑惑的時機。法水對檢察官微笑，繼續揭曉。

「其實這齣精神默劇，早在傭人領我們爬上大樓梯時就已經揭幕了。那時警車引擎震天價響，但那位傭人明明走在我前面，卻在聽到在我鞋子偶然發出輕微擠壓聲時，不知為何略縮了縮身子、往旁一避。當我注意到這一點時，一個念頭突然閃過腦中。所以在爬完樓梯之前，我試著再三反覆同樣的動作，每次傭人也都有同樣的反應。很明顯地，這無言的狀況確實陳述著某種事實。於是我做了這樣的推測。我認為他聽到了理應被引擎噪音壓過、甚至在一般狀況也不可能聽到的某種聲音。但那當然不是奇蹟，也不是我肝臟有毛病。在醫學上的術語稱為韋利斯氏聽覺倒錯[13]，一種病態的聽覺過敏現象，能在聽到巨響的同時也聽見細微聲音。」

法水慢慢點起一根菸，吸了一口後接著說：

「當然，這種症狀是某種精神障礙的前驅現象。不過，奇恩[14]在《恐懼的心理》中，舉出了許多關於極度恐懼下生理現象的實驗性研究。其中最令人感興趣的就屬多道夫[15]的《假性死亡與早期埋葬》[16]中的一個案例。我記得時間應該是一八二六年，波爾多的監察主教唐納[17]驟逝，醫師也已經證實了他的死亡，屍體入殮準備進行喪禮。但是喪禮中唐納卻在棺材裡甦醒。不過他無法出聲求救，

⑬Paracusis of Willis。

⑭Theodor Ziehen，一八六二—一九五〇年，德國心理學家、哲學家、神經學家。

⑮Johann August Donndorf，一七五四—一八三七年。

只好用盡渾身的力氣將棺蓋推開一道細縫，但也因為力氣耗盡，再度躺在棺中無法動彈。就在這種即將面臨活埋、難以言喻的恐懼中，儘管場中莊嚴的經文歌合唱聲摵然迴響，他兩位朋友還是聽到了窸窣話聲。」

接著法水把這個現象套用到這個事件上。

「這麼一來，眼前的狀況就出現一個疑問。通常傭人這種身分的人，就算會有些旁觀的亢奮心情，但是調查官都還沒抵達現場，就算透露出想詢問什麼的意思，照理來說也不至於讓傭人害怕到這個地步。所以當時我有種不祥預感，彷彿已經預見某個狀況。這就像是一種過敏神經的戲劇性遊戲，我感到一種難以言喻的異樣氣氛。正因為還不明瞭，更吸引我不惜兜圈繞路也想去接近。不久之後我知道了在你封口令下的產物，甚至測量出你們極力想隱瞞的那位重要人物的身高。」

「身高？」

這下連真齋也訝異瞠目，在場三人都燃起一股空前的亢奮。

「沒錯，那件盔甲的前立星正靜靜地說著：『看！這個人！』」

法水深深坐在椅子裡，安靜地說：

「你應該也聽說了，拱廊的古式盔甲中，靠迴廊窗邊的緋縅鎧甲戴的是兇猛的黑毛三枚鹿角立頭盔。前一排的吊式盔甲中，有一個鞣革盔甲則頂著裝有美麗獅子齧台的星前立細鍬頭盔，這兩者的排列明顯地看出調換過的痕跡。不僅如此，從傭人的證詞也可以推論是在昨天晚上七點過後才調換。但是這場調換中也呈現了極其纖細的心理現象。再加上迴廊對面那兩幅壁畫，我這才了解緣由。如同你們所知，右邊那幅是〈處女受胎圖〉，聖母瑪利亞站在左側，左邊是〈各各他山的翌晨〉

中，右邊是釘在十字架上的耶穌。所以如果沒有替換這兩具頭盔，就會形成瑪利亞被釘在十字架上的怪異現象。可是這個原因很容易查出來。田鄉先生，迴廊窗邊放有六瓣形壁燈，外層為毛玻璃，由平面和凸面的玻璃燈瓣交互形成。我在朝向緋絨綴的平面瓣上發現了一個氣泡。您知道眼科用的眼底鏡嗎？就是在平面反射鏡中央打出微孔，在對面的軸上放置凹面鏡，把聚集該處的光線從平面鏡的細孔送到眼睛，不過在這裡則是將天花板水晶吊燈的光線聚集於凹面瓣，穿過前方平面瓣上的氣泡，照射到對面的前立星。一旦知道這一點，就能夠以接收前立星激烈反射光的位置為基礎，測出眼睛位置的高度了。」

「但是那反射光又是什麼用途？」

「很簡單，為了引起複視。即使處於被催眠的狀態，眼球如果從旁受到擠壓，也會因為視軸混亂導致複視，來自側面的強烈光線也會產生相同效果。複視的結果，前方的瑪利亞會跟十字架重疊，形成瑪利亞接受釘刑的假象。當然，調換盔甲的是女性。因為那如幻影般出現的瑪利亞受刑假象正象徵著女性最悲慘的結局。另一方面，也彷彿受到從天俯瞰般的意識驅使，帶來審判、刑罰這種原始恐懼。這種宗教情感是一種潛在本能。不管擁有多麼偉大的智慧也很難克服。這是一種直觀，不講邏輯思辨。而刑神合一……天主教精神在聖奧古斯都提倡末日審判時，就已達到超脫個人、無法超越的力量。所以不論是不是意料之中，這巨大魔力很快就粉碎了精神上的平衡。特別是要進行某

⑯*"Über Tod, Scheintod und frühe Beerdigung"*。本書初版時間為一八二〇年，下文引用案例發生在一八二六年，實際上應未刊載於本書中。

⑰Ferdinand-François-Auguste Donnet，一七九五—一八八二年。

種異常企圖時，在脆弱、容易變化的心理狀態下，更難以承受這種衝擊。……田鄉先生，那位女性就是為了防止這種心理上的動搖，才調換了兩具盔甲。可是從與前立星平行位置上，已經大致可以推斷出她的身高，這位身高有五尺四寸的婦人，到底是誰？我想傭人們應該不敢擅自搬動重要家飾的位置，也不可能是那四位外國人，伸子和久我鎮子又都矮了一、兩吋。但是田鄉先生，這位女性現在還藏身在宅邸中。你說，她究竟是誰？」

法水再三催促真齋坦白，但真齋依然保持沉默。法水的聲音裡充滿挑釁的熱度。

「接著在我的腦中，這想像漸漸發展為龐大的悖論，想不到剛剛你終於親口說出真相。這麼一來我的推論也終於結束了。」

「你胡說什麼？我親口說出真相？」

與其說驚愕，真齋更像是因為對方瞬間轉變的口氣，覺得受到嘲諷而感到氣憤。

「這就是你唯一的障礙。為了扭曲的幻想而跳脫常軌。我可不會被你那虛妄的烽火給嚇到！」

「哈哈哈哈！虛妄的烽火嗎？」

法水突然一陣爆笑，但依然維持他平靜穩重的語氣。

「不，應該是『Why, let the stricken deer go weep. The hart ungalled play.（讓負傷的母鹿垂淚，沒受傷的公鹿嬉戲）[18]』吧。不過剛剛你聽到我說《謀殺貢札果》中的『Thou mixture rank, of midnight weeds collected.（夜半採集腥臭毒藥）』，你回答下一句『With Hecate's ban thrice blasted, thrice infected.（女魔詛咒三度，毒效強化三倍）』。那時候為什麼你說到『thrice（三度）』之後，就亂了韻律呢？還有，不知道你基於什麼理由，又重新說了一次，這時你把 With Hecates 斷為一節，將 Ban 和 thrice 連在一起，而且更叫人驚訝的是，你說出 Banthrice 時，突然臉色慘白。我的目的並不在文獻學的高等批判。我只想讓你親口說出跟這樁事件的開端酷似，煞有介事又虛張聲勢的『With Hecate's ban……』之後的句子而已。我剽竊了布魯東[19]的『詩的語言中存在特別強烈的呼應作用』這個假設，試著以不同型態將其應用在殺人事件的心理試驗上。可以說是一種暗藏武裝的詩句形式吧。我試著研究你的神經運動，終於從中找出一個隱藏的強音。對了，巴貝基伯比奇[20]（愛德蒙．基恩[21]之前的莎劇著名演員）說過，在莎翁作品中的韻文，有很多都採希臘式的量化韻律法。這種法則的原則是一個長音節等於兩個短音節，據此安排頭韻、尾韻、強音等創作抑揚格，讓詩形產生音樂性的旋律。所以只要有一個字朗誦法錯誤，所有音節的韻律都會亂掉。但是你念到『thrice（三度）』時語塞，之後所有韻律都亂掉了，這絕不是偶然。因為那個字具有如同匕首的心理效果。所以當你發現那會刺激到我時，馬上慌張又重說了一遍。不過就算重新說一次，還是不得不忽視我剛剛所說的韻律法。但這其實正中我的下懷，反而招致一個無法收拾的混亂局面。因為當你想避開 thrice 這個字，讓它與前一音節的 Ban 連接變成 Banethrice 時，這個字聽起來很像 Banshrice，也就是當 Banshee（塞爾特傳說中的報喪女妖）站在離奇死亡之門前化身而成的老人。田鄉先生，我所說的『Thou mixture rank……』這句話當中，包含了如此雙重、三重的陷阱。當然，我並不認為你在這樁事件中扮報喪老妖的角色，不過那女魔

⑱同樣出自《謀殺貢札果》。

⑲André Breton，一八九六—一九六六年，法國詩人、文學家，於一九二四年發表《超現實宣言》。

⑳Richard Burbage，一五六八—一六一九年，莎士比亞隸屬之「國王劇團」的領銜演員。

㉑Edmund Kean，一七八七—一八三三年，英國演員。被譽為十八世紀到十九世紀最優秀的演員。

詛咒三度當中的三度，到底代表著什麼呢？丹恩伯格夫人……易介……那麼第三次呢？」

說完後，法水凝視了對方一會兒，真齋的臉上漸漸籠上一層絕望。法水繼續說道：

「之後我又再次搬出《謀殺貢札果》的『三度』，這次則正好相反，觀察到下降的曲線。而這句話更讓我證實確實有徹底控制供述心理的可怕力量存在。所以我引用波普《秀髮劫》中最誇張的『Men prove with child, as powerful fancy works.（極度幻想之下，男人相信自己能懷孕）』，故意展現得好比毫無心機。不過你回答下一句『And maids, turned bottels, call aloud for corks thrice.（女人像個翻倒的瓶子，三度大喊找尋栓塞。）』時，卻是相當平靜正常的朗誦法，彷彿沒有意識到有 thrice 這個字。當然，這是在放鬆心理狀態下經常出現的盲點。接著我試著比對前後兩者，我發現同樣是 thrice 這個字，出現在《謀殺貢札果》和出現在《秀髮劫》中因為心理影響會出現明顯差異。為了讓結論更站得住腳，我試著從賽雷那夫人口中試探出昨晚在這宅邸裡的家族人數。但是聽了我說葛符列的「誰能夠妨礙我立刻與惡魔合而為一」，她卻回了下一句『Sech stempel schrecken geht durch mein gebein（短劍的刻印讓我身體戰慄）』，但是提到 sech（短劍）時，她莫名地狼狽倉皇，而且在原本應該強調頭韻、念成一個音節的 sech stempel（短劍和刻印），她卻在 sech（短劍）和 stempel（刻印）之間加入不必要的休止符，導致後面的韻律陷入了混亂。為什麼賽雷那夫人要用這麼愚蠢的方式朗誦呢？那是因為她害怕 Sechs tempel（第六宮）的發音。在那首傳說詩的後半提到，『聖山之城』[22]（現在的梅斯附近[23]）領主施展魔法讓沃普爾吉斯森林[24]中出現了第六座神殿，而進去這座神殿的人，從此再也沒能走出來。所以賽雷那夫人在不經意之間所暗示的第六號人物是……。光是我從你們兩位的心理狀況所感受到的這些，已經無法否定昨天晚上那第六個人確實突然從這座宅邸消失。而我的憑空造型終於完成。」

真齋終於忍受不了，他緊握椅子扶手的雙手開始詭異地顫抖。

「那你心裡想的人物究竟是誰？」

「押鐘津多子。」

法水凜然斷定。

「她是知名女演員，過去還曾被稱為日本的茉德・亞當斯[25]。五尺四寸這個數字，大概只有她吻合了。田鄉先生，您發現丹恩伯格夫人離奇死亡的同時，當然也開始懷疑從昨晚就行蹤不明的津多子夫人。但是您不希望這個赫赫名門中出現殺人兇手，所以不得不採取某些措施來掩蓋事實。想必您對所有人下了封口令，並且把夫人的用品藏在某個不易發現的地方吧。這座宅邸裡除了您以外沒有別人能下這種指令。除了實際掌權者，怎麼可能有其他人辦得到呢。」

押鐘津多子——至今這個名字完全沒出現在案件範圍內，此時出現簡直有如晴天霹靂般震撼。法水的神經作用持續微妙地釋出，看來終於到達頂點了。不過檢察官和熊城都一臉木然，擠不出一句話來。就算這真是法水神乎其技的推論，如此可怕的假設也讓人不敢全然聽信。真齋激烈地搖著手推四輪車，幾乎把車子弄倒，他開始激動哄笑。

㉒Divodurum，梅斯的拉丁文舊稱。
㉓Metz，法國洛林地區首府。
㉔Walpurgisnacht，德國神話中，聖沃普爾吉斯會在四月三十日到五月一日這一夜舉辦，在德國最高峰波洛肯山山頂設宴招待魔鬼與巫婆狂歡作樂。
㉕Maude Adams，一八七二—一九五三年，美國知名舞台劇演員。最著名的角色為彼得潘。

「哈哈哈哈！法水先生，別再搬弄這套無聊的謬論了。您所說的津多子夫人，昨天一大早就離開了這裡。您倒是說說看她能藏在哪裡？能藏人的地方你們至今都徹底調查過了。如果您說得出她藏身之處，我一定先去揪她出來，把她當作兇手。」

「何必把兇手交給我呢……」

法水臉上泛著冷笑。

「我需要的是鉛筆和解剖刀。我雖然曾把津多子夫人視為風精的自畫像。但是田鄉先生，這又是個悲痛至極的故事。因為即使她已經成為屍體，卻也錯過了接受喝采的時機。應該是昨天晚上八點之前吧。那時津多子夫人已經被帶到遙遠的精靈世界。她才是早於丹恩伯格夫人、這樁事件的第一個犧牲者。」

「什麼，她死了？」

真齋宛如遭受雷擊般震撼，下意識地反問。

「那、那她的屍體在哪裡？」

「啊啊，聽了之後您或許有股殉教般的心境吧。」

法水故意誇張地嘆了口氣，接著斷定地說：

「老實說，正是您親手關上屍體所在地的沉重鐵門。」

可以想像這三張臉孔瞬間失去所有感覺。法水似乎把這樁事件當作自己的幻想遊戲，每說出一項推論，都更增奇異色彩。而他幻想的頂點，正代表了這三人感覺的極限。這時，法水又揭開了這幕哥德式悲劇的下一幕。

「田鄉先生，昨天晚上七點左右傭人們的用餐時間，同時也剛好是拱廊調換頭盔的時刻，在這個時間前後，原本擺放在大樓梯兩側的兩具中世紀盔甲武士一躍上了一段階梯，擋在〈解剖學家〉前。不過光憑這一點，就足以證明津多子夫人的屍體在古代時鐘室裡。與其聽我空談，不如親眼見證，請您打開那扇鐵門吧。」

接下來這段前往古代時鐘室的陰暗走廊，走起來覺得格外漫長。劇烈晃動窗戶的風聲雪嘯，恐怕都傳不進他們耳中吧。其他三人眼睛就像熱病患者一樣充血，上半身不由自主地往前傾，喪失身體各種協調功能，他們看著法水極其沉穩的步伐一定覺得很心焦吧。往左右兩邊推開第一道鐵柵門，站在由漆塗成黑鏡般澄澈晶亮的鋼鐵門前，真齋取出鑰匙，弓身打開右扇門片把手下方的鐵盒，開始轉動裡面的數字盤。先向右、再左轉，接著再往右轉，便可以聽到門閂開啟的輕微聲響。法水細看著數字盤上的刻紋。

「原來如此，這是維多利亞時代流行的航海羅盤風格（數字盤四周是英格蘭近衛龍騎兵聯隊的四王標幟。雕刻著亨利五世、亨利六世、亨利八世、伊莉莎白女王袖章的把手上，還仔細刻有 the Right Hon'ble. JOHN Lord CHURCHIL 的胸像）。」

法水這句話裡隱約帶著失望的空洞迴響。對於幾乎不信任鑰匙性能的法水來說，有雙重深鎖的這堵鐵壁，一定顛覆了盤據他心中的某種信念。

「它叫什麼我不知道，我只知道照著跟關門時相反方向對準密碼，操作三次之後門就會打開。也就是關門時的最後一個數字就是開啟時的第一個數字，可是算哲老爺過世後，除了我以外沒有人知道數字盤的操作方法和鐵盒鑰匙的保管地方。」

下一個瞬間，眾人還來不及嚥下口水，又再次感到令人屏息的緊張。法水握住兩側門把，開始同時推開這兩片沉重的鐵門。房裡一片漆黑，四周是地窖般的溼冷空氣。但也不知道為什麼，法水突然停下了動作，身體僵硬似是在顫抖。不過他的樣子看起來好像在凝神靜聽著什麼。隨著鐘擺慵懶擺動的聲音，有股異樣聲響從地底轟然傾瀉。

二、Salamander soll gluhen.（火精呀，猛烈燃燒吧！）

法水又繼續他暫停的動作，將兩片鐵門完全推開，只見屋中左右牆上掛著各種形狀奇妙的古代時鐘。室外光線減弱、漸漸沒入後方黑暗的一帶，幾個鐘面玻璃閃著詭異燐光，四處擺動的長鐘擺不斷發出脈動般的閃爍，讓這微弱光線顯得生動。在這墓窖般的陰森空氣中，還沒有人出聲破壞這沐浴在時代塵埃中的寂靜以及各種刻劃分秒的鐘聲，可能是因為還沒有人能吐出憋住的那口氣吧。而就在此時，掛在中央鑲嵌柱身的人偶時鐘忽然發出發條鬆弛的聲音，開始奏起古典小步舞曲。音樂盒（轉動兩個往相反方向旋轉的圓筒，藉著圓筒上面無數的突起，撥動排成階梯狀鋼片的自動樂器）流洩出的優雅音色破除這沉鬱鬼氣，而眾人耳中也再次聽到那拖曳般的沉重聲響。

「快開燈!?」

熊城這才回過神來，大聲叫道。真齋扭亮牆上的開關，法水的猜測果然神準。津多子夫人雙手置於胸前，躺在房間後方的長櫃上，四人只能揣測她的生死。她端整的美麗就好比陶製的貝德麗絲[①]死亡之像。不過那拖曳般的沉鈍聲響確實來自津多子附近。宛如陰森地鳴般的鼾聲，還有病態的喘聲……。啊，看來法水推測已死的津多子夫人還活著。儘管膚色失去活力，體溫也低得幾近死屍，不過還有些許呼吸，也可以聽到微弱的心跳聲。而且除了臉之外，她全身用毛毯纏得像木乃伊。這時音樂盒的小步舞曲音樂結束，兩個小人偶輪流揮動右手的槌子敲鐘，宣告時間是八點。

「是水合氯醛。」

法水離開她還呼著氣的臉，抖擻地說。

「瞳孔縮小，味道也確實沒錯。不過最重要的是人還活著。熊城，等津多子夫人康復，或許可以為這樁事件帶來曙光。」

「看來藥物室的調查沒有徒勞無功。」

熊城一臉苦澀。

「但這可不是什麼好消息，根本是悽慘的幻滅。那原本具備有如銅版印刷般鮮明清晰動機的女人，卻又執起如此荒唐的大炮。我看不如你找個靈媒過來吧。」

事實上熊城說得沒錯，從遺產分配的觀點來看，除了某個人物，本來殺人動機最充分的押鐘津多子夫人身上，似乎可以找到某種脆弱破綻。沒想到她不但化身夢中兇惡悲慘的人物，甚至顛覆了法水的推測，現在更陷入謎樣的昏睡，得仰賴縝密的推斷。這些根本無法預料的逆轉糾結，不僅熊城，想必所有人都無法忍受。檢察官也忿忿地吐出一口氣。

「令人震驚的事也太多了。短短二十個小時之內，已經有兩人死亡、兩人昏迷。不管怎麼樣，問題都出在轉動數字盤以前。兇手一定是在那之前把昏倒的津多子夫人送入這裡的。」

他滿懷信心地看著法水。

「不過法水，如果知道大概藥量，應該可以推測藥物進入咽喉的時間吧？我覺得一定能從這時間發現到什麼。她的昏迷絕對隱藏著不單純的事實。」

頹喪的檢察官看來還揮不去對津多子夫人確切動機的懷疑。

「你說得對。」

法水滿意地點點頭。

「不過其實藥量多少並不重要。重要的是兇手無意殺害這個人。」

「什麼，無意殺她!?」

檢察官忍不住跟著重述了一遍，但是又馬上反駁。

「但是兇手也有可能誤測藥量啊。」

「支倉，問題的根本不在於藥量。只要讓她昏迷再把人丟進這個房間，就足以致死了。大量的水合氯醛具有降低體溫的明顯功效。再加上這個房間四面被石頭和金屬環繞，溫度很低。所以只消開窗引入外部空氣，這個房間的溫度不就是凍死人的最好條件？但兇手不僅沒有選擇這種最安全的方法，如你所見，還將她裹得像木乃伊一樣，採取了奇妙的禦寒手法。」

法水一如往常，又從奇詭的謎團中抽取出更異樣的疑點。

但他說得沒錯，窗鎖上黏附著石筍般的鏽蝕痕跡，打掃過的屋內也沒有留下些許外部痕跡。法水凝重地目送津多子夫人被送走，換上一副慄然表情說道：

①此處所指之 Beatrice 有兩個可能，一為但丁《神曲》中出現的角色，據說真有其人，為但丁心目中愛的象徵。一為十六世紀羅馬貴族 Beatrice Cenci（一五七七—一五九九），因不堪父親長期凌虐，與全家人共謀弒父。

「她明天休養一天應該就能接受訊問了，但這件事我們一定要放在心上。兇手為何要囚禁津多子夫人、剝奪她的自由？可能是我多慮了，不過等她恢復意識之後，或許可以從她的話中看出端倪，了解兇手為什麼要採取這種陰險至極的手段。露出破綻的地方，往往就是兇手的陷阱。」

大概是因為親眼看到法水驚人的揭密手法，真齋這十幾分鐘內瞬間變得無比憔悴。他虛弱地操作著四輪推車，面露哀戚，好像有話想說。

「田鄉先生，您的意思我知道。」

法水輕輕阻止他。

「關於您採取的措施我會向熊城先生說情。昨天晚上您大約什麼時候發現押鐘津多子夫人不見？」

「應該很晚了。她沒有出現在神意審判會，那時我才注意到。」

真齋終於放下心來。

「剛好傍晚六點左右，她先生押鐘博士打過電話來，說要搭乘昨晚九點的快車前往九州大學參加神經學會，當時只有一個傭人見到津多子夫人走出電話室，在這之後就再也沒人看到她了。那通電話內容也是我們打電話到她家時對方告知的。」

「原來如此，六點到八點——總之先調查每個人在這段時間內的動靜吧。說不定能從中發現什麼火槍之類的關鍵證據呢。」

熊城直覺地這麼說，而法水則驚訝地回望他。

「開什麼玩笑。你確實很有行動力，不過那位瘋狂詩人的行事，怎麼可能讓你套用這種陳腐手段來動搖他的不在場證明？」

法水根本沒打算把對方的建議放在眼裡。之後他以專心鑑賞的姿態，似乎想拿起放大鏡一樣，將好奇的視線放在這些古代時鐘上。

這裡有迦勒底的貝羅索斯日晷②太陽時鐘和俾斯麥群島上達克達克講社的棕櫚絲時鐘。水鐘類首先有克特西比烏斯型③，這種時鐘在兩邊雕刻了托勒密王朝歷代法老、歐西里斯④、瑪特⑤諸神，還有索貝克⑥、納烏的蛇鬼神，另外還有西元五世紀柔然族（印度西域的民族。西元六世紀末被突厥人趕至高加索）的碗形刻計儀，共有十幾種。還有雕著霍亨斯陶芬家族⑦祖先弗雷德里克⑧徽章、極其罕見的扯鈴形沙漏，至於油時鐘或火繩時鐘之類已在中世紀西班牙絕跡的東西，這裡則可以看到來自皮雅利．帕夏⑨（一五七一年與威尼斯共和國在勒班陀⑩爆發海戰的蘇丹之婿）的戰利品，還有法國天主教陣營首領吉斯公爵亨利一世⑪（聖巴托羅繆之夜⑫當天屠殺新教徒者）上獻之物，格外引人

②Berosus，迦勒底神父、天文學家。發明了半球凹面日晷。
③Ctesibius，西元前二八五—前二二二年，亞歷山大城發明家。
④Osiris，埃及神話中的冥王。
⑤Ma'at，埃及神話中掌管法令和正義的女神。
⑥Sobek，埃及神話中鱷魚形水神。
⑦Hohenstaufen，一一三八—一二五四年，歐洲歷史上神聖羅馬帝國的一個王室。
⑧Frederick I von Büren，一〇五〇—一一〇五年。
⑨Piyale Pasha。
⑩Lepanto。
⑪Henri I de Lorraine le Balafre，一五五〇—一五八八年，法國軍人和政治家。
⑫Massacre de la Saint-Barthélemy。一五七二年八月二十三日聖巴托羅繆紀念日前夜，國王下達殺害雨格諾派領導人的命令，隨後屠殺在巴黎蔓延開來，持續數週。

注目。另外，早期鐘擺時鐘有二十幾個，其中比較特別的是在巨大海盜船船腹刻著時鐘與七曜圓，從上面刻的文字判斷，這是倫敦商業冒險者聯誼會公司[13]贈送給威廉．瑟西爾公爵[14]（進入伊莉莎白王朝後，打壓漢薩商人[15]的政治家）之物。以古時鐘的收集來說，稱得上絕無僅有了。但是在正中央還有一座宛如王者君臨鎮坐的人偶時鐘，黃銅製台座上是鄂圖曼風格牆樓的柱身，面板上鑲嵌著海人獸，上方是克特雷式的高塔。這個時鐘沒有近代時鐘常見的數字面板盤，塔上圓柵裡有個鐘，鐘兩旁有身穿荷蘭哈倫地方傳統服裝的一對童男童女面對面站著。每過半點鐘自動捲起的彈簧就會鬆開，內部音樂盒同時響起音樂，等奏樂結束，這對童男童女便會輪流舉起木槌敲鐘，報出時刻。法水打開時鐘側邊對開的門，發現上方是音樂盒設備、下方是時鐘的機械室。不過他又在門內側意外發現奇怪的細字篆刻。那右邊的門後寫道：

——天正十四年五月十九日（羅馬曆天主誕生以來一五八六年），西班牙國王腓力二世[16]連同大鍵琴賜與此鐘。

另外左側門後則刻有下述文字：

——天正十五年十一月二十七日（羅馬曆天主誕生以來一五八七年），在果阿的耶穌會聖保羅教堂接受聖方濟．沙勿略主教[17]上人的腸丸，納於在此遺物盒內，作為童子單臂。

那確實是耶穌會殉教史上淌流的鮮血詩篇之一。不過後半段提到沙勿略主教的腸丸具有重要作用，不過法水當時被這悠久磅礡的氣勢所震撼，好比被一隻巨大的手掌緊握、無法動彈，讓他有股難以名狀的壓迫感。他凝視著那些篆刻文字，過了許久。

「啊，沒錯。死於上川島（廣東省揚子江畔）[18]的沙勿略主教變成美麗的屍蠟。所以他的腸丸和遺物盒變成童子人偶的右臂了。」

他像作夢一樣喃喃低聲說著，然後又突然改變語氣，詢問真齋：

「田鄉先生，這房裡看來一塵不染，是什麼時候打掃的呢？」

「剛好昨天打掃過。這裡通常每星期打掃一次。」

離開古代時鐘室，真齋迫不及待想解開讓他悽慘失敗的疑問。面對真齋的詢問。法水聽了真齋的問題僵硬一笑。

「你聽過迪伊或格拉哈姆的黑鏡魔法吧？」

他先起了個頭，接著一邊吐著菸圈一邊說明：

「我剛剛也說過，關鍵在於樓梯兩旁那兩具中世紀盔甲武士。那兩具盔甲武士當然僅是裝飾用，也不太重，但你們也知道，剛好在七點左右，也就是傭人們用餐時，他們一躍跳上了樓梯走廊。而這兩具盔甲武士都手持長旌旗，我原本將調換旌旗解釋為兇手的殺人宣言。不過還有些地方讓我耿耿於懷，所以我試著比較這兩支旌旗和後方加布里埃爾・馮・馬克思的〈解剖學家〉。當然這畫中

⑬The Company of Merchant Adventurers of London.

⑭William Cecil，一五二〇—一五九八年，英國政治家，伊莉莎白一世的宰相。

⑮Hansa 一詞，德文意為「公所」或者「會館」，最早是指從須德海到芬蘭、瑞典到挪威的一群商人與一群貿易船隻。十二—十三世紀中歐的神聖羅馬帝國與條頓騎士團諸城市之間形成的商業、政治聯盟，以德意志北部城市為主。

⑯Felipe II de España，一五二七—一五九八年。

⑰San Francisco Javier，一五〇六—一五五二年。西班牙籍天主教傳教士，耶穌會創始人之一，首先將天主教信仰傳播到亞洲的麻六甲和日本。一五五四年下葬於印度果阿。

⑱事實上揚子江並未流經廣東省。

兩位人物並沒有指明津多子夫人的所在，但那時候我忽然發現，兩支旌旗遮住了畫面上方，那裡有著指向通往大馬士革之路的里程標。在那附近有著看似拍打筆刷或成線條、或成塊狀的各種顏色，也就是個色彩雜陳的部分。對了，你們知道所謂點描派的理論嗎？交互排列原色細線和點狀來代替混色，相隔一定距離觀看，在觀者的視覺中將會綜合這些分解的色彩。當然，只要距離稍有前後，立刻就會破壞其統一感，讓畫面陷入無以名狀的混亂。這就是莫內繪製盧昂聖母院大門⑲的手法，不過在這幅畫中，卻隱藏了更制式化、更進一步的理論。」

說到這裡，法水關上鋼鐵門。

「不如我們做個實驗吧。來看看那混亂的雜色中到底藏著什麼。熊城，先請你關掉牆上那三個開關。」

熊城馬上依言關燈，先是〈解剖學家〉上方的燈熄滅，接著右邊從久弗瓦・托利所繪〈一七二〇年馬賽黑死病〉上方往右斜下方照射的燈也熄了，樓梯走廊上的光線，只剩從左邊傑若德・大衛所繪〈西薩姆尼斯剝皮死刑圖〉旁邊發出、水平撫過〈解剖學家〉的一盞燈。不過那盞燈的開關在樓梯下方。這時，之前呈現的穩重平衡消失了，〈解剖學家〉整體出現一種炫眼的強烈炫光。等到最後一盞燈也熄滅後，法水一個擊掌。

「這就對了！果然不出我所料。」

但是其他三人瞪大了眼睛望著前方的畫凝視細看，除了炫光之外卻看不見任何東西。

「到底有什麼？」

熊城氣急敗壞地跺腳大叫。不過這時，真齋不經意回望後方鐵門，卻讓他忍不住緊抓住熊城的肩膀。

「啊，是泰芮絲！」

那奇異的現象幾乎讓人懷疑是不是魔法。前方畫面被極耀眼的炫光包覆，但映照著畫面上方的後面鋼鐵門上，卻出現了不知源自何方、線條清晰的典雅年輕女性臉龐。更駭人的是，那張臉無疑就是在黑死館中被稱為邪靈的泰芮絲．西尼奧瑞。法水無視於周圍的驚駭，開始說明這妖異幻影的成因。

「現在您明白了吧？田鄉先生。隔著特定距離，混亂的色彩就會呈現統一。但是所謂點描法的理論，在這種情況下也只代表整合分裂色彩的距離。光靠這些色彩，只能將朦朧的輪廓映照在這黑漆門上。其實除了基礎理論，還需要好幾重的技巧，也就是在本世紀初由蕭丁[20]和霍夫曼[21]所研究出的一種螺旋體染色法『暗視野顯微鏡』。螺旋體原本是種無色透明的菌，運用一般透視法無法在顯微鏡下觀測到實體。所以他們試著在顯微鏡底下放置黑色背景，改變光源，以水平方向來傳送光線，結果終於看到只能被透明細菌反射的光線。在這種情況下，也就相當於由左側的〈西薩姆尼斯剝皮死刑圖〉旁邊發出、輕撫過畫面的水平光線。這麼一來問題的本質便由色彩轉移到亮度。所以黃或黃綠等亮度較高的顏色，或者因對比現象產生高於固有亮度的色彩，或許就會呈現接近白光的亮度，其餘則呈階梯狀逐漸變暗。映照在黑鏡上時，這種亮度差異又更加明顯，不過膠質顏料原本會在畫面整體產生炫光。但這扇漆門——也就是黑鏡，除了奪走色調、吸收炫光之外，更鮮明地呈現出黑

⑲ *"Cathédrales de Rouen".*

⑳ Fritz Schaudinn，一八七一—一九〇六年，德國動物學家。

㉑ Erich Hoffmann，一八六八—一九五九年，德國細菌學家。

白單色畫面。所以儘管是相似的顏色，一旦跟亮度最高的顏色對比，看起來一定會顯得更暗。這就是泰芮絲的臉龐之所以能以如此清晰線條描繪出來的理由。田鄉先生啊，您應該讀過史學家霍爾克羅夫特[22]或古書藏家約翰．平克東[23]的著作吧，其實過去的魔法博士迪伊或格拉哈姆魅惑人心的黑鏡魔法，追根究柢其實就是這麼一回事。那麼，為什麼關掉三個開關，周圍陷入一片漆黑後會出現泰芮絲的影像呢？」

這時法水稍停片刻，又點了一根菸，然後開始一邊踱步一邊說明：

「那就是所謂破邪顯正之眼。我想算哲博士可能覺得，要保護這些世界級收藏品，光把數字盤鎖在鐵盒子裡依然不夠安全吧。所以才祕密設計了這帶有戲劇性的裝置。您不妨想想這是為什麼。剛剛關閉的那三盞燈，平常處於常開的狀態。所以假如有人想潛入這個房間，為了不讓人發現，第一件事就是要關掉手邊這三個開關，讓周圍陷入黑暗才行，對吧？然後如果再打開鐵柵門，之前因為頭頂上燈光影響沒看見的東西，竟突然化為駭人姿態，出現在漆門上。可是從這個位置望去，背後的〈解剖學家〉只是許多分裂的色彩，而且還被炫目的光芒所遮掩，根本無從判斷影像來源，當然只會留下令人大驚失色的妖異現象。換句話說，這名膽小又極端迷信的兇手，一定有過慘痛的經驗，覺得相當害怕。所以昨天晚上才會悄悄將盔甲武士抬上樓梯，藉兩支旌旗遮蓋住有問題的部分。田鄉先生，這確實是風精的表演中最蹩腳的一齣宮廷鬧劇。」

法水說完之後，檢察官摩擦著冰冷的手背走近。

「太精采了，法水，你不僅是湯姆森，簡直可比安東尼．羅西諾[24]（史上最偉大的暗號解密家，仕於路易十三、十四世，特別受到利希留主教的寵愛）哪。」

「唉，那是風精的諷刺吧。」

法水黯然地嘆了口氣。

「那男人被詩人布瓦．羅貝爾㉕並非暗號的〈浮士德〉的文章揶揄了一番呢。」

* * *

於是，事件第一天留下堆積如山的矛盾衝擊後，終於結束。隔天清晨，所有報紙都以大篇幅頭版極聳動地報導，將其描述為日本空前的神祕殺人事件。事件才剛公布，報社就找來一些不入流的務實派偵探小說家，讓他們囉嗦地講述推理式感想，由此可見媒體也企圖炒作報導，使其與降矢木家族深不可測的神祕產生關聯性。不過法水鎮日將自己關在書房裡，這一天並沒有前往黑死館，原因可能有二：一是要公開遺囑內容必須等到押鐘博士從福岡回到東京，時間應該是隔天下午了；另一個原因則是津多子夫人癒後尚未恢復到能接受偵訊的狀態。但根據往例可以推測，法水可能希望透過安靜沉思找出某種結論。這天上午法醫學教室公布了解剖結果。摘述要點，無非是丹恩伯格夫人的死因明顯為氰酸中毒，並且測出了驚人的〇．五藥量，不過重要的屍光和傷紋成因至今不詳，

㉒Thomas Holcroft，一七四五—一八〇九年，英國劇作家、小說家、評論家。
㉓John Pinkerton，一七五八—一八二六年，英國古物收藏家、作家。
㉔Antoine Rossignol，一六〇〇—一六八二年。
㉕François le Métel de Boisrobert，一五八九—一六六二年，法國劇作家、小說家。

只發現有蛋白尿跡象。至於易介，死亡時刻與法水的推測相去無幾，而關於異常緩慢窒息的原因、與斷氣時間產生矛盾的脈搏和呼吸等，卻還無法有定見，再加上易介是佝僂症者，關於這一點也有許多偏見。其中還出現了落入市井臆測的奇怪說法，舉出幾乎已成經典的卡士帕．李曼自行絞死法，認為易介可能在死後被割傷以前，企圖讓自己窒息。不過到了第二天早上，也就是一月三十日，法水突然通知各報社，表示要在支倉檢察官和熊城偵查隊長陪同下，公布易介死因。

法水的書房相當樸素，只有堆積成山的書籍包圍四面，但這間書房本身卻足以驚世駭俗。因為在他書房牆面上裝飾一幅銅版畫，這幅一六六八年版本的〈倫敦大火〉可說是珍品中的珍品。換作平常時候，他一定會以這幅圖為背景，滔滔不絕地暢談最愛的古今中外大火歷史，不過這天當法水手裡拿著草稿打開門，房內已湧進約三十位記者，擠得水泄不通。待騷動平息後，法水這才開始宣讀草稿。

「——首先，我會概述發現降矢木家的管家川那部易介死亡的始末。下午兩點三十分，在拱廊吊式盔甲中發現川那部易介屍首正式穿著盔甲，當時已經窒息、且死後在咽喉部位有兩條ㄇ形割痕。從屍體的各項徵兆可明顯看出死亡時間在兩個小時之內，但是導致窒息的方法似乎極為緩慢，過程也還完全不清楚。而且家中其中一名傭人還陳述了離奇事實，他表示一點過後不久，發現被害者發著高燒，也確定還有脈搏，而且就在距離發現屍體僅僅三十分鐘前的兩點整，他還聽見了被害者的呼吸聲。基於上述事實，我將在此說明個人見解。首先，關於原因不明的窒息，我認為那應該是機械性的胸腺性猝死，也就是胸腺遭到由外部施加的機械性壓迫，換句話說，儘管川那部易介已經成年，他卻擁有特異體質，至今胸腺仍在繼續發育。而壓迫主因則是以項圈用力勒緊頸靜脈，導致腦貧血，就此陷入輕度朦朧狀態，再加上讓他側向穿上盔甲，胸前扣槌環強力壓迫鎖骨上端，壓力剛好施加在左邊無名靜脈上。因此注入前胸的胸腺靜脈出現瘀血，使得胸腺也瘀血腫大，如此一來當然會導致氣管狹窄，經過長時間漸增式的窒息後，終致死亡。不過公布的解剖內容完全沒有提及與胸腺相關的部分。然而儘管沒被提及，這些事實都跟被害者奇妙的呼吸狀況有重大的因果關係。再論及要點，為什麼名聲響亮的法醫學者們都沒注意到兩道割痕皆避開了中等大小以上的動脈血管，直至胸腔只切割到靜脈呢？這其中當然隱藏著兇手顛覆人類生理大原則的詭計。兇手必須切割出ㄇ形傷痕的目的很簡單。這不僅是為了切斷肥大胸腺、使其收縮，兇手也深信可以讓因死後動脈收縮（即使死後馬上切斷靜脈也不會出血，但是過一陣子後會因為動脈的收縮，有如唧筒般將血液送入靜脈，使其流出）流出的血液充滿胸腔，壓迫肺臟吐出肺餘容積（關於死後體內肺餘容積之說，根據瓦格納、麥克杜格爾等人的實驗，計算出約為二十立方英寸）。接著，關於死後脈搏和高燒，在日本死刑紀錄中就有相當多與『絞刑、旋轉、墜落』相關的文獻，另外在哈特曼這本名著《活體埋葬》[26]中，也舉出知名的泰拉．貝爾肯之奇蹟（藉由心臟附近的按摩產生心跳、高燒的法勒斯雷之婦人）和匈牙利阿斯瓦尼的絞刑屍體（一八一五年由比爾包瓦教授發表，將屍體旋轉十五分鐘後靜置，之後放下會發現屍體還會持續二十分鐘的脈搏與高燒）實例[27]，由此可知窒息死後，假如藉由讓屍體持續旋轉等的運動，有可能產生高燒和脈搏。而易介在斷氣後盔甲的旋轉，可能也證明了屍體被發現的其中一個原因。綜上所述，易介的推測死

㉖"*Buried Alive*"

㉗"*Buried Alive*" 確有其書，但這裡提其中的兩例在書中無法找到相同案例。

亡時間依然維持在下午一點左右，至於他如何穿上盔甲，在此無須考慮諸如『北條式盔甲快穿法』等戰陣心得。若不藉助他人之力，體弱多病的易介根本不可能穿上盔甲。不過，本次公布的內容僅限於死因的推測，目前還無法提供任何關於事件進展的消息，搜查人員也甚感遺憾。」

法水朗讀完後，吐出憋住的那口氣。記者們一片騷然，交錯著亢奮的討論，過了一會兒熊城粗聲粗氣地趕走記者，再度回到平時的三人世界。法水靜靜地沉思了一會兒，接著揚起他難得泛紅的臉說：

「支倉啊，我終於想到一個結論了。這當然只是一個概略結論。還不能看透所有的公式。不過如果能從個別發生的事件中找出共通要因，你覺得如何？」

兩人臉上頓時一陣驚愕。

「對了，你製作過這樁事件的疑點一覽吧？我們就來逐條比對我的論點吧。」

檢察官乾嚥了口唾液，正要從懷中取出那張備忘時，房門打開，傭人交給法水一封限時信。法水開封看了一眼內容，臉上並沒有浮現特殊表情，只是默默把信丟在桌上。但看到那信件內容的檢察官和熊城卻止不住渾身戰慄。這豈不就是浮士德博士寄來的第三封箭書嗎？紙上一如往常地用哥德字體，寫著下面這句話。

Salamander soll gluhen.（火精呀，猛烈燃燒吧！）

第三椿悲劇

第五篇

一、兇手姓名在呂岑會戰的戰死者中

Salamander soll gluhen.（火精呀，猛烈燃燒吧！）

以它漆黑羽翼遮蔽黑死館那看不見的惡鬼，第三次自比為浮士德博士，送來五芒星咒文中的一句。對於這件事最感到無端屈辱的就是熊城了。事實上，剩下的四位家人目前正受到熊城的屬下嚴密看守，猶如穿上哥德式盔甲一樣，完全無法自由行動。儘管如此，兇手依然宣告了他極其大膽又偏執的殺人計畫，預告了繼丹恩伯格夫人和易介之後的第三樁慘劇。這麼一來，熊城打造的那堵人身障壁會如何呢？看來雖然是幾乎不可能讓犯罪有隙可乘的完美障壁，或許對兇手來說，也只是值得付諸一絲冷笑的塵埃吧。不僅如此，兇手甘冒稍加碰觸就可能幻滅的致命危險也執意執行，假如不是瘋狂，就是有著無法顯現於意志上的堅定信念，難怪三人會被這種大膽舉動震懾，陷入沉默。這天是連續幾日來難得一見的晴天。和煦的陽光正好照射在牆上〈倫敦大火〉下方，也就是布里克斯頓附近，然後逐漸越過泰晤士河，就要爬上一片黑煙瀰漫的國王十字地區。儘管此時室內的空氣緊繃得到幾乎能敲擊出金屬般的聲音，而法水卻顯得已胸有成竹，閉上眼睛陷入冥想，不過頻頻頷首，露出自有盤算般的微笑。熊城終於擠出聲音說：

「我不是真齋，不會被虛妄的烽火驚嚇。我看那大膽惡徒的行動也差不多要結束了。你們想想看，現在我的部下宛如銅牆鐵壁般監護著那四人。相反地，他們等於也負起記錄兇手行動的責任。哈哈哈哈！法水，你說這諷不諷刺？兇手身邊可不見得沒有護衛吧。」

檢察官仍然面帶憂鬱地，反駁熊城過度的自信。

「我看就算隔離那四個人，也無法結束這樁慘劇。我總覺得這次這樁事件，無法單憑人力來制止。其實我還是覺得，黑死館中還藏著某個沒被發現的人物。」

「你是想說其實戴克斯比沒有死在仰光？」

熊城瞪大了雙眼，探出上半身。

「別再開玩笑了。如果真那麼在乎算哲的遺骸，大可等事件告一段落再去挖掘檢查。」

「或許是我神經過敏，但這可不是憑空幻想。我只是覺得這樁神祕事件很可能會走向這樣的結局。」

檢察官沒再提起他的想像，但他依舊認為事件背後藏有某種緊追在後、如惡夢般的奇妙力量。即使是向來愛天馬行空的法水，確實也對戴克斯比生死之謎和挖掘算哲遺骸這兩個問題，感到瞬間的不安。檢察官往椅背一靠，繼續嘆道：

「啊，這次輪到火精了嗎。這麼說會是手槍還是拋石炮？還是老舊的膛線槍或四十二磅炮呢？」

法水這時忽然睜開眼睛，靠在桌邊的上半身像被吸引般往前探。

「四十二磅的加農炮！沒錯，支倉。你能注意到這點很不簡單。我認為這次的火精絕不像之前幾次那樣陰險隱晦。依兇手的古典喜好，應該會讓羅德曼①的炮彈冒出如海星般的炸裂白煙。」

「啊，依舊是一齣壯闊的喜歌劇啊，這樣也無所謂。」熊城不悅地啐了一聲，調整了一下坐姿：「不過既然你有你的說法，也不妨說來聽聽。」

「我當然有。」

法水隨意點點頭，臉上寫滿無法遏抑的亢奮。

「因為只有這次火精沒像前兩次的水精和風精一樣有性別轉換。對了，在五芒星咒文中的四大精靈，水精、風精、火精、地精，分別代表了物質構造的四大要素。這些當然都是中世紀鍊金術師想像中的元素精靈。到目前為止，我們只知道開門機關的水與水精有關、高八度音演奏與風精有關，也就是只能確定要素相符，不過如果再加上轉換性別的解釋，那充滿密教感覺的句子馬上就會被公式化。熊城，為什麼不把水精變成男性，就無法打開那扇門？為什麼我們之前竟然忽略掉犯罪方程式中如此精密的一部分呢。」

「什麼？犯罪方程式!?」

法水這意外之語讓熊城莫名所以忍不住驚嘆。但所謂真理，有時只不過是極端牽強附會的滑稽劇，而且永遠都以最平凡的樣貌落在腳邊。接下來法水所揭露的事實，讓兩人無不啞然失色……。

「對了，你見過勃克林[2]描繪史比丁格湖[3]水精的裝飾畫嗎？冰蝕湖的水蒼鬱地從樹林下發出深暗幽光。那顏色就像把靛藍溶入黏土中的一樣，黏稠、混濁。水面上看似鯊魚背的乃是如水藻般披散的美麗金髮。但是熊城啊，我也不是專業鑑賞家，並不打算舉出狩獵小屋或那自然形成的崎嶇橋面之類，誘發你們的想像。我只是想問你們，當水精變成男性，最先產生變化的東西會是什麼？」

法水的臉微微漲紅，說出梅菲斯特批評五芒星不周全的台詞（那個圓有一處錯誤，因此梅菲斯特利用這個破綻破壞了浮士德的封鎖咒語而侵入）：

「——看吧。那咒印沒畫完整，如你所見，朝外的角還有些微敞開。」

「啊，原來如此，頭髮、鑰匙的角度，還有水！我要向博學的先生致敬。看您流了滿身大汗。」

檢察官也以一樣煞有介事的語氣用梅菲斯特的台詞回答，但是他確實從不同層面，都受到了兇手和法水的震撼。……那天晚上丹恩伯格夫人陳屍的房間，因為房門上注入鑰匙孔的水之溼度使得毛髮伸縮，形成一道能自動開關的迪伊博士隱形門裝置。不過，這個裝置所需要的水和頭髮之祕密隱藏在迦勒底古老咒文中還不足為奇，還有更令人驚訝的事實。讓這個設計在力學上奏效的鎖扣角度，竟然精密得有如機械圖，早已存在於破解五芒星封鎖的梅菲斯特台詞中。如此一來，這個方程式當然得轉向事件中疑點最大的風精上來求解。不過，尋求解答的檢察官臉上，卻浮現痛切的失意。

「那麼，排鐘室的風精和高八度音演奏有什麼關係呢？λ呢？θ呢？」

檢察官上氣不接下氣地問道，法水突然臉色一變，悲劇性地搖搖頭。

「別開玩笑了。這怎麼可能是那種好比遊戲般的衝動產物？這其中顯現著惡魔最認真的臉孔。難道不是嗎？支倉，專注加上過度運用，總會釋放出可怕的幽默。風精的幽默絕不是靠這種邏輯推演可以打破的。它一定具有和水精等全然不同的狂暴和奇幻。再說，風精原本就是『看不見的氣體精靈』，自然不會有任何特徵。」

①Thomas Jefferson Rodman，一八一五—一八七一年，美國陸軍軍人，將舊式重炮改良為大口徑前裝式滑腔砲。
②Arnold Böcklin，一八二七—一九〇一年，十九世紀瑞士象徵主義畫家。
③Spirdingsee Lake，位於波蘭境內，現稱希尼亞爾德維湖（Sniardwy）。然而勃克林與水精的相關作品標題為"*Spiel der wellen*"，與該湖並無關係。

法水近乎冷酷地這麼說，接著轉向熊城，露出騰騰殺氣。

「不過，兇手的玩世不恭最後一定會自掘墳墓。你們不妨試著比較水精和沒有性別轉換的火精。最後的答案一定是與前面兩個例子剛好顛倒的行兇方式。兇手不會用任何隱匿手法，想必會大大方方地現身，展現布勒根堡火術的精華。當然，他勢必不會以線連接準星和扳機，試圖讓槍枝往相反方向自動發射；更不會使出在手指纏上因汗水收縮的棉紙，在扳機上留下偽造指紋的卑劣手法。換句話說，這將是排除了所有陰險伎倆的騎士精神。可是如果我們沒有心理準備，依然用看慣了前兩例中出現的複雜微妙技巧眼光來觀察事件，一定會產生錯覺。也就是說，這種相反暗示正是兇手的企圖……這次我絕對要反過來嘲笑他。」

當然，這句話必然對往後的護衛方法產生決定性的影響。不過，法水的智慧看似在下次犯罪中已經完全制敵機先，尤其他認為關於火精這句話很可能招致兇手的破滅，但是回顧目前為止他與兇手之間往來較勁的權謀策略，要完全依賴法水的推斷，似乎還操之過急。而他對五芒星咒文的深究並非就此結束。

「可是我相信在五芒星咒文中還藏有位於更深奧之處的核心，與這次事件的根本原因有關，與其說是犯罪動機，或許更為深奧。廣義地來說，在黑死館的地底長著幾個盤據四面的祕密根柢。這些根柢盤根錯節、層層疊疊的形狀，不可能光從某個動機摸清楚。所以我試圖用各種不同角度，一一檢視這些咒文。」

說到這裡，法水臉上也顯得相當疲倦，足見他昨日一整天的勞心努力。

根據他的說法，法水認為兇手是某種展示狂，因此先針對傳說學進行調查。他甚至研究了阿納托勒・勒・布拉茲[④]《不列顛傳說學》[⑤]與巴林古[⑥]的《惡魔》[⑦]，企圖自中歐死神傳奇中尋找符合潛藏在性別轉換深處的犯罪動機。另外也從舒拉豪恩的《施瓦爾茨堡》[⑧]等其他書籍中，試圖了解有關妖精名稱的語源學變化。他認為如果水精（Undinus）和水魔（Nicks）兩者之間出現一致，那麼或許可以在被稱為女神弗麗嘉[⑨]（也就是 Nike 或 Nicks 合為一體、同時為善惡兩面化身的奧丁之妻）化身的白夫人傳說中，發現異常雙重人格的意義。緊接著，他更試圖比較《Volks Buch》[⑩]或葛符列的神祕詩、哈根[⑪]或海施特巴赫[⑫]，還有最後是歌德的《浮士德初稿》、第二稿與第三稿，結果發現在初稿中以浩然哲學性姿態出現的地靈（包含水精、風精、火精、地精等大自然精靈），到了第二稿以後卻完全沒有清楚交代。然而法水對五芒星相關咒文的解說，聽來猶如演講。因此原本高度緊繃的氣氛逐漸和緩，背後晒著暖陽的兩人之間，開始流動著宛如輕柔雲朵般的睡意。檢察官諷刺地嘆道：

「我看現在就先別在這裡談論彈藥塔了吧。這些話題改日再到薔薇園去談。」

但是就在下一個瞬間，法水表情忽然一亮，如鐵鞭般的淒厲叱聲頓掃剛剛的慵懶氣氛。他深深

④Anatole Le Braz，一八五九—一九二六年，法國民間傳說蒐集家。
⑤"*La Legende de la mort en Basse-Bretagne*"。
⑥Sabine Baring-Gould，一八三四—一九二四年，英國牧師、民間傳說民謠研究家、聖人研究家。
⑦"*Old Nick*"。
⑧"*Schwarzburger*"。
⑨Frigga，北歐神話中婚姻與受孕的保護者，最高神奧丁的妻子。有一說認為她與死亡女神弗蕾亞（Freyja）為同一人。
⑩德文中廉價宣傳小冊之意。
⑪可能為 Gottfried Hagen，一二三〇—一二九九年，科隆市職員，撰寫過科隆的年表。
⑫可能為 Caesarius von Heisterbach，一一八〇—一二四〇年，德國修道僧，撰有蒐集了怪談的《奇蹟對話》（"*Dialogus miraculorum*"）一書。

吸了兩、三口菸。

「開玩笑，怎麼能讓如此華麗的魔王衣裳留在於彈藥塔和炮牆中。支倉，我的魔法史研究終究沒有白費。我竟然從路易十三世的機密宮闈史中，發現困擾我這麼久的五芒星咒文真相。我換一種說法吧。當時採取若即若離的態度與新教徒保護者古斯塔夫・阿道夫二世⑬（瑞典王）對峙的，是知名的主教宰相利希留。其實這樁事件的真相就藏在那極其陰險的陰謀當中。對了支倉，你知道利希留機密宮闈史的內容嗎？那暗號解讀專家法蘭西亞・韋達⑭或羅西諾呢？還有鍊金師兼暗殺者奧奇利悠？問題其實就出在這位邪惡主教奧奇利悠身上……啊！這巧合也太可怕了！連被害人的姓名、兇手的姓名，都出現在殺死那位龍騎兵王的呂岑會戰的戰死者名單中。（注）」

（注）一六三一年瑞典王古斯塔夫・阿道夫為了擁護德國新教徒，與舊教聯盟在普魯士開戰，攻陷萊比錫和萊希，又和華倫斯坦⑮的軍隊在呂岑⑯開戰。他雖然在戰爭中獲勝，卻在戰後陣中被奧奇利悠安排的一位輕騎兵狙擊，該暗殺者也當場被薩克斯・勒文伯格侯爵所射殺。時間是一六三二年十一月六日。

檢察官和熊城瞬間被捲入自己無法掌控的眩惑漩渦當中。兇手的姓名——這就代表著事件即將落幕。但是遍觀古今中外犯罪調查史，可曾看過任何一個憑藉史實來揭發兇手、解決案件的神話般案例？因此兩人只覺驚駭困惑，尤其是檢察官，他臉上顯露強烈責難，嚴厲地指責不斷熱中於虛幻世界的法水。

「你那種病態的精神錯亂又來了。別再故弄玄虛了，假如能靠頭盔或手持加農炮來解決事件，那我倒要聽聽這種史無前例的證明法。」

「當然，以刑法價值來說還稱不上完整。」

法水呼出一口菸，平穩地說。

「但最值得懷疑的那張面孔，其實正散落在迷惑我們的眾多疑點當中。假如可以從每個疑點中發現共同因子，而且最後可以歸納於同一點，那會如何？到時候你們也不可能硬是把它視為巧合吧？」

法水說到這裡，用力拍了一下桌子表示強調。

「我敢斷定這次事件是猶太人的犯罪！」

「猶太人——你現在又說到哪去了？」

熊城眨眨眼，擠出他嘶啞的聲音。他也許覺得自己耳裡聽到有如雷鳴般不諧調的弦音。

「沒錯，熊城，你曾經見過猶太人將希伯來文從ɤ至ʅ全加上數字，當做時鐘的數字盤嗎？嚴格執行儀式性的法典，遵守消失王國的儀禮，是猶太人的信條。而我也是一樣。為什麼至今不斷想利用土俗人種學來解決這樁難解案件呢？總之我們先以支倉整理的疑問一覽表為基礎，計算那詭異紅色天狼星的視差吧。」

法水眼中失去光采，翻開桌上的筆記本開始念。

---

⑬Gustav II Adolf，一五九四—一六三二年。

⑭François Viète，一五四〇—一六〇三年，十六世紀法國最有影響力的數學家之一。

⑮Albrecht Wenzel Eusebius von Wallenstein，一五八三—一六三四年，波希米亞傑出的軍事家。在三十年戰爭中帶領神聖羅馬帝國軍隊與反哈布斯堡聯盟作戰。

⑯Lützen，德國薩克森—安哈特州的一個鎮。

一、關於四位異國樂人

包括被害人丹恩伯格夫人等四人，出於何種理由在幼年時來到日本？關於他們極令人費解的歸化入籍，目前尚看不出任何端倪。眞相依然封鎖在沉重鐵門當中。

二、黑死館過去三樁事件

對於在同一房間連續發生三樁都是動機不明的自殺事件，法水似乎完全放棄了觀察。特別是去年的算哲自殺事件，他雖然以此來恫嚇眞齋，不過事實是否眞如他所言，與本次事件完全無關呢？法水從黑死館的圖書目錄中抽出伍茲的《皇室的遺傳》，不就是爲了針對這看似牽涉過往的連續案件，進行遺傳學調查嗎？

三、算哲與黑死館的建築師克勞德．戴克斯比的關係

算哲在藥物室中尋找戴克斯比所留下的某種藥物，但是最後並沒能找到。而他的意志留在一個小瓶上。另外，法水藉由解讀棺材上的十字架，證明了戴克斯比具備詛咒之意。綜合上述兩點，算哲和戴克斯比兩人在建造黑死館之前很可能已經產生某種異樣關係。

四、算哲和微奇古思咒術法典

算哲在黑死館完工後第五年對戴克斯比的設計進行修改。當時可能已經有迪伊博士的隱形門和應用了黑鏡魔法理論的古代時鐘室門扉。然而從算哲的特殊個性看來，他熱中的中世紀異端邪術伎倆，實在不可能僅止於上述兩項。另外，是否可以推測他死亡之前焚燒咒術書籍，很可能是造成今日紛擾的原因？

五、事件發生前的氣氛

四位異國人士歸化入籍、製作遺囑之後，緊接著算哲自殺，突然瀰漫著一股迷茫血腥的氣息。到了隔年，這種氣氛愈發險惡。而原因似乎不只與遺囑相關的精神糾葛有關。

六、神意審判會前後

丹恩伯格夫人在點燃屍燭的同時，大叫「算哲」而昏倒。據說當時易介目擊到隔壁房間的凸窗有不尋常的人影。但是當時的參加者中沒有人離開房間。另外，凸窗正下方留有兩道與人體自然現象相矛盾的足跡，足跡的匯合點散落著用途不明的攝影感光板碎片。以上四個謎題儘管時間接近，卻各自性質不同，難以歸結收束。

七、丹恩伯格夫人事件

屍光與刻有降矢木家徽紋的傷痕——這是超乎想像的一幕。而且法水還表示，製造這割痕的時間只有短短一、兩分鐘。他還試著將上述兩種現象套在加有〇．五氰酸鉀（幾乎不可能致死的藥量）的香橙進入被害人口中的過程上。也就是一種化不可能爲可能的補強作用，更強調最後的結果。但即使他觀察無誤，要單憑如此來證明、指出兇手簡直難如登天。再說其他家人並沒有特別值得注意的舉動，出現香橙的來路也依然不明。

泰芮絲發條人偶——丹恩伯格夫人臨死之前在紙上寫下被視爲邪靈的算哲夫人之名。現場地毯下還留有人偶打開門、在房內踩水的明顯腳印。但是這具人偶上有特殊的音響裝置，隨侍在旁的其中一人久我鎮子表示，沒有聽到該鈴聲。法水對放置人偶的房間當然還留有一絲疑念。但是他自己還無法確定，也就是說，這美麗的顫音，還只能放在否定與肯定的交界處。

八、預言圖的觀察

法水推定這是一張特異體質圖，確實是眼光獨到。因爲這張代表易介身體上下兩端被夾住的圖，也確實出現在他的屍體現象上。但是伸子昏倒的樣子爲什麼與賽雷那夫人的圖形相仿呢？另外法水還從象形文字來推論預言圖尚有未發現的另半張，就算他的假設有邏輯，也極缺乏眞實性，只令人覺得是出於他的瘋狂。

九、浮士德的五芒星咒文（略）

十、川那部易介事件

法水解釋死因時，認爲有人替易介穿上盔甲，因此有兇手存在。從時間上來說，這個時段只有伸子沒有不在場證明。而且伸子還手握割破易介咽喉的短刀昏厥，並且在經文歌最後一節發出幾乎是奇蹟的高八度音。除此之外，還有的焦點疑問，包括易介是否爲兇手的共犯？這當然無法輕易推論。結果從這些極其曲折離奇的異樣狀況來推測，逐漸導向伸子的昏厥是兇手一場神乎其技的表演這種結果。但是假如要公平論斷，目前紙谷伸子依然是唯一最可疑的人物。

十一、押鐘津多子被幽禁在古代時鐘室

這一點才眞正是驚愕中的驚愕。而且法水原先推測應該已成屍體的押鐘津多子，事實上卻在全身裹以奇怪保溫措施下昏睡。當然，還得追究她爲什麼離開自己家、來到娘家住，不過法水對於兇手並未殺害津多子感到提防，認爲可能是個陷阱。但易介在神意審判會時看到出現在隔壁房間凸窗的人影，絕對不是津多子。因爲當天晚上八點二十分時，眞齋已經轉動數字盤，鎖上了古代時鐘室的鐵門。

十二、當天晚上零時三十分，闖入克里瓦夫夫人房間的人物是誰？

這裡談及易介所目擊的人物——夜晚出現於凸窗那妖怪般行蹤成謎的人物，半夜也出現在克里瓦夫夫人的房裡。根據夫人的説法，那人確實是男性，而且雖然身高不同，但各種特徵和旗太郎很相似。如此一來，伸子清醒瞬間的親筆署名，替自己冠上了降矢木之姓。假如以曾在格登堡事件中見過先例的潛在意識來解釋，那麼讓伸子昏迷的風精，最有可能是旗太郎。不過這種推測跟伸子昏迷狀態之間的矛盾，卻潛藏著這樁事件中最大的疑點。

十三、關於動機的觀察

一切都是爲了爭奪遺產。首先，由於四位外國人歸化入籍，旗太郎無法直接繼承遺產。此外，旗太郎以外的唯一血親押鐘津多子被摒除在外，也值得注意。儘管旗太郎與其他三位外國人之間已經產生難以恢復的嫌隙，依然無法解釋這個重大矛盾。也就是有動機者從狀況上看來無須懷疑，而像伸子這樣很可能是兇手的人，卻找不出絲毫殺人的動機。

讀完之後，法水將它攤在桌上，首先將手指落在第七條〈屍光與降矢木家徽那一段〉上。這時，從小窗欄杆間灑入的陽光正好照到〈倫敦大火〉的泰晤士河正上方附近，映照得畫面中頂上黑煙呈現栩栩如生的濃密翻湧。檢察官和熊城本就已經唇乾舌燥，只能靜待法水編織的奇幻迷離世界突然急轉直下、翩翩落下夢想翅膀的時機。在這樣異樣肅殺的氣氛中，法水又點了一根菸，從容開口：

「話說回來，一開始看到的那不可思議屍光與割痕，問題依然在那循環論的形式上。我認為，如果無法得知香橙到底經由什麼路徑進入丹恩伯格夫人口中，還是無法進行實證說明。不過在那著名的《猶太人犯罪解剖證據論（哥特菲爾德的作品）》中，記錄了與屍光和傷痕非常類似的犯罪迷信。」

法水從書架上抽出那本書，上面簡略注記著猶太式的犯罪風俗習慣。

一八一九年十月某夜，在波希米亞領地柯尼希格雷茨[17]發生一樁慘事，居住在當地的富裕農夫臥床，心臟被刺穿，之後由室內起火，房屋連同屍體一起被燒毀。當時有路人供稱，該晚十一點半，正好從窗簾些許縫隙間目擊到被害者以手劃十字架。也就是說，犯案時刻應該在十一點半之後，而最具有強烈動機的一名猶太製粉業者，卻正好有不在場證明。事件因此而陷入膠著狀態。沒想到半年後，布拉格市的輔助憲兵德尼凱終於拆穿了兇手的詭計，把一開始的嫌犯猶太製粉業者逮捕歸案。

而且事件之所以會敗露，是出源於漢摩拉比經所解釋的猶太固有犯罪風俗習慣。猶太人相信在屍體或被害處周圍點上蠟燭，罪行就永遠不會被人發現。當然蠟燭就是後來發生火災的原因。

唉，法水怎麼一開始就引用一個如此枯燥的例子呢。不過接下來，他又加入自己的看法梳理，從這獨創的想法當中，碰巧露出一絲擊破這循環論的微光。

「單看這段敘述還是無法得知輔助憲兵德尼凱的推理思路，但我試著加以分析。環繞屍體的蠟燭數目其實有五枝。而且為了在屍體劃出十字形狀，並沒有直接拿蠟燭來包圍屍體，而是先得把四枝短蠟燭像削竹子般斜削掉半邊蠟、排列在四周，中央則放著削到只剩一半蠟、留下長長燭芯的一枝蠟燭，讓其他蠟燭包圍住。為什麼要這麼做呢？你知道風向雞四邊如果各自指向不同方向，會發生什麼現象嗎？在這個狀況下，讓斜削掉半邊的蠟燭各朝不同方向排列，點火之後受熱的蠟所產生的蒸氣，將會沿著燭身的傾斜往上斜吹。因為每根蠟燭削掉的方向不同，所以在上方形成了扯鈴狀的氣流。這氣流讓中央的長燭芯旋轉，燭光落下的影子，便呈現了屍體的手正在劃著十字的錯覺。這麼想來，如果要追究屍光與割痕的成因，我想勢必得回溯到那場神意審判會才行。在波希米亞的柯尼希格雷茨點燃的蠟燭中，或許存在著只有丹恩伯格夫人看得到的算哲幻影。支倉啊，偶然中往往可以觀察出數字性規律。因為所謂恆數，都是以假設為一開始的出發形式，之後再決定固定不變的因數。」

⑰Königgrätz，今捷克的赫拉德茨—克拉洛韋（Hradec Králové）。

法水臉上掠過一絲迷惘的暗影，但他繼續往下說，揭開關於屍光在地理上的奇妙巧合。但這種隔絕的對照，最後只是徒增紛亂。

「接著，我注意到天主教聖徒的屍光現象。不過我閱讀阿韋利諾的《聖人奇譚》時，發現其中留下這麼一條紀錄。當新舊兩派紛爭最嚴重的一六二五年至一六三〇年這五年左右，陸續有席恩堡⑱（莫拉維亞領地⑲）的德伊凡德、齊陶⑳（普魯士）的葛羅高、弗賴施塔特㉑（奧地利高地）的阿爾諾丁、普勞恩㉒（薩克森領地）的穆斯可維泰等四人，都出現死後屍體發光的現象。熊城，如果這是偶然，其中卻存在著不可思議的巧合。因為如果將這四個地點相連，剛好會成為一個正確的矩形，而且包圍著發生柯尼希格雷茨事件的波希米亞領地。這當中的純量到底是什麼呢？我自己愈說愈糊塗了，可是我想猶太人照亮屍體的這個習俗，應該可以視為一種兇手迷信的象徵。」

法水仰望天花板，發出虛弱的嘆息。但是聽完法水這番話，檢察官完全失去希望。他扭曲著嘴角發出冷笑，從背後書架上抽出華爾特．哈特㉓（西敏寺教堂修士）的《古斯塔夫．阿道夫》㉔，隨手翻著書頁，好像終於找到了些什麼，將他找到的部分朝向法水，手指著那個部分。其實這是檢察官為了諷刺法水瘋狂言語所做出的猛烈挖苦。

魏瑪大公威廉．恩斯特㉕軍紀敗壞，在與阿納姆㉖之戰中潰敗，未及馳援國王。而且在諾耶霍安城內因此受責難時，威廉．恩斯特依然面不改色。

檢察官還不滿足，繼續頑強譏諷：

「啊，這書目還真是可悲。難道不是嗎？這根本是你特有的知識性錯亂吧？你對那些令人驚嘆的現象的解釋也太過兒戲了。這哪是什麼深奧道理？根本連隨興遊戲的價值都稱不上。如果你無法對排鐘室的現象有更精確的說明，還是請你別再繼續高談闊論了。」

「對了支倉啊，」

法水靜靜以微笑回報對方的冷笑。

「如果兇手不是猶太人，如何能讓伸子產生蠟質屈撓症呢？（注）伸子在某個瞬間變得像雕像般僵硬。如果是這樣，那麼旋轉椅的位置當然不是問題。」

（注）一種僵硬症狀，發作時會讓病患突然喪失意識、全身僵硬，完全無法出於意志自由活動。但同時對來自外部的力量卻全無抵抗，就像個柔軟的蠟或橡膠人偶一樣，手腳被固定在被移動的位置，無法動彈。因此被冠以蠟質屈撓這個有趣的病名。

「蠟質屈撓症！」

---

⑱Schönberg，今順佩爾克（Šumperk）位於捷克的西南方。
⑲Moravia。
⑳Zittau，德國薩克森州東南部城市，位於德國、波蘭、捷克三國邊境。
㉑Freistadt，奧地利東北的城鎮。
㉒Plauen，德國薩克森州西南部的城市。
㉓Walter Harte，一七〇九—一七七四年，英國神職人員、詩人。
㉔"*The History of Gustavus Adolphus, King of Sweden, Surnamed the Great*"。
㉕Wilhelm Ernst Carl Alexander Friedrich Heinrich Bernhard Albert Georg Hermann，一八七六—一九二三年。
㉖Arnhem，荷蘭東部的城市。

這逼得檢察官忍不住激動搖著桌子大叫。

「荒唐！你這番詭辯實在太滑稽。法水，那是罕病中的罕病啊。」

「當然，那確實是文獻中才看過的罕見疾病。」

法水先是肯定，不過他聲音裡卻隱隱透著嘲弄。

「但假如可以用人工控制製造出這種罕見的神經排列，那又如何呢？你聽過杜顯[27]所創的術語『肌肉失養症』[28]嗎？讓歇斯底里的病患在發作期間閉上眼睛，會產生極類似蠟質屈撓症的全身僵硬狀態。也就是說，除了猶太人特有的某種習俗，否則不可能呈現出那種病理性的馬戲雜耍。」

他作出令人驚訝的斷定。

原本默默抽著菸的熊城突然抬起頭。

「嗯，伸子與歇斯底里症是嗎……你的洞察確實高明，不過請你把問題從精神病院轉移到其他地方吧！」

這一點也不像平常熊城會說的話。而法水則出人意表地嘗試將病理解剖運用在黑死館建築上，想強調其可能性。

「喔，熊城，我才想提醒你，別忘了這是一樁發生在黑死館的事件。犯罪不僅是因為有動機才會發生。尤其是智慧型殺人，通常是受到扭曲的內在而驅使。當然，這麼一來就成為一種病態殘虐的方式……不過除了感情之外，也可能因為無法從某種感官錯覺中解脫、並且持續遭受壓抑而發生的例子。像黑死館這種貌似城堡的陰森建築，我就認為具有相當豐富的非道德性、甚至惡魔般的特性。問題是，那滿臉肅穆的惡作劇者，究竟會如何去改變人類的神經排列？這裡剛好有個最好的例子。」

法水繼續舉出例證，企圖擺脫因他矯奇推論帶來的獨斷印象。

「這是本世紀初發生在哥廷根[29]的事件，一位叫奧圖．布來梅的典型西伐利亞[30]敏感少年，進入了當地多明尼克修道院附校就讀。但是那種低垂的波尼貝式拱廊、灰暗充滿壓迫感建築物，馬上侵蝕了少年青春期的脆弱神經。一開始，由於室內外光線亮度相差太多，他偶爾會看到一些不可思議的殘影。後來甚至還出現幻聽症狀，因為他房間窗外就是鐵軌，通過的列車聲響在他耳裡聽來就成了不斷重複的 Resend Blehmel（瘋狂布來梅之意）。所幸後來少年父親驚見兒子的病狀，將他帶回家，布來梅的精神狀態才免於崩潰。當他步出宿舍的同時，奇蹟般地再也沒有幻視幻聽症狀，很快又恢復成健康青春的少年。熊城，我想你不是刑法專家，或許不知道這件事，其實根據監獄建築形式的不同，有些會不斷出現囚禁性精神病患、有些則從來不會呢。」

說到這裡，法水又拿出一根菸吸了一口，但他依然不打算離開知識高塔，繼續引用了更極端的例子。

「十六世紀中葉腓力二世時代，有這麼一個病態殘虐的嗜血案例，幾乎可說是個奇特的標本。西班牙塞維亞宗教法院裡，有一位名叫佛斯可洛的年輕修士擔任候補裁判員。但是他除了偵訊技巧拙劣，看到萬聖節舉行的焚殺異端遊行還會覺得害怕，宗教副法官埃史賓諾沙不得已之下只好將他

㉗Guillaume Benjamin Amand Duchenne，一八〇六—一八七五年，法國神經學家。
㉘Duchenne muscular dystrophy。
㉙Göttingen，德國下薩克森州東南部。
㉚Westfalen，以德國多特蒙德、明斯特、奧斯納布魯克等都市為中心的地域。

送回故鄉聖托尼亞莊園。沒想到過了一、兩個月後，埃史賓諾沙接到佛斯可洛的來信，當他看到信紙上描繪的莫查拉塔[31]（中世紀義大利謝肉祭中最具獸性的刑罰）的機械圖案，不禁大吃一驚。

——塞維亞的刑庭中併放著十字架和拷問刑具。假如神要點燃地獄陰火，讓它永遠綻放光芒，首先應從刑庭建築中除去回教式的高大拱廊。我回到聖托尼亞後，居住在昔日高盧人留下的老舊昏暗莊園中。其實這莊園有一特性，能呈現出苦思人類各種苦惱後的思想，我在這裡將各種酷刑進行結合和比較，現在終於成爲專精此術的技師——

熊城，這段悽慘的獨白，到底想訴說什麼？為什麼佛斯可洛的殘酷癖性沒有出現在殘忍的拷刑刑具之間，卻產生於比斯開灣[32]的自然風景中呢？我可以斷定，在這個事件當中，絕對不能忽略塞維亞宗教審判所與聖托尼亞莊園的建築之差異。」

這時法水按下他激動的語氣。接著他把上述兩個例子套用在黑死館的實際狀況上，試圖說明建築風格潛藏的可怕魔力。

「目前為止我雖然只去過一次黑死館，而且當時天色黯淡，不過我依然感覺到它的建築樣式呈現著各種非常態的現象。當然，那種出於感官的錯覺，具有著無從掌握的神奇力量。如果長時間無法擺脫這種力量，結果便會造成病態的個性。所以熊城，我可以大膽地說，我認為黑死館中的人們，儘管或有程度差異，但以嚴密的觀點來看，每個人都是心理性的精神病患。」

人類精神中的某個角落，或許有輕重之別，但一定潛伏著精神病性的因子。揀選出這些因子，排列在犯罪現象的焦點面，正是法水調查方法的獨到之處。但是以現在的情況來說，伸子的歇斯底里性發作和猶太型犯罪，仍然相隔甚遠、看不到一絲一致性。

華倫斯坦的左翼比國王的右翼更分散，國王命令魏瑪大公重整戰列。這時大公再度犯下過失，延誤使用加農炮的時機。

檢察官依然把法水比做遲鈍的威廉．恩斯特大公，繼續他的挖苦，但熊城卻忍不住開口：

「總之，不論是羅斯柴爾德[33]或羅森費德[34]都好，讓我看看那猶太人吧。還有，你該不會打算把伸子的發作當作偶然意外吧？」

「開什麼玩笑！如果只是意外，伸子當時為什麼要重複彈奏早上的讚美詩呢？」

法水加重語氣反駁。

「你知道嗎，熊城，彈奏排鐘很耗體力，而那女人竟然反覆彈奏了三次讚美詩，其實根本不需要搬出摩梭[35]的《疲勞》，就已經具備神經病發作或誘發催眠的絕佳條件。那女人就是在這時候被誘入朦朧狀態的。」

「那到底是什麼怪物呢？畢竟鐘樓的生死簿上可沒有記載任何一個死亡的人類。」

「不是怪物，當然也不是人類。是排鐘的鍵盤。」

法水透露這意外的裝飾音，讓兩人大感意外。

㉛Mazzolata。
㉜Golfo de Vizcaya。
㉝Rothschild，猶太姓氏。
㉞Rosenfeld，猶太姓氏。
㉟Mazzolata。

「其實這是一種錯視現象，比方說，在一張紙上打出縱向矩形洞孔，再移動這張紙後方裁成圓形的紙看看。圓紙移動得愈劇烈，看起來就會漸漸像橢圓形。這上下兩層的鍵盤，也剛好出現了相同現象。假如這裡是頻繁使用的下層鍵盤。那麼如果從上層不動的琴鍵隙縫間凝視著下層不斷上下的琴鍵，下層琴鍵的兩端看起來會歪向被上層琴鍵遮住的地方，視覺上慢慢變細。一旦產生這種遠觀式的錯視，在這之前因疲勞而產生近乎朦朧的精神，也會順勢融入其中。當然，這就引發了特定症狀的發作。所以如果要我說得更明白，只要知道當時是誰命令伸子重複彈奏三次，自然就知道誰是兇手了。」

「不過你這個結論算不上深奧。」

熊城似乎逮到破綻，尖銳地反駁。

「首先，當時是誰讓伸子閉上眼睛？你並沒有說明她是怎麼陷入那全身有如蠟質屈撓性、彷彿蠟人像的過程。」

法水大方地笑著，看來似乎在憐憫對方缺乏獨創想像力，接著他開始在桌上紙條畫出附圖，開始說明。

「這種綁法叫作『貓爪索』，是猶太犯罪者特有的結繩方法。熊城，光憑這種結繩方法，就能製造出讓旋轉椅呈現矛盾的肌肉意識喪失，也就是那類似蠟質屈撓性的狀態。你看，拉動下方繩子時，繩結就會逐漸往下掉。但是綁在繩結中的物體一旦脫落，繩結就會解開、恢復成一條直線。所以兇手事先測定了琴鍵使用的數量和結繩最初的高度後，在連接琴鍵和敲鐘棒槌的繩子上方，綁住短刀的刀鍔。這麼一來，隨著演奏的進行，短刀會一邊旋轉，繩結也一邊下降。等到伸子在朦朧狀態下演奏——差不多是第二次反覆讚美詩時，短刀刀刃在她眼前忽明忽暗地閃爍，就像水戲法中的紙撚水一樣，忽左忽右，漸漸下降。也就是說這閃爍的光芒垂直撫著她的眼皮。這種手法稱為『眩惑操作』，讓受催眠的婦人閉上眼睛。所以在她閉上眼睛的同時，酷似蠟質屈撓性、喪失肌肉意識的身體立刻失去重心，像雕像般直挺挺往後倒。這時兇手再趁隙從內側踢掉琴鍵和繫繩，使得短刀從繩結脫離，掉到地上。當然，伸子的發作平息時，也陷入了深沉昏睡狀態。」

法水回報了檢察官毒辣的輕蔑，但臉上又突然浮現悲痛的表情。

「不過伸子為何會握住那把短刀呢？還有，為什麼會出現那極其詭異變態的高八度音呢？那些超乎想像的事，我還捉摸不到真相。」

這時他發出虛弱的嘆息，臉上疲憊的表情三度轉換，他終於開始瀟灑高唱凱歌。

「我不是在計算天狼星的視差嗎。還有δ和ξ！只要能將這些歸納為一點就行了。」

這時，空氣漸漸不尋常地升溫。長久與法水相處的兩人也感覺到，他大概快找到答案了。熊城將臉湊近、雙眼嚇人地直盯著法水。

「那你就快說黑死館的怪物到底是誰！你口中的猶太人究竟是誰？」

「是輕騎兵尼古拉斯·布勒埃[36]。」

法水先說出一個出乎大家意料之外的姓名。

「這男人之所以能接近古斯塔夫·阿道夫，是因為國王進入蘭登休塔德城時，在猶太窟門旁忽

㊱此人物並未出現在原典中。

然雷聲大作，國王的坐騎受驚狂奔，他上前鎮住馬匹。支倉，你先看看這布勒埃果敢勇猛的戰績。」

法水從檢察官手裡拿走他正在翻閱的哈特的《古斯塔夫．阿道夫》，指著呂岑會戰的尾聲。這時，兩人臉上同時掠過驚愕。檢察官悶哼了一聲，嘴上叼的菸也不覺掉落在地。

——戰爭持續了九個小時，瑞典軍死傷三千人、聯軍剩下七千人敗逃，但黑夜阻止追擊的腳步，這天晚上，傷兵們就地在紮營地休息。拂曉降了一場霜，沒能逃走的人都死於寒氣。前一天夜裡，布勒埃跟著奧赫姆上校巡視戰況最激烈的四風車地點，途中，他指出自己將剽悍狙擊的對象，那就是貝托爾德．瓦魯斯坦上校[37]、佛爾達公爵兼大修道院長帕彭海姆[38]……

讀到這裡，熊城身體往後一縮，就被打了一巴掌似地。他遲遲說不出話來。檢察官有好一陣子凝然不動，過了一會兒才用幾乎聽不清楚的聲音，讀出下面這個句子。

「迪特里希施泰因公爵丹恩伯格、阿瑪提領地司令官賽雷那，啊，佛萊貝希的法官雷維斯……[39]」

他嚥了一口唾液，混濁的雙眼望向法水。

「總之，法水，你先說明自己提出的妖怪庭園的光景吧。我完全搞不懂這些角色的意義，為什麼黑死館的驚人命案會跟呂岑會戰的經過有關呢？再說，或許是我杞人憂天吧，我認為姓名沒有出現在這當中的旗太郎或者克里瓦夫兩人之中，有一人就是兇手。」

「沒錯，這確實是惡魔式的玩笑。愈想愈令人害怕。首先，創作這齣盛大戲碼的作者，絕非兇手本人。也就是說，其情節就是五芒星咒文本身。在呂岑會戰中輕騎兵布勒埃和其母體暗殺者魔法鍊金術師奧奇利悠的關係，套用在這樁事件裡，就變成『兇手＋X』的公式。」

法水不得不將這套聽來宛如妖術的巧合延至事件解決後解釋，但他兩眼浮現凌厲的光芒，指出了黑死館的惡魔。

「不過，知道布勒埃是奧奇利悠派來的刺客後，我想有必要說明他的來歷。其實這是雙重的背叛。暗殺了對抗天主教徒、對猶太人相對仁慈的古斯塔夫，等於是同時對新教徒給與的恩惠，以及對自己種族的雙重背叛。儘管哈特的史書上沒有記載，但是普魯士腓特烈二世[40]的傳記作者達凡卻揭露了輕騎兵布勒埃其實是出生於普沃茨克[41]的波蘭籍猶太人，原本的姓名是魯利埃．克羅夫馬克．克里瓦夫！」

在這個瞬間，一切彷彿完全靜止。面具終於掉落，瘋狂戲碼也就此告終。法水不忘追求美感的調查方法，在這裡也以火術初期的宗教戰事將最終結局妝點得極盡華麗。可是檢察官臉上依然掛著半信半疑的表情，任由香菸掉落，茫然盯著法水的臉。法水則微笑翻開哈特史書，將其中一頁遞到檢察官面前。

古斯塔夫王死後，魏瑪大公威廉．恩斯特的先鋒步兵現身霍耶斯韋達[42]，這才了解其對西雷吉亞（Silesia）[43]具有野心。

[37] Berthold v. Waldstein。
[38] Pappenheim。
[39] 此句中之人物並未出現在原典中。
[40] Friedrich II，一七一二—一七八六年。
[41] Plock，波蘭中部馬佐夫舍省的一個鎮。
[42] Hoyerswerda，德國薩克森州的直轄市。
[43] 現波蘭東南至捷克東北之地區。

「支倉啊，魏瑪大公威廉・恩斯特其實是個非常諷刺可笑的怪物。但是對我的衝車來說，克里瓦夫築起的牆可不是什麼難攻不破的障礙。」

法水身後〈倫敦大火〉圖中的黑煙染成一片火紅，頭上正好頂著反射的陽光，他將兇手克里瓦夫放在俎上，試著逐步解析。

「一開始我從風俗人種學的觀點來觀察克里瓦夫。當然，不需要搬出以色列種族以色列・柯恩[44]或張伯倫[45]的著作，從那一頭紅髮、雀斑、鼻梁形狀等等，都明顯地呈現亞摩利猶太人（最接近歐洲人的猶太人標型）的特徵。不過，比起這些，更能確定的是他的猶太復國主義信條。猶太人經常將這種形狀用於袖釦或領帶別針上，不過克里瓦夫卻把大衛盾[46]的六角形，化為六瓣都鐸薔薇的胸飾。」

「但是這論點未免太過曖昧。」

檢察官滿臉不服地提出異議。

「我確實覺得自己好像在觀賞珍奇昆蟲標本，但是我希望你能對克里瓦夫個人具體情況再多做說明。我希望從你口中聽到那女人的心跳、聞到她的呼吸香氣。」

「那是白樺森林（哥斯塔夫・法爾該的詩）。」

法水隨口這麼說，再次輕巧地玩弄起曾經在三位外國人面前說過的那番妙論。

「首先，請你們先回想一下那張預言圖。我想你們也知道，克里瓦夫夫人的眼睛被面紗遮住。如果那張圖依照我的解釋確實是描繪特異體質的圖解，那麼上面所畫的屍體樣貌，必定就是克里瓦夫夫人最容易呈現的症狀。但是支倉，眼睛被蒙上而殺害，這乃是脊髓癆。而且，在第一期症狀還不明顯時，有可能持續十多年。不過，其中最顯著的應該就是朗柏格氏徵兆[47]了吧。也就是因為雙眼若蒙住、或者四周突然陷入黑暗時，讓全身失去重心，步履踉蹌。而那天半夜的走廊，就發生了這種情形。克里瓦夫夫人為了前往丹恩伯格夫人所在的房間，打開隔間門，進入前方走廊。你們也知道，走廊兩邊牆壁上挖有長方形的壁龕，裡面點著壁燈。為了不讓人發現自己，她先關掉了隔間門旁的開關。當然，在由亮轉暗的瞬間，她的身體出現了以往自己未曾注意到的朗柏格氏徵兆。數次踉蹌之後，長方形壁龕內壁燈的殘影也數次重疊在她的視網膜上。支倉，都已經說到這裡，我應該不需要繼續多言了吧。等到克里瓦夫夫人終於站穩時，她在眼前那片黑暗中看到了什麼？無數林立的壁燈殘影，就是法爾該詩中陰森的白樺森林。而且，克里瓦夫夫人自己也已經坦承此事。」

「別開玩笑，我不覺得你能讀懂那女人的腹語。」

熊城無力地丟掉香菸，顯露出內心的幻滅。而法水只是靜靜微笑地這麼說：

「熊城，或許那時候我真的什麼都沒聽到。因為我只專注地凝視著克里瓦夫夫人的雙手。」

「什麼？看那女人的手？」

這次輪到檢察官驚訝了。

「不過如果是與佛像有關的三十二相或密宗儀軌，我記得曾經在寂光庵（詳見作者前作《夢殿殺人事件》）聽你說過。」

㊹此為猶太人相當普遍的姓名，難以確認真實指稱對象，不過從上下文判斷可能為 Israel Cohen，一八七九—一九六一年，猶太復國主義者、作家。

㊺Houston Stewart Chamberlain，一八五五—一九二七年，德裔英國政治評論家、劇作家、種族主義者。

㊻Star of David，又稱六芒星、大衛之星、所羅門之星、希伯來之星等，為猶太文化的象徵。

㊼Romberg' sign，閉目後站立不穩，而睜眼時能保持穩定的站立姿勢。

「不，同樣是雕刻的手，我指的是羅丹《大教堂》㊽裡出現的手。」

法水不改他裝模作樣的態度，像踢毽子一樣不斷拋出令人驚奇的話語。

「當時，一聽到我說出『白樺森林』，克里瓦夫夫人便輕柔地合上雙手，放在桌上。這雖然不是密宗所謂淨三業印咒，至少也接近羅丹《大教堂》裡的動作。尤其是右手無名指的彎曲，形狀顯得非常不安定，我一直試圖觀察克里瓦夫夫人心理狀況的表徵，當我看到她這個動作，心中不覺奏起了凱歌。因為當賽雷那夫人說到「白樺森林」時，她動也未動的那雙手，在我緊接著說出下面『Ihm träumt' - er konnt's nicht sagen（他做了夢，卻無法說）』，顯露出代表『那男人』的意義時，很不可思議，她不安定的無名指開始產生奇怪的顫動，而克里瓦夫夫人的態度也瞬間驟變。可能是當時出現的幾種矛盾衝擊，都是法則無法控制的反轉吧。如果不是在從緊張狀態中獲得解脫，她為什麼沒能顯現當時激動的心情呢？」

說到這裡，法水暫時停下，打開窗鎖，待滿室瀰漫煙霧輕輕飄出後，他接著說道：

「但是，常人和神經異常者，在末梢神經呈現的心理表現，有時候會完全相反。比方說放任歇斯底里症狀發作而不管時，患者的手腳雖然會任意往各個方向伸展，如果讓患者特別注意某個部分，那個部分的運動就會完全停止。換句話說，克里瓦夫夫人身上所出現的現象正好相反，我想這個女人應該很努力地不想在行動上表現出其心中的恐懼吧。但是一聽到我說『他做了夢，卻無法說』，她的緊張頓時緩解，讓受壓抑的情緒釋放出來，因此才有餘力把注意力放在自己手掌。當然也正是因為如此，右手無名指才顯露出她內心的不安，進而產生那種奇異的顫動。支倉，那女人在無言中用自己一根手指自白了只在黑暗中看得見的白樺森林。在那隨著（白樺森林——他做了夢，卻無法說）逐漸下降的曲線中，一覽無遺地描繪出克里瓦夫夫人的心理變化。支倉，你曾經說，『別再搞那種戀愛詩人的吟唱』，其實那可不是遊戲，而是對心理學家閔斯特伯格、不，是哈佛大學實驗心理教室[49]做出的反駁。面對冷血罪犯，搬出那些誇張的電子儀器或記錄器，我想也一點效果都沒有吧。更別提萬一遇到像生理學家韋伯[50]那樣能自行停止心跳、像豐塔納[51]能自由收縮虹膜的人，機械性的心理實驗又能如何？但我只需要讓她動動手指，利用一句詩文來挖掘，並且誘導她用詩句說謊，就能暴露出兇手的心理現象。」

「什麼？用詩句說謊？」

熊城嚥下一口唾液追問，法水略略聳聳肩，抖掉菸灰。他的說明力道十足，令人幾乎要覺得這樁慘劇應該到此為止。他先指出猶太人特有的自衛性說謊習慣這個前提。從一開始米示拿律法[52]（十四卷猶太教義經典）中以色列王掃羅[53]的女兒米甲（注）[54]的故事開始，漸漸來到現代，說到在猶太人街內組織的長老組織（為了庇護同族罪犯，互相幫忙湮滅證據、做偽證的長老組織）。最後，法水斷定這是一種民族性。但接下來，他繼續揭露這種說謊習慣和風精的密切關係。

[48] 羅丹的雕刻作品 La Cathedral，雙手手腕由下往上交叉，指尖幾乎相碰觸。
[49] 閔斯特伯格曾應邀至哈佛大學任教。
[50] 可能為韋伯兄弟之一：Eduard Friedrich Wilhelm Weber，一八〇六—一八七一年，以研究神經系統著稱；Ernst Heinrich Weber，一七九五—一八七八年，解剖學家、生理學家。
[51] Felice Fontana，一七三〇—一八〇五年，義大利物理學家、解剖學家、毒物學家。
[52] Mishneh Torah。
[53] Saul，《舊約聖經．撒母耳記》中出現，西元前十世紀左右的以色列王國首位國王。
[54] Michal。

（注）以色列王掃羅的女兒米甲知道父親打算殺害丈夫大衛，於是用計讓大衛逃走，等到事跡敗露，她謊稱：「大衛說如果我不讓他逃走就要殺我，我心裡害怕才讓他逃走。」最後掃羅女兒的罪獲得赦免。

「正因如此，猶太人認為這是一種宗教性的默許，必須要原諒為了自我防衛所需的謊言。但我並不是因為這樣就想藉此論斷克里瓦夫夫人。我只是向來輕蔑所謂的統計數字。不過，那女人捏造了一段虛構故事、聲稱一個她實際上並沒有看到的人侵入臥室。唯有這一點確實不假。」

「喔，你說這是謊言。」

檢察官挑著眉大叫。

「看來你又是在某場宗教會議中知道這件事的？」

「為何要說得如此情緒化呢？」

法水加重語氣回應。

「法律心理學家史托爾[55]有一本著作叫《證詞心理學》[56]。但是在書中布列斯勞大學[57]的教授對預審法官提出以下的警語。『注意偵訊中的遣詞用字。一個優秀的智慧型罪犯可以當場從你說的話中綜合每個單字，巧妙編造出一段虛假故事』。所以當時我試著想反向利用那種分子性的聯想與結合力，嘗試問了雷維斯關於風精的問題。因為我之前在圖書室調查時，發現最近有人閱讀了波普、法爾該、雷瑙等人的詩集。也就是說，波普的《秀髮劫》中，有著最適合編造虛妄風精故事的內容。當然，我尋求的是兇手的天賦。我把其中關於風精的印象網羅集中，再映照出觀照之姿，也就是那虛幻的世界。因為我認為那瘋狂的詩人不可能滿足於只描繪一個回憶畫面。我乾嚥了一口口水。終於從克里瓦夫夫人極端陰險殘酷的陳述中，掌握了兇手的身影。」

法水臉上浮現出疲勞，似乎回想起當時的亢奮。不過，他還是繼續往下說，終於將分析的手術刀指向證明克里瓦夫夫人為兇手的《秀髮劫》中一文。

「其實答案很簡單。在《秀髮劫》第二節，出現了風精手下的四個小妖精。第一個叫 Crispissa，也就是梳髮的妖精，這相當於那個綁住抓住克里瓦夫夫人頭髮的怪異男人。接著是 Zephyretta，也就是輕吹過的風，這出現在男人往房門方向離開的記載中部分。第三個是 Momentilla，這是指不斷在動的東西，剛好等於夫人睜開眼後想看的枕畔時鐘。最後的 Brilliante，也就是燦爛耀眼的東西，這是指克里瓦夫夫人形容怪異男人時，說他眼睛像珍珠般閃耀的部分。但這句話還有一種解讀方法，如果知道在古語中珍珠用來形容白內障，那麼這似也暗示著早因右眼白內障而離開舞台的押鐘津多子夫人。不過，無論如何，還有另一個事實能夠更加明確確認克里瓦夫夫人的心像。那就是以上四個已知事實，都導向同樣一點……夫人特有的病理現象，也就是脊髓癆症。當時克里瓦夫夫人說，她覺得醒來時好像有人扯住她胸口兩端的睡衣。可是如果考慮到這種病特有的輪狀感覺（覺得胸部似有輪狀物體纏繞感覺的症狀），就不禁懷疑這種裝飾性的敘述，可能出於她日常經驗中的感覺。我相信，這就是她堆砌謊言的基礎恆數。」

㊺ Adolf Stöhr，一八五五—一九二一年。

㊻ "*Psychologie der Aussage*"。

㊼ Universiät Breslau，位於波蘭，今弗羅茨瓦夫大學之前身。

熊城陷入了凝重的沉思，他抽著菸，但接下來望向法水的眼神裡，卻浮現了強烈責難，但他嘴上卻難得冷靜地說道：

「原來如此，你的論點我了解了。不過我們最需要的就是完整的刑法意義，哪怕只有一個也好。也就是說，比起天狼星的最大視差，我們更需要構成物質的內容。換句話說，我希望你能對每一個犯罪現象都做出分析。」

「好吧……」

法水滿意地點點頭，從辦公桌抽屜取出一張照片。

「看來只好拿出這張最後王牌了。這張照片是排鐘室上方的十二宮圓花窗，我看了一眼就發現到，這跟棺材上的十字架一樣，同樣是設計師克勞德．戴克斯比留下的暗號。因為依照常理，圓的中心會是在春分點牡羊宮，但在這裡的中心點卻是魔羯宮。另外，那些縱橫交錯的曲折空隙，除了緩和排鐘餘響的作用外，應該還有其某些意義。但是熊城，所謂黃道十二宮本來就是自古常見的迷信產物。首先，這並不是一種文字暗號，所以沒有提供我們發現重要關鍵字的資料。不過我並不是蘭吉[58]（與馬克白、吉維爾修[59]等人並稱的解碼專家，於一九一八年發表 *Cryptographie*[60]一書）。我認為「假設」這個慣用語，對解讀專家而言就等於金科玉律。因為黃道十二宮雖然有（處女座）或（獅子座）等特有符號，我卻把猶太釋義法套用在當中。過去甚至曾經有過一段史實，一八八一年屠殺猶太人時，有波蘭格羅濟斯克鎮[61]的猶太人以光線照射黃道十二宮，通知鄰鎮情況危急……，另外，在比克斯托夫（約翰．布克史托夫，一五六四—一六二九，瑞士巴塞爾人。與其子皆是偉大的希伯來學者）的《希伯來語略解》中，包括了 Athbash 法、Albam 法、Atbakh 法（Athbash 法：以希伯來字母的最後一個字母ת代替第一個字母א，倒數第二個ש代替第二個ב，依此類推的記號方法；Albam 法：將希伯來字母區分為兩部分，以後半部第一個字母ל代替前半部第一個字母א，兩部分字母互換；Atbakh 法：將各個字母依其順序置換的方法），以及關於天文算數有關的數理釋義。另外，古希伯來天文學家也留下用希伯來字母代替獅子座大鐮刀或處女座Y字型等紀錄。當然，其中也有些成為現在英文字母的語源。但如果考慮到整個黃道十二宮，沒有這類形體符號的有四個，這讓我遇上意外的障礙。可是回顧歷史上的猶太式祕記法，到了十六世紀，卻發現在猶太工會組織和共濟會（此名稱雖眾所周知，但該結社本質為祕密會議，但從美生教堂地板上塗滿了「大衛盾」，這也成了尺和羅盤上的記號母體，此外裝飾死亡通知欄的八星形也用於猶太教堂的彩繪玻璃上，由此可知，這確實是個猶太團體組織）的密碼方法中，有彌補這些欠缺的部分。熊城，最令人驚訝的是在這黃道十二宮中包含了所有猶太暗號史。如此一來，那位謎樣人物克勞德·戴克斯比無疑定是出生於威爾斯的猶太人。換句話說，這樁事件跨越了表裡兩個世界，出現了兩個猶太人。」

接下來，法水用每個星座形狀比對希伯來字母，開始解讀十二宮。也就是人馬座的弓為ע、天蠍座為ס，處女座的Y字形是ר，獅子座的大鐮形是ו，雙子座的搭肩雙胞胎為ח，當然金牛座如同其主星畢宿五的希伯來名稱「神之眼」，成為第一個字母ז。接下來，雙魚座是迦勒底象形文字魚形的

---

⑤⑧André Langie，一八七一—一九六一年。
⑤⑨Marcel Givierge，一八七一—一九三一年。
⑥⓪法文原書名為"De la Cryptographie, étude sur les écritures secrètes"。
⑥①Grodzisk。

語源ר。最後是水瓶座的水瓶形狀ק，如此終於完成了所有形體的解讀。接著再把這八個希伯來字母轉換為以其為語源的現代英文字母（以下依照上述順序），也就是（S. L. Aa. I. H. A. N. T.），而黃道十二宮中還留有魔羯座、天秤座、巨蟹座、牡羊座等四個星座。法水在上面填入了共濟會字母。

由此看來，魔羯座的L形為B、天秤座的ם形是D、巨蟹座的ט形是R、牡羊座的ו形是E。接著法水再利用共濟會密碼另一種交錯線法（交錯線法。始於雅典戰術家埃涅阿斯[62]在其著作《Poliorcetes》第三十一章中的記載。在方格紙上任意排列字母，傳給己方陣營。連接曲折交錯連線的字母，即為通訊內容），從魔羯宮的B開始，循線狀空隙前進。這麼一來終於釐清混亂，整理出這些祕密字母順序。檢察官和熊城彷彿突然在迷宮另一端的黑暗中發現一絲光明。而且那道光明一定可以顛覆在這次事件中出現的太多不合理犯罪事實。透過法水令人震驚的分析，或許黑死館殺人事件終於能進入原以為無望的落幕了。因為最後的解答是Behind stairs，也就是「大樓梯後」。解讀結束，法水靜靜地開口：

「我思考過『大樓梯後』的意義，不過我想應該沒有懷疑的餘地。那裡只有放置泰芮絲人偶的房間和與其相鄰的小房間。而且，我想解答可能只是大時代的祕密築城——暗門、密道。哈哈哈哈，戴克斯比為什麼在黃道十二宮中留下暗號，其實根本不重要了。我們現在趕快前往黑死館，提出克里瓦夫夫人的佐證吧。」

法水在菸灰缸裡捻熄了菸屁股，檢察官像少女漲紅了臉，對法水說：

「啊，今天的你就好比羅巴切夫斯基[63]（非歐幾何[64]的創始者），竟然真的計算出天狼星的最大視差！」

「要說功勞，應該要歸功於史尼茲勒[65]身上。」

法水故作誇張地表示。

「不在場證明、蒐證、檢驗——自維也納第四學派以後的調查法，這些不再具有意義。重要的是心理分析。重點只有兩個：尋找兇手神經病性質的天性，以及將其瘋狂世界當作一面反映心理的鏡子來觀察。支倉，心理現象就像一個極為廣闊的國度。『其中有混沌，也有些微人造的景象』。」

他即興吟出這稍稍改編的史尼茲勒詩句，然後打了個大呵欠，站起來。

「熊城，去掀開最後一幕的帷幔吧。我想，下一幕就是我的加冕儀式了。」

但就在此時，喝采聲從意外的地方傳來。電話鈴聲驟然響起，從這個瞬間起事態急轉直下。法水透過超乎尋常的分析，將案情歸結於克里瓦夫夫人身上，不過現在這些分析對於這場無止境的恐怖悲劇，只淪為一場串場鬧劇。法水靜靜放回話筒，幾乎面無血色地看著兩人，以難以言喻的悲痛語氣說道。

「我雖然不是士萊馬赫[66]，卻是熱切地追求痛苦，這簡直是一場鮮血淋漓的鬧劇！為什麼偏偏是克里瓦夫夫人遭人狙擊呢。」

[62] Aeneas Tacticus，古希臘戰術家、作家，約活動於西元前四世紀左右。
[63] Nikolai Ivanovich Lobachevsky，一七九二—一八五六年，俄羅斯數學家。
[64] Non-Euclidean geometry。
[65] Arthur Schnitzler，一八六二—一九三一年，奧地利醫生、小說家、劇作家。
[66] Friedrich Ernst Daniel Schleiermacher，一七六八—一八三四年，德國神學家、哲學家。

法水空洞的視線望向那幅陽光漸弱、逐漸昏暗的大火圖。那樣子好像正在眺望自己建立起的雄偉知識高塔輕易崩潰的慘狀。法水嘗到歷史性的敗北——或許這才是搜查史上空前的偉大壯觀吧！

二、飄浮在半空中……喪命

就在法水試圖將克里瓦夫夫人套用於「猶太人屠殺」，努力解讀黃道十二宮暗號時。也不知道兇手如何突破由便衣刑警組成的滴水不漏層層包圍網進入黑死館，再次發生了世上罕見宛如幻術的慘劇。案發時刻是兩點四十分，被害人克里瓦夫夫人在面對前院的本館中央，也就是尖塔正下方的二樓武器室內，沐浴在午後陽光中倚在窗邊石桌閱讀。這時身後突然有人以利用裝飾品之一的火箭弩射擊，所幸箭只穿過她的毛髮、稍稍掠過頭部。不過猛烈的推進力瞬間將她吊在空中，命中正前方的百葉窗門，她也因著這力道像毽子般被拋向窗外。不過那根刺叉形的鬼箭牢牢釘在門框之間，再加上她的頭髮纏上箭翎，糾結難分，所以克里瓦夫夫人的身體就被這枝箭弩吊在半空中，而且還在空中宛如陀螺般不斷旋轉。這一幕可說是繼丹恩伯格夫人、易介之後的血腥童話景象。兇手驅使那深不可測的妖術魔法，像操控人偶般地玩弄著克里瓦夫夫人，再次搬演出一場五彩絢爛、超越理法和感官的神話劇。光是看到克里瓦夫夫人那一頭紅髮在陽光下不停打轉，就好比看到一只火焰陀螺，又像是發怒的戈爾貢（蛇髮女妖梅杜莎三姊妹）頭髮般，極端悽慘可怕。當時如果克里瓦夫夫人沒有拚命單手抓住窗框，或許不久之後箭翎萎軟、箭鏃鬆脫，她一定會摔落三丈下的地面，粉身碎骨。慘叫聲傳出後，馬上有人將克里瓦夫夫人拉起救下，但她的頭髮幾乎完全被扯光，還因為髮根出血，讓昏迷不醒的她臉上流滿鮮血，幾乎看不清本來面貌。

慘事發生後僅僅過了三十五分鐘，法水一行人便抵達了黑死館。一進入宅邸中，法水先到克里瓦夫夫人的床邊探望。此時剛好醫師已經讓她恢復意識，才得已斷斷續續聽到上述來龍去脈。但是在無法捉摸的另一端，兇手手中卻握有超乎於此的真相。克里瓦夫夫人說，當時自己面對窗戶、椅背朝著房門，因此並沒有看到身後人物的長相，同時進入房間的左右走廊上雖然各有一位便衣刑警在轉角處監視，但兩人均表示沒看到任何人出入。換句話說，這間房間幾乎等同密室，只要是一個具備形體的生物，絕不可能避開刑警耳目進出此地。法水偵訊過後走出克里瓦夫夫人的病房，立刻前往檢查案發的武器室。

從正面看去，武器室位於本館的正中央，挾於兩道凸窗之間，這房中的兩扇玻璃窗與其他房間的窗戶不同，為十八世紀末期的上下兩層樣式。另外，室內採用北方哥德式玄武岩堆疊成的疊石樣式，四周則用大小約一人環抱的方石砌成，形成昏暗、粗暴、朦朧，類似狄奧多里克王朝①的厚重建築風格。室內除了陳列品之外，只有一張巨大石桌和一把無頂高靠背椅。四周牆上裝飾的各時代古代武器，更將這種陰沉氣氛襯托得更加森嚴。其中雖然沒有堪稱上古時代的武器，卻可以看到莫加頓戰役②時使用的小型放射式投石器、屯田軍必備的攻城梯、類似中國元朝火攻器械的大型戰機，甚至手炮用鞍形盾等十二、三種盾類、狄奧多里克鐵鞭③、亞拉岡時代④的戰錘、日爾曼鍊枷、諾爾曼長刃槍，一直到各種矛槍等十多種長短直叉混雜的槍戟。此外還有各個年代的步兵用戰斧以及西洋劍，甚至還有勃根第鐮刀和札巴根劍等珍奇武器。同時，到處陳列著納沙泰爾⑤式盔甲或馬克西米連式[6]、法爾尼斯式、巴亞爾式[7]等中世紀盔甲，槍炮方面則只有兩、三種早期的手炮。不過在巡視這些陳列品之時，法水一定很懊悔沒把他珍藏的格羅斯[8]《古代兵器書》帶來。只見他時而嘆息、時而瞇眼，貼近端詳各處細節雕刻和圖紋，足見這些武器變遷的魅力，幾乎讓他暫時忘了自己的職責，恍惚沉醉其中。

不過，繞了室內一圈，他終於走到裝飾著水牛角和海豹的維京海盜樣式盔甲前，這時他將原本注視著旁邊牆壁不協調空間的視線拉回，撿起前方地板上的一把火箭弩。那是一把全長有三尺的芬蘭式火箭弩，可以發射攜帶火藥的鬼箭射入敵營，是一種兼具殺傷和燒毀威力的殘忍武器。說到其構造，就是把附在弓型上絞索箭弦拉到中央把手處，發射時將把手橫向傾倒，與初期火炮的上捲式相比構造相當簡陋，大概是十三世紀左右的產物吧。而這具火箭弩發射出的鬼箭，正扮演著左右克里瓦夫夫人生死的重要角色。但是掛著這具火箭弩的牆面位置正好在法水的胸部下方附近。同時，

①Theodoric。
②Battle of Morgarten，一三一五年瑞士以寡擊眾大勝奧地利的哈布斯堡軍隊，雙方最後談判達成停戰和平，瑞士得以確認在神聖羅馬帝國內的自由和獨立地位。
③Theodosius。羅馬皇帝曾有過狄奧多里克一世（三四七—三九五）、東羅馬皇帝狄奧多里克二世（四〇一—四五〇），以及狄奧多里克三世（年代不詳），但查無與鐵鞭之相關記載。
④Reino de Aragón，一〇三五—一七〇七年時伊比利半島東北部亞拉岡地區的封建王國。
⑤Neuchâtel，位於瑞士西部的州。
⑥神聖羅馬帝國皇帝馬克西米連一世（Maximilian I，一四五九—一五一九）命人開發之款式，特徵為表面的多條開槽和鏤刻線。
⑦Chevalier bayard，一四七三—一五二四年，中世紀傳奇騎士。
⑧Francis Grose，一七三一—一七九一年。

熊城取來放在石桌上的鬼箭一看，其箭柄約兩公分多長，箭鏃為青銅四叉形狀，再加上那用鸛鳥羽毛製成的箭翎，外觀上已經極盡強韌兇暴，確實充分具備吊著克里瓦夫夫人猛烈前進的力道。不僅如此，儘管箭弩和箭矢上都沒有指紋或者手指碰觸的痕跡，不過熊城首先懷疑的自然發射論，打從一開始就並無絲毫可能。因為直到事發之前，這具火箭弩上搭著箭、箭鏃朝著窗戶擺放，而這些操作女性也不見得辦不到。熊城先從當時半開的百葉窗用手指拉了一條直線比畫到此牆面。

「法水，高度剛好符合。不過到百葉窗的角度至少差了二十五度以上。如果因為某些原因導致自然發射，一定會跟牆面平行、撞到角落的騎馬盔甲才對。我想兇手一定是採蹲姿拉弓。」

「可是兇手並沒有命中目標。這是我覺得最不可思議的一點。」

法水啃著指甲，一臉不解地低喃。

「第一，這距離很近，再加上箭弩上有準星。當時克里瓦夫夫人背朝著門，只有頭露出椅背。想瞄準她頭部簡直比威廉·泰爾⑨用蟲針刺蘋果更容易。」

「那麼你有什麼看法？」

檢察官原本抱著期待檢視著周圍積石，企圖從灰泥縫隙找出破綻，但卻一無所獲地回來，尖銳地質問法水。法水突然走到窗邊，指著窗外前方的噴泉。

「我想問題就在那座驚駭噴泉上。那座噴泉固然是巴洛克時代盛行的低俗品味之產物，不過噴泉原理利用了水壓，一旦有人接近到一定距離，旁邊的雕像群就會突然噴出水煙。仔細看看窗玻璃，上面還留有清楚的水沫痕跡。這麼說來一定是在極近期內接近過噴泉、留下被水煙噴濺的痕跡。當然，如果只是這樣還不足以懷疑。但是今天連一絲微風都沒有。這不禁令人懷疑，水沫從何而來。

支倉，這實在是個有趣的問題。」

話還沒說完，法水臉上籠上一層陰影，他敏感地眨動雙眼。

「總之，依照萊比錫派的說法，大概就是所謂『今天的犯罪狀態極端單純』吧。有人神不知鬼不覺地潛入，攻擊那紅髮猶太婦人的後腦。在射偏的同時那人消失無蹤。當然，對於這神祕的潛入，那句 Behind stairs（大樓梯後）依然讓人抱有一絲希望。不過，假如我的預感沒有錯，就算解決眼前這些現象，這一連串事件往後將會因為今日一事更加混沌。換個故弄玄虛的說法，那水煙就等於是讓水精取代了火精，而且還沒有命中。」

「又是哈茨山[10]的神怪之說？你是認真的嗎？」

檢察官緊咬著菸屁股出言責難。法水的指尖神經質地動了動，敲打著窗框。

「當然是認真的。那位可愛的淘氣鬼有漸漸忽視預言圖啟示行動的傾向。也就是說，他正在玩弄黑死館殺人事件的根本教條。『嘉莉瓦妲倒立後被殺』。以伸子昏迷的型態實現。之後應該被蒙上眼睛殺害的克里瓦夫夫人卻差點飄浮在半空中遇害。當時從驚駭噴泉高高噴出的水煙，是由某雙看不見的手所引導，出人意表地飄入這房間窗戶裡。支倉啊，你懂嗎？這就是這樁事件中的惡魔學。這些病態又公式化的符號，怎麼可能如此湊巧聚集？」

這詭異的事件的確足以讓檢察官寫入他先前製作的疑問一覽表中，就像一堵與本體相隔、難以

⑨瑞士傳說中箭術高超的英雄。
⑩Harz Mountains，位於德國中北部，傳說是當時巫婆聚會之處。

捉摸的磅礴迷霧。但是經過法水這樣明白點出，才讓人覺得在這當中猶如瘴氣般隱然浮動的氣息，遠比事件中的犯罪現象更加令人戰慄。此時房門打開，賽雷那夫人和雷維斯在便衣刑警的保護下進來。不過才剛進門，看來性格溫和的賽雷那夫人瞥了一眼三人沉鬱的樣子，還沒打過招呼，便單手撐在石桌上，粗聲憤然說道：

「你們還是老樣子，在這裡優雅團聚呢。法水先生，您調查過那個兇惡人偶操弄人津多子了嗎？」

「什麼？押鐘津多子？」

法水聽了似乎也有點驚訝。

「這麼說，您覺得她想殺害你們嘍？不，如果她有意行兇，中間還有一層終究無法破壞的障礙。」

說到這裡，雷維斯打斷法水。他還是一樣不住搓著雙手，語帶阿諛、遲鈍溫吞地開口：

「可是法水先生，所謂障礙只是我們心理上的障礙。我想您可能也聽說了，那個女人明明已經出嫁、也有自己的家，卻從大約一個月之前就住在這裡不走。假如沒有理由，她為什麼要離家……不過這當然只是我孩子氣的想像罷了。」

法水沒等他說完就打斷。

「不，重點就在這孩子氣。您想想，在人生當中，還有比孩提時更殘虐的時期嗎？」

他露骨地挖苦了雷維斯一番。

「對了雷維斯先生，還記得我曾經問您雷瑙的《秋之心》中『的確存在著薔薇，附近鳥啼聲消失』

這件事嗎？哈哈哈哈。不過我想提醒您，接下來，就輪到你被殺了。」

法水這話好比在預言，這些聽來讓人不舒服的詭異話語中，又似乎藏著法水一貫的反諷。聽到這些話，雷維斯臉上瞬間呈現反射性的痛苦，但是他倒嚥了一口唾液，又立刻恢復原本的神色回答：

「確實如此。摸不清真相逐漸進逼的氣息，遠比光明正大的威脅更可怕，不過導致我們將臥室房門上鎖、戒備如要塞般森嚴的原因，也不是最近才出現。其實以前就已經發生過與神意審判會那天一樣的事。」

雷維斯緊繃著臉，似乎已經忘記幾秒鐘前和法水之間那齣無言默劇，開始敘述：

「當時博士死後沒過多久，時間是去年五月初，那天晚上我們在禮拜堂練習海頓[11]的G小調四重奏。不過隨著曲子的進行，格蕾特女士突然發出小小的叫聲，同時她右手的琴弓掉到地上，左手也漸漸無力下垂，只是凝然注視著打開的房門。當然，我們其他三人發現後也都停止演奏。這時，格蕾特女士左手倒拿著小提琴指向房門，叫道：『津多子夫人，站在那裡的是誰？』果然，津多子夫人雖然從門外現身，但是她一臉莫名其妙地回答：『沒有啊，什麼人也沒有。』您知道聽了她的回答格蕾特女士說什麼嗎？她粗聲大叫，那聲音連我們聽了都覺得血液瞬間凝結。她尖叫道：『算哲老爺明明就站在那裡！』」

他敘述這些事時全身嚇得癱軟無力，賽雷那夫人則在一旁緊抓住雷維斯的手臂。雷維斯也憐惜地扶住她的肩頭，同時那望向法水的眼神，似是在嘲笑他不知祕密之深奧。

[11] Franz Joseph Haydn，一七三二―一八〇九年，奧地利作曲家。被譽為交響樂之父和弦樂四重奏之父。

「當然，我們相信神意審判會的事件就是這個問題的解答。不，其實我們本來跟精神主義無緣，我們也向來認為會出現任何怪力亂神的巧合，其中一定存在某些老套公式。法水先生，您所尋找的玫瑰騎士⑫與這兩次奇異現象都出奇地吻合。無須多言，除了津多子再也不可能有別人。」

這段期間法水只是沉默地盯著地面，但他彷彿已經預見到某件事的可能性，透出虛弱的嘆息聲。接著他再次說道：

「總之，今後我會命人加強你們的安全警備。還有，我要再次對詢問你《秋之心》這件事誠摯致歉。」

法水再次說出這番旁人難以理解的奇言後，又將問題轉向例行公事的方向。

「對了，今天事件發生時，兩位人在哪裡？」

「我在自己房裡，幫喬康達（聖伯納犬的名字）洗澡。」

賽雷那夫人毫不猶豫地回答，然後轉頭看著雷維斯。

「我記得奧托卡爾先生（雷維斯的名字）當時應是在驚駭噴泉旁邊對吧。」

這時雷維斯臉上出現明顯的狼狽，但是他馬上以尖銳破嗓的不自然笑聲掩飾。

「嘉莉瓦妲小姐，如果箭鏃和箭翎方向相反，箭弩的弓弦應該會斷掉吧。」

兩人接下來又嘍唆地描述許多針對津多子的嚴厲批評後才離開房間。兩人身影消失在門外時，便衣刑警接著進房，說明旗太郎等人的不在場證明。根據調查，已經證明旗太郎與久我鎮子人在圖書室，身體已經恢復的押鐘津多子在樓下大廳，不過很奇怪地，只有伸子行蹤不明，沒有任何人看見過她。聽完該便衣刑警的調查說明，法水浮現複雜的表情，說出今天第三次奇言妙語：

「支倉，我總覺得雷維斯激昂的態度裡，交雜著某種堅持。那男人的心理實在很複雜。或許是出於想保護某個人的騎士精神吧，也可能那種深刻的精神糾葛已經讓那男人跨入了瘋狂境界。但是在我眼中更清晰的，卻是那男人坐在運屍車上的樣子啊。」

法水對雷維斯看似正常的舉止做出這番異樣的解釋後，接著將視線移到噴泉的雕像群上，這時他慌張地收回正拿出來的香菸。

「那接下來去調查驚駭噴泉吧。我不認為雷維斯是兇手，不過今天事件的主角，絕對是他。」

驚駭噴泉的頂上裝飾著黃銅製的帕納塞斯群像，水盤四周有踏腳石，一有人踩在石上，就會從雕像頭上朝不同方向高高噴出四道水柱。法水已經查到這噴水大約會持續十秒鐘。不過踏腳石上可以看到溶霜泥土留下的鮮明鞋印，根據這些鞋印可以知道雷維斯循著極複雜的路線走動，而且每條路線都只走過一次。他先從本館走來，踩上正面踏腳石，接著踩上對面踏腳石，第三次是其右邊的踏腳石，最後踩上左邊踏腳石才告終。可是如此複雜的行動到底有何意義，當時連法水都摸不著頭緒。

接著法水回到本館，在前天當作偵訊室使用的那間未開放的房間，也就是丹恩伯格夫人陳屍的房間，首先傳喚了伸子。在她還沒來之前，莫名吸引了法水注意，讓他產生事後才覺得有跡可循的異樣預感的，就是那座數十年來君臨這個房間、幾度被鎖上又開啟，多次目睹流血慘事的床鋪。他只是從帷幔外探頭窺探，就不自由主地當場楞住。因為他感到一股不可思議的衝動，這是上次完全

⑫歌劇《玫瑰騎士》（*Der Rosenkavalier*）中，負責持銀玫瑰向貴族提親的青年騎士。

沒有過的感覺。只因為少了屍體，由帷幔圍住的這塊區域裡，竟充滿如此異樣的生氣。或許是因為屍體不在，整體構圖也隨之改變，看著純粹的角與角、線與線的交錯，才產生了這種心理影響吧。

不過又好像有點不一樣，儘管同樣冰冷，卻如同碰觸到活魚皮一樣，彷彿可以從這附近的空氣裡聽見輕微的悸動聲，換句話說，好像能夠深刻感受到能操縱生體組織的奇妙力量。但是等檢察官與熊城進來以後，法水的幻想立刻煙消雲散。他再次覺得大概是受到構圖影響。法水從沒像此時如此仔細觀察過床鋪。

在支撐天篷的四根柱子上有著松果形狀的頂花雕刻，下方全都是有明顯刀痕的十五世紀威尼斯的黃金龍船[13]浮雕。船舳中央是逆風展翅的無頭「布蘭登堡鷹鷲[14]」。這種乍看之下猶如史書圖紋的奇妙搭配，就是裝飾這桃花心木床的構圖。當法水終於將視線移開斷頸鷹鷲浮雕時，門把傳來輕輕轉動的聲音，被傳喚的紙谷伸子走了進來。

⑬ Bucintoro，一種國家典禮用的龍形黃金船。
⑭ 鷹為布蘭登堡邊境公爵之象徵。

算哲埋葬之夜

第六篇

一、那隻候鳥……一分為二的彩虹

紙谷伸子的出場——這可說是本次事件的最高潮。同時，這也是區隔妖異世界與人類世界的最後一道界線。因為結束了最後一位克里瓦夫夫人的篩檢後，事件相關人物中只剩下伸子這最後一線希望了。而且，之前她在排鐘所扮演的角色，絕非曖昧模糊的人類表情。無論用任何詭異規律，都無從規範……換句話說，這絕對是最能強烈表現殺人兇手真實面貌的戲劇面具。因此，假如法水不能趁著偵訊伸子的機會給事件帶來轉機，或許整個事件的最後一幕，就要由兇手拉下那黑暗兇惡的大幕了吧。假如是這樣，勢必不得不承認那貫穿整樁事件犯罪現象的怪物，也就是儘管知道所有事件經過演變都明顯朝此收束卻連法水都無力防止的魔靈超自然力量。因此，當伸子蒼白臉孔從門後出現時，室內空氣也立即呈現非比尋常的緊繃。即使是法水也莫名湧起一股無法壓抑的神經性衝動。他感到一股彷彿全身被冰冷手指抓撓般的焦慮，卻無從排解。

伸子的年紀大概約二十三、四吧，她的身材屬於較有彈性的肥胖，不管臉型或身材曲線的輪廓，都很像佛蘭德畫派[1]筆下的女人。不過她的臉卻有著日本人罕見的細緻陰影，忠實反映出她內在的深沉。不僅如此，最讓人印象深刻的，是她那對圓滾滾有如葡萄般的雙瞳。這對眼睛以羚羊般的敏捷迸發出睿智的熱情，但其中也散發著隱藏於她精神世界中的異樣病態光芒。整體看來，她並沒有黑死館人特有那種陰暗優柔的性質。但可能因為連續三天不斷與絕望陷入慘烈苦惱的緣故，現在的她顯得相當憔悴。她好像連走路的力氣都沒有，呼吸彷彿喘息般地激烈，從三人的座位都可清楚看到她鎖骨與咽喉軟骨急促上下起伏的樣子。不過搖搖晃晃走來就座後，她閉上雙眼像是想鎮定亢奮情緒，雙手在胸前緊抱，許久凝然不動。黑底對襟衣服上明顯襯出的白茅圖案，茅尾部分正好像磔刑槍形狀一樣抵住她脖子。這偶然形成的異樣構圖，巧妙地醞釀出中世紀的審問氣氛，並且像漩渦一般逐漸往這間被櫟樹和方石包圍的沉鬱死寂房間四周波及擴散。法水正微微張開嘴想打破沉默，伸子大概是打算搶得先機，她突然睜大雙眼，兀然開口說道：

「我要自白！我在排鐘室昏迷不醒時手裡握著短刀，而且在易介遇害時刻前後還有今天克里瓦夫夫人出事時，都只有我一個人沒有不在場證明。不、其實打從一開始，我就被安排在事件的終點。所以不管在這裡持續多少次無意義的問答，結果都無法改變我身處的局面。」

伸子中途頓了好幾次，用力深呼吸後繼續往下說：

「再說我還有特殊的精神障礙，偶爾會出現歇斯底里症狀。難道不是嗎？我聽久我鎮子小姐說，犯罪精神病理學家克拉夫特埃賓[②]引用尼采的話，強調天才的悖德掠奪性。整個中世紀最高的人性特徵，就是產生幻覺，換句話說，就是具有深度精神擾亂能力。哈哈哈哈！真相就是這樣。一切條件

①Flanders，古代的尼德蘭地區，相當於現在的比利時、盧森堡和法國東北部地區。在此指活躍於十五到十七世紀的當地畫家。
②Richard Freiherr von Krafft-Ebing，一八四〇—一九〇二年，德國奧地利的醫學家、精神科醫生。

齊備，真相明白至極，我已經厭倦繼續堅持自己不是兇手了。」

這聲音聽起來不太像是她的。她呈現出自暴自棄的態度。但其中又有點像小孩子在示威，讓人清楚看到一種想從絕望中掙扎出來的淒厲努力。說完這些話後，她全身緊繃的韌帶好像頓時鬆弛，臉上驟現疲憊困倦的神色。法水輕聲問道：

「不，我想妳很快就不需要這身喪服了。只要妳願意說出在排鐘室看到的人物是誰。」

「那麼……那會是誰呢？」

伸子重複著他的問題，一臉茫然。但她接下來的神情與其說是疑惑詫異，更像是受到某種潛在可怕意識的唆使。不過性急的熊城早已沉不住氣，馬上提出她在朦朧狀態下親筆簽名一事（有格登堡事件為先例的潛在意識簽名）。簡短說明之後，他厲聲要求伸子說明。

「妳聽好了，我們想知道的只有這一點。就算不願意定妳的罪，如果無法逆轉結論也不得不這麼做。總之重點只有這兩個，除此之外無須多問。這對妳來說可是決定人生的重大關鍵。別忘了我的重大警告……」

熊城表情沉痛，焦急地警告後，檢察官也緊接在後訓示。

「在那種情況下不管任何天生說謊成性的人，我們也都無法排除。因為儘管是這種人，在那個瞬間精神上也是完全健康的。請告訴我們那個X的真面目吧！是降矢木旗太郎嗎……？究竟是誰？」

「降矢木……這……」

伸子幽幽低聲說著，臉色漸形蒼白。就好像靈魂深處正有兩股力量在纏鬥一樣，從旁看了都覺得一定是場苦戰。不過在她吞嚥了五六次口水後，好像閃過一絲理智，伸子用強烈顫抖的聲音說道：

「啊，原來你們想找那個人啊。如果是這樣，琴鍵那裡的內凹天花板上垂掛著冬眠的蝙蝠。我知道有一、兩隻大白蛾還活著。如果你們了解冬眠動物的趨光性……。只要用光線照射，那些動物就會轉過來，說出一切。難道你們覺得，依照這樁事件的公式，那人應該是算哲老爺？」

伸子展現出毅然決心。彷彿不惜犧牲性命也要對某個事實守口如瓶。但是等她說完這些話，不知為什麼她突然全身僵硬，似乎覺得會聽到什麼可怕的話語。或許連她自己聽到自己這番極盡嘲諷的話，也忍不住想要掩耳吧。熊城緊咬著唇，惡狠狠地盯著對方，不過這時法水眼裡卻浮現怪異的光采，他交抱的雙臂穩穩放在桌上。接著提出一個極其古怪的問題。

「啊，算哲……那兇兆之鋤——所謂的黑桃國王嗎？」

「不，算哲老爺應該是紅心國王。」

伸子反射性地回答後，重重嘆了口氣。

「原來如此，紅心應該代表著愛撫與信任吧。」

這個瞬間，法水的眼睛敏銳地眨了眨。

「對了，妳剛剛說會告密的蝙蝠，牠到底在哪一邊呢？」

「從琴鍵中央看去，正好在正上方。」

伸子毫不猶豫，以極自制的聲音回答。

「但是旁邊有牠們最喜歡的蛾。不過只要蛾始終保持沉默，就算再殘忍的蝙蝠，應該也不會隨意傷害牠吧。然而，寓言總是和現實相反。」

「好了，妳等改天到牢房裡，再慢慢做這種童話般的夢吧。」

熊城惡狠狠地咆哮，法水譴責地看了他一眼，再次對伸子說：

「不要緊，請您繼續。我本來就很討厭雪萊[3]的妻子（瑪麗．戈德溫[4]，雪萊續弦之妻，《科學怪人》[5]的作者）那些作品。我已經厭倦那種促進內臟分泌的感覺了。對了，當時那白羽領巾為什麼會晃動？在排鐘室的什麼情況下，會有風吹送到妳身上呢？」

「老實說，蛾終究成了蝙蝠的餌食。命令我做出那些難事的，就是克里瓦夫夫人，而且她要求我一個人划動黃金龍船。」

伸子臉上瞬間掠過冰冷的憤怒，卻又馬上消失無蹤。接著她繼續說：

「因為她要求我一個女人彈奏平常由雷維斯先生彈奏的沉重排鐘，而且還要反覆彈奏三遍。所以第一遍彈到中段時，我已經手腳無力，視線也漸漸模糊。久我女士說這種症狀是『微弱的狂妄』。說是一種病理性熱情的破船狀態。她告訴我，這種時候至高倫理必定會有如戰馬般豎耳奮起，她還說，那雖是最純淨幸福的瞬間，但並非以道德性來取代倫理，其中也無法否認存在殺人的衝動。啊，您依然覺得這是一種如詩的自白嗎？」

她給了熊城冷冰輕蔑的一瞥後，說出當時的記憶。

「正當我專注在自己的彈奏當中時，也不知為什麼，卻能清楚感覺到不斷有寒風吹過我的臉龐，這大概也是這種現象的一部分吧。那是一種又冷又痛的感覺。也因為不斷有這種刺激，我才能勉強彈完三遍經文歌。接著，我暫停彈奏時也一樣，從樓下禮拜堂湧上的鎮魂曲樂聲由大提琴、中提琴等低弦部分開始消失，我漸漸聽不見……，但是後來又突然響起，氣勢磅礴地迴響在整個房內。可是那種節奏性、猶如正確節拍器的反覆聲音，漸漸淡化我的疲勞痛苦。雖然非常緩慢，但我一點一滴地陷入舒適睡意中。所以當曲子結束、我的手腳再度開始活動時，耳裡並沒有聽到鐘聲，還是迴響著剛剛那種沒有音調的舒適節奏。但就在這時候。突然有個東西打中我的右臉。那個部分有種驟然燃燒起來般的疼痛。不過那個剎那，我的身體向右方一扭，就此失去知覺。同時也是在那個瞬間，我看見天花板凹處裡的蛾。可是今天早上又去看，蛾不知何時已經不見蹤影，只剩下若無其事的蝙蝠還倒掛著。」

伸子說完後三人不約而同地互望，而且都呈現出無可名狀的困惑。因為命令伸子演奏排鐘、造成她症狀發作的不是別人，就是才剛剛表演諷刺大逆轉的克里瓦夫夫人。不僅如此，假如伸子真如自己所言往右邊倒下，那麼關於旋轉椅的疑問就更加費解了。熊城狡猾地瞇起眼，繼續問道：

「妳說有人從妳右方攻擊，但那裡剛好有一扇上樓盡頭的房門。我想妳最好放棄無謂的自我犧牲……」

「不，我才不想繼續耽溺在這種危險的遊戲裡。」

伸子堅定地說道。

「我再也受不了了。我再也不想接近那可怕的恐龍。你們想想看。就算我指名道姓說出那人的身分。光靠那淺薄的前提，要如何在這神祕力量上建立假設？你們還是會依據我手握短刀這個事實，要求我依法受審。不，就連我都不得不相信自己幾乎是兇手了。今天的事件也一樣。那紅髮猿猴被

---

③Percy Bysshe Shelly，一七九二—一八二二年，英國浪漫主義詩人。

④Mary Godwin，一七九二—一八五一年，英國著名小說家。

⑤*"Frankenstein"*。

射中的狩獵風景，也只有我一人沒有不在場證明。」

「妳說的紅髮猿猴是什麼意思？」

檢察官流露謹慎的眼神出言責問，不過內心卻覺得，看來這女孩小小年紀，卻是個意外的難纏對手。

「這可是個嚴肅的問題呢。」

伸子撇起嘴角，擺出故弄玄虛的姿態，但她額頭冷汗滴滴，彷彿可以從中窺見她內心的糾葛掙扎。她迫切地想擺脫眼前的絕望——伸子已經耗盡全身精力，從她沉重的眼皮就能看出她有多麼疲累。但是她繼續大膽說道：

「反正就算克里瓦夫夫人被殺，也不會有任何人覺得悲傷。她真的是個死不足惜的人……。一定有很多人都這麼想。」

「那麼請妳說說誰會有這種想法。」

儘管熊城雖然對這女孩將人玩弄於股掌的態度保持充分警戒，仍忍不住被她所說的內容吸引。

「如果真有人特別期待克里瓦夫夫人的死……」

「比方說我自己。」

伸子毫無畏怯地答道。

「因為我偶然製造了希望她死的原因。以前我曾經以祕書身分，對家人宣告了算哲老爺的遺稿。不過其中有一段關於赫梅利尼茨基大迫害[6]的詳細紀錄，那紀錄……」

伸子話說到一半，忽然像是受到某種衝擊，噤口不語。接著有好一段時間，要說與不說的兩股意念似乎在她心裡激烈格鬥，不久，她才接著說下去：

「我不能從自己口中說出內容。但是從那時候起，我不知變得多麼難堪。那份紀錄當然立刻被克里瓦夫夫人撕毀，不過從此之後，她就視我如仇敵。今天也一樣，只為了開窗就叫我過去，不知道上上下下多少次，才調整到現在那個位置。」

赫梅利尼茨基大迫害——三人中只有法水知道內容。這是整個十七世紀頻傳的高加索地方猶太人迫害事件中最嚴重的一起，也因為這個原因哥薩克族人和猶太人開始通婚。但儘管法水已經識破克里瓦夫夫人的猶太人身分，他還是對那份被撕毀的紀錄內容感到濃厚興趣。這時一位便衣刑警進來稟報，說津多子的丈夫押鐘醫學博士已經來到宅邸。押鐘博士原本在福岡旅行，為了開封遺囑唐突傳喚他回來，此時只能暫且中斷伸子的偵訊。法水決定擱置丹恩伯格夫人的事件，先掌握對方今天的行動。

「過去的問題往後再找機會向妳請教吧……那麼今天事發當時您為什麼沒有不在場證明呢？」

「為什麼？還不都是因為接連兩次的厄運。」

伸子抱怨了兩句，悽然說道：

「當時我人正好在樹皮亭（本館左邊附近）裡。那裡被南五味子的籬牆包圍，從外面完全看不見。而且剛好克里瓦夫夫人被吊著的武器室窗戶那附近，也被南五味子的籬牆遮擋住。因此我根本也不知道發生了那種宛如馬戲的事件。」

⑥Bohdan Khmelnytsky，一五九五—一六五七年，烏克蘭哥薩克酋長國酋長之一。文中之大迫害可能指稱由他所領導針對波蘭立陶宛聯邦權貴及猶太人的赫梅利尼茨基起義（一六四八—一六五四年）。

「但是妳應該聽見了她的慘叫吧?」

「當然聽到了。」

伸子幾乎是反射性地馬上回答。但是說完之後表情中卻出現了不尋常的混亂,聲音裡帶著顫抖。

「但是我當時不能離開樹皮亭。」

「那又是為什麼?留下只會無端加深妳的嫌疑啊。」

熊城嚴厲地近逼,伸子嘴唇發顫、雙手環抱胸口,像是想壓抑住自己的激動情緒,可是她嘴裡說出的卻是如冰雪般冰冷的話語。

「我真的不能說——再問我多少次也一樣。不過,在克里瓦夫夫人發出慘叫那瞬間之前,我看到那扇窗戶旁邊有個奇怪的東西。就好像一個無色發光的透明物體,但卻看不出明顯形狀,簡直像氣體一樣。不過那奇怪的東西出現在窗戶上方的空氣中,緩緩浮動,斜斜飄進窗戶裡。就在那個瞬間後,馬上傳出了克里瓦夫夫人的慘叫聲。」

伸子滿臉恐懼,同時打量著法水,注意著他的反應。

「一開始因為雷維斯先生人就在附近,我以為大概是驚駭噴泉的飛沫。但是仔細想想,當時連一絲微風都沒有,不可能有飛沫飄動。」

「喔,難道又有怪物出沒嗎?」

檢察官蹙起眉低聲說道,但想必他一定在心裡暗自補上一句——否則就是妳在說謊。熊城似乎下了很大的決心,猛然起身,凜然對伸子說:

「我想妳這幾天一定飽受失眠之苦,不過從今天晚上起,我可以確保妳一定能有充分的睡眠。

這可以說是刑事被告人的天堂呢。我會用繩索勒緊妳的手腕。這麼一來妳全身就會產生暢快的貧血症狀，逐漸意識模糊。」

此時伸子視線驟然低垂，雙手掩面、趴俯在案。但是正當熊城要拿起話筒叫警車時，法水不知在想什麼，他竟然拉住電話線、扯掉連在牆上的插頭，將之放在伸子掌心裡。接著他斜眼看著啞然的三人，開始熱切闡述自己的想法。啊，事態又再度逆轉了。

「其實給她帶來不幸的怪物，恰好帶給我詩意的靈感。如果現在是春天，那一帶應該是花粉與花香的海洋吧。假如是草木枯萎的嚴冬，噴泉和樹皮亭的自然舞台也能成為她的不在場證明。她和克里瓦夫夫人，都是被那候鳥……彩虹所拯救。」

「啊？彩虹……您到底想說什麼？」

伸子的身體像突然彈起，淚水沾溼的美麗眼睛望著法水。但在此同時，那道彩虹卻把檢察官和熊城推落絕望深淵。或許對他們兩人來說，那個剎那讓他們直接感受到對一切的無力感吧。不過，法水所提出的這幅色彩濃豔的華麗繪畫，卻有著讓人難以抗拒的奇異魅力。法水靜靜說道：

「彩虹……那的確是一道皮鞭般的彩虹。但是，在假冒兇手身分，又戴上久我鎮子那張學究面具時，就被蒙蔽而看不見那彩虹了。我打從心裡同情她飽受苦難的立場。」

「那麼如果借用久我鎮子的說法，應該是所謂的動機轉變吧？我說得沒錯吧。但是那些上戲用的濃妝都已經洗掉了。偽惡、炫學……那些惡德對我來說確實是太過沉重的戲服。」

從案發第一天累積至今的情緒，跳越她的控制頓時釋放出來。伸子的身體就像隻小鹿一樣輕跳著，她將雙手水平舉起，把拳頭緊貼耳根，左右搖擺，那對因欣喜而恍惚的眼瞳不知道在空中寫下什麼樣的文字。這出乎意料的歡喜，讓伸子徹底陷入瘋狂。

「啊，好刺眼……我知道自己一定能看到這道光明……我一直如此堅信……可是，那片黑暗……」

話說到一半，伸子逃避地閉上眼睛，粗暴地搖頭。

「要我做什麼都可以。不管是要跳舞還是倒立——」

她站起來，踏著馬祖卡舞曲⑦般的四分之三拍，像陀螺似地開始旋轉，然後雙手撐著桌緣，輕浮地將一頭下垂頭髮往後方甩。

「但排鐘室的真相和我不能離開樹皮亭的事，請你們別再追問。因為這座宅邸的牆壁裡藏著不可思議的耳朵。要是我沒有遵守承諾，誰知道我還能獲得你們的同情到何時。好吧，請開始下一個問題吧。」

「不，您可以離開了。不過關於丹恩伯格夫人事件，往後還有要請教您的地方。」

法水說完後，讓人將久久沉浸於狂喜亢奮中不想離去的伸子帶走。漫長的沉默和尖銳的黑影——伸子離開後，房內如同颱風過後，瀰漫著難以言喻的悲痛。因為伸子的解放，也代表他們已斷絕了在人類世界中的希望。黑死館底下的可怕暗潮——每一項個別的微細犯罪現象，都把事件動向傾力導向那無所不在的巨大魔力暗影。熊城滿面怒氣，狠狠地咬著牙，突然將法水拔下的插頭用力丟在地板上。他站起來，在房中奮力來回踱步，不過法水只淡淡地說道：

「熊城啊，這下子第二幕終於結束了。確實是一場名副其實如迷宮般混亂糾結的場面。不過下一幕開始時，雷維斯會率先登場。接著，事件就會迅速往終局發展。」

「終於？開什麼玩笑。我現在已經遞辭呈的力氣都沒有了。這故事的腳本大概一開始就寫好了。到第二幕之前是人類世界，第三幕以後則進入神鬼降靈的世界。」

熊城消沉地嘟囔著。

「反正接下來只剩下網羅你珍藏的搖籃本⑧，還有寫好我們的墓誌銘。」

「嗯，的確跟搖籃本有關。其實有一個類似這種說法的論調。」

檢察官依然帶著沉痛的態度，面色凝重地詰問法水：

「我說法水啊，載著枯草的馬車經過彩虹下。——然後穿著木鞋的少女跳起舞來，——這麼一來，整樁事件裡連一個人類都沒有了。我實在不懂這種牧歌般寧靜風景的意義。再說，你所謂的彩虹到底又是什麼現象的譬喻？」

「怎麼可能。那可不是什麼典故，更不是詩句。當然更不是類比或對照。我說的是確確實實出現在兇手和克里瓦夫夫人之間的真實彩虹。」

法水那對仍然帶著夢想的熱切雙眼轉過去時，房門剛好被靜靜推開。久我鎮子那張瘦骨嶙峋的臉毫無預告地突然出現。那一瞬間，有種令人窒息般的感覺壓下。或許這位學識豐富、帶有強烈中性性格的神祕論者，會讓這樁已經難以在人類之中尋找兇手的異樣事件，陷入更深的陰暗迷霧吧。

鎮子簡單行過注目禮後，用慣有的冷淡語氣開口，但她說的內容卻極令人激動。

⑦Mazurka，波蘭的鄉土舞曲之一，發源於馬祖維亞（Mazovta）地方。
⑧incunabula，在古騰堡活版印刷發明之前，歐洲在一五〇〇年之前的活版印刷品。

「法水先生，我雖然覺得不太可能，但還是想確認一下，您應該不會全盤相信所謂候鳥云云之論吧。」

「候鳥？」

法水眼露奇異神采，馬上反問。或許只是偶然，但自己剛剛以彩虹為表象說出的話語，現在鎮子竟然再次重述。

「沒錯，我指的就是還活著的那三隻候鳥。」

鎮子忿忿說道，從正面直盯著法水。

「我再強調一次，不論那些人打什麼算盤來自我防禦，津多子夫人都絕對不是兇手。而且夫人今天早上才終於能起床，身體狀況還沒恢復到能接受偵訊的程度。我想您應該很清楚過量的水合氯醛會帶來什麼症狀。今天之內想從貧血和視神經疲勞中完全恢復，已經相當困難。我簡直覺得她的命運有如瑪莉一世（十六世紀蘇格蘭如聖女般的女王。後在一五八七年二月八日被伊莉莎白女王送上斷頭台）……我實在很擔心你的偏見。」

「瑪莉一世？」

這似乎勾起了法水的興趣，他上身前傾。

「您的意思是指她個性過度善良？還是覺得……那三人好比玩弄權術的伊莉莎白女王？」

「這是兩種不同的意義。」

鎮子凜然回答。

「您或許已經知道，津多子夫人的先生押鐘博士為了自己經營的慈善醫院，幾乎耗盡家產。因此，今後為了繼續維持下去，就算搗著獨眼津多子夫人也得再次沐浴於榮耀當中。她所獲得的喝采，將會讓對醫藥不抱希望的數萬人雨露均霑。正所謂『溫和待人者可得到福分，擋住門口者卻會妨礙別人』。法水先生，您應該知道所羅門王這句話的意思吧。這裡所指的門，就是給這樁事件注入悽慘亮光、那扇有著鑰匙孔的門。那裡就藏著這座黑死館永生的祕密鑰匙。」

「您能再說得具體一點嗎？」

「那麼，您知道舒爾茲（弗里茨．舒爾茲。上一世紀的德國心理學家）的精神萌芽論（瘋狂精神科學家特有的論述，屬於一種輪迴說。主張人死後脫離肉體的精神會化為無意識的狀態永遠存在。這種狀態相當微渺，不可能表現在意識上，但卻具有能產生衝動作用的力量。此派學者認為精神游離在生死交界，偶爾會出現於潛意識之中，在類似學說中屬於最合理的一種。）嗎？我會這麼說也並非沒有確實證據。」

鎮子臉上掛著坦然微笑，再次給這樁事件招來淒風。

「什麼？精神萌芽論？」

法水突然換上一臉驚恐，結巴地大叫。

「那麼妳的根據何在……妳為什麼在這樁事件中主張生命不滅？難道妳認為算哲博士仍然持續著不可思議的生存？或者是克勞德．戴克斯比他……」

精神萌芽——先是從鎮子口中說出這個陰森可怕的名詞，接著由法水賦與它不死論這個注解。當然，牽連著這兩點的東西，也就是在這樁事件底層黑暗中成長、無聲擴散，逐漸擴大其領域的東西。但是偏偏在這時候，檢察官和熊城只覺得這可怕和幻想都在眼前化為現實，不禁有種被緊揪住心臟的感覺。而另一方面，鎮子也因為聽到法水說出戴克斯比的名字，彷彿接到一道謎題，顯得無比狐疑，看來這句話確實牢牢抓住了她的心。通常一個依附性強烈的人，只要懸著一個疑問，就會進入幾乎無意識的恍惚狀態，期間偶爾會出現奇怪的偶發性動作。鎮子正是如此，她把左手中指的戒指拔出，在手指周圍轉動，接著多次又戴又拔，頻繁地重複這神經質的動作。這時法水眼中閃起一道詭異光芒，趁著這無聲空檔站起。他雙手交握在背後，在室內踱著步，順勢走到鎮子身後，突然一陣大笑。

「哈哈哈哈！這也未免太荒唐。那位黑桃國王怎麼可能還活著？」

「不，算哲老爺應該是紅心國王。」

鎮子幾乎是反射性地大叫，同時又出現帶著恐懼的衝動，馬上將戒指套上小指。接著她深深吐出一口氣。

「不過，我說的精神萌芽是一種譬喻。請不要以圖像方式來思考。它的意義或許比較接近艾克哈特（約翰・艾克哈特。一二六〇到一三二九年。原本是艾爾福特[9]的多明尼克修道士，被稱為中世紀最偉大的神祕學家之泛神論神學者）所說的靈性吧。從父到子——人類的種子必定會在生死之境流轉一次，在黑暗中遭受風吹的荒野。讓我說得更具體一點吧。『我們找不到惡魔，只因無法從我們的肖像之間發現其形貌』，當然，這樁事件最深的奧祕在於那超越本質、於外形和內容都無法訴諸言語的哲學之道中。法水先生，那根本是足以撼動地獄圓柱的殘酷刑罰。」

「我非常了解。因為我已經在那條哲學之道盡頭發現一個疑問。」

法水挑著眉昂然回答。

「久我女士，即使在聖士提法諾條約[10]中，關於猶太人的待遇也只在末節部分才稍見緩和。可是為什麼在迫害最嚴重的高加索地區卻允許猶太人擁有半個村區以上的土地呢？換句話說，問題就在於那莫名的負數。但是該區地主的女兒，也就是事件中的猶太人其實並非兇手。」

這時鎮子開始顫抖，彷彿全身即將崩解一樣。她斷斷續續地大口呼吸了一會兒，然後幽幽叫著：

「啊，你這個人真是可怕……」

不過接下來這位奇妙的老婦人，卻好像忍不住要表明兇手的範圍一樣。

「這樁事件等於已經宣告結束。我說的就是那負數的圓。完整包含著動機的那五芒星圓，就算是梅菲斯特也不可能有潛入的空隙。所以如果您能了解我剛剛所說的荒野代表什麼意義，我就再也無可奉告了。」

她突然想站起來，法水慌忙制止。

「可是久我女士，荒野指的應該是德國神學的光芒吧。但是那命運論卻是陶勒[11]和蘇瑟[12]曾經陷入的虛偽光輝。我從您說的精神萌芽論中，發現一項驚人的臨床性質描述，那是種讓人聽了幾乎要發狂的詭異發現。您為什麼會想到算哲博士的心臟？那魔靈……竟然是紅心國王。哈哈哈哈！久我女士，我雖然不是拉瓦特[13]，但也學會了由外貌窺視人心的方法。」

⑨Erfurt，德國中部城市。

⑩一八七七年簽訂之俄土戰爭停戰協約。

⑪Johannes Tauler，一三〇〇—一三六一年，德國神祕主義學家。

⑫Heinrich Seuse，一二九五—一三六六年，德國神祕主義學家。

⑬Johann Kaspar Lavater，一七四一—一八〇一年，瑞士神學家、哲學家、詩人，自稱只要看到人的外貌就可判斷其個性、智慧、信仰。

算哲的心臟——不僅鎮子，連熊城和檢察官都瞬間如化石般僵硬。這很可能是從根動搖她內心的支柱、事件中最大的顫慄。不過鎮子卻展現出刻意的嘲弄神色。

「難道您和那位瑞士牧師一樣，想比較人類和動物的臉孔？」

法水慢慢點起菸，開始解釋他微妙的神經反應。如同百花千瓣四處分散的各種不合理現象，就這樣漸漸集中於某個點。

「可能只是我神經過度敏感。但不管怎麼樣，您剛剛稱呼算哲博士為紅心國王對吧。這句話讓我察覺到不尋常。因為我剛好也從伸子小姐口中聽到一模一樣相同的話。這個巧合可能具備這樁事件最後一張王牌的價值吧。可能也是個足以從根顛覆我們一路依循之正統推理的怪物。尤其是您，伴隨著類似默劇的心理作用，力道更重，得以深掘您的心理現象。套用維也納新心理學派的說法，這就是所謂的徵候發作，在持續無目的的無意識運動時，很容易顯現位於最底層的意識——比方說，藏在自己內心深處不希望別人知道的東西，以某種型態外顯，或者給予某種暗示性的衝動後，會在語言中出現伴隨產生的聯想性反應。這裡指的暗示性衝動，就是指我稱呼算哲為黑桃國王。但是在這之前，我提到戴克斯比時，這句話就已吸引到不知戴克斯比真面目的妳了。妳無意識地把戒指拔下又戴上，時而不停轉動戒指。所以我保留了一段刺激心理的停頓。這種停頓不只在戲劇中很重要，在偵訊時也不可或缺。久我女士，兇手是位劇作家，但可沒有任何具體的劇情指示。這時候的調查人員，就必須是位優秀的演員。請原諒我的多話。我還要向您致歉，未經您允許就擅自窺探您的深層心理……」

說到這裡，法水又拿出一根菸，繼續描述他傲人的搬演手法。

「但是，這種停頓很模糊。不過各種心理現象呈十字形群聚在這其中，就像積雨雲一樣在意識面蠢蠢浮動。這種狀態一定相當脆弱，只要施加某種衝動，馬上就會消失得無影無蹤。所以我才會說出『黑桃國王』這幾個字。因為如果把整個精神視為一個有機體，當然會有出現物理反應的東西。我期待您對這個極具暗示性的詞句產生反應。果然，妳將它改成『紅心國王』。就是這句『紅心國王』，讓我獲得等同於瘋狂的異樣啟示。但是接下來您又出現第二次的衝動，突然失控將戒指戴上小指。我怎麼可能忽略您當時的恐懼呢。」

法水的話說到這裡驟然停下，滿臉慄然。

「不，其實我反而感到更加沉重的恐懼。因為撲克牌上，每個面的人像都是上下胴體斜向左偏相接，最重要的心臟部位被另一端的美麗大袍遮住了。而人像中沒出現的心臟則改為圖案，放在右上角。或許是我多心了，但要我怎麼能忽視其中綻放的悽慘光芒呢，啊！心臟在右側。所以，如果將『紅心國王』解釋為妳所說的心臟，那算哲博士就擁有心臟在右側的特異體質。這麼一來，或許可以帶來一線曙光，一舉解決所有支離破碎的不合理問題。」

繼先前找到押鐘津多子行蹤之後，這驚人的推測可說是事件中第二次重頭戲。聽了這超凡的邏輯，檢察官和熊城的表情頓時木然，幾乎說不出話來。當然，其中還有一項疑點。不過法水繼續舉出例證，再次灌注一股陰森的生氣。

「但如果這是事實，要我們如何冷靜。因為當時算哲博士被刺穿左胸的左心室，雖然幾乎在邊緣位置，但是由於自殺狀況明顯，因此並沒有要求解剖驗屍。這麼一來，就出現了第一個問題——刺穿左肺葉下方，真的會當場死亡嗎？即使在外科手術仍然落後的南亞戰爭當時，只要及時就醫，傷者幾乎都能痊癒。沒錯，說到那場波耳戰爭……」

法水用力叼緊菸尾，壓低了聲音，面露驚恐。

「有一冊由梅金斯⑭所編的《南非外科集錄》⑮的報告集，其中就有一個幾乎與算哲老爺狀況神似的奇蹟。那是個在格鬥中右胸上方被西洋劍刺中的龍騎兵伍長，經過六十個小時後又在棺材中復活。但該書編輯同時也是知名外科醫師梅金斯提出這樣的見解：『死因很可能是西洋劍的劍背壓迫到上大靜脈，導致血管一時變狹窄、流入心臟的血液急遽減少所致。』但是每當屍體的位置改變，血液就會在瘀血腫脹的血管中流動，因此讓屍體受到某種物理性影響。也就是說，這種作用可能是某種類似按摩的手法能讓屍體心臟起死回生。梅金斯認為，因為心臟原本就是種物理性內臟，而且就如同布朗塞加爾教授⑯所說，或許在人死亡之後，心臟依然持續著靠聽診或觸診都無法聽見的細微鼓動（巴黎大學教授布朗塞加爾和講師席歐，提出數十個聆聽人體心臟後發現仍持續跳動的案例。這證明了人死後心臟仍然具備足夠跳動的力量。換句話說，我們無法證明心跳會完全停止。當然，從外部無法聽見心臟跳動的聲音）。久我女士，你說我心中這些疑惑該如何是好呢？」

法水從算哲的心臟位置不同這一點，提出遠比死者復活更具科學根據的強烈質疑。但這時候始終在內心慘烈掙扎的鎮子臉上突然掠過凜然赴死的神情。誠實面對真相的她，似乎排除了一切恐懼和不安。

「啊，我就坦白一切吧。算哲老爺確實是心臟在右邊的特異體質者。因此我很懷疑他明明企圖自殺卻刺向左肺的念頭。所以我試著在屍體皮下組織注射了氨液，沒想到卻明顯浮現了生體特有的紅色。還有一件更可怕的事。下葬的隔天早上那條線就斷了。可是我沒有勇氣進入算哲老爺的墓窖。」

「妳說的線是指什麼？」

檢察官敏銳地反問。

「是這樣的。」

鎮子隨即回答。

「其實算哲老爺非常害怕早期埋葬（死後立刻下葬），所以建造這棟宅邸時，也事先規畫了大規模的地下墓窖。而且他暗中在裡面設置了類似柯尼加．卡爾尼茲基[⑰]（俄羅斯皇帝亞歷山大三世的侍從）式、防止早期埋葬的裝置。所以在葬禮那晚我整夜未闔眼，苦等著電鈴響起。但那天晚上卻什麼也沒發生，等到隔天早上雨停後，我不放心，前往後院墓窖查看。因為電鈴的開關就藏在周圍環繞的七葉樹叢中。結果怎麼著。我發現山雀雛鳥夾在開關之間，拉動把手的線被割斷了。對了，那條線確實是從地底下的棺材裡拉出來的。而且無論棺材或者地面上的靈柩台蓋，都可以輕易從內部打開。」

「原來如此。這樣看來……」

法水嚥了口口水，臉色大變。

「知道這件事的有誰？誰知道算哲心臟位置和防止早期埋葬裝置這些事？」

---

⑭George Henry Makins，一八五三—一九三三年，曾以軍醫身分加入波耳戰爭。

⑮"*Surgical Experiences in South Africa 1899-1900*"。

⑯Charles-Édouard Brown-Séquard，一八一七—一八九四年，模里西斯生理學家和神經學家。

⑰Count Michelde Karinice-Karinicki。

「應該只有押鐘醫師和我知道。所以伸子口中的紅心國王，那些話應該只是偶然的巧合。」

說完後，鎮子臉上突然浮現一股恐懼，就像害怕算哲報復一樣。她一改剛進房時的態度，要求熊城派人保護才離開房間。大雨之夜——雨水應該會洗去一切來自墓窖中四處遊走的痕跡吧。假如算哲還活著，就能把所有使事件陷入迷濛的詭異矛盾現象，都搬回到現實的實證世界中了。熊城激動粗聲大叫：

「不管怎麼樣，能試的方法都試試吧。法水，管他有沒有搜索令，我們去探探那算哲的墓窖吧。」

「不，現在放棄正統調查還太早。」

法水語氣遲疑，似乎仍難以釋懷。

「你想想，剛剛鎮子說只有她和押鐘博士知道這些事。那麼理該不知情的雷維斯，為什麼能向算哲以外的人展現彩虹，還有那麼精采的效果？」

「彩虹？」

檢察官忿忿地低喃。

「法水，能發現算哲心臟位置異常的你在我眼中簡直像亞當斯或勒維耶[18]一樣。不是嗎？在這樁事件中算哲就是海王星，那顆星星在天空撒下各種不合理後才被人發現。」

「開什麼玩笑。那道彩虹豈是或然率如此低的產物。這是巧合……還是雷維斯美麗的夢想？是那男人高傲的古典語言學精神？」

法水還是老樣子，又開始賣弄他極盡奇詭的語言。

「支倉，驚駭噴泉的踏腳石上留有雷維斯的腳印。這必須當作韻文來解釋。在四塊踏腳石中，他先踩上靠近本館的那一塊。接著是對面那塊，接下來是左右兩塊。但是我們卻忽略了這循環當中最深奧的意義，也就是第五次的踩踏。這第五次跟第一次一樣，踩在靠近本館那塊踏腳石上，也就是說，雷維斯繞了一圈後又回到原點，二度踏上最先踏過的那塊踏腳石。」

「但這又產生什麼現象呢？」

「這等於讓我們認同伸子的不在場證明。再從現象來說，這是讓噴上天空的飛沫產生對流。因為如果考慮從一至四的順序，最後噴上來那道飛沫的右邊高度最高，再來依序呈問號形狀降低。這時候因為第五次飛沫噴起，受到其氣流帶動，原本快下降的四道飛沫再度維持原本形狀上升。這麼一來，跟最後那道飛沫之間當然會引起對流現象。這種對流在一絲不動的空氣中，讓第五次飛沫洶湧擴散。也就是說，這從一到四的飛沫，將最後上升的霧靄送到某一點——仔細地說，為了決定某個方向，必須要這麼做。」

「原來如此，那就是促使彩虹發生的霧靄嗎？」

檢察官咬著指甲點點頭。

「這確實可以證明伸子的不在場證明。因為那女人說過，她看到奇怪的氣體進入窗內。」

「但是支倉，這裡所說的某一點，可不是窗戶打開的地方。你應該知道當時窗棧維持水平、百葉窗是半開的吧。所以噴泉的霧靄是從這窗棧的縫隙進入的。」

法水嚴肅地這麼說，接著他指出唯一一個受到彩虹之害的人。

⑱Urbain Jean Joseph Le Verrier，一八一一—一八七七年，法國數學家、天文學家。計算出海王星的軌道。

「否則，絕對不會出現那麼色彩濃烈的彩虹。因為彩虹並不是產生於空氣中的霧靄，而是起因於留在窗棧上的水滴。也就是說，問題在於這七彩背景的物體……但更重要的條件是看見彩虹的角度。換句話說，那就是火箭弩掉落——也就是當時兇手所在的位置。而且，那位獨眼大明星……」

「什麼？押鐘津多子？」

熊城失控地驚呼。

「嗯，俗話說彩虹腳下有黃金。或許她只看得見那道彩虹吧。熊城，因為彩虹在視覺半徑約四十二度的位置，會先出現紅色。而那位置也正好是火箭弩掉落的地方。另外，如果這種紅色跟克里瓦夫夫人的紅髮相輝映，不難想像那會是令人失焦的強烈炫光。但是在近距離看到的彩虹又分成兩道，顏色也蒼白黯淡。」

法水這時暫時打住，但臉上漸漸浮現得意的淺笑。

「但是熊城，只有押鐘津多子不會這樣。因為在她獨眼中所看見的彩虹只有一道。而且由於明暗對比強烈、色彩相當鮮明，完全無法分辨旁邊的同色物體。啊！那隻候鳥——先是化為雷維斯的情書，從窗外飛進來。接著偶然包住克里瓦夫夫人的頸項，造成射偏了目標的缺陷，除了津多子再也沒有其他可能。」

「原來如此。但是你剛剛說彩虹是雷維斯的情書？」

檢察官又問了一次，那表情似乎在懷疑自己的耳朵，但法水卻百般慨嘆地展開他獨到的心理分析。

「啊，支倉，你只知道事件黑暗的一面。因為你忘了在克里瓦夫夫人被吊在半空之前，伸子曾經出現在窗邊。雷維斯看到之後，以為伸子人在武器室裡，才會到噴泉旁詠唱他理想的薔薇。對了，你知道《所羅門王之歌》[19]的最後一句嗎？『我的良人哪、求你快來、如羚羊或小鹿在香草山上。』[20]在那段包含對神憧憬的切切思慕、世界上最偉大的情書中，就把心愛對象的心比喻為彩虹。根據波特萊爾的說法，七彩就是熱帶性、狂熱的美，而依照查爾德的歌詠，從中又產生了天主教主義莊嚴靈魂的熱切渴望。另外，近代心理分析學家，也把這拋物線比擬為雪橇滑行在山坡時的心理，認為彩虹是戀愛心理的表徵。支倉啊，這七種顏色不正是畫家的精巧調色盤嗎。同時它也相當於鋼琴的每個琴鍵。彩虹的拋物線是色彩法，同時也是旋律法、對位法。因為移動彩虹以每次兩度的視覺半徑差異，進入視野中時逐漸變化顏色。也就是說，雷維斯以彩虹比作押韻的情書，送給伸子。」

法水表示，一開始他原以為雷維斯製造彩虹乃是為了袒護某人的騎士行為，但是再深入剖析後，終於將之歸納為一種戀愛心理，如此一來兇手射偏克里瓦夫夫人，就只能歸因於巧合了。但是正因為這些想法法水都無法加以實證，所以檢察官和熊城提出與其說半信半疑，甚至更覺得焦急，不解為什麼法水要執著於什麼彩虹夢想，卻不快點去調查最重要的算哲墓窖。當然，他們更料想不到雷維斯的戀愛心理到後來會引起事件最後的悲劇，同時他們更不可能注意發現，法水意指押鐘津多子為兇手，其中還藏有更重大的暗示性觀念。這樁一度已經絕望的事件，歷經短暫的偵訊後再次出現新的起伏，緊接著，終於要開始調查在表象上寄託了所有希望的「大樓梯後」。時間是五點三十分。

⑲"*The Song of Solomon*"。
⑳'Make haste, my beloved, and be thou like to a roe or to a young hart upon the mountains of spices.'

二、在大樓梯後……

符合法水從黃道十二宮導出的答案「在大樓梯後」，有兩個小房間。一是放置泰芮絲人偶的房間，另一個就在隔壁，屋裡空無一物、沒有任何擺飾。法水先將手放在後者的門把上，房門並沒有上鎖，靜悄悄地開了。這房間的結構上沒開窗，屋裡一片漆黑。一陣陰溼微涼的冷空氣迎面襲來。走在前面的熊城拿著手電筒沿著牆邊走，身後的檢察官好像聽見了什麼，突然停下腳步。他莫名地屏住氣，感到一股寒意，豎耳靜聽，終於，他略帶顫抖地輕聲對法水說：

「法水，你沒聽到嗎？隔壁房間有鈴鐺聲。仔細聽。怎麼樣？我看那應該是泰芮絲走路的聲音吧……」

檢察官說得沒錯，熊城厚重腳步聲之間，交雜著叮鈴的輕微顫聲。無生命人偶的步伐——這是令人連靈魂深處都要凍結的驚愕。但是這麼一來，就不得不去想像人偶旁邊存在的人。這時，三人都陷入前所未有的亢奮高峰。沒有時間猶豫了——熊城宛如一陣暴風，猛烈地拉開門，差點門把拉斷，但這時法水不知道想到什麼，突然大笑出聲。

「哈哈哈哈！支倉，其實你說的海王星，就在這面牆裡。那顆星從一開始就不是已知數。你回想一下，古代時鐘室那扇人偶時鐘的門上刻著什麼？四百年多前，千千石清左衛門從腓力二世手中獲贈的大鍵琴，後來沒有人知其下落。我想這個聲音應該是斷裂琴弦受到震動發出的聲音吧——一開始，笨重的人偶沿著隔壁房間的牆邊走。接下來是熊城。也就是說，大樓梯後面這個解答，指的就是與隔壁房間交界的這面牆。」

但無論怎麼找，都找不到這面牆的暗門。沒辦法，只好破壞部分牆壁。熊城先大略確認聲音位置後，揮動斧頭往牆面一砍，裡面果然出現無數琴弦亂彈的聲音。木片應聲碎裂飛散，將其中一片連同斧頭拉開，冰冷的空氣立刻從裡面流出——那裡是由兩面牆所挾的空洞。那個瞬間，彷彿從黑暗裡挖掘到惡鬼的祕密通道，三人不約而同地嚥下唾液。隨著斧頭劈下的聲音，大鍵琴的弦音奏出瘋鳥般的淒厲聲響。因為熊城開始拆毀周圍的木板。四周揚起漫天灰塵，熊城從中抽身、往後退了一步，他急促的呼吸聲中伴隨著沉重嘆息，並且遞給法水一本書。他虛弱地說：

「什麼都沒有——沒有暗門、沒有祕密樓梯，也沒有通往地下的暗板。唯一的收穫就是這本書。啊啊，沒想到這就是黃道十二宮暗號的答案。」

法水也遲遲沒能從衝擊中恢復。很明顯地，這象徵著施加了雙重重壓的失望。根據設計者是戴克斯比這一點，法水原本認為祕密通道的存在已是無庸置疑，想不到卻是徹底失敗——這當然已經無須贅言。但在此同時，事件初期丹恩伯格夫人親筆寫下指名兇手為泰芮絲人偶的假設，也因為顫音的存在位置而更強調其可能性。因此在此不得不承認那普羅旺斯人森嚴鬼影的存在。可是回到之前的房間翻開那本書，法水驚恐地瑟縮了身子。但他的眼中卻明顯出現驚嘆的神色。

「啊！太不可思議了。這是小霍爾班的《死神之舞》①啊。而且是一五八三年里昂出版的稀有珍品哪。」

在這本書裡宛如預知了四十年後的今天在黑死館內發生的陰慘死神之舞，明顯地表現了戴克斯比最後的意志。翻開褐色小牛皮封面，內側記載著小霍爾班給珍妮．茲潔爾夫人的獻詞，下一頁則記載了呂措比格爾②一五三〇年於巴塞爾以小霍爾班繪製的底圖為本刻製木版畫的製作證明。不過翻閱著這許多填滿死神和屍骸的插畫時，法水的視線忽然被某一點吸引。左頁是個揮著長刃槍的骷髏人，正刺入一位騎士胴體的圖案，右邊則是無數骸骨吹奏長管喇叭和角笛、敲打圓鼓，陶醉在勝利狂舞中的景象。不過在圖的上方有下面這些英文。從墨色狀況判斷，與之前見過的戴克斯比親筆字跡相同。

"Quean locked in Kains. Jew yawning in knot. Knell karagoz! Jainists underlie below inferno."

——（譯文）輕佻女孩包圍在該隱之輩中，猶太人在難題中遭嘲笑。兇鐘喚醒人偶（karagoz，土耳其傀儡人偶），與耆那（與佛教有許多共通點的姊妹宗教）教徒共同躺在地獄底層。（以上係根據判讀文字意譯）

緊接著是另外一段文章。從文意看來，應該是在嘲諷創世紀。

——（譯文）耶和華神爲陰陽人。首先自我交配，生下雙胞胎。先出生的是女性，命名爲夏娃，接著出生的是男性，命名爲亞當。亞當面向太陽時，肚臍上方順應陽光的方向，在背後形成陰影，但肚臍以下卻逆向太陽，在身體前方投下陰影。神看到這種不可思議的情形非常驚訝，相當畏懼亞當，認同他爲子，不過將與常人無異的夏娃視爲奴婢。接下來耶和華又與夏娃交配，使其懷孕生下女兒後死亡。神讓這女兒降臨人間，成爲人類之母。

法水只稍微看了一眼，但檢察官和熊城百思不得其解，盯著看了好幾分鐘。最後他們終於覺得乏味，將書丟在桌上，但也確實感受到文中充斥著戴克斯比巍然的詛咒意志。

「原來如此，這很明顯是戴克斯比的告白，但他竟然有這麼可怕的惡毒念頭。」

檢察官不自覺顫抖著聲音，看著法水。

「文中的輕佻女孩，指的應該是泰芮絲吧。這麼看來從『包圍在該隱之輩中』這句話，就可以判斷指的是泰芮絲、算哲與戴克斯比的三角戀愛關係。而戴克斯比先向這棟宅邸提出難題，然後自己身處這錯綜的糾結中嘲笑。」

檢察官神經質地交握手指，仰望天花板。

「啊，接下來就是『兇鐘喚醒人偶』了吧。法水，戴克斯比這個神祕男人連這棟宅邸內的東方人陸續墜落地獄的光景都預見到了。也就是說，事件的起因遠在四十年前。這男人早在當時就安插好事件中的每個角色。」

從戴克斯比使用小霍爾班的《死神之舞》來表述，就能明顯看出他的意志就是可怕的詛咒，而讓人覺得更可怕的，是他堅持運用了幾段暗號。或許他還有某項驚人的計畫，所以運用艱澀難解的暗號來掩飾這計畫造成的厄運，打算自己悄悄躲在一旁嘲笑人們掙扎苦惱的樣子吧。也就是說，這

①《死神之舞》（*Dance of Death*）是一五三八年於里昂出版的木版畫集，「死神之舞」原本是十四、十五世紀黑死病流行的歐洲盛傳的傳說，描述各種身分職業的人與骸骨之姿的死神一起跳舞邁向墓地的樣子，表達眾生面對死亡皆平等的無常觀。在這裡提及的是作品集中由小霍爾班描畫的「共同墓地」和「騎士」。

②Hans Lützelburger，？—一五二六年，德國文藝復興時期的傑出雕刻工匠。

暗號的深度，可能剛好跟事件的發展成正比。但是法水卻在文中發現忽視簡單文法、沒有冠詞等，不太像出自戴克斯比之手的地方，但是來到與創世紀有關的第二段文章，包括這兩段文章的關聯等，所有一切都呈現彷彿置身霧中的茫然。在這之後，法水等人下樓前往大廳，準備請押鐘博士開封遺囑。

押鐘博士和旗太郎在客廳中對坐著，看到一行人走進來後起身迎接。醫學博士押鐘童吉是位年過五十的紳士，一頭半白稀疏頭髮梳得很整齊，臉的蛋形輪廓彷彿呼應髮型，同時五官也與其呼應，顯得極端正。整體來說，給人人道主義者特有的缺乏夢想、但有充分包容力的印象。一看到法水博士立刻殷勤地點頭致意，再三感謝他拯救了深陷死亡陷阱的妻子。不過當眾人就座後，博士首先冷淡地開口。

「法水先生，現在是怎麼回事？現在彷彿每個人都被還原成為元素一般？兇手到底是誰？內人說她並沒有見到那幻影。」

「是的，確實是一樁神祕的事件。」

法水縮回伸長的手臂，將單邊手肘放在桌上。

「所以不管能採到指紋或者線斷了都沒有用。重要的是，如果沒有釐清深層奧祕，就不可能解決這樁事件。也就是說，終於到了訪視者變身為幻想者的時機了。」

「抱歉，這種哲學問答我向來不拿手。」

博士稍顯警戒地眨眨眼看向法水。

「不過您剛剛說到線。哈哈哈哈，這是不是跟某種函令有關呢？法水先生，請容我繼續旁觀法律的威力吧。」

他很快就表明不同意開封遺囑的態度。

「當然，我們身上並沒有任何搜索令。不過，如果只要有人遞辭呈事態就能平息，我們也不惜觸法。」

熊城惡恨恨地瞪著博士，展現他堅決的決心。在這陡然瀰漫的騰騰殺氣中，法水平靜地說道：

「沒錯，確實是一條線。其實問題就在埋葬算哲博士那天晚上。我記得當天晚上您留宿在這裡對吧？如果當時那條線沒有斷，就不會發生今天的事件。啊，還有，那份遺囑……也可以成為算哲這一代留下的精神遺物。」

押鐘博士的臉色鐵青，漸漸蒼白，而不知道線——也就是真相的旗太郎，則擠出不自然的笑容囁嚅地說：

「喔，我還以為你是指箭弩的弓弦呢。」

不過博士仔細打量著法水的臉，毫不客氣地問道：

「您說的話我完全聽不懂，不過這遺囑的內容，到底是什麼呢？」

「我現在覺得這是一張白紙。」

法水驟然換上凌厲的眼神，口出驚人之語。

「說得更詳細點，遺囑的內容到了某一個時期，就會變成白紙。」

「荒唐，你到底在說些什麼。」

博士臉上的驚愕轉瞬變成厭惡。他忿忿瞪著眼前明顯在玩弄權術的無恥傢伙，但又彷彿突然靈光乍現，安靜地放下手上的菸。

「那麼我就告訴你製作遺囑當時的狀況，消除你這些幻想吧。我記得那天是去年的三月十二日，算哲老爺突然找我來，說他臨時起意，希望我在這裡替他寫好遺囑。於是，我們倆進入書房，我坐在對面椅子上，看著算哲老爺認真地確認遺囑草案。那是大約兩張八開大小的信紙，確認完後他在上面撒上金粉，再蓋上滾筒印章。我想您大概也知道，他特別喜愛古老體制，有著復古喜好。但是完成之後他將這兩頁紙收進保險箱抽屜，當天晚上命人在房內外嚴密監視，預計隔天公布內容。沒想到，到了隔天早上，在列隊的家人面前，老爺也不知想到了什麼，突然撕毀其中一頁。他將其撕成碎片後又點火燒成灰，丟進窗外的雨中。看他如此慎重，害怕有人重現遺囑內容的行為，那一頁的內容顯然是相當重大的祕密。接著他將剩下的一頁密封，放進保險箱，交代我等到他死後滿一年才能開封。所以現在還沒到能打開保險箱的時機。法水先生，我實在不願意違背故人的心意。不過所謂法律終究不過是痴傻的微風吧。無論再怎麼神祕光采的美，那陣粗魯的風都不可能放過吧。好吧，你們想怎麼做我就在此旁觀吧。」

博士雖然說得傲然大膽，但是自剛才起在臉上忽隱忽現的不安，此時卻突然蔓延到整張臉。

「但是您剛剛那句話我可不以為然。聽好了，現在我把製作遺囑當天晚上經過嚴密監視，老爺未曾燒毀還藏在保險箱那一頁的密碼和鑰匙放在這裡。」

說到這裡，他從口袋裡掏出密碼和鑰匙。粗魯地丟在桌上。

「怎麼樣？法水先生，單憑機智和幽默可沒辦法打開這道門。莫非您想使用熔鐵劑？我想你既然會說出那麼奇怪的言論，想必也有相當的證據吧？」

法水朝天花板吐出菸圈，高聲地說：

「實在太奇妙了。其實今天我似乎彷彿跟繩子絲線等東西很有緣分。我相信，當時繩子還沒有斷，就是遺囑內容消失的原因。」

博士雖然只能模糊了解法水話中的意義，但是他聽了之後卻像全身觸電一樣發抖，似乎在某一件事上完全被法水所制服。他那張蒼白的臉孔僵硬，沉默了許久，終於站起身來，表情悲壯地說：

「好吧。為了解開你的誤解，也只好這麼做了。我今天就違背對算哲老爺的承諾，在這裡開啟遺囑吧。」

接下來直到兩人回來之前，沒有人發出聲音。每個人的腦中都盤旋著各種不同意念。檢察官和熊城希望事件能有所進展，而旗太郎也在期望藉由遺囑的開封，一舉顛覆自己的不利狀況。不久之後兩人再度現身，法水手上拿著一個大信封。他在眾人環視之下拆了封，瞥了內容一眼，同時臉上出現沉痛和失望。啊，他的希望再次落空。其中只有下列幾項很一般的內容。

一、遺產由旗太郎與格蕾特・丹恩伯格等四人平均分配。

二、此外，若洩漏本邸永久戒律——外出、戀愛、結婚，以及本函內容者，立即喪失上述權利。其喪失部分依比例均分給其他人。

上述內容亦會口頭傳達給各人。

旗太郎臉上也同樣出現了失望的神情，不過畢竟年紀尚輕，他很快就張開雙手，面露喜色。

「法水先生，這下我終於自由了。其實我幾乎想找個角落挖個大洞，往裡面大聲吶喊。但是轉念一想，如果真的這樣做，那可怕的梅菲斯特絕不會放過我。」

押鐘博士贏了這場與法水的賭注。但是法水主張內容是張白紙的涵義，卻不在於此。他那句話當然有助於壓制了博士的神祕計畫，但是在他內心或許還渴求著預言圖那未知的另一半吧。而這驚人的一幕也不得不悵然告終。而不可思議地，本應驕傲得意的博士依然顯得有些神經質，聲音也怯懦不自然。

「這下子我終於卸下擔子了。可是不管有沒有翻開這張牌，結論都很明白。重點就在於均分率的增加。」

法水等人離開大廳。他因為給對方帶來困擾不斷向博士致歉，接著離開了房間，不過走過樓上時，也不知想到了什麼，他獨自走進了伸子的房間。

伸子的房間帶點龐巴度風格③，粉紅色木板邊緣裝飾著金色葡萄藤圖案，看上去是間明亮的書房。左邊是進入書房的狹長走道，右邊桔梗色帷幔後方是臥室。伸子看到法水，似乎早就預知到他會來，平靜地請他入坐。

「我正在想您也該來了。您這次大概是想問丹恩伯格夫人的事吧？」

「不，其實問題不在於屍體的榮光也不是割痕。當然，氰酸並沒有適當的中和劑，就算妳跟丹恩伯格夫人一樣喝了檸檬水，這也沒有作為例題的價值。」

法水為了讓她安心，先說出這個前提。

「不過聽說那天晚上神意審判會前，您曾經跟丹恩伯格夫人有過爭執？」

「沒錯，確實有過。但是對這件事有疑問的應該是我。我完全不懂她為什麼發怒。那時的經過是這樣的。」

伸子毫不猶豫地立即回答，看來也不像在試探對方的反應。

「當時正好是晚飯過後大約一小時，我正想從書櫃裡抽出凱賽斯貝席的《聖烏蘇拉記》[4]歸還圖書室。突然一個踉蹌，手上的書撞到角落的乾隆玻璃大花瓶，弄倒了花瓶。但是說來奇怪。花瓶落地自然會發出劇烈聲響，可是問題也沒有嚴重到要受責罵。不過丹恩伯格夫人卻馬上走過來……我直到現在還不明白一切究竟是怎麼回事。」

「我想夫人應該不是在責罵妳。儘管她怒罵、譏笑、感嘆——其實這些情緒的對象並不是針對對方，而是往內探問自己接收到的感受。某種變態者偶爾會出現這種意識異常分裂的狀態。」

法水凝視著伸子的表情，等著她給與肯定回答。

「不過事實並非如此……」

伸子正色斷然否認。

「當時的丹恩伯格夫人看起來就像個充滿偏見和瘋狂的怪物。而且個性原本像個修女般嚴謹的她，此時聲音發顫、痛苦掙扎，無情地數落我。說我是馬具店的女兒、說我是賤民。她說我是龍見川學園[5]的保母……這也就罷了，她還痛斥我是寄生木。又有誰了解我內心的痛苦……。儘管我很感念算哲老爺生前的深厚恩情，但是繼續無所事事地待在這宅邸裡，我不知有多麼……」

③Madame de Pompadour，一七二一—一七六四年，法國國王路易十五的情婦、著名藝術資助人，對當時的政治文化具有極大影響力，她所採用的建築風格被稱為「龐巴度風格」。

④Sancta Ursula，？—三八三年，傳說中的人物，出身於不列顛的基督教聖女。但查無文中所提書籍。

少女般的悲哀取代了憤怒，淚水沾溼臉龐時，她才顯得平靜了一些。

「所以您現在總能了解，為什麼我至今無法理解吧？因為她從頭到尾都沒提到我發出劇烈聲響這件事。」

「我也很同情妳。」

法水輕聲安慰她，但他內心似乎還藏著某些期待。

「對了，妳有看到丹恩伯格夫人打開這扇門那一刻嗎？那時候妳人在哪裡？」

「哦？真不像你會問的話。簡直像心理分析派早期的老偵探哪。」

伸子對法水的問題顯得驚訝。

「很不巧，當時我不在房內。因為門鈴壞了，我到傭人房去找人來收拾花瓶。但是等我回來，卻發現丹恩伯格夫人已經在房內。」

「這麼說，也有可能她早就躲在帷幔後，只是妳沒發現？」

「不，我想她是因為找我才進入臥室的吧。我從帷幔縫隙看到她時，只稍微看到她露出的右肩，她維持那個姿勢站了一會兒。接著她將旁邊的椅子拉過來，繼續坐在這兩道帷幔中間。法水先生，您也知道我的陳述中沒有出現算哲老爺等任何黑死館的靈魂主義吧？——因為我認為誠實方為上策。」

「謝謝妳。我沒有什麼事要問了。不過我想提醒您一件事，就算這樁事件的動機在於黑死館的遺產，您最好還是謹慎一點保護自己。特別是避免跟這家人太過頻繁接觸——我想您終究會明白為什麼，此時查明兇手是誰，才是上策。」

法水留下這句別有深意的忠告後，離開伸子房間。但走出房門時，他以異樣熾熱的眼神望著兩扇房片中右邊的木板。他剛進門時就發現到距離房門約三尺處，有一處突出的木片毛刺，上面還勾著一些看似深色衣服的纖維。各位讀者是否還記得，丹恩伯格夫人衣服右肩有一處被勾破的地方？這一點藏著令人難以理解的疑問。因為如果以可以想像的各種正常姿勢進出房門，右肩不可能往旁邊移動三尺、碰觸到該處木板毛刺。

接著法水一人走在安靜陰暗的走廊上。途中他停下腳步，打開窗戶，用力吸了一大口窗外的空氣。外面是一幅深沉靜謐的景色。天上掛著月亮，淡淡的光芒燦然照射在瞭望塔、城牆，還有幾乎覆蓋這一切的闊葉樹林上，讓眼前這片景色有如深海般蒼藍深沉。夜風吹過這片景色，宛如波浪般向南方擴散。這時法水腦中忽然靈光一閃，某個念頭開始成長擴大。但是他依然停留在該地，而且仔細地凝神靜聽，彷彿連碰觸到呼吸都覺得害怕。過了十多分鐘，某處傳來踱踱腳步聲，當那聲音漸遠離，他的身體終於開始行動，再度走進伸子房間。又過了兩、三分鐘，他再次出現在走廊上，這次他站在相當於剛剛那房間背面的雷維斯房門前。可是當法水拉動門把時，他已知道自己的推測沒有錯。因為在那個瞬間，他剛好撞上那位憂鬱厭世主義者雷維斯的視線——其中洋溢著異樣熱情、恍如野獸般粗聲呼吸迎面而來。

⑤在此應是借指日本首座專為智能障礙兒童開設的瀧乃川學園來貶低對方。

法水終於誤判？

第七篇

一、沙勿略主教的手……

法水刻意壓低聲音打開房門。就在這時候雷維斯正坐在壁爐旁的躺椅上，臉埋在雙膝之間，雙拳用力按著太陽穴。他的格勞曼[1]中分銀色長髮下，是一對燃燒著狂暴光芒、凝然瞪視眼前紅色火堆的雙眼。平時看來宛如憂鬱厭世主義者的雷維斯，現在全身包覆在前所未見激情中。他不斷拉扯著自己的鬢角，粗聲吐氣，臉上層層疊疊的皺紋也不斷抽扯著他的臉顫。那宛如妖怪的醜陋——在那頭蓋骨之下，絕不可能有所謂的平靜或協調。雷維斯心中確實有一種瘋狂的偏執。這也讓這位初老紳士猶如猛獸般劇喘不休。

不過一看到法水，雷維斯眼中的懊惱盡失，他失神地站起，宛如一座山。這轉變極其明顯，讓人幾乎以為又出現了另一位雷維斯。同時他的態度也並沒有顯現出意外或者厭惡，就像籠罩著一層白霧般的平淡，但同時，在那看不見的另一邊臉上，又覺得另一隻眼睛正在狡猾地轉動……就像平時看到的他一樣，顯得茫然淡漠令人發毛，但也沒有表現出嚴苛態度來責怪法水貿然無禮闖入。雷維斯這古怪的個性，應該說是名副其實的怪物了。

這房間有著雷紋圖案浮雕再加上回教風格的質樸感，三條並列的突出稜邊從牆壁到天花板形成平行摺紋，由這許多摺痕構成的格狀天花板中央，垂掛著一盞十三燭型的舊式水晶吊燈。詭異的黃色燈光由此照射在地面的家具上。法水先為自己沒敲門鄭重道歉，接著在雷維斯對面的長椅上坐下。雷維斯首先狡猾地乾咳一聲。

「聽說剛剛開封了遺囑。那麼您特地前來，想必是為了向我說明遺囑的內容吧？哈哈哈哈。法水先生，事到如今我就坦白說了，您不覺得那根本是個荒唐的遊戲嗎？老實說，開封就等於要執行遺囑。也就是說這封遺囑只有顯示期限的意義，而且還必須立即執行其中的內容。」

「原來如此……這樣一來別說偏見，連錯覺都不可能發生了。不過雷維斯先生，除了那封遺囑，我終於找到另一個動機的深淵。」

法水的微笑裡暗藏著指向對方的尖刺。

「不過關於這點務必需要您的協助。老實說，我從那無底深淵中，聽到了奇妙的童謠。這童謠可不是我的幻聽。當然這件事本身很不合邏輯，也無法單獨測定。不過當我追逐著童謠的影射進行觀察，卻偶然從中發現了一項定數。因此雷維斯先生，我想請您來決定這個定數的值。」

「什麼，奇異的童謠？」

雷維斯先是訝異地將視線從暖爐移到法水臉上。

「啊，我懂了，法水先生，您就別再演這種拙劣的戲碼了。像你這樣兇猛無比、可比凱克斯霍姆[2]擲彈兵的人，怎麼會偏偏唱起這種悠閒牧歌……。哈哈哈哈，無雙之人，只願你威風堂堂。」

①Sidney Patrick Grauman，一八七九—一九五〇年，美國影業大亨，曾經提高電影院建造標準獲奧斯卡終身成就獎。

雷維斯像是看透了來者的計謀，毫不留情地出言諷刺。同時他也迅速築起一道警戒高牆。不過法水顯得不為所動，愈發冷靜。

「沒錯，我的開頭或許有些太過戲劇化。你可能要笑我學識淺薄，不過我到現在連《Discorsi》（十六世紀前半佛羅倫斯外交家馬基維利③所著的《論李維》④）都沒讀過，所以我坦誠開放如您所見，完全沒有任何陷阱或圖謀。不如我現在就把目前事件歸納、包括您還不知道的部分說給您聽。等您聽完之後我再徵求您的同意吧。」

法水稍移了膝上的手肘，將身子往前探，直盯著對方。

「我要說的，是這樁事件的三種不同動機。」

「什麼？動機有三種……？應該只有一種啊。法水先生您忘了遺產分配漏掉的人，津多子嗎？」

「不，那件事暫且擱下，您先聽我說。」

法水制止了對方，接著先提到戴克斯比。接著他從黃道十二宮的解讀，說到小霍爾班的《死神之舞》，先解釋其中的詛咒意志後，他又接著說：

「這個問題其實是四十多年前當算哲出國遊歷時發生的祕密。由此可以了解算哲、戴克斯比、泰芮絲這三人之間的瘋狂三角關係。而其結果戴克斯比可能因為他的猶太人身分而落敗。但是後來戴克斯比獲得了意想不到的機會，也就是建造黑死館。雷維斯先生，您想想看，戴克斯比會用什麼來報復他的落敗呢？他那滿懷惡意、極盡殘酷的意念，會如何訴諸形體……？這時首先讓人想起的就是過去的三樁離奇命案。每一樁命案動機都不明，給了我不尋常的線索。另外，在黑死館落成五年後，算哲曾經大幅改建。我猜這也是因為畏懼戴克斯比的報復而進行的處置吧。不過最令人驚訝的就是，戴克斯比正確預言了四十年後的今天，在那篇奇文之中，記載了人偶的出現。您難道不覺得，戴克斯比的怨念依然留在黑死館中某處嗎？而且絕對是以超乎人類智慧的型態留下。我乾脆明講吧。傳聞已在仰光跳海自殺的戴克斯比之生死，看來還有斟酌的必要。」

「喔，戴克斯比……。如果那個人真的還活著，今年應該正好八十歲。可是法水先生，您所謂的童謠就只是這件事嗎？」

雷維斯不變其嘲諷態度。不過法水不以為意，繼續冷冷地往下說：

「當然啦，戴克斯比的荒唐妄想和我的杞人憂天或許只是碰巧一致。但是牽涉到算哲老爺的問題後卻呈現出異常的活力，沒有人會認為這是多慮。當然了，算哲對於遺產分配所採取的處置確實是明顯的動機之一。旗太郎及津多子等五人也出於各種不同理由包含在這當中。但除此之外還有一項疑點，那就是遺囑上幾乎不可能實行的制裁條款。雷維斯先生您倒是說說，像戀愛這種內心層面的活動要怎麼證明？所以我認為其中包含著算哲不可思議的意志，這也可以說是開啟遺囑之後帶來的新疑點。而且這個疑點不能單獨切割，似乎還留有一縷脈絡……。另外我覺得還有一種內在動因，在這兩者之間互為相通。雷維斯先生，請恕我露骨地直說了。你們四人的出生地和身世應該與官方登記的不同吧。例如克里瓦夫夫人，她表面上是高加索區地主的第四個女兒。但事實上她應該是猶太人，不是嗎？」

②Kexholms，一六三四至一七二一年為瑞典的一縣，地居要塞，現稱普里奧焦爾斯克，屬俄羅斯。
③Niccolò di Bernardo dei Machiavelli，一四六九—一五二七年。
④全名為 "*Discorsi sopra la prima deca di Tito Livio*"。

「這、你怎麼會知道？」

雷維斯不禁瞪大了雙眼，但他很快又平復了心情。

「歐莉加女士可能只是個特例吧。」

「不過既然出現了不幸的巧合，也不能不追究。而且不僅如此，我們還發現了一張彷彿對應這項事實、暗示這個家族特異體質的預言圖。再把這連結到您們四人自幼就被帶來日本這個事實，這當中很明顯暗藏著算哲的不尋常意圖。」

法水在這裡稍停片刻，深吸了一口氣後繼續說：

「不過雷維斯先生，這其中有一個事實連我都要懷疑會不會是自己腦袋出了問題。我之前原以為算哲還在世只是我的幻想，但現在卻幾乎可以確定。」

「啊？你說什麼！」

雷維斯那一瞬間全身喪失知覺。這句話的衝擊之強，讓他幾乎連眼皮都僵住了，雷維斯開始像個啞巴一樣，咕噥著叫人聽不懂的話語。之後他又反覆問了好幾次，等到他總算接納法水的解釋後，全身就像罹患熱病的患者一樣開始顫抖。同時他臉上也寫滿過去好幾個人都曾經出現的恐懼和苦惱。接著雷維斯終於開口：

「啊，果然是這樣。動者恆動⑤。」

他如此低沉暗念，突然不知想到了什麼，眼裡綻放出燦爛光采。

「真是太不可思議了——多驚人的巧合啊。啊！算哲老爺還活著。那他一定是在事件第一個晚上就從地下墓窖回來的吧。法水先生，這就是還沒有出現的『地精呀，勤奮工作吧』——也就是五芒星咒文的第四句吧。或許我們的眼睛看不見。但那張紙早在水精之前，也就是這齣可怕悲劇的序幕就已經悄悄出現了。」

他臉上呈現著看似絕望、又似笑非笑的神情。法水對雷維斯這番有趣的解釋也只是老實地點點頭，但他漸漸拉高了音調。

「對了雷維斯先生，我還發現另一項與遺囑密不可分的動機。那就是算哲留下的禁令之一——戀愛心理。」

「什麼？戀愛……」

雷維斯微微顫抖。

「不，換作平常，你應該會說『戀愛的慾望』吧。」

他忿忿地盯著對方，而法水臉上浮現冷笑。

「原來如此……。不過，如果像你所說用了『戀愛的慾望』，這句話就會有更多刑法上的意義。但是在這裡不能不提到我的前提，也就是算哲在世與地精的關係。其中魔法效果絕對很強大。可是雷維斯先生，我認為問題終究在於比例問題。我看你似乎把這個巧合解釋為無限記號，以為這樁事件宛如『永恆惡靈棲息的淚之谷』吧。但我剛好相反，我知道善良的精靈葛瑞卿[6]之手已經伸向浮士德博士。因為眼前只剩下幾個人，沒有成為那惡鬼的祭品。所以具備此等知性與洞察力的兇手，當

⑤"ogni moto attende al suo mantenimento"，達文西所提出的永動機理論。
⑥Gretchen，《浮士德》故事中與浮士德相戀的女孩。

然也已經感覺到繼續行兇的危險。還不只這樣。對兇手來說，已經沒有再繼續增加屍體數目的理由了。換句話說，在狙擊克里瓦夫夫人這最後一樁後，兇手收集屍體的嗜好應該已完全消失了。雷維斯先生，我就讓您看看我採集到的心理標本吧。法律心理學家漢斯．里赫爾等人提倡過『動機的觀察必須具有投射性』，但是我向來認為動機僅是一種推測材料，因此我鉅細靡遺地探尋所有事件相關人的心理現象。根據我的觀察，兇手的最終目的其實只在於丹恩伯格夫人。所以才會企圖將克里瓦夫夫人和易介的事件導向引人誤判動機的遺產問題上，或者讓人誤以為是種虐待。當然，像伸子的例子可說是極盡陰險，堪稱是那惡鬼特有的干擾策略。」

法水這時掏出了香菸，但仍然掩飾不了他聲音中滿溢的惡魔般迴響。接著，他提出一項驚人的結論。

「所以這就是您今天送彩虹給伸子的心理，更是您與丹恩伯格夫人的祕密戀愛關係。」

啊，雷維斯與丹恩伯格夫人的關係——任憑是神也無法得知這種事吧。在這瞬間，雷維斯就像死人一樣臉色慘白。喉嚨衝動性地痙攣，發不出聲音來。他脖頸韌帶扭曲如同鞭繩，整個人就像雕像一樣瞪視著虛空之中。這是一段漫長的沉默。隔著窗戶可以聽到噴泉強勁噴發的聲音，噴泉飛沫在星空下泛著淺淺的白色光芒。其實他一開始就保持相當的警戒，提防法水慣用的手法，但沒想到法水出人意料的這番透視，早已跨越了他豎起的高牆。這下一舉決定了勝敗。雷維斯無力地抬起頭，平靜臉上透露著絕望。

「法水先生，我本來就不是個擅長幻想的動物。但話說回來你這個人也太多這種遊戲性的衝動了吧。我承認送出彩虹這件事，但是我絕不是兇手。而且你提到我和丹恩伯格夫人的關係，這實在是令人震驚的誹謗。」

「請您放心。如果是兩小時以前也就罷了，但就算有禁令存在，也已經失效。再也不可能有人妨礙您的繼承權。更重要的問題在於那彩虹和窗戶……。」

雷維斯的疲憊神色中顯現出悲愁。

「我當時看到伸子站在窗邊，以為她人在武器室，所以送了她彩虹。但是天空中的彩虹是拋物線，露滴的水卻是雙曲線。所以只要彩虹不是橢圓形，伸子就不會奔入我懷中。」

「但是這時又出現一項奇妙的巧合。那枝鬼箭把克里瓦夫夫人吊起來往前推，射中的位置同樣是那扇門。也就是你送進彩虹的百葉窗棧。雷維斯先生，所謂因果報應，並不是只存在於復仇之神操縱的人類命運中。」

法水的口吻好似話中有話，緊迫盯人地逼問，雷維斯先是縮了縮身子，輕聲嘆了口氣。不過馬上又出言反擈：

「哈哈哈哈！您就不要再胡言亂語了。法水先生，如果是我，一定會說那三叉箭（Bohr）是從後院菜園射出來的。因為現在正好是蕪菁產季。您應該也聽過這首俚歌吧——箭翎是蕪菁、箭柄是蘆葦。」

「沒錯，這樁事件也一樣。蕪菁是犯罪現象，蘆葦則是動機。雷維斯先生，而只有您，同時兼具這兩者。」

法水突然變得態度尖銳，彷彿全身包圍在熊熊烈火中。

「現在丹恩伯格夫人已經遇害，伸子也不可能說出事實。但事件第一個晚上，當伸子打破花瓶時，您人應該在那個房間裡吧。」

雷維斯不覺愕然，握著椅子扶手的單手莫名開始顫抖。

「你的意思是說，我向伸子求愛被發現，所以為了怕失去遺產持分，才下手殺了格蕾特女士？荒唐，那只是你的妄想。你總是因為那些扭曲的幻想而跳脫常軌。」

「但是雷維斯先生，這道解題方式您已經多次聽聞，理應清楚，那就是『的確存在著薔薇，其附近鳥啼聲消失』，雷瑙〈秋之心〉中的一節。」

法水冷靜優雅地開始講述他的實證法。

「您現在可能已經注意到，其實我利用詩詞來當作反映事件相關者心像的鏡子。同時我也布下許多象徵，對這些吻合的符號、呼應給予象徵性解釋，企圖了解對方的內心深處。比方說雷瑙的詩，我成功地將其運用為一種讀心術。因為萊赫德等新派法律心理學家們建議，可將心理學術語中所謂的「聯想分析」，應用在預審推事的偵訊中。這是因為有這一項閔斯特伯格的心理實驗⋯⋯。先將寫上喧鬧（Tumult）的紙給受試者看，接著在受試者耳邊低聲說鐵路（Railroad），結果受試者回答紙片上的字是隧道。也就是說，如果我們的聯想受到其他有機力量作用，就會產生錯覺。不過我又加上自己獨特的解釋，反過來運用這道 Tumult + Railroad = Tunnel 的公式。我先以 1 為對方的心像，企圖以 2 和 3 來描繪其中的未知數。所以在我說出『的確存在著薔薇，其附近鳥啼聲消失』後，試著一句一句研究你說的每句話。結果你開始打量我的表情，回答『你指的是焚燒薔薇乳香（Rosen Weihrauch）的事』。這時我的神經頓時受到強烈刺激。因為不管是天主教或猶太教，乳香都只有波士維利亞（Boswellia）與杜利斐拉（Thurifera）這兩種⑦，當然，在宗教儀式上也不容許使用混種香料。

也就是說，你之所以說出薔薇乳香這句話，一定是受到潛藏在你內心深處某個事實的有機影響。這句話很明顯地代表了某個事實。但那到底是什麼呢？直到我趁伸子不在時進入她房中調查，才終於明白。」

法水慢慢點起菸後，吸了一口又繼續說道：

「雷維斯先生，那個房間的書房裡兩邊都有書櫃。而伸子自稱踉蹌後打破花瓶的《聖烏蘇拉記》放在靠近入口旁書櫃的上層。但是那本書根本沒有重到會讓她失去重心。問題反而倒是旁邊漢斯．夏恩斯堡的《預言的燻煙》（Weissagend rauch）。發現這個事實後，我甚至對這偶然巧合感到有些發毛。因為《預言的燻煙》裡剛好跟閔斯特伯格的實驗有著一樣的解題公式。也就是 Tumult ＋ Railroad ＝ Tunnel 的公式，剛好適用於 Weissagend rauch ＋ Rosen ＝ Rosen（薔薇）Weihrauch（乳香）。所以一提到《預言的燻煙》，當時在你腦中浮動的某項觀念將你誘導到薔薇，因此讓薔薇乳香這四個字浮現在你意識表層。我的聯想分析就此完成，同時，我也知道那本書名為什麼會在你腦中縈繞不去。因為當我仔細觀察房間狀況後，我終於知道伸子撞倒花瓶的真相，而這其中也出現了你的臉孔。」

法水先敘述完他架構出的虛擬世界，再將問題轉移到伸子的動作上，開始進行他獨特的微妙生理分析。

「當我發現《預言的燻煙》的存在，伸子的謊言當然就無法成立。她說自己因為腳步踉蹌讓《聖

⑦乳香之學名為 Boswellia thurifera，並非 Boswellia 與 Thurifera 兩個不同名稱的並列關係。

烏蘇拉記》撞到花瓶、導致花瓶倒下。但是花瓶的位置在入口對面的角落，考慮當時伸子的體位和花瓶位置，她所說的狀況實在不可能成立。第一，除非伸子是左撇子，否則不可能以右手丟擲《聖烏蘇拉記》越過頭頂去撞到花瓶。這讓我想起所謂的厄爾布點反射⑧。也就是高舉上臂時肩膀鎖骨和脊椎之間會隆起一團肌肉，在這團肌肉的頂點就是上臂神經的一點。所以如果給予這一點施加強大打擊，會引起旁邊上臂以下劇烈的反射運動，並在一瞬之後麻痺。實際上現場也剛好具備了引起厄爾布點反射的適當條件，因為那兩本書就放在必須高舉雙手才能拿到的地方。但是雷維斯先生，在我修正伸子謊言的同時，我腦中忽然可以描繪出當時房內發生的真實狀況。伸子想要拿出《聖烏蘇拉記》，右手伸向書櫃上層，此時前面房間傳來聲響。她手裡抓著書、直接往後轉，看見背後書櫃的玻璃門。當時她眼中見到了從臥室走出來的人物，一驚之下不小心碰到放在旁邊的《預言的燻煙》，那本多達千餘頁的沉重木板封面書本剛好掉在她右肩。這剎那間引起的劇烈反射運動，才讓她右手的《聖烏蘇拉記》越過頭頂、飛過，擊中左手邊的花瓶。雷維斯先生，如此一來就可以藉著那本《預言的燻煙》進行一項心理驗證。也就是給當時潛入寢室的人物加上一個虛數。虛數——但黎曼⑨不就藉由虛數證明空間特質並非只是單純的擴大為三重的大小嗎。我就直說了吧。當時從臥房出來的你聽到聲音後，走到伸子身旁，將落地的《預言的燻煙》塞回原處。但是你離開房間時卻被丹恩伯格夫人看見，這讓算哲死後就與您暗通款曲的丹恩伯格夫人相當憤怒。但是因為遺產持分的相關禁令，夫人也不敢公開。」

在法水敘述的期間，雷維斯只是雙手握拳放在膝上，認真聽著。等到對方說完，他冷靜的表情還是沒變。他冷冷地說道：

「是嗎，這樣確實有足夠動機。但是這時候您最需要的就是完整的刑法意義，哪怕只有一個也好。這些犯罪現象需要您的說明。法水先生，您如何證明我的臉出現在那串連鎖當中呢？那本《預言的燻煙》確實深深烙在我的記憶中。我也確實送出彩虹，希望讓伸子明白我的心意。但是光憑這些就要證明我和梅菲斯特的契約……恐怕只會讓我對您的炫學賣弄作嘔。」

「這是當然，雷維斯先生，但是您的詩作卻在一片混沌中給了我光芒。其實這樁事件的結局就出現於那道彩虹中的浮士德博士總懺悔。我就直說了。那虹彩的七色不是詩也不是想像，其實是殘忍無比的刀刃光芒。雷維斯先生，您就是藉著彩虹的霧靄來攻擊克里瓦夫夫人的對吧。」

法水驟然換上淒厲表情，說出這番瘋狂話語。那一瞬間，雷維斯也僵硬得宛如化石。這些突如其來閃過他耳邊的話語，恐怕是他過去完全沒有想像過的意外內容。迷惘、驚愕——這一剎那的雷維斯顯然失去了所有理性。但是看到對方失去分寸的樣子，法水的反應反而有些殘忍，就像在玩弄手上的活餌一樣，他慢慢開口：

「事實上那道彩虹是諷刺嘲笑的怪物。你知道東哥德國王狄奧多里克的拉溫納城⑩悲劇嗎（注）？」

「嗯，就算一開始沒射中，狄奧多里克還是有相當於第二枝箭的短劍。但我既非苦行僧也不是殉教徒，這種淨罪輪迴的想法別對我說，去告訴浮士德博士吧。」

---

⑧鎖骨上方二～三公分處，給予電流刺激會促使手臂肌肉收縮。名稱源自德國神經學家威廉·厄爾布（Wilhelm Heinrich Erb，一八四〇—一九二一）。

⑨Georg Friedrich Bernhard Riemann，一八二六—一八六六，德國數學家。

⑩Ravenna，義大利北部城市。

雷維斯聲音顫抖，露出滿臉憎惡地說著，因為這拉溫納城悲劇中，有一幕跟克里瓦夫人事件很類似的場景。

（注）西元四九三年三月，西羅馬攝政王奧多亞塞[11]在與東哥德國王狄奧多里克之戰中敗北困於拉溫納城中，最後只好求和。在簽訂和談的席上，狄奧多里克命令家臣用海德克魯格[12]的弓箭狙擊奧多亞塞，但因爲弦鬆而未果，只好改以劍刺殺。

「但是光靠彩虹通風報信是沒用的。」

法水繼續緊追，雙眼釋放出凌厲光芒。

「不過您懂得學習奧多亞塞事件中的古老智慧確實不簡單。想必您應該也知道，狄奧多里克使用的弓弦，是用槖莢木的纖維編成，這是從海德克魯格王（北日耳曼邦聯中日爾曼族之一族的族長）手中擄獲的戰利品。但是這種槖莢木的植物纖維具有因應溫度而伸縮的特性。所以從寒冷德國北部來到溫暖的義大利中部，這北方蠻族可怕的殺人工具也頓時失去了它的駭人性能。當我看到那把火箭弩的弓弦時心裡起了股不尋常的預感。我猜想，那槖莢木的纖維伸縮會不會是人為製造出來的。雷維斯先生，當時火箭弩掛在牆上、搭著箭矢，弓形稍微朝上。高度大約在我們胸口附近。不過在這裡值得注意的是支撐箭弩的釘子位置。有三根平頭釘，其中兩根架住弓弦的搓捻縫隙，另一根在發射把手正下方支撐著弓身。當然，要在這個位置自動發射，和牆壁之間必須相隔約二十度。所以所謂陰險的技巧，除了剛剛製造出剛才所說的角度，還有能不借人手拉弓、再鬆開弓弦。這時就需要曾經迷昏津多子的水合氯醛了。」

交換了雙腿上下交疊的位置後，法水抽出一枝菸繼續說：

「你知道醚或水合氯醛水溶液具有低溫特性嗎？說得再仔細一點，它們會奪走與其接觸的物體表面溫度。在這個例子中，是在撚成弓弦的三條槖蕒木纖維繩其中一條，事先塗上水合氯醛。所以接觸到噴泉送來的霧靄時，容易溶解的麻醉劑立刻變成寒冷的水滴，這又讓塗上水合氯醛的那條纖維漸漸收縮。當然，這樣的力道就像射手拉緊弓弦一樣。這麼一來，這條纖維和其他兩條沒有收縮的纖維之間間隙便會漸漸鬆弛，因為搓撚縫隙擴大，所以才會讓箭弩往下移動。因為箭弩往下移，反作用力較強的上方搓撚縫隙就會脫離釘子，使得箭弩上方角度變大，弓身發射把手部分也漸漸橫倒，把手被釘子卡住，得以讓箭以這敞開的角度發射。發射出去的反作用力讓箭弩掉到地上，收縮的弦也在麻醉劑完全蒸發後恢復原狀。不過雷維斯先生，原本這個機關的目的並不是為了取克里瓦夫夫人性命。只需要能加強您的不在場證明就行了。」

這段期間雷維斯全身冷汗直流，眼睛如同野獸般布滿血絲，假如法水滔滔不絕的論述中稍微有機可乘，他早已趁隙反駁，但他終究不敵這番完整合理的理論。絕望逼得他忿忿起身、握拳搥胸，悽慘地開始咆哮：

「法水先生，這次事件的惡靈不是別人，就是你。但請容我說一句，在你動舌頭之前，請先讀

---

⑪ Odoacer，亦作 Odovacar，四三五—四九三年，義大利首位日耳曼蠻族國王（四七六—四九三年在位）。

⑫ Hydekrug，現稱希盧泰，立陶宛西部城市。

⑬ "*Marienbad Elegy*"，歌德晚年為其愛慕的少女瑪麗安所寫的詩。

過《瑪麗安悲歌》[13]吧。你聽好了，這裡有一個想追求永恆女性的人。但是對方精神上的徹悟之美，卻讓他的野心、叛逆、憤怒、血氣，一切都如潰堤沖瀉而出。但你卻只想描述其中的懺悔和懲罰。何止呢！你率領的這隊獵人現在就在此展現著野蠻刻薄的本性。不過射手群聚，獵物動彈不得……」

「喔，狩獵是嗎……可是雷維斯先生，您聽過迷孃[14]嗎？——山中雲間棧道，騾馬霧裡迷途，洞內龍族長居……」

法水臉上帶著不懷好意的淺笑，此時入口處傳來宛如夜風的些微衣物摩擦聲。接著可以聽到歌聲逐漸消失在走廊另一端。

狩獵隊伍就地野營
雲層低垂濃霧掩谷
黑夜夕暮交會之時

那肯定是賽雷那夫人的聲音。但是一聽到這歌聲，雷維斯就像失了魂般，差點倒在長椅裡，他好不容易才站穩了腳步，頭往後仰，急促地喘息。

「你是在什麼機會下，以犧牲一個人為條件說服她的？我已經無力解釋了。也不用再派人保護我了。若要以我的血進行審判，你將會從舌根聽到結果[15]。」

雷維斯帶著不尋常的決心，竟然堅拒護衛。他要解除一切武裝，赤裸裸地站在浮士德博士面前。而法水也挖苦地答應了他的要求，離開房間。他們平常商量對策、也兼做偵訊室的丹恩伯格夫人房裡，檢察官和熊城已經吃過消夜。桌上放著從後院鞋印取模的兩個石膏模型和一雙套鞋。原來東西的主人是雷維斯，剛從後方樓梯下方壁櫃發現。這時押鐘博士已經離開，吃過飯後換法水開口說明。他邊喝著巴貝拉紅酒，一邊說明與雷維斯對決的始末，說完之後，熊城點點頭。

「原來如此，不過……」

熊城臉上露出強烈的責難。

「我真受不了你這賣弄文藝知識的習慣。給雷維斯定罪還有什麼好猶豫的呢？你想想，目前為止好幾個人的動機和犯罪現象都不相符，過去從來無法證明有一個人兩者兼備。總之，如果你的序曲已經結束，就盡快把幕拉起吧。你最喜愛的唱和對抗或許確實令人陶醉。但是也別忘了，最重要的前提是必須作出結論。」

「開什麼玩笑！誰說雷維斯是兇手了？」

法水擺出誇張的動作，哈哈大笑。啊，法水這個世紀寵兒，難道他給那椿告白悲劇準備了滑稽的動機轉變嗎？檢察官和熊城頓時有種被嘲弄的感覺，但是一想到法水清晰的理路，卻不敢馬上相信他現在這些話。接著法水暴露出其詭辯主義的本性，同時說明了今後雷維斯所肩負的奇妙作用。

「雷維斯和丹恩伯格夫人的關係看來不會有錯。但是如果說到那具火箭弩的弓弦是由橐萸木纖維編成，可要成為我在史前植物學上本世紀的最重要發現了。熊城啊，白令海牛於一七五三年在白

⑭ Mignon，歌德在其長篇散文體教養小說《威廉．邁斯特的學習時代》(Wilhelm Meisters Lehrjahre) 中所創的謎樣少女角色，象徵人類對浪漫的憧憬。

⑮ 原文為"My bloody judge forbade my tongue to speak."，此處譯文依照原作者書中點注來譯，但本句原文意思應為「殘忍的法官不許我開口」。

⑯ Ostrov Beringa，白令海中科曼多爾群島中面積最大的島嶼，現屬俄羅斯。

令島[16]附近遭人屠殺，但是那種寒帶植物早在這之前就已滅絕了。所以那箭弩的弓弦只是由一般可見的大麻纖維編成。哈哈哈哈，我把那如象般鈍重的柱體化為錐狀。也就是說，接下來我要以雷維斯為新座標，嘗試給這樁事件最後突破。」

「你瘋了嗎？你打算以雷維斯為活餌，誘出浮士德博士？」

向來沉著的檢察官也大為震驚，差點沒往前撲去，法水看了只露出有些殘忍的微笑。

「你不愧是道德世界的守護神哪，支倉！不過老實說，我最替雷維斯擔心的並不是浮士德博士的魔爪。而是他自己的自殺心理。雷維斯最後這麼對我說『若要以我的血進行審判，你將會從舌根聽到結果』，這確實很像雷維斯這種個性派演員在悲壯時代史詩中最精采的一場重頭戲。但是這場或許算得上悲愁，卻絕非悲壯。他那句話出自莎士比亞的長詩《盧克莉絲失貞記》[17]，出現在一位羅馬女孩盧克莉絲遭塔克文所辱而決心自殺的場面中。」

法水顯得有些擔憂，但還是揚眉毅然地說道：

「但是支倉，在我跟他那場對決中，包含著兇手很難逃避的危機。我設的這一局並非針對雷維斯、而是浮士德博士。其實我已經知道事件中尚未出現的五芒星咒文最後一項，也就是地精紙牌的所在。」

「什麼，地精紙牌!?」

檢察官和熊城無不瞠目結舌。但是法水眉宇之間的神情卻十分篤定，幾乎不像在下賭注。也不知道他恐怖的神經作用到底用了什麼樣的詭計來進逼那幽鬼的牙城。突然升高的緊張氣氛中，法水喝完已冷透的紅茶，開始闡述他那令人震驚的心理分析。

「我試著借用高爾頓[18]的假設來分析雷維斯的心理。在這位心理學家的名著《人類能力及其發展之探究》[19]中提到，一個想像力出色的人會對文字和數字產生共鳴，與其相關的圖示有時會在腦中出現清楚具體的形狀。譬如一說到數字腦中便會出現時鐘表面等等……而剛剛跟雷維斯談話時，他就出現了比此更加強烈的表現。支倉，那個男人對於自己向伸子求愛的結果，哀傷地這麼說：『天空中的彩虹是拋物線，露滴的水卻是雙曲線。所以只要彩虹不是橢圓形，伸子就不會奔入我懷中。』但是在這期間雷維斯的眼睛出現細微的運動，每當他說出幾何學用語時，眼睛就會出現試圖在空中描繪圖示的舉動。我從這種默劇般的心理表現中，發現一項令我倒吸一口氣的徵象。因為在拋物線和雙曲線後緊接著橢圓形，合起來就成了ＫＯ。也就是地精（Kobold）的前兩個字母，Ｋ跟Ｏ，因此我立刻給了他衝動性的暗示，想引導他發出類似除掉ＫＯ後剩下四個字母 bold 的發音。結果雷維斯將三叉箭說成 Bohr。又為了揶揄我，說那枝箭是從後面菜園發射，還在其中加上蕪菁（rube），不斷讓文字躍動。支倉，我就是這樣偶然發現了在雷維斯意識表層浮動的奇異怪物。啊，我雖然不是施特林。不過他所謂『心像乃是一個群體，具有自由移動性』，還真是至理名言。因為，從雷維斯的一句話中可以發現，他隱藏在內心深處的某個觀念，出現了明顯的分裂。支倉，你要知道，雷維斯的腦中先浮現ＫＯ和數式，之後說三叉箭是 Bohr，很明顯地，他心裡確實意識到「地精」這個字。接下來他又用了蕪菁這個字，其實這裡面也潛藏著很重要的意義。這表示雷維斯腦中存在著受

⑰"*The Rape of Lucrece*"。
⑱Francis Galton，一八二二—一九一一年，英國人類學家、統計學家。
⑲"*Inquiries into Human Faculty and its Development*"。

到地精誘導後必然會聯想到的一個祕密。把三叉箭（Bohr）和蕪菁（rube）排在一起看看，結果竟然是格子桌（Boldrube）——啊，難道是我瘋了？其實那張桌子就在伸子房間裡。」

地精紙牌——事件的終點終於來到這一點上。如果法水的推斷屬實，浮士德博士的真面目就是那位活潑的姑娘。接下來前往伸子房間的這條走廊，現在對三人來說是何等漫長。但是來到古代時鐘室前時，法水不知想到什麼，突然停下腳步。他將伸子房間的調查交給便衣刑警，命人將押鐘夫人津多子找來。

「別開玩笑了。假如說困住津多子的數字盤上有暗號也就罷了。要偵訊那女人之後也無妨吧？」熊城不同意他的做法，不耐地說道。

「不，我要看看那音樂盒時鐘。其實有件事我一直放在心上無法釋懷。幾乎快把我搞瘋了。」

法水的堅決讓其他兩人出乎意料。但是法水那猶如馬特諾音波琴[20]的微妙神經，稍加碰觸立即會綻放出類推的花瓣。乍看之下或許毫無章法，不過一待揭曉，馬上成為有力的連字號，或者給事件前景投射下全然未知的閃亮光輝。就在此時，津多子夫人扶著牆走來。不愧是在大正中期曾以表演梅特林克[21]的象徵悲劇聞名的演員，儘管已經四十一、二，豐富的情感讓她那青瓷色的眼周、包圍著肌膚的陶器般光采，都隱約可見昔日舞台上梅麗桑德[22]的影子。另外，與丈夫押鐘博士的精神生活，想必也加深了她的徹悟。不過法水對這位典雅婦人一開始就不假辭色地擺出嚴厲態度。

「我知道一開始就這麼說實在無禮至極。但是借用這邸中家人所說，我得稱呼妳一聲操偶者。關於人偶和絲線，打從事件初始，就出現了泰芮絲人偶。而那罪惡的源頭又以輪迴永生的型態不斷出現。所以夫人，我也沒必要再詢問妳當時狀況、聽那些神鬼命運之論。」

津多子劈頭聽到這番意料之外的話，那優雅的蒼白身體似乎忽然僵硬，只見她硬生生倒嚥一口口水。法水繼續他令人害怕的追擊。

「當然，這也是因為我已經知道您當天傍晚六點左右打電話給妳丈夫押鐘博士，還有在那之後妳奇妙地從房間裡消失等事實。」

「那您想問什麼呢？我是被迷昏之後關在這間古代時鐘室裡的。而且田鄉先生也說了，當天晚上他八點二十分左右轉動了這扇門的數字盤不是嗎？」

津多子臉上略帶怒容，略帶抗議般地問。而法水的背離開緊貼的鐵柵門，凝然注視的對方，嘴裡又吐出瘋狂的內容。

「不，我好奇的不是門外，而是門內。您應該知道房間中央有座附有音樂盒的人偶時鐘——同時也知道那小人偶的右手就是沙勿略主教的遺物盒，在報時的時候會敲鐘吧？可是那天晚上九點，當沙勿略主教的右手敲下時，這扇鐵門卻在沒有人的狀況下開啟了。」

⑳Ondes Martenot，亦稱「馬特諾電子琴」或「馬特諾琴」，二十世紀初發明的一種電子鍵盤樂器。
㉑Maurice Polydore Marie Bernard Maeterlinck，一八六二—一九四九年，比利時詩人、劇作家，一九一一年獲諾貝爾文學獎。
㉒梅特林克的話劇作品 "*Pelléas and Mélisande*" 中之角色。

二、光、色與聲音——完全掩沒於黑暗時

啊，沙勿略主教的手！那和打開這扇有雙重門鎖的門有什麼關係……。這就是法水的透視神經持續運作所築起的高塔嗎？檢察官和熊城一臉木然，說不出來話。就算這真是法水的精采推理，還是叫人一時間難以接受——聽來只像個近乎瘋狂的假設。津多子聽了這些話後似乎覺得一陣暈眩，差點倒下，好不容易才倚著鐵柵門站穩。不過她面如槁木，低垂著頭不斷呼吸。法水略顯得意地會心一笑。

「所以說夫人，那天晚上您的命運真的被絲線繩索給牽纏住。不過說穿了方法其實相當老套……我看不如來驗證一下我的想法吧。」

法水從真齋那裡借來了鑰匙，打開蓋住符號和數字盤的鐵盒，開啟之後先將數字盤往右、往左、再往右地轉動，打開了門。這時可以看到門後方露出背面的航海羅盤式機械裝置。法水在表面相當於數字盤周圍的裝飾突起處纏上線，固定其中一端。

「這種航海羅盤式的特性就是您詭計中最重要的要素。如果將密碼與鎖上時反向輸入，操作三次後就能打開門閂。再次反向操作，又可以將卡榫推入門閂孔中。也就是說，開啟時的起點就是關閉時的終點、關閉時的起點就等於開啟時的終點。所以要實行其實很簡單，只需要確實記好左右轉動的數

字，再加上能反向轉動數字盤的力道就行了……這麼一來，就可以打開理應鎖著的門閂。從內部進行的話，鐵盒的鑰匙自然不構成問題。至於記錄數字的工具記錄筒，不是別的，就是那音樂盒。」

法水把繩子拉向人偶時鐘，打開鐘上的對開小門，將奏出樂音的旋轉筒從連接報時裝置的掛勾上拆下。接著他將線的一頭綁在圓筒那無數突刺之一，並且拉緊，然後對檢察官說：

「支倉，你從外面轉動數字盤，依照符號順序關上門。」

檢察官轉動數字盤時，音樂盒的圓筒也跟著開始旋轉。當數字盤從右轉變成左轉時，圓筒逆轉導致繩子勾住其他的突刺，完整地記錄下這三次操作。接著法水將圓筒恢復原狀、與報時裝置的掛勾相連。這時剛好差二十秒就八點了。連接機械部分的旋轉筒發出唧唧發條聲，開始往與剛剛相反方向旋轉。所有屏息關注的人眼中，都清楚地流露出驚駭。因為隨著圓筒的旋轉，數字盤也開始清楚地跟著反覆往左右轉動。當機械部分的發條發出唧唧——的拖長聲響時，塔上的小人偶剛好舉高右手，「鏗」地一聲，木棒敲在鐘上，此時也明顯聽到房門方向傳來清晰的刻度聲。啊，門再度打開了。眾人紛紛呼出憋在胸中的那口氣，不過熊城舔舔舌頭，走到法水身邊。

「你這個男人真是不可思議。」

但是法水頭也沒轉，逕對著已面露絕望的津多子說：

「夫人，之所以出現這項詭計，起因就在押鐘博士打給您的那通電話。但讓我起疑的，卻是您雖然被灌下水合氯醛，兇手也同時採取令人不解的保溫措施。如果沒以毛毯把您像木乃伊般層層裹住，恐怕您不出幾個小時就凍死了吧。讓您服用麻醉劑，但卻沒有殺意——這種難解的矛盾一直讓我難以釋懷。夫人，不如我來猜猜看您當天晚上打開這扇門後去了哪裡吧？那藥物室裡的氧化鉛瓶裡，到底放了什麼？是什麼能讓那容易褪色的藥物，顏色依然如此鮮豔……」

「不過……」

津多子似已重整好心情，沉重且平靜地開口說。

「當我到達藥物室的時候，那房間的門已經是開著的。而且水合氯醛看來也已經被動過。或許已經沒有必要說明，不過那氧化鉛瓶中放著的是兩公克的鐳。以前我聽伯父說過這件事，所以為了挽救押鐘醫院的經營危機，我不得不下定重大決心。我大約從一個月前就沒離開過這宅邸中——啊，這段期間我承受了許多不同意義的異樣視線。但我還是咬牙隱忍，耐心等待下手機會。所以我在這房內所做的一切，確實都只是愚蠢的自衛手段。我只是想在大家發現鐳遺失時能製造出另一個虛構的竊賊。法水先生，請您把鐳拿回來吧——剛剛押鐘才將它帶走。但是我敢保證。我確實偷了東西，但是我跟偷竊同時發生的命案一點關係都沒有。」

聽完津多子的告白，法水靜靜思考了一會兒，但接著他只命令津多子暫時留在宅邸內不得擅離，就讓她先離開了。熊城看了顯得很不服氣，法水靜靜地說：

「津多子這女人雖然在時間上有許多不幸的巧合。但是除了丹恩伯格夫人命案以外，她跟其他事件一點關聯都沒有。可是熊城，坦白說，我認為那通電話還有另一個更費解的疑點。總之你快命人去追查久我鎮子的身分還有押鐘博士的來歷。」

此時，便衣刑警帶回一項如同法水所料的消息，伸子房間的格子桌抽屜內，果然發現了一張地精紙牌。聽說伸子已經被帶回該房，法水等人也立即前往。房門一開，就聽見嗚咽聲。伸子雙手掩面趴在桌上，肩膀不停顫抖。熊城口氣刻薄地在背後說道：

「妳的名字從生死簿上消失才不過短短四個小時哪。可是這次既沒有彩虹，妳也不能跳舞了。」

「不！」

伸子一個轉頭，只見她滿臉汗滴涔涔。

「那紙牌是趁我不注意時被偷放進抽屜的。這件事我只告訴過雷維斯先生，一定是他向你們密告的。」

「不，雷維斯這個人可是現今罕見具有騎士精神的人。」

法水靜靜地說，並且狐疑地盯著伸子。

「不過您還是快點吐實吧。伸子小姐，那紙牌到底是誰寫的？」

「我、我不知道。」

伸子求助般望向法水，這時她汗流得愈來愈多，舌頭也嚴重打結，話都說不清楚了。熊城看到兇手伸子如此窘迫，忍不住得意地笑了。但是法水依然保持冷靜態度，看著伸子的額頭，緊盯著她太陽穴上不停跳動的繩索狀血管。接著他用手指擦去對方額頭的汗滴時，眉毛瞬時一挑。

「不妙，快給她服用解毒劑！」

在這個狀況下他說出讓眾人完全沒料想到的話。他急聲催促著因這突如其來的翻轉而頓失方寸、顯得狼狽不堪的熊城等人，倉皇將伸子送走。

「看那流汗的樣子，應該是毛果芸香鹼[①]中毒吧。」

①Pilocarpine，又譯為皮魯卡品。眼科臨床多作為縮瞳劑。

法水鬆開交抱的雙臂，看著檢察官。不過他臉上卻漸露恐懼。

「那女人並不會知道我們已經發現地精紙牌，當然不會為了自殺而服毒。我看她應該是遭人下毒。而且目的並非殺害，一定是想讓她以迷濛狀態面對我們，招來第三次不幸。支倉，假如不知道這是三段論法的前提，就無法斷定某件事不具邏輯。所以伸子和毛果芸香鹼就是其中的前提。那麼兇手勢必具備穿牆入地的方法，來聽取我們談話內容。這真是太可怕了。我們剛剛在這房裡的對話，已經悉數傳入浮士德博士的耳中了！」

事實上這樁事件的兇手或許真的具有迫使假象成為現實的奇妙力量。熊城深吸了一口氣，顯得已經受不了。

「但是我認為應該感謝今天的伸子。其實剛剛我的部下在搜索伸子房間時，她正在克里瓦夫的房中喝茶。而跟她一起喝茶的都是與殺人動機那五芒星圓脫不了關係的人。你看，首先是旗太郎，接著是雷維斯、賽雷那……。聽說就連頭上纏著繃帶的克里瓦夫，當時也坐在床上。」

熊城這番話應該說動在場所有人吧。因為這麼一來就明確地限縮了兇手範圍，似乎可以將過去的混亂局面統整起來。這時檢察官臨時起意，提出一項建議。

「不過我倒認為這是唯一的機會。我們要查清楚兇手取得毛果芸香鹼的途徑。如果兇手是津多子，藥品很有可能是透過押鐘博士取得。但如果是其他人，藥品來源除了宅邸內的藥物室不太可能有其他地方。法水，我雖然不是霍布斯②，但如果再調查一次藥物室，或許可以了解兇手的戰鬥狀態。」

在根據檢察官的提議之下，再次開始調查藥物室。不過雖然在這裡找到了毛果芸香鹼的藥瓶，看起來卻不像被動過。所以別說減量了，瓶身表面根本還積著厚厚一層塵埃，好像從來沒有使用過。而且還放藏在藥品櫃內深處。法水臉上本來有些失望，但是他突然丟下香菸，大聲叫道：

「支倉，都是你的簽名太耀眼，讓我一時炫目忽略了細節。其實毛果芸香鹼不見得在藥物室裡才找得到。畢竟它的成分原本來自毛果芸香的葉子。走吧，我們去溫室看看。或許可以探聽到最近出入溫室的人物……」

法水所說的溫室位於後院菜園後方，與動物小屋和鳥禽籠舍並列。門一打開，一股幾乎令人窒息的暖氣撲面襲來，其中夾帶著各種熟透的花粉香味，一種刺激五感、無以名狀的媚香填滿整個鼻腔。入口有兩棵看似史前植物的羊齒蕨，穿過那大片垂葉下來到入口處的泥土地，前方濃密交疊的樹冠，是熱帶植物特有飽含樹液的深綠色樹葉，葉隙之間偶爾點綴著胭脂或藤紫色斑點。不久，燈光下終於出現有點類似長鬚蓼、形狀陌生的樹葉，那就是法水所說的毛果芸香。而調查結果確實不出法水所料，莖上有六處最近葉子被摘掉的痕跡。法水眉頭緊皺，臉上漸漸浮現擔憂神色。

「支倉，六減一等於五。而這個五具有毒殺效果。依剛剛伸子的症狀看來，並不需要用到六片葉子。其實只要有一片葉子含有的十分之〇．〇一，就足以產生她的發汗和口齒不清。所以兇手現在手上還有五片葉子。——剩下的葉子，似乎能看到兇手的戰鬥狀態。」

「啊！這傢伙實在太可怕了！」

②Thomas Hobbs，一五八八—一六七九年，英國政治哲學家。曾在其代表著作《利維坦》（Leviathan）中提及「人類的自然狀態即是戰鬥狀態（state of war）」。

熊城神經質地眨著眼，聲音裡帶著些微顫抖。

「我從沒想過會有這麼陰險的毒物用法。如果不是那位冷血無比的浮士德博士，誰能想出如此殘忍又慘烈的轉嫁手段呢？」

檢察官轉身看著旁邊，詢問引導一行人進來的園藝師。

「最近有誰出入過這間溫室？」

「不、沒有，這一個月沒有任何人來過……」

老人睜著雙眼，結結巴巴地答道。但檢察官對他的答案並不滿意。法水繼續冰冷地逼問：

「我看你還是老實說吧。客廳那球花石斛的配色，應該不是出自你的手藝吧。」

這個專業提問即刻展現了驚人效果。老園藝師就像弓弦一樣，被法水一撩撥馬上忍不住開口：

「請您體諒我身為傭人的立場。」

他先流露出無助的眼眸懇求憐憫，然後怯生生地說出了兩個人名：

「第一次是發生那樁可怕事件的當天下午，旗太郎先生難得過來。接著是昨天，賽雷那夫人她……她向來喜歡嘉德麗雅蘭。但是您所說毛果芸香的葉子，我之前從來沒注意過。」

毛果芸香矮樹的樹枝上開著兩朵花。現在最沒有嫌疑的旗太郎和賽雷那夫人也有可能披上浮士德博士的黑道袍，因此那鮮血淋漓的行列中還得再多加這兩人。在事件的第二天，又陸續出現許多極盡奇妙詭異的謎團，可謂整起事件中紛亂的高峰糾葛的極限。而且現在所有相關人員都有嫌疑，看來要解決此案簡直遙遙無期，只是突然受到兇手複雜的頭腦玩弄。

兩天後正好是黑死館一年一度公開演奏會的日子，而檢察官和熊城很期待法水這兩天來的思考結果，三人再次聚首開會。地點選在地方法院的古老舊邸，時間是下午三點多。不過這天法水看起來格外有份悽愴的活力。他泛紅的臉上帶著激亢的顫動，彷彿心中已經有了某種結論。法水輕舔了舔嘴唇後開口。

「我打算一一列舉每個現象來分類說明。首先是這個鞋印……」他拿起桌上的兩個石膏模型。

「我想不需要多費唇舌說明這些東西了，較小的這個是純橡膠製的園藝鞋。這原是易介常用的鞋，鞋印從園藝倉庫出發，來回於發現攝影感光板碎片之處。觀察他的步行路線，可以發現他的步幅跟腳的大小相比之下顯得很短，而且整體腳印形成曲折的閃電狀。另外，這腳型本身也包含超乎我們想像的疑問。你們想想，這鞋子是適合易介這種侏儒能穿的鞋，每一個鞋印的腳寬都不一樣。另外，跟中央部分比較，會發現腳尖在整體平衡感上看來稍微偏小。還有，這些鞋印很明顯地將重心放在腳後跟，後腳跟部分留有格外使力的痕跡……。另一個套靴足跡從本館右邊出入口開始，呈弓形沿著中央凸窗走，一樣來回於攝影感光板碎片之間。不過與鞋的形狀相比，這個人的步距顯然稍小，行進路線也很整齊。但問題就出在這鞋印上。腳尖和腳跟兩端明顯凹陷，而且朝內側內翻。愈往中央愈淺。當然，鞋底夾帶著攝影感光板碎片，這已經可以明顯地推知這兩道鞋印的目的何在。從時間上來說，那天晚上的雨勢在十一點半以後停止，而且其中有一處是套鞋踩在園藝鞋上的痕跡，可見兩人是一前一後到達當場。但是儘管提出這麼多疑點，我們依然無須倉皇。我想向來講究務實的熊城可能已經發現，如果要以現場採證的角度來解釋這兩個腳印模型，身材魁梧的雷維斯套鞋，看來是由身材比他更高壯的巨人來穿，而穿著這雙侏儒園藝鞋的人，應該是個比易介更加瘦小的小人國居民或豆左衛門。當然，這根本不符合人體結構的原理，根本不可能存在於世界上。這肯定是想隱瞞自己腳印的奸策，其中還藏著複雜的詭計。我想首先該確定的是，易介是否真的是當天晚上在那個時間前往後院的兩人中之一。」

異常熾熱的氣氛中，法水的解析神經陣陣抽動。他接著又給鞋印問題畫上縱橫刀痕。

「不過一旦了解真相，就會驚訝地發現那只是極邪惡的玩笑。其實穿上雷維斯套鞋的人，是身材還不及他一半大的矮小人物。而穿著那斯威夫特[3]（《格列佛遊記》作者）般園藝鞋的，縱然不如雷維斯高大，但身材至少跟常人差不多的身材。因此我推測，穿著套鞋的可能是易介。熊城，那男人一定是先穿上拱廊盔甲的鞠靴後，再勉強穿上雷維斯的套鞋。」

「精采！易介一定是丹恩伯格夫人事件的共犯。他的目的就在不經意地提供加毒的香橙。那本來就是極其明顯的組合動作。但是過去都受到你迂迴曲折的神經妨礙。」

熊城高傲放言，看到自己的論點終於和法水一致顯得很是得意。但是法水隨即發笑。

「開玩笑。浮士德博士怎麼會需要那種小惡魔呢。這當然是惡鬼的陰險戰術。假設這個家族裡有一號冷酷殘忍的人物，這個人不但是黑死館中人人忌憚的對象，也確實殺了易介。不過當天晚上易介陪在丹恩伯格夫人身邊照顧她，這一點帶來了無可避免的成見。假如易介受到那個人物巧妙的誘導，前往攝影感光板碎片散落處，而且在隔天遇害，他依然會被視為共犯。如此一來，推測主嫌時自然不會懷疑到那個人物，而會將注意力放在與易介較親近的人當中。再說到園藝鞋，原本已經消失的克里瓦夫夫人此時再次浮上檯面。啊，說到克里瓦夫夫人，問題就在於她那高加索猶太人的腳。熊城，你聽過巴賓斯基痛點[4]嗎？那是像克里瓦夫夫人這種初期脊髓癆症患者常見的症狀，出現在後腳跟的痛點。而且加以重壓就會痛到無法走路……」

但是再想到武器室的慘劇，法水這番話聽來根本瘋狂至極。熊城驚訝地瞪大了雙眼，檢察官搶先開口。

「當然那可能是偶發性的，但是除非我們的肝臟沒有問題。那雙園藝鞋的重心確實在腳跟沒錯。不過法水，請你把問題從童話轉移到其他方向吧。」

「話雖如此，那位浮士德博士可是發現了連阿貝魯斯《犯罪型態學》都沒有的新手法。如果把那雙園藝鞋反穿，又會怎麼樣呢？」

法水回以諷刺的微笑。

「正因為那是純橡膠長靴，才有這個可能，但這個方法可不是只將腳尖塞進鞋跟處就行。也就是說，他並沒有把腳尖全部放在後腳跟處，而是略為提高、用腳尖用力推著鞋跟部分走，這麼一來，腳跟下方的鞋皮自然會對摺，好像抵到支撐物一樣。所以施加在鞋跟上的力量不會直接落於腳尖，有幾分會施加在其下方。確實呈現出小腳人穿大鞋的跡象。而且那痕跡就像鬆弛彈簧一樣不規則地伸縮，施加的力道每次都不同，因此每個鞋印都會出現少許差異。結果變成右腳穿左鞋、左腳穿右鞋，路線的去程變成回程、回程變成去程，完全逆轉。這個證據就是他在掉落攝影感光板碎片處轉身時還有跨越枯草地時，不妨仔細研究這兩個時候究竟哪隻腳才是慣用腳。這樣就能明確計算出其

③ Jonathan Swift，一六六七—一七四五年，英國作家。

④ 刺激足底時出現會神經反射現象，用以觀察新生兒神經系統和診斷成人脊髓及腦部疾病。名稱源自發現者 Joseph Jules François Félix Babinski，一八五七—一九三二年，法國波蘭裔神經學家。

差數。支倉，這麼一來就可以明白克里瓦夫夫人無論如何都得採用這種詭計的意義了。她的目的不只是留下偽裝足跡。最大的用意在於保護自己最大的弱點，腳跟，讓人無法循著腳印追查到自己。我的結論是，她這番行動的祕密，就在於攝影感光板碎片。」

熊城拿下嘴裡叼的菸，驚訝地盯著法水。但他最後輕輕嘆了一口氣。

「原來如此……但浮士德博士的本來面目除了武器室內的克里瓦夫夫人應該不可能有別人了。如果無法證明這一點，就請你停止這種消遣遊戲。」

聽到熊城這麼說，法水拿起扣押的火箭弩，將弭（弓的末端）用力敲打桌面。沒想到弦裡散出了白色粉末。法水瞥了一眼啞然無語的兩人，開始說明。

「兇手並沒有欺騙我們。這些燃燒過的苧麻（ramie）粉末不是別的，就是所謂的『火精呀，猛烈燃燒吧』，將苧麻浸在釷和鈰溶液中，就能做為當瓦斯燈的外罩發光材，纖維雖然強韌，卻很容易因些微熱度產生變化。其實兇手把用這種纖維編成的繩子組合成圓瓢形藏在弓弦裡。這就像小孩子經常在無意識下把玩時的力學問題，弓這種東西，如果讓弦收縮後瞬間鬆弛，跟一般拉滿弦後發射具有同樣效果。也就是說，兇手先使用比原本弓弦短、且長短不同的兩條苧麻，讓其他弓弦縮短為與此最短苧麻纖維一樣。從外觀上看來，只要編得牢固，看起來絕對不會有任何疑點。然後兇手還從那扇窗戶引來了某個東西。」

「可是，如果是火精，那彩虹……」

檢察官滿心困惑地大叫。

「嗯，說到火精……以前盧布朗⑤曾經利用過讓陽光照射水瓶的技巧。不過他的手法已經在里登哈斯的《關於偶發性犯罪》中敘述過。而此時代替水瓶的就是窗戶上的窗玻璃泡。玻璃泡位於上下窗中內側窗戶的上方，集中於此處的陽光，會再次集中在外側窗框的造型裝飾，知道是哪個部位嗎？就是那貼錫的杯形內。從這裡到弓弦近處可以形成焦點，當然，這也會在牆壁石面上產生熱度，如此一來，就算弦看起來沒有異樣，容易產生變化的苧麻組織會先受到破壞。兇手在其中運用了絕佳技巧。那就是他運用兩根不同長度的苧麻，以及將其編成圓瓢形、使交叉點位於弓弦最下端，也就是靠近弭附近。如此一來，起初焦點落在交叉點稍下方，比弓弦稍短的苧麻會先斷裂。這樣便會讓弓弦稍微鬆弛，這時的反作用力會讓搓捻縫隙脫離釘子，箭弩也離開牆壁，形成一定的角度。在這之後隨著陽光的移動，焦點漸漸往上移，這次輪到另一條將弓弦拉到相同長度的苧麻斷裂。這時箭矢應聲發射，弓弩因反作用力掉落地上。當然，碰撞到地板時握柄也變成發射位置，不過這本來就不是靠握柄發射，另外，苧麻變質的粉末也不會從弓弦中漏出。啊，克里瓦夫夫人——那位高加索柯卡薩斯猶太人的確仿效了格林家殺人事件中的艾達[6]之智啊。但是我猜她原本的目標應該是射中那高背椅吧。結果卻碰巧產生了那高吊半空的特技馬戲。」

這完全是法水的一場精采獨角戲。不過其中還有一項疑點，檢察官馬上點出來。

「你這番推理令人折服。而且也能確實印證在現實中。不過光是這樣，對克里瓦夫夫人的刑法意義還是不夠充分。最重要的問題在於雙重反射所需的窗戶位置，也就是克里瓦夫夫人或伸子其中

⑤Maurice-Marie-Emile Leblanc，一八六四—一九四一年，法國小說作家。成名作為怪盜亞森・羅蘋系列。下文所提陽光照射水瓶的技巧應指《八大奇案》（Les Huit Coups de l'horloge）中〈玻璃瓶的祕密〉（La Carafe d'eau）一篇中之機關。

⑥格林家殺人事件故事中的么女。

一位的道德情感上。」

「那麼，讓伸子在演奏時出現幽靈般高八度琴音的……支倉，其實在那段期間中，有人從鐵梯爬上鐘樓前往尖塔。而且途中還在黃道十二宮的圓花窗動手加工，塞住了那有玻璃琴效果的縫隙。」

法水板起臉，再度語出驚人。啊啊，這黑死館事件最大疑點的高八度音之謎，終於要解開了嗎？

法水繼續說：

「但是說到方法，也只是一種影射般的觀察。鐘樓上方有一個圓孔，其上是個巨大圓筒，其左右兩端是黃道十二宮的圓花窗。只要將圓筒理論套用到風琴的圓管上就行了。因為如果封住圓管開敞兩端中的其中一端，就能發出高一個音階的聲音。但是在那之前，兇手也出現在鐘樓的迴廊上。他貼上風精的紙片，偷偷關上三扇門中間那扇。支倉，你聽說過瑞利男爵[7]『這世界上存在著生物無法棲息的音響世界』這句話嗎？」

「什麼？生物無法棲息的音響世界!?」

檢察官目瞪口呆地大叫。

「對。那真是一種悽慘至極的景象。我說的就是排鐘特有的鳴音世界。」

法水以迫人的陰森聲音說道：

「這麼一來，問題自然會出於為什麼得關上中間那扇門。那扇門剛好位於橢圓牆壁，具備音響學上的凹面鏡功能。也就是和所謂死點正好相反，可將排鐘特有的鳴聲集中於一點。換句話說，那一面牆就是以位於鍵盤前的伸子耳朵為焦點。而且說到對伸子昏倒以及旋轉椅起疑的原因，除了劇烈的鳴音之外，還跟伸子的內耳有關。其實我剛剛的陳述就已經充分地說明了這一點。」

「開什麼玩笑！那女人說過，記得自己往右邊倒下。可是當時伸子的姿勢卻有往左方旋轉的痕跡。」

熊城不禁反駁，法水自顧自點起菸，給對方一個微笑。

「但是熊城哪，在赫加爾[⑧]（德國犯罪精神病理學者，巴登國家醫院的醫學研究員）病例集裡，曾經有過一項報告，有個在方形空間中碰撞的歇斯底里病患，表示自己往相反方向衝撞。而事實也確是如此，發作時身體接收到的感覺，會出現在身體相反那一側。但這裡面的問題不只這一點。另一個問題是發作時聽覺偏向某一邊耳朵的症狀。以伸子的例子來說就是右耳，所以房門被鎖住那一瞬間產生的那劇烈鳴音——讓她幾乎無法意識那是聲音、超越器官忍受限度而襲來，在內耳形成如同燃燒般的熱衝擊。也就是人為引起迷路震盪症[⑨]，結果當然導致了全身喪失平衡。根據赫姆霍茲[⑩]『熱與右耳會傳向左邊』這項定律，全身會立即扭轉。她在旋轉到達極限的椅子上直接向左邊倒下。不過了解這一點之後，並無法藉此指出兇手，只是證明了伸子的無辜。這僅僅釐清了伸子倒下的最後原因，兇手的真面目依然藏在排鐘室的疑問裡。而室內的問題釐清後，接著輪到走廊和鐵梯的問題了。可是既然伸子不是兇手，武器室內的一切狀況就都指向克里瓦夫夫人——這也是必然結果吧。」

當所有分析都漸漸集中於一點，檢察官和熊城頓時被丟進迷惑的漩渦中。這段中熊城默默抽著

⑦John William Strutt，3rd Baron Rayleigh，一八四二—一九一九年，英國物理學家。
⑧Ernst Ludwig Alfred Hegar，一八三〇—一九一四年，德國醫生。
⑨Labyrinthine concussion。
⑩Hermann Ludwig Ferdinand von Helmholtz，一八二一—一八九四年，德國物理學家，於一八四七年提出了「能量不滅」的定律。下文之定律不詳。

菸，努力想讓自己冷靜，過了好一會兒才語帶哀傷地開口。

「可是法水，不管怎麼樣都很難推翻克里瓦夫夫人的不在場證明。除非像麥森[11]的《箭屋》[12]裡一樣發現密道，否則終究無法解決這樁事件。」

「那麼，熊城。」

法水滿意地點點頭，從口袋裡掏出寫著戴克斯比奇妙文字的紙片。熊城和檢察官兩人猜想到可能有某種異常事態發生，臉上都浮現怯懦的表情。法水靜靜開口。

「老實說，我本來認為戴克斯比的暗號，已經在『大樓梯後』這一奇文中展現其告白和詛咒的意志。不過考慮到他故意忽視文法、不使用冠詞這些特色，又讓我感覺彷彿碰觸到暗號的可怕香氣。熊城啊，從一個暗號中又出現新的暗號，這種我們稱為母子暗號，這兩段文字剛好就是這種類型。我看也多說無益，直接說明解讀方法吧。這些暗號原本看來是完全無關的兩段奇妙文字，但是如果只列出第一段中每個字的字首字母，相連起來就變成暗號了。而其解讀關鍵就藏在另一段有如〈創世紀〉內容的文字裡。但是我一開始的觀察方向也並不正確。這些文字總共有十四個字母，連接起來是『qlikjyikkkjubi』。如果把兩個字母合為一組，就成為七個單字，另外，這串文字中有兩個連接在ik後的部分，所以應該暗示著e或s等常用字。不過，我想單靠一個單字應該沒什麼意義，很快就放棄了這個想法。

接著我試著將全句分為兩到三個小節。終於順利成功解讀。你看，這中央是不是有並排三個k的部分？如果在第二個和第三個之間分割，就可以自然地將其區分為兩小節。你知道嗎熊城，連續三個相同字母並排絕對沒有道理，而且由重複字母開頭的單字可說少之又少。拆解後的結果……」

法水在戴克斯比留下的奇妙文字上，每句一一編號如下：

耶和華神爲陰陽人。①首先自我交配，生下雙胞胎。②先出生的是女性，命名爲夏娃，接著出生的是男性，命名爲亞當。③亞當面向太陽時，肚臍上方順應陽光的方向，在背後形成陰影，但肚臍以下卻逆向太陽，在身體前方投下陰影。④神看到這種不可思議的情形非常驚訝，相當畏懼亞當，認同他爲子，不過將與常人無異的夏娃視爲奴婢。⑤接下來耶和華又與夏娃交配，使其懷孕生下女兒後死亡。⑥神讓這女兒降臨人間，成爲人類之母。⑦

「我先像這樣把文章分為七個小節。試圖從各個小節中找出潛藏在裡面的解謎提示。而第一節，我將這一句解釋成創造人類的意思。也就是一切物種的起源——舉例來說就像甲乙丙的甲、ABC的A。接下來是第二節——這可以說是最重要的地方。文中提到『生下雙胞胎』。說到雙胞胎，很容易想像到tt、ff或aa等文字上的解釋。但是雙胞胎在這裡卻具有相當表象的意義，指的其實是雙胞胎在母體內的形狀。熊城，我想應該沒有人不知道雙胞胎在母親的子宮裡是什麼樣子吧？其中一定有一個胎兒顛倒、頭對上另一人的腳，剛好像撲克牌上的人物一樣頭尾相對。這時我們再試試將p和d相對擺置。這不正是英文字母中清楚的雙胞胎形狀嗎？再加上第一小節的解釋，p或d中有一者必定居於英文字母a的位置。但光是這樣，也只是製造出另一套暗號而已，其實q和p也一樣，那麼答案會變得像楔形文字或波斯文字一樣。」

⑪Alfred Edward Woodley Mason，一八六五—一九四八年，英國小說家。

⑫"*The House of the Arrow*"

他在此換了口氣，皺著眉喝光剩下冷掉的紅茶，接著一口氣繼續說。

「不過完成這個部分到第三節以後，才能夠區分出d和p。最先生下的是女孩、接下來是男孩——所以頭朝下的d是夏娃，p當然就是亞當了。再來，將第五節的『子』和第七節的『母』各解釋為子音和母音。也就是說把d套用於開頭為母音的文字、p套用於開頭為子音的文字，這裡後面又要以第四節和第六節來再次修正。

（作者注：下一行開始的暗號說明，可能有人覺得太過繁瑣，為了方便識別，屬於暗號的英文字母將以哥德體呈現。還請知悉）

對了，在第四節出現了肚臍一詞，這可以解釋為『整體的中心』。也就是把p當作子音的第一個字母b，使bcdf……相當於pqrs，那麼相當於代替n的b，從開頭的p數來到最後的n為止，不論從頭尾哪一邊數來都剛好位於正中間——這就是肚臍代表的意義。這麼一來，在第四節前半所提到的『肚臍上方在背後形成陰影』，從b到n、也就是從p到b，可依然保持原狀。可是緊接著的後半段卻起了變化。肚臍下方的影子與陽光反向、投影於前方，這處文字的解釋，正暗示著影子，也就是要顛倒字母順序。因此，如果直接這樣進行前半的排列，在n之後符合的是p、在b之後符合的是c。但如果順序顛倒，讓相對於最後z的n變成p。因此，相對於pqrs的cdfg，成了nmlk……，從尾部顛倒、符合順序。所以結果子音暗號的排列應該如下。

bcdfghjklmn pqrstvwxyz

pqrstvwxyzb nmlkjihgfdc

接著在第六節中夏娃懷孕生下女兒這一句，也有其涵義。因為這暗示著d之後的時代，也就是暗示著abcd依序念來，d之後的e。再加上第七節的解釋，e等於第一個母音a，所以把aeiou置換為**eioua**，就是母音的暗號。這麼一來，這個暗號的全文就成為Crestless stone。解讀到此終於結束。」

「什麼！Crestless stone？」

檢察官忍不住失聲大叫。

「沒錯，沒有徽紋的石頭。你觀察丹恩伯格夫人遇害的房間時，沒注意到那壁爐是以雕了徽紋的石頭砌成的嗎？」

法水說著，將掏出一半的香菸又放回菸盒。那個瞬間，彷彿一切都靜止了。

黑死館事件的循環論終於被攻破一角，在這環狀鎖鏈中，法水的手緊抓住浮士德博士的心臟——啊，終於要落幕了。

剛好六點鐘，戶外不知不覺中飄起濛濛煙雨。這天夜裡是黑死館一年一度的公開演奏會，依照慣例，會邀來約二十位音樂界人士。會場照常設於禮拜堂，為了這天晚上特地臨時裝上的大型水晶吊燈燦然吊掛於天花板上，所以之前在晃動的微暗燈影中迴響著讀經和風琴聲的幽玄氣氛，這天晚上也蕩然無蹤。

但是那扇形的穹頂下依然留存著中世風貌。每位樂手都戴著假髮，還穿上亮眼的朱色服裝。法水一行人抵達時，第二首曲目已經開始演奏，那是由克里瓦夫夫人作曲的降B調豎琴和弦樂三重奏，剛好要進入第二樂章。豎琴由伸子彈奏，她的技術比起其他三人——即克里瓦夫夫人、賽雷那夫人和旗太郎略遜幾分，硬要說也可以算是美中不足的瑕疵，但聽者根本沒有多餘心力去挑剔這一點。因為只要稍看一眼眼前這些令人眼花撩亂、宛如妖豔幻影的色彩和聲音，就會被奪走所有感覺。垂髮較短的塔列蘭式[13]假髮、仿施韋青根風格[14]的宮廷樂師服裝。這一幕色彩鮮明濃烈，彷彿跟昔日喬治一世[15]在泰晤士河上的音樂盛宴一樣，也就是韓德爾[16]的《水上音樂》[17]首演之夜，宛如一場火熱燃燒的幻境，有一股在眩惑之中追求平靜懷想的力量。

法水一行人坐在最後一排，在一片陶醉和安詳氣氛中，等待演奏會結束。不過不只是他們，或許其他人也一樣，大家都相信在如此燦爛輝煌的水晶吊燈下，即使是浮士德博士，應該也找不到可乘之機。但是沒過多久，豎琴的清亮滑音如夢中泡影般消失了，當旗太郎的第一小提琴拉出主旋律時……發生了料想不到的事。聽眾間突然湧起一陣激烈騷動，舞台上開始出現詭異的變化。

水晶吊燈突然熄滅，色彩、亮光、聲音，同時沒入黑暗中。在此同時，舞台上不知是誰發出了奇怪的呻吟聲。緊接著是摔倒在地上的一聲轟然巨響，似是弦樂器摔落在地，琴弦和琴身發出驚人音量、滾落階梯。這聲音在黑暗中顫動了一陣子，等到聲音完全靜止後，再也沒有其他聲息，整個禮拜堂內都包圍在難以言喻的陰氣和沉默之中。

呻吟和墜地的聲響——四位樂手中一定有一人倒地。法水按捺著悸動、凝神靜聽，發現這房間的近處有種類似潺潺流水的輕微聲響。就在此時，一根火柴的亮光從階梯往觀眾席走下，從台上一角劃破黑暗。接著，幾乎就在一瞬間，開始流動著令人血液凍結的窒息空氣。不過，那亮光像妖怪般搖曳晃動，不斷在地板上摸索時，只有法水的視線尖銳地落在光線上方的舞台空間中。他發現黑暗裡有個描繪出人影、久久不放的幻象。

無論犧牲者是誰，下手的一定是歐莉加・克里瓦夫夫人。而且那諷刺冷笑的怪物，正在俯瞰著眼前的法水，同時自在從容地演出一場悲劇。這次所有的矛盾衝突也會像針袋一樣被包覆，第四度重複那畏懼和讚賞的心情吧。但是擲彈距離已逐漸接近，法水已經迫近到可以聽見對方心跳、聞到那宛如樹皮般中性體味的範圍。就在這時——即將熄滅的火光彎垂如弓形，火柴棒離開了手指。同時，黑暗中響起一聲淒厲尖叫，法水還來不及意識到這是伸子的聲音，他的眼睛馬上牢牢盯著地上的某一點。

看！那裡有一片硫磺般的淡淡亮光。從那下方有幾顆火球迅速縮小，出現後又霎時消失。但是一看到這個，法水的所有表情瞬間僵硬。除了出現在他眼前的驚人世界——觀眾席的高背椅、交錯在頭頂上的扇形穹頂，都像暴風雨中的森林一樣開始搖晃，一切的一切都沉沉墜入他腳邊那片無底黑暗深淵中。那迅速消失的光線，是從歪斜的假髮縫隙間出現，掉落在白布之上。而那無疑地正是證明著武器室慘劇的繃帶。啊！歐莉加・克里瓦夫夫人。法水再度敗北。倒在地上的不是別人，正是被他推定為兇手的克里瓦夫夫人。

⑬ Charles Maurice de Talleyrand-Périgord，一七五四—一八三八年，法國主教、政治家和外交家。
⑭ Schwetzingen，德國西北巴登—符騰堡州萊茵，內卡縣的一個小鎮。
⑮ George I of Great Britain，一六六〇—一七二七年，英國國王、德意志漢諾威選帝侯。英國漢諾威王室首位國王。
⑯ George Frideric Handel，一六八五—一七五九年，德國作曲家，後歸化英國。
⑰ 韓德爾於一七一七年夏天，為喬治一世在泰晤士河上舉行的宴會編寫了三組《水上音樂》（Water Music）。

降矢木家族的瓦解

第八篇

一、浮士德博士的拇指痕跡

於是，法水的牌在這場瘋狂前進桌遊中再次回到原點。但是在悲痛瞬間過去的同時，法水再度恢復冷靜。此時有個東西漸漸靠近他耳邊。這正是他剛剛以為是幻覺的潺潺流水聲。大概是通過了類似方柱的空間，或者又加上窗玻璃的震動，音量聽來比剛才更增一倍，儼然撼動地軸的轟響。而那低鳴嗡嗡的轟然聲響，正開始動搖這陰慘死亡空間的空氣。這根本重現了中世紀德國傳說中的「魔女集會」啊。隔著幾道石牆和窗戶，這棟黑死館的某處似乎真的有一道瀑布。姑且不管那與眼前的凶行是否有直接關係，或者那是不是壯觀地呈現了浮士德博士的裝飾癖好，現實中出現這種荒唐無稽的事實，簡直令人無法相信。啊！那瀑布的轟響——那華麗又魅惑的夢，根本是任何律法都無從規範的極端變態瘋狂。但法水揮除那種狂亂的感覺，大叫著——

「開關！快開燈！」

聽眾彷彿聽到這個聲音才回過神來，蜂擁到入口處。室內轉暗時熊城也同時封住了出口，所以制止住這人流，一時之間在一片混亂雜沓的情況下，無法重新開燈。為了避免分散聽眾的注意力，事前將樓梯下的燈光都關了，只留下走廊一盞微亮壁燈，大廳和周圍房間都一片漆黑。在這片喧鬧雜躁中，法水循著黑暗中的彩塵，同時陷入深思。這時檢察官走近，告訴他克里瓦夫夫人被人從背後刺穿心臟，已經斷氣。

不過法水的推理在這段期間已經有所成長，彷彿鋼琴的琴弦般緊繃。針對眼前發生的慘劇，他開始從頭梳理一開始出現的現象，並試著在這曲線中拉出一條切割線。首先雷維斯並不在樂手之列。（而聽眾群中也不見他的身影）。接著，燈暗的同時禮拜堂也成為密室——也就是事件發生前後狀況完全相同。但是最後關燈的究竟是誰？——換句話說，最重要的關鍵就在熄燈前後，這讓法水似乎找到一線曙光。因為水晶吊燈熄滅之前，津多子曾出現在入口門邊，通過門邊的開關，並且坐在最靠近該側旁邊的最前排座位。

事實上那就是法水發現的第一個座標。那就是阿貝魯斯在《犯罪型態學》中舉出的詭計之一，利用碎冰片引起附蓋式開關短路的方法。先將利用碎冰片插在連接把手的絕緣體上，一扭動把手，便會稍微接觸到接觸板，因而亮燈。但這個計策的狡猾之處就在於這之後用手臂去撞把手，讓碎冰片斷裂，碎冰片會接觸到發熱的接觸板。因此溶解的冰片形成蒸氣，在陶板上結成水滴，此處當然就會產生短路。而且溶解的冰也同時消失。也就是說，假使真是如此，津多子經過開關旁時實行了這個計策，當然會等她就座才熄燈。而利用這時間差，又能讓真相更蒙上一層暗影。

押鐘津多子——那位大正中期的偉大女演員，在事件其他連鎖中從未現身，但早在事件一開始那個夜晚，她就從內部推開了古代時鐘室的鐵門，給丹恩伯格夫人事件留下撫拭不去的暗影。而且在事件相關人中她具備最濃厚的動機，現在又占據了最前排的座位。如此排列著幾項因子，法水忽然感到自己的呼吸有股血腥的吶喊。他命傭人備好燭臺，走近開關附近，又有了意料之外的新發現。

開關正下方的地板上，掉落著只有穿和服的津多子才有的披肩繩環。

「夫人，這個繩環先還給您。不過我想妳應該知道這開關是誰關上的吧。」

法水喚來津多子後，立刻單刀直入地問。不過津多子顯得不動聲色，甚至面帶冷笑地回話。

「既然要還我，那我便收下了。不過法水先生，我現在終於知道真的有善行惡報之神存在了。因為當我在黑暗中聽到呻吟的瞬間，腦中立刻浮現了燈光開關的問題。如果能不靠手動就扳動開關，顯然蓋子裡一定藏著某種陰險機關。假如真是如此，兇手一定會趁著黑暗來取回那機關。想到這裡，我腦中浮現一項前所未有的決定，立即離開座位來到這裡。接著我用自己的背擋住開關，在你們過來之前，一直站在這裡。所以法水先生，如果我是德基摩斯[①]（莎翁的《凱薩大帝》中布魯特斯的同黨），此時披肩繩環應該會這麼說吧：『獨角獸被樹所欺，熊被鏡子所欺，象被洞穴所欺』[②]。」

於是法水先調查開關內部。但結果卻與預期相反，非但沒有短路痕跡，就算扳動把手開通電流，水晶吊燈依然在黑暗中保持沉默。這正是糾紛混亂的開頭，問題終於離開了這禮拜堂。法水在詢問總開關位置之前，不得不為自己的急躁判斷向津多子致歉。津多子也收斂起剛剛的氣勢，老實回答。

「總開關的房間跟禮拜堂隔著一條走廊，位在另一頭，那裡以前是殯室（中世紀貴族城堡中進行塗油式前暫放屍體的房間），不過現在已經改裝，變成雜物倉庫。」

不過眾人穿越大廳客廳、走在走廊上時，只覺那轟隆水聲愈來愈逼近。來到目的地殯室前時，才發現水聲是從畫有耶穌受難、聖帕特里克十字[③]的房門後激烈湧出。同時他們的鞋子好像稍微被推動，一股冰涼寒意從鞋帶孔竄進鞋裡。

「啊，是水！」

熊城不禁失態地大叫，往後跳時一個踉蹌，不得不單手撐住左邊洗手台。不過現在總算真相大白。房門對面牆上的洗手台並排著三個水龍頭，現在都被打開，從那裡流出的水沿著自然的傾斜流出。這水流由門檻上的灰泥缺口引入殯室中。他們打算開門，但門上了鎖，再怎麼推撞都文風不動。熊城奮力用身體去撞房門，但只聽到木頭些微輾軋聲，他的身體就像個輕巧毽子般被反彈回來。熊城重新站穩，發狂似地大吼：

「拿斧頭來！管它這扇門是羅比亞[4]還是左甚五郎[5]親手雕刻的作品，我今天非砍破它不可！」

不久馬上有人送來斧頭，第一擊瞄準門把上方的門板。木屑四散，那舊式槓桿鎖連同木栓一起垂下。沒想到那砍破的楔形縫隙中，竟然冒出如溫泉般的濛濛蒸氣。

那個瞬間眾人都一臉呆愣，怔在當場。此時已經無暇顧及這熱瀑背後藏著什麼樣的詭計了。或許硬讓幻想化為現實，就是浮士德博士殘虐的快感，但無論如何，眼前這奇觀著實包含讓人靈魂深處也陶醉的妖幻魅力。打開門，裡面是一片白牆，並且籠罩著一股幾乎讓眼球潰爛的熱氣。不過這時熊城打開門邊的電燈開關，看到放在下方的電暖爐，立即拔掉插頭，霧氣和高溫這才漸漸消褪，終於顯露出室內全貌。

①Decius。
②'That unicorns may be betray'd with trees, And bears with glasses, elephants with holes.'
③Saint Patrick's Cross.
④Luca della Robbia，一四〇〇—一四八一年，義大利雕刻家。
⑤江戶時代初期的雕刻工匠。

這個區域是所謂殯室的前室，盡頭門後是天主教戲稱為「靈舞室」的中室。滴落下來的水從角落的排水孔流出。和中室交界的地方，有一扇沒有裝飾的厚重森嚴石門，旁邊牆上吊著附有古老旗飾的大鑰匙。那扇石門沒有上鎖，門一推，只聽見石門特有的悶響便開啟了。奇怪的是，儘管前室溫度高到差點灼傷人眼球，但眼前這片黑暗深處卻是一片宛如洞窟般的冰冷空氣。等門完全打開，法水在這昏暗光線中，感受到一股讓眼球急速旋轉的激動。眼前是一片耀眼白光，他不自覺地凝視前方地板，呆呆站著。而這絕不是因為修道院格局特有的陰暗沉鬱氣氛使然。

地上是宛如數十萬條白色蚯蚓掙扎扭動留下的無數細短曲線，蓋過堆積塵埃的灰色地板，那清冽的白光，換個角度又像是令人作嘔的黏液一般——仔細一看，只有視野所及之處形成莊嚴的徽紋圖案，浮在半空中，映入眼簾。那光亮就像哥特夏克⑥（率領第一次十字軍東征先遣部隊的德國修士）所看到的聖葉理諾⑦幻影。而且那無數線條幾乎遍布整間房間的地面，這應該是水氣在堆積塵埃上形成的細溝，但奇怪的是，在天花板和四周牆面上並沒有留下類似的痕跡。還不只這樣，如果從側面觀察地板，還可以發現有如月球山脈或者沙漠沙丘的起伏，無限連綿。這種自然力量形成的微細雕刻，根本是任何名匠大師都難以比擬。

這個房間被石灰岩的石塊包圍，瀰漫著艱苦修道的森嚴氣氛。盡頭的石門後方是停屍間，門上刻著聖帕特里克著名的讚美詩——『抵擋異教徒之邪律，抵擋婦人、匠作、巫覡之詛咒』⑧全文。但地上沒看到任何腳印，也許算哲葬禮時並沒有舉行舊式殯室儀禮吧。既然知道沒有人從前室進入，那麼也就解決了所有疑問。因為從洗手台將水流引下階梯的目的很容易推測，不過說到為什麼要點起暖爐，其意圖卻令人毫無頭緒。當然，牆上電源箱的蓋子是敞開的，總開關的拉柄朝下。檢察官回推拉柄、接通電流，他看著腳下的排水孔，說出自己的意見。

「讓洗手台的水從階梯流下，目的是要消除地板塵埃上的腳印。這樣一來，最根本的疑點，在於切斷這房間總開關和鎖上門後離開房間去刺殺克里瓦夫夫人——等於一人分飾了兩角。但再怎麼樣我都不覺得雷維斯會扮演這種小惡魔的角色。我認為答案一定在你發現的『沒有徽紋的石頭』上。」

「沒錯，你說得很對。」

法水先老實地點點頭，接著又憂鬱地眨起眼。

「可是我現在擔心的反而是雷維斯的心理問題。這個房間去向不明的鑰匙，和不見蹤影的雷維斯或許有關……」

他猛抽了兩口菸，轉向熊城的方向。

「總之，兇手不可能隨時將鑰匙帶在身上，現在第一要務就是找出鑰匙。接著再找到雷維斯。」

眾人有種終於從惡夢中解放的感覺，回到原來的禮拜堂，水晶吊燈已經再次綻放璀璨光亮。聽眾在燈光下各自成群聚集，台上的三人則還在原本的位置上，心中的不安和憂愁讓他們看來有如走入絕境的野獸般，不斷顫抖。克里瓦夫夫人的屍體剛好在階梯前倒成丁字形。她身體俯臥，雙手往

---

⑥Gottshalk。

⑦Eusebius Sophronius Hieronymus，約三四〇—四二〇年，基督教神學家、聖人。被尊為四位西方教會聖師之一。

⑧指聖帕特里克護心鎧甲（Patrick's breastplate），又稱鹿鳴頌（Deer's Cry），本段引文原文"Against the black laws of heathenism,……Against the spells of women, and smiths, and druids,"

前方伸，左背上看似矛頭的桿狀握柄駭人地突兀插著。屍體的臉上看不到半分恐懼。而且還有點油光，可能是死後的浮腫吧，這讓她原本稜角分明的尖銳面容比平時柔和了許多。這張臉上幾乎沒有表情。不過在這張乍看下平靜的遺容上，也可推測到過世之前感到突然驚愕的失心狀態。而覆蓋了整個屍體背部凝結的血，形成一大窪指向前方的手指形狀，更讓人發毛的是，那指尖剛好朝著舞台上的右邊。但是在這種種景象中，讓人印象最深刻的就是與這殺人事件完全不相襯的對比。從矛頭根部滲出的脂肪綻放著金色光芒，再加上宮廷樂師的朱色上衣，讓整樁慘事看來華麗非常。

法水仔細地調查兇器，但上面沒有任何指紋痕跡。槍柄根部鑄刻著蒙菲拉托家⑨的徽紋，拔出後一看，是尖端分成雙叉的火焰形槍尖。但是行凶之際受到自然的捉弄，竟遮掩住最重要的部分。從台上到屍體倒地的位置之間，完全沒發現任何血跡。原因當然是因為沒有馬上拔出刀，所以當時飛濺的鮮血也極少。但卻因為這樣，斷絕了重現凶行時必要的一環。也就是說，現在已經無法得知克里瓦夫夫人是在台上哪一個位置被刺？又是經過什麼樣的路徑從台上摔落？法水完成驗屍後，先請聽眾離開現場，自己爬上了舞台的階梯。這時伸子像作惡夢般大叫：

「那浮士德博士覺得這樣折磨我還不夠。把地精紙牌放進我抽屜裡還不夠。今天那個惡魔又再次挑中我，要我加入那三個活祭之列。」

繞到背後的雙手緊握住豎琴架，用力搖晃。

「法水先生，你一定想知道克里瓦夫夫人在舞台哪個位置被刺、從哪邊摔落的吧？但我真的什麼都不知道。我只是緊抓住豎琴框架，凝然屏息，不過旗太郎先生、賽雷那夫人，我想您們應該知道吧？」

「不，如果我是圭迪昂[10]（出現在德魯伊教中、據說精通暗視隱形的偉大祕僧），或許會知道吧。」

賽雷那夫人在顫抖中顯得有些嘲諷。旗太郎也接著她的話對法水說：

「事實就是如此。很不巧，我們並不像昆蟲或盲人那樣有正確的空間感。再說大家又穿著一樣的服裝。在伸子劃亮火柴照亮大家的臉之前，我們連是誰倒地都不知道……不，應該說我們什麼也沒聽見、沒感覺到。」

他似乎察覺到眼前狀況對法水他們不利，眼裡很快出現居高臨下的狂妄。

「對了法水先生，總開關到底是誰關掉的？如此迅速換裝扮演兩個角色的，究竟是什麼惡魔？」

「什麼？惡魔？不，以黑死館這個祭壇為頂的人生，本來就是惡魔了不是嗎？」

法水陰鷙地盯著眼前這早熟少年，接著對方的話尾回答。

「旗太郎先生，老實說，我很輕蔑那種相信人類不可靠的感覺和記憶的老派搜查法，我都管它叫聖骨。但是今天的事件以殯室的聖帕特里克為守護神，我不得不跟德魯伊教祕僧鬥一鬥。您知道那位愛爾蘭的偉大僧侶在進行類似傑賽爾法（注）的儀式後，驅逐了德魯伊教祕僧，讓阿馬[11]這個地方聖化的史實嗎？」

⑨Monferrato，位於義大利北部。
⑩Gwydion。
⑪Armagh，英國北愛爾蘭阿馬郡的城市。

（注）威爾斯的魔教德魯伊教惡魔教的宗教儀式，在祭壇四周進行跟太陽運行一樣、由左往右繞的習俗。

「傑賽爾法？你為什麼……」

賽雷那夫人頓時沉下臉來，顯得有幾分害怕，但又馬上反問。

「但是聰明的聖帕特里克，並不是為了傳教方便才借用那種由左向右的遊行法。」

「沒有錯，那在今天事件中是一種示意標誌。不過問題是，將咒術的表象移到他處，這就等於祕僧親手毀掉它。」

法水臉上泛起淡淡的賊笑，說出這些帶有柔性恐嚇的話語。所謂「示意標誌」到底是什麼？這句話就像揮不去的濃霧，形成一種讓在座所有人肌肉僵硬、血液凍結的氣息。但不久之後，賽雷那夫人的眼睛開始異樣眨動，她先看著法水，又忿忿地瞥了伸子一眼，然後視線定在台下某一點不動。那裡有一個難以言喻的不祥署名。克里瓦夫夫人背上，正出現了一個符合法水所說由右向左的「示意標誌」。那攤猶如前伸手指的血漬形狀，手指竟然指向右邊舞台上，也就是伸子的位置。不僅如此，當然也可能是心理因素影響，那血跡形狀也有點類似豎琴。眾人皆感受到一股說不出來的可怕力量，視線盯在那符號上好一會兒。過了一會兒，伸子將臉藏在豎琴後，開始抖動肩膀激烈呼吸，法水也在此停止了訊問。三人離去後，熊城熱切地看著法水。

「這女人真是個不得了的被害人。竟然布局得如此仔細。」

那感嘆的語氣，聽來似乎陶醉於浮士德博士魔法般的雕鑿痕跡中。檢察官迫不及待地問法水：

「所以你把這項巧合解釋為『看哪，這個人』[12]嗎？」

「不，我是認為其意思為『那是自然原貌，而且化為流動體』。」

法水不經意地說出口，而這突來的異論讓檢察官很是吃驚。

「當然，這麼一來那三個人就完全成為我的指中人偶了。你們看著吧，那三隻深海魚很快就會在我面前掏出肺腑。」

接著法水告訴兩人他所執導的這場心理劇有多麼精采。

「我用傑賽爾法來譬喻的真正原因，在於旗太郎和小提琴的關係上。你沒有注意到嗎？那男人雖然是左撇子，但現在卻右手持弓、左手握琴。這就是傑賽爾法由左而右的真相。不過支倉，這恆數絕不是偶然的意外。」

這時，克里瓦夫夫人的屍體被搬出，一位便衣刑警隨即進入。整棟宅邸的搜索已經完成，但是刑警帶來的報告依然令人驚訝。因為除了殯室的鑰匙尚未尋獲，甚至雷維斯也在第一首曲目結束、暫時休息時，便下落不明。另外還查明命案發生的時刻真齋臥病在床、鎮子則在圖書室中繼續寫作。但聽完報告後，法水臉上開始浮現沉重的暗影。他焦躁地在室內踱步，顯得坐立不安，不過又忽然止步，呆立了幾秒之後開始沉思。漸漸地，他眼中出現異常的光芒，用力一跺地，在高亢的回響中歡聲大叫：

「對！沒錯。雷維斯的失蹤帶給我光明。我們現在所受的苦難，都是因為沒能解開那男人驚人的幽默。熊城，鑰匙就在殯室裡面。走廊的門是從內側鎖上的。雷維斯也是從裡面的停屍間消失的。」

⑫Ecce homo，，是基督教經典《新約聖經．四福音書》的《約翰福音》第十九章第五節中，本丟．彼拉多所說的話。彼拉多令人鞭打耶穌基督後，向眾人展示身披紫袍，頭戴荊棘冠冕的耶穌時，對眾人說了這話，是於耶穌被釘死在十字架上之前不久。

「你在說什麼？你瘋了嗎？」

熊城驚訝地等著法水。殯室中室的地板上確實沒有半點類似腳印的痕跡。另外，旁邊走廊的停屍間窗戶，也從裡面牢牢鎖上。可是法水卻給了雷維斯一條飛行魔毯。

「那他為什麼要在前室製造熱瀑？他又是怎麼在中室地板上創造那個美麗的夢幻世界，還讓上面的腳印消失的？」

熊城激動地反問，最後還用力拍了一下舞台邊緣。而法水的說明從這極其奇怪的徽紋圖案出發，終於跨越了雷維斯張起的圍欄。

「熊城，你經常吐菸圈，那其實是一種氣體節奏運動。同樣的現象也會出現在兩端溫度和壓力不同的情況，比方說中央膨脹的西式燈罩或者鑰匙孔。另外還有一點值得注意，那就是構成中室四周牆壁的石頭材質。那是巴西利卡風格⑬修道院建築經常使用的石灰岩，歷經漫長歲月後應該會風化掉。所以在那些堆積的塵埃中，應該也混雜著溶於水的石灰成分。雷維斯先在前室製造出熱瀑、產生霧氣。隨著時間的經過，前後兩室的溫度和壓力漸漸出現差異，形成絕佳的狀態。這時，從鑰匙孔吐出的環狀霧氣就會往中室的天花板上升。」

「原來如此，環狀蒸氣和石灰成分嗎？」

檢察官表示接受地點點頭，這段時間身體微微顫抖。

「沒有錯，支倉。然後當蒸氣接觸到堆積在天花板灰塵時，先滲入其中的石灰質內。所以天花板內部自然會產生空洞，導致最後無法支撐而墜落。也就是說，這些物質會覆蓋住地板上的腳印。而且那魔法環狀會在吸收大量石灰成分後碎裂，於是形成了那絢爛的神祕圖案。其實在史實中也能發現與這很類似的現象，譬如埃爾伯哥的耶穌魚（注）奇蹟……」

（注）一三二七年，還未發現卡爾斯巴德[14]溫泉時，距離該地十英里外的埃爾伯哥鎮外出現一個奇蹟。一座廢教堂的地板上出現了以希臘文書寫、象徵基督教表象的魚這個文字。但是據說那很可能是礦脈的間歇噴氣所造成。

「好了，這些以後有空再聽你說。」

檢察官慌忙打斷這偽史學家法水的長篇大論，依然帶著半信半疑的態度凝視著他。

「以現象來說確實可以這樣說明。而且裡面的停屍間或許也可以發現沒有徽紋的石頭。可是就算這樣能解決一人兩角的問題。我實在不懂沒必要藏身的雷維斯為什麼要躲藏？難道那男人太過沉醉於自己的伎倆，而喪失本性了嗎？」

「喔？支倉，你是不是忘了足智多謀的津多子呢？不如我們別打開停屍間的門吧。我猜那男人一定會估算好我們離開的時刻，從旁邊走廊的窗戶聖趾窗爬出來，然後躲進平台鋼琴裡吞下安眠藥。走吧。這次一定要打破小佛小平[15]那傢伙的門板。」

於是法水高奏凱歌，站在中室後方刻有聖帕特里克讚美詩的停屍間門前。他們三人眼前彷彿已經看到籠中的雷維斯，正等著貪婪享受那殘忍的反應。但本以為從內部上鎖、得借用武器室的撞車才能打開的那扇門，熊城手掌一放，門便應聲往後退。裡面是潮溼密閉房間特有的黑暗，流出一股

⑬basilica，古羅馬的一種公共建築形式，特點是平面呈長方形，外側有一圈柱廊，主入口在長邊，短邊有耳室，採用條形拱券作屋頂。
⑭Carlsbad，現稱 Karlovy Vary，位於捷克西部的溫泉都市。
⑮鶴屋南北所著的《東海道四谷怪談》中的人物，被殺害後被綁在門板上放流河中。

滿是塵埃的骯髒氣味，幾乎要刺痛喉嚨。手電筒投射出的圓形光暈裡，果然出現了幾條新的鞋痕。在那一瞬間，他們幾乎以為雷維斯的炯炯目光出現在黑暗彼端，還聽到他如野獸般的喘息聲，而這都是他們的彩塵描繪出的幻影。腳印消失在後方垂簾後，延續到最裡面的停棺室。不過令他們忍不住乾嚥了一口口水的，是照射著垂簾到地板各個角落的光線中，只出現了棺台的四支腳，卻看不見任何人影。沒有徽紋的石頭——雷維斯可能已經從這個房間消失了嗎。熊城用力扯下垂簾時，忽然額頭給人一踹，讓他跌倒在地。同時頭上響起垂簾的鐵棒軋聲，一個硬物朝檢察官胸口飛去。他下意識伸手去抓——是隻鞋子。但下個瞬間，法水的眼睛盯著頭頂上的一點。那裡有一隻赤裸腳掌，和另一隻鞋子快掉的腳掌——正像個大鐘擺般不停來回晃動。

法水那彷彿能嗅到腦漿氣味的推理在此被推翻。雖然找到雷維斯，但他已經在垂簾的鐵棒掛上皮帶縊死了。落幕——黑死館殺人事件或許就要以這出奇的一幕告終了。但這樣的結果非但無法讓法水接受，甚至罕見地令他狼狽不堪。熊城將手電筒照向便衣刑警解下的屍體臉上，說道：

「看來這浮士德博士的事件應該結束了吧。雖然不是什麼值得喝采的結局，不過誰會想到這位匈牙利騎士竟然是兇手呢。」

在這之前已經調查過棺台。從留在棺台的鞋印判斷，雷維斯應該是站在棺台邊緣、雙手抓住皮帶，一邊蹬開雙腳一邊將自己的頸項套在皮帶上。那看來如海獸的屍體，還穿著宮廷樂師的服裝，但胸口附近有一點被嘔吐物弄髒的痕跡。死亡時間推估已經過了一小時左右，跟克里瓦夫夫人遇害時刻大約相符，皮帶從領布外勒住脖子，留下殘忍的深刻痕跡。當然，不管從任何方面看來，都很清楚是縊死。不僅如此，從雷維斯的臉部表情也可以證明這一點。他已經變得黝黑發紫色的臉上，眉頭內側呈ㄟ字型往上吊，下眼皮顯得沉重低垂，兩邊嘴角也下垂。這些都是確定死亡的特徵，顯現出無法擺脫的絕望和苦惱。但是此時檢察官伸手捏起脖頸處的領布，仔細觀察後腦髮際。他看著看著，眼中逐漸透露出恐懼。

「我想，雷維斯那些緋聞對他而言可能太過殘酷了。法水你看，這胡桃形的殘忍烙印，看來跟勾索形狀剛好相反。」

他用手指指向後腦髮際那個看來像是胡桃殼的結節痕跡。

「索痕是朝上形成的，所以如果有一、兩個這種結節痕跡或許只是小事。但是在陳舊的凡・霍夫曼[16]《法醫學教科書》[17]中也有過一個類似案例。被害者蹲下來想撿起地板上的文件時，兇手從背後用他所戴的單眼眼鏡絲繩勒殺。這麼一來索痕當然會朝向斜上方，所以兇手之後只要將繩索對準這勒痕吊起屍體就行了。但如果脖子上只留有一個結節痕跡，這反而能說出真相。」

說罷，檢察官試著從心理層面來觀察雷維斯的自殺，碰觸到這局面下最大的痛處。

「再說法水，假如真的是雷維斯關掉總開關、然後潛入某條我們不知道的密道刺殺了克里瓦夫夫人，那為什麼這位克尼特林根[18]的魔法博士浮士德最後不來場壓軸精采表演呢？對一個手法那麼充滿戲劇性的罪犯來說，這最後的結局也未免太平淡、太乾脆了吧？」

雷維斯難解的自殺心理，讓檢察官陷入全然昏迷的谷底。他發狂地看著法水。

---

⑯Eduard von Hofmann，一八三七—一八九七年，奧地利醫生，現代法醫病理學先驅。
⑰"Lehrbuchfürgerichtliche Medizin"。
⑱Knitlingen，浮士德的出生地。

「法水，這樁自殺的奇異之處，就算你把最拿手的禁慾主義讚美歌到叔本華[19]都搬出來，恐怕也無法說明吧。因為眼前兇手的戰鬥狀態完全居於我們的上風。來到這一步，這結局也太過唐突。啊，這根本是可憐的萎縮哪。我無法相信那男人的想像力只在一齣薩爾維尼（Tommaso Salvini，典型表情演技誇大的義大利演員）就已發揮殆盡。因為選擇了錯誤的時間嗎？還是想驕傲地死亡？……不，我覺得兩者皆非。」

「或許真是如此。」

法水用香菸輕輕敲著菸盒，他那奇怪的點頭方式，既像語帶深意，也像發自內心肯定著檢察官的說法。

「那我想你該讀一讀畢德里克[20]的《表情與面相學》[21]。這種悲痛表情稱為『fall』，只有自殺者臉上看得見。」

說著，他用力扯著垂簾，讓頭上的鐵棒發出嗡嗡聲響。

「支倉，就是這個聲響讓結節看起來可疑。為什麼呢？因為突然增加了雷維斯的重量，才讓鐵棒開始具備彈力、呈現彎曲。因此懸吊的身體在反作用力下開始像陀螺一樣旋轉。當然這會讓皮帶因此不斷旋轉交纏。等達到極限後再開始逆向旋轉解開。這樣的旋轉會重複十幾次，很自然地會在交纏的最後端形成結節，用力地壓迫著雷維斯的脖子。」

事件的現象已經能夠完全解釋，但法水只覺得是一人在唱獨角戲。他依然面色凝重，悶著頭猛抽菸，陷入深思——別名奧托卡爾．雷維斯的浮士德博士，人生已經化為雲煙。但，那又是為什麼呢？

接下來當場進行屍體勘驗，首先從口袋裡發現了前室的鑰匙。不過接著解開雷維斯已被勒爛的領子時，沒想到下方竟出現了強烈奪走三人目光的東西。他們終於了解雷維斯邏輯上的死因。剛好在軟骨下方、氣管兩側，有兩個鮮明的拇指印。而且該部分的頸椎脫臼，雷維斯無疑是死於被人勒殺……兇手很可能是先勒殺他之後，再將漸漸沒有氣息的身體吊起——看來不得不如此斷定。一切已真相大白——局面再次精采地大逆轉。不過，勒痕上的右拇指，有著很明顯的特徵，只有右邊這個指印上才有清楚的指甲印。另外，相當於指尖肌肉部分有淺淺的凹痕，看來好像是腫瘤開刀的痕跡。當然，這下子確實可以掃除對雷維斯自殺心態的懷疑，但是鑰匙的發現，又更加深了疑問。

眼前的局面已經同時理出否定和肯定，也證明了其中幾項實在無法克服的障礙。兇手很可能先引雷維斯到前室勒殺後，再將屍體扛入後方的停屍間。但前室的鑰匙收在被害人口袋裡，兇手是如何關起那扇門的？還有，停屍間裡只留著雷維斯的腳印，而且他臉上也是典型自殺者的表情，為什麼他並沒有恐懼惑驚等情緒呢？往旁邊走廊開的聖趾窗上半段是透明玻璃，但覆了一層厚厚塵埃，不可能有方法從此逃脫。因此，把一切答案都寄望在沒有徽紋的石頭上，也是萬不得已。檢察官一把抓住屍體的頭髮，讓死者的臉朝向法水。開始譴責法水過去對雷維斯的嚴苛手段。

「法水，現在這個局面你當然也得負起道義上的責任。沒錯，你確實根據當時的心理分析得知了地精紙牌的所在。也憑藉你的透視能力發掘到這男人和丹恩伯格夫人之間差點就永遠成為祕密的戀情。可是雷維斯卻被你的詭辯逼入絕境，為了證明自己的清白，而拒絕接受保護。」

⑲Arthur Schopenhauer，一七八八—一八六〇年，德國哲學家。
⑳Theodor Piderit，一八二六—一九一二年，德國作家。
㉑"*Mimik und Physiognomik*"。

法水也完全無法反駁。失敗、灰心、失意——不只所有希望都離他而去，心裡一角甚至還留下了恆久的沉重負擔所造成的暗影。那個幽靈可能正不斷在法水耳邊他喃喃念叨著吧——就是你讓浮士德博士殺死雷維斯的——但是強壓住雷維斯氣管的那兩個拇指印，此時卻成了讓熊城雀躍不已的收穫。他立刻派人蒐集所有家族成員的指痕，就在此時，便衣刑警帶了一個傭人進來。這名傭人就是之前在易介命案時曾經提供證詞的古賀庄十郎，他表示自己在休息時間目睹到雷維斯一些令人費解的舉動。

「你最後一次看到雷維斯是什麼時候？」

法水馬上切入重點。

「是。我想應該是八點十分左右。」

他一開始別過臉去，大概是不想看到屍體吧，不過一旦開口，陳述卻相當簡明扼要。

「第一首曲目結束、進入休息時間時，雷維斯先生離開了禮拜堂。當時我剛好穿越大廳，沿著走廊往這個房間的方向走，而雷維斯先生也跟在我身後走著。不過當我通過這個房間、轉至更衣室方向，在轉角不經意地回頭一望，發現雷維斯先生正站在這個房門前直盯著我。那樣子看起來就好像在等我離開一樣。」

依他的說法，雷維斯應是自己進了這個房間，這一點看來並沒有疑問。法水接著問。

「那麼當時另外三位呢？」

「好像都各自回房了。我記得等到下一首曲目開始的五分鐘前，其他三位都來了，不過伸子小姐稍微遲了些。」

熊城在此打岔。

「那麼之後你都沒有通過這條走廊嗎？」

「是的。因為第二首曲目即將開始。您也知道，這條走廊沒鋪地毯，走路時會發出聲音，所以演奏時都改走外走廊。」

留下雷維斯那奇怪行動這個謎後，庄十郎的陳述也結束了。不過最後他似乎又突然想起什麼。

「啊，對了對了，有一位自稱是警視廳外事課的課員正在大廳等候各位。」

於是眾人離開殯室前往大廳，只見一位外事課課員正和熊城的部下在該處等待。他們帶來的其中一份資料是關於黑死館建築師戴克斯比生死真相的報告。在警視廳的委託下，仰光警察當局仔細地調閱了古老的文獻資料。回函中對戴克斯比跳海自殺的始末記載得相當仔細——一八八八年六月十七日凌晨五點，有一位船客從波斯女皇號的甲板縱身跳海。該船客的頭部可能被推進機絞斷，只剩下軀幹部分，三小時後漂流到距仰光二英里的海灘。當然，從衣物、名片，和其他隨身用品判斷，這句屍體應該是戴克斯比沒錯。

接著是熊城的屬下帶來有關久我鎮子身世的報告。根據報告結果，她是醫學博士八木澤節齋的長女，後來嫁給知名的光蘚酵素研究專家久我錠二郎，後來丈夫在大正二年六月過世。之所以要調查鎮子，起因於法水的心理分析，他揭穿鎮子的心理，發現她知道算哲心臟異位。而不只這樣，鎮子還從算哲口中得知防止早期埋葬的裝置所在，可見兩人的關係非比尋常，顯然已經超越主僕界線。但是當法水看到八木澤這個姓氏，他的呼吸出現異樣，面露困惑表情。他然後抓住這份報告書，不發一語地離開大廳，逕自走入圖書室。

圖書室裡只點著一盞爵床葉形台座的燭台，這種陰鬱的氣氛似乎是鎮子寫作的習慣。但她臉上依然是一貫無動於衷的表情，凝神盯著進門的法水。她的凝視不僅讓法水失去開口的時機，甚至讓檢察官還有熊城感到恐懼。終於，她以高壓的姿態開口。

「各位來這裡的原因我知道了……。應該是為了那件事吧。那天晚上我曾經陪在丹恩伯格夫人身邊。在那件慘劇發生後，我沒有離開過這個圖書室。而法水先生，您也開始不得不去注意到其中的悖論效果。」

在這段時間中，法水的眼睛隨著時間的增加每秒更添光采，彷彿要刺穿對方的意識。他轉過身，露出了一點微笑，但那笑容在一半就消失了。

「我想這絕對不是個美好的插曲。這應該是我最後一次來找您了。八木澤女士……」

當法水口中說出八木澤這個姓的同時，鎮子全身隨即出現了無以名狀的動搖。法水繼續追擊。

「令尊八木澤醫學博士，在明治二十一年提倡顱骨鱗狀部及顱窩畸形者的犯罪素質遺傳說。但已故的算哲博士卻提出反駁意見。但奇怪的是，兩人的論戰持續了一年，就在達到頂峰時卻突然無疾而終，彷彿兩人之間達到某種默契一樣。於是我試著將過去黑死館發生的事件依照年代排列。結果發現，爭論平息的隔年明治二十三年，正是那四位嬰兒大老遠渡海來到了日本。八木澤女士，我覺得這段時間內的變遷，就是妳來到黑死館的理由。」

「好吧，我就照實說了。」

鎮子憂鬱地抬起視線。看來她心中的動搖已經完全平息，但是她那沉沉墮入無底深淵的表情，再次呈現出可怕的銳利陰影。

「家父停止和算哲老爺的論戰，主要是因為他們的結論最後終結於『栽培人類』這種極端的實驗遺傳學。我這麼說，您應該也明白那四個人只不過是實驗白老鼠吧。老實告訴您那四個人的真實身分，他們的父親分別是在紐約埃爾邁拉教養院[22]被處以死刑的猶太人、義大利等國的移民。也就是說，解剖死刑犯屍體後如果發現其具有該種頭蓋形狀，便透過所長布羅克韋[23]收買該受刑人的子女。最後收買到國籍不同的四人……所以不管是《哈特佛福音傳道者》雜誌的報導或者大使館公報的內容，都是算哲老爺花錢打點過的。」

「這麼說，讓四人歸化入籍，引起遺產分配糾紛，其實只是因為無法找出結論？」

「沒有錯。算哲老爺自己的父親顱骨也是一樣形狀，這也難怪他對自己的論點會近乎瘋狂地執著。但是像他這種性格異常的人，根本不會把我們所謂的正常思維放在眼中。專心致志就是他們生命的一切，遺產、愛情、肉身這些瑣事，對他廣闊無邊的知識世界來說簡直微小如塵埃。因此家父和算哲老爺約定幾年後驗證實驗的結果，並且由我在一旁見證。但是算哲老爺卻開始進行陰險的謀劃。一切起因於克里瓦夫夫人。在她抵達日本後不久，算哲老爺就接獲拿錯解剖結果的通知。這時候他心生一計，從《古斯塔夫．阿道夫傳》中擷取了四人的名字。也就是給頭蓋形狀其實沒有遺傳特徵的克里瓦夫夫人取了暗殺者的姓氏。其他三人則取了遭暗殺者布勒埃狙擊的三位華倫斯坦軍的戰歿者姓氏。在這間書庫裡完全找不到古斯塔夫王的正傳，以《利希留機密宮闈史》來代替，看到這人名我想不管是家人，或者您們或檢察官都會有些聯想吧。所以法水先生，現在您應該明白我曾經說過的『靈性』到底是什麼意思了吧，也就是從父至子，人類的種子勢必徬徨探索的『荒野』。

㉒Elmira Reformatory。

㉓Zebulon Reed Brockway，一八二七—一九二〇年，埃爾邁拉教養院創辦人。

今天克里瓦夫夫人過世，算哲老爺的影子應該也就此從她疑心暗鬼中消失。啊！這個事件是所有犯罪中道德最頹喪的型式。他們五人，就在那烏黑惡臭的溝渠中，競相爭逐著。」

四位神祕樂師的身世就此曝光，同時黑死館過去的暗潮中，也只剩下一、兩樁未解的離奇命案。

接著眾人回到平時當作偵訊室的丹恩伯格夫人房間，旗太郎、賽雷那夫人和四、五位樂壇相關人士正等在房中。但是一見到法水，向來溫柔文雅的賽雷那夫人一反常態地用命令式語氣說道：

「我們都提供了清楚的證詞。其實我們希望您能嚴厲偵訊伸子。」

「什麼，偵訊紙谷伸子!?」

法水表現得稍顯驚訝，但他臉上卻浮現出藏也藏不住的會心微笑。

「您是認為她企圖殺害你們？不，事實上這還存在一堵無人能破的障壁。」

這時旗太郎打了岔。這異常早熟的少年依然用他既老成又溫和的語氣說道：

「法水先生，您說的障壁是過去建築在我們心理上的阻礙。現在您已經知道津多子夫人坐在最前排旁邊的座位了吧。而在場的這幾個人，都替我們打破了這個障壁。」

「水晶吊燈的燈光熄滅後，我馬上發現有人從豎琴方向靠近。」

開口的應該是評論家鹿常充——這位額際已禿、年約四十的男人環視左右，像在徵求眾人的同意。他繼續往下說：

「我本來以為是空氣流動。但後來又聽見絲絹摩擦聲和低鳴聲，才發現應該不是空氣流動。但是不管怎麼樣，那聲音漸漸擴散。我以為就此消失了，沒想到同時間就聽到那悲痛的呻吟。」

「嗯，您的筆鋒確實夠毒辣。」

法水諷刺地微笑，點點頭。

「可是你聽過赫胥黎這句話嗎？——超乎證據的判斷不僅是謬誤，更是一種犯罪。哈哈哈哈哈！如果能聽見繆思的琴弦聲，為什麼只聽見鶴鳴聲就宣告伊比庫斯[24]之死呢？我反而覺得，拯救阿里安[25]才是愛樂海豚的義務。」

「什麼？什麼叫愛好音樂的海豚!?」

其中有一人激憤大叫。那人位於左端旗太郎的下方，是位名叫大田原末雄的法國號樂手。

「很好，現在阿里安已經獲救了。可是我因為位置的關係，並沒有聽見鹿常所說的空氣流動。但是也正因為我離這兩位很近，幾乎可說完全掌握了他們的動靜。法水先生，我確實也聽到了異樣的低鳴聲。而且那聲音在呻吟聲一響起就同時消失……，但只要旗太郎是左撇子、賽雷那夫人是右撇子，那絕對是弓弦相互摩擦的聲音。」

這時賽雷那夫人顯露出諷刺的絕望神色，看著法水。

「總之，正因為這個對比的意義非常單純，才讓愛鑽牛角尖的你難以評斷。但如果您能以自己慣性之外的神經來加以判斷，一定可以從那個吉普賽賤民身上找到耀眼的克拉科夫[26]（傳說中浮士德博士修練魔法的地方）回憶。」

等他們離開後，熊城板起臉譴責法水。

㉔Ibycus，古希臘詩人。在樹林中被強盜謀殺，現場只有天上飛過的鶴群目擊。後來兇手在追悼儀式中脫口說出「伊比庫斯的鶴！」而暴露罪行。
㉕Arion，古希臘音樂家。在船上被水手劫財謀殺，死前唱了最後一首歌後自行跳海，後來被愛上他歌聲的海豚們所救。
㉖Krakau，波蘭南部城市。

「真是受不了，我想老實地接收別人的訊息才是最適合你的高尚精神吧。不過法水，聽了剛剛的證詞，你不妨回想一下剛剛說過的武器室方程式。當時你說，二減一等於克里瓦夫。但是最後揭曉時，答案克里瓦夫卻遭人毒手。」

「開什麼玩笑。那種吉普賽賤民的女兒怎麼可能是這種宮廷陰謀的策畫者？」

法水加強語氣說道：

「伸子這女人的角色確實很奇妙，除了丹恩伯格夫人命案和排鐘室的事件之外，她完全深陷於間接證據之網中。但是正因為有那標本般的活祭存在，浮士德博士才得以保持愉悅。最重要的是，伸子既無動機、也沒有衝動。任何一種虐待狂傾向的犯罪者，都會有導致病態心理的成因。比方說剛剛那些喜歡音樂的海豚……」

法水正要說起某件事，剛剛命人去調查拇指印的報告正好送來。不過結果只是徒勞無功，並沒有發現符合的指痕。法水眼露疲色，思考了片刻，突然又想到了什麼，叫人把大廳暖爐架上的記憶之壺[27]拿來。壺總共有二十多個，有些是故人或已經離開宅邸中的人所有，為了替與這座黑死館有重要關係的人留下永恆的回憶，所製作的東西。水壺表面施以西班牙風格的美麗釉藥，可能因為出自外行人之手，形狀有些樸拙。法水把這些壺排在桌上。

「也許是我神經過敏。但是在像這座宅邸一樣精神病理性人物很多的地方，如果相信他們按的指印，就是個根本性的錯誤。因為他們偶爾會出現外觀無法判斷的發作症狀。有時僵硬、有時羸瘦，這時候往往會導致我們做出嚴重的誤判。但是這些壺的內側一定還留有他們平靜時按下的指印。熊城，請你小心打破這些水壺。」

對照著壺底的姓名一一打破之後，最後只剩下兩個。「克勞德．戴克斯比」……他們打破了這個壺，但是卻跟留在那威爾斯猶太人身上的不一樣。接下來是降矢木算哲……熊城拿著木槌輕敲，壺身出現龜裂痕跡。當壺身裂成兩半的下一個瞬間，三人彷彿陷入一場惡夢中。剛好在壺口下方，出現了明顯與雷維斯咽喉上一模一樣的拇指痕。檢察官和熊城受到這個衝擊連說話的力氣都使不上。過了好一會兒，熊城才像大夢初醒般，慌忙撢落菸灰。

「法水，這下子問題清楚了。沒什麼好猶豫的，馬上去挖掘算哲的墓窖吧。」

「不，我還是要維護正統原則。」

法水的聲音裡飽含著異樣的熱情。

「如果要被那些疑心暗鬼迷惑，相信算哲還活著，那你大可去舉行什麼降靈法會。但我還是要找到那沒有徽紋的石頭，和這活生生的殺人鬼搏鬥。」

接著，他一一檢查暖爐砌石上刻的徽紋，在右邊的砌石中發現疑似的對象。法水試著按下那塊石頭，沒想到那個部分竟然順著手指的方向往下凹陷。同時，同一層的砌石也無聲地開始後退，不久後，該處的地板出現了一個四方形的黑洞。是條密道——這條充滿戴克斯比殘酷詛咒意念的黑暗密道，沿著牆邊、穿過樓層的間隙，到底會通往何處？排鐘室？禮拜堂？還是殯室？或者會分散為四通八達的岔路……。

㉗Pots of memories。歐洲近世之後有些城堡中備有陶窯，可在城中燒製寫有名字的陶器，類似該城的賓客紀錄。

二、伸子呀，命運之星在妳胸口

腳邊出現一道小階梯，望進去是一片如漆般的暗黑。長年沒有接觸外部的陰溼空氣，伴隨著宛如屍溫的暖空氣和一種無以名狀的黴臭，汩汩流出——這是名實相副的鬼氣。法水等三人馬上打開手電筒，微微側身走下樓梯。下面鋪著大小約半張榻榻米的木板，剛剛因為光線昏暗沒看見，下來之後才發現地上有幾道拖鞋印。而其中有一道相當新，筆直延伸到樓梯上，那偏小的形狀可能因為躡手躡腳地走，前後連一點特徵都沒有留下。所以完全無法判斷腳印到底是從樓梯走下來？還是來自後方密道。這時候，拿著燈光照亮四周的熊城輕聲叫著。原來他右手上方掛著一幅神情淒厲的魔王巴里（出現在印度毗溼奴[1]化身傳說克爾斯納古籍中的惡魔之名）木雕面具，左眼眼珠呈棒狀突出了約五分長。按下那突出眼珠後，換成另一邊右眼突出，由上面照射下來的光線也變得更窄——因為砌石恢復到原來位置。接著法水測量完拖鞋痕跡和步伐間隔後，走進前方長方形的黑暗。其實這幅情景就好比從前羅馬皇帝圖拉真時代[2]，執政官總督普里尼烏斯帶著兩位女管家探訪聖加里斯都地下聖廊[3]。

密道天花板上堆積多年的灰塵，猶如鐘乳石般垂下，每次呼吸都會引起細塵飛散，惹得咽喉發癢。即使沒有這些灰塵，也因為這裡面缺乏新鮮空氣，感覺令人窒息，要是在這裡使用火把，大概無法點亮、會馬上生煙熄滅吧。再加上宅邸內的聲音在這個空間裡形成異樣的轟響，讓人時而覺得遇見岔路，或者彷彿聽見人聲而心驚。不過拖鞋的痕跡還沒有中斷，依然引導著他們前進。踩著宛如雪地的柔軟堆塵，腳下直觸地面的冰涼感觸直接傳到腦門。這趟隧道之旅大約持續了二十分鐘。密道忽右忽左，有時還會出現坡道，極盡蜿蜒曲折，讓人幾乎記不住完整路徑，最後往左一彎，進入一條死路。在這裡又有一幅魔王巴里的面具。啊，這堵石牆的後面，會通往黑死館的哪裡？法水倒嚥了一口唾液，按下面具的單邊眼睛。右邊的門稍微擦過熊城的肩膀，應聲開啟，前方依舊是一片黑暗。不過似乎感受到一股輕柔的風，讓人覺得這應該是個寬敞的空間。

法水將手電筒高高朝斜前方空間照射。但是光線只是空虛地劃過黑暗中，什麼都沒照到。他又上前一步，照向正上方，那裡出現了三張醜陋苦澀的男人臉孔。於是法水明白了一切。聖保羅④、殉教者聖依納爵⑤，以及哥多華的老教父霍修斯⑥……他數著牆上的雕像柱，數到第三根後，顫抖地瘋狂大叫。

「是墓窖！我們終於來到算哲的墓窖了！」

①visṇu。
②Trajanus，五三—一一七年。
③Catacombs of St Callixtus。
④Paulos，？～約六五年，《新約聖經》作者之一。
⑤Saint Ignatius of Antioch，六七—一一〇年，使徒後時代（Post-Apostolic Age）的基督徒領袖之一。
⑥Hosius of Corduba，二五六—三五九年。

法水驚嘆的同時，熊城往前跨了一、兩步，用圓形燈光橫向掃過前方。光線中確實有幾具石棺忽隱忽現，這裡確實是算哲的墓窖沒錯。三人的呼吸變得急促。雷維斯對法水說過的「地精呀，勤奮工作吧」的解釋，現在從幻想走入了現實。而且那道拖鞋痕跡也筆直地朝向中央那座特別巨大的算哲之棺台延續。棺蓋上躺著用輕鐵製成的守護神聖喬治⑦，還被略略抬高。此時三人心裡都認為，唯有算哲這個棺台沒有腳架，又是用大理石堆成，棺內應該不會有浮士德博士的身影，而是一條通往地下的新密道。

但是抬起棺蓋照進圓形光線時，三人都忍不住感到一股戰慄，往後退了一步。棺裡竟躺著一具形狀詭異的骸骨。理應平躺的膝蓋彎曲高抬，雙手扶在空中，手指彎曲，看來像在抓取什麼東西一樣。而且在三人往後跳時，那具骸骨應聲一響，更詭異的是肋骨一端也掉下一兩根，就像灰一樣頓時湮滅。不過左邊肋骨可以看到創傷痕跡，這具骸骨很明顯是算哲的屍骸沒錯。

「算哲果然已經死了。那……那個指印到底是誰的？」

檢察官回頭看著熊城，低聲說道。不過這時候法水眼中閃過一道妖異的光，他將眼貼近算哲肋骨，動也不動。其實出乎意外地，這胸骨上竟然刻有縱向的奇異文字。

PATER! HOMO SUM!

「父呀！我也是人子——」

法水當場譯出這句拉丁文，不過奇怪的發現還沒有結束。在這刻文邊緣處處有閃爍的金色微粒，另外，在骸骨缺落的齒縫間，竟插著看似小鳥的骸骨。法水蘸起那微粒，端詳了很久。

「這大概是浮士德博士的儀禮吧。但是熊城，這些字是用攝影感光板刻的。父呀！我也是人子——還有塞在牙齒中那疑似小鳥的骨骸，一定是妨礙預防早期埋葬裝置啟動的山雀屍體。這不是很可怕嗎？這就表示，算哲曾經在棺材中復活，但是當時兇手卻塞進山雀的雛鳥，阻止電鈴發出聲響。」

空間中只有法水的聲音陰森迴響，但檢察官和熊城都專注於眼前這顫慄的景象，沒把法水的話聽進耳裡。這屍體很明顯地呈現出在棺材中掙扎的樣子，就結論來說，確實是被活埋。而且對浮士德博士來說，看算哲在棺中復活後瘋狂地拉動求救繩索，卻遲遲無人前來，最後終於筋疲力盡，奮力抓著頭頂的棺蓋，這情景一定帶給他殘虐的快感吧。而兇手冷酷的意志，表現在山雀屍體和「父呀！我也是人子」這句話中，難怪久我鎮子要哀嘆這是道德最頹廢的形式。這樁可怕悲劇早在黑死館殺人事件這段殘酷悲哀流血歷史之前就已經發生，眼前又有這具骸骨形狀來佐證，在這悲劇中確實有股強烈的力量，讓人胸口沉重。接著眾人開始調查拖鞋痕跡，鞋印延伸到墓窟上到樓梯盡頭後門口，也就是延續到墓地的靈柩台前。不過來到這裡才終於知道前後經過，兇手從丹恩伯格夫人房間進入密道，然後打開靈柩台的蓋子，來到後院的地面。除此之外，還可以看到幾個被塵埃掩埋的腳印，顯然那個密室裡確實有過異樣的潛入者。調查結束後，三人倉皇闔上棺蓋，逃離這充斥逼人鬼氣的地方。離開的路上法水綜合整理了幾項發現，並且將這些發現的關聯串起來。

一、關於「父呀！我也是人子」的觀察——

這已經是無論如何都很難否定的示意標誌。但是由於算哲對自己論點勝利的瘋狂執著，他不僅

⑦ Sanctus Georgius，二八〇—三〇三，著名的基督教殉道聖人，經常以屠龍英雄的形象出現在西方文學、藝術等領域。

讓四位外國人歸化入籍，還寫下那封不合常理的遺囑，甚至繪製預言圖、焚燒魔法典，企圖暗示犯罪方法，以攪亂警方調查，這到底對三人中的哪一個人造成衝擊？這個決定無疑還是個疑問。但是所謂「父呀！我也是人子」這句話，很明顯指的是旗太郎或賽雷那夫人，難道是旗太郎爲了荒謬的遺產問題而報復？或者是賽雷那夫人出於某種動機發現了算哲的企圖——這就暗示了看似法水瘋狂幻影的另外半張預言圖確實存在——假如是這樣，或許是夫人傲然的絕對世界中產生了這驚世的衝動行爲。而其意志雖然顯現在「父呀！我也是人子」這句話中，但假如這是僞造的，那麼這狂文的作者一定是押鐘津多子。

二、押鐘津多子的犯罪現象——

目前已經明白的是，神意審判會時出現在凸窗處的人影，和第一道從園藝倉庫走來撿起攝影感光板的鞋印，還有藥物室的闖入者——以上這三個人跟殺害算哲、那一夜闖入丹恩伯格夫人房間的爲同一個人物。這麼一來，問題就集結於丹恩伯格夫人事件上，此時押鐘津多子夫人帶著無法否認的疑點以及強烈動機翩然登場。當然，除非有確切結論，否則這些推測也只是空虛之中的小小突起。

他們再次回到之前的房間，在椅子上坐定後，法水憮然摸著下巴，再次語出驚人。

「其實在算哲的屍骸中包含著兩項狂暴的意志。他第一次死於戴克斯比的詛咒，後來又復活，但是卻被浮士德博士阻止。也就是說，這是雙重殺人。」

「什麼，雙重殺人!?」

熊城驚訝地反問，法水三度翻轉「大樓梯後面」的解釋，終於揭開最後的終點。

「難道不是嗎？熊城，知名的蘭吉（法國知名的暗號解讀專家）曾說過，暗號最後的重點在於音節整理，所以我在『沒有徽紋的石頭』上嘗試進行音節整理，把s和s、re和le、st和st去掉。結果變成Cone（松果）這個字。但這個松果剛好是床鋪天篷的頂飾，這又是一種令人發毛的玩笑。」

接著法水走進帷幔內，在床墊堆上桌子、椅子。最後把五斗櫃也放上去時，檢察官和熊城都倒吸了一口氣。因為那松果形狀的頂飾開了口，從裡面溢出白色粉末。法水此時開口道出讓黑死館過去蒙上一層暗影的三樁離奇命案。

「這就是黑暗的神祕，也就是黑死館的惡靈。以修辭學方式來說明，也可說是賣弄中世紀異端的把戲。但是只要觀察裝置的內容，還有過去三樁離奇命案都發生在兩人同床時，就不難推想。也就是說，兩人以上的重量是一個基準，達到這個重量後松果頂飾就會開啟、掉出粉末。過去在瑪麗和安妮王朝時代[8]裡面放的是春藥，可是這張床等於是桃花心木製成的貞操帶。因為這種粉末應該是罕見有毒植物的番木鱉鹼（注）。一旦接觸到鼻腔黏膜就會產生強烈幻覺，所以首先在明治二十九年發生了傳次郎事件、接著在三十五年發生筆子事件，這兩樁他殺命案之後，最後是算哲抱著人偶死亡。所以所謂的戴克斯比的詛咒，其實是《死神之舞》中記載的『與耆那教徒共同躺在地獄底層』的本體。」

⑧指瑪麗二世（Mary II，一六六二—一六九四）和安妮女王（Anne，一六六五—一七一四）。

（注）後來法水表示很驚訝，因爲番木鱉鹼已經是傳說中的東西。而且它只出現在巴提什[9]（十六世紀克尼格斯布呂克[10]藥學家）的著作中，到了近世只有一位曾經獎勵栽培印度大麻的德屬東非公司傳道醫師費雪曾在一八九五年提過。他只提出了一份報告指出，當地土人很珍視馬錢[11]（矢毒的原生植物）寄生在印度大麻上生出的果實，會將其用在咒術上，這很可能就是番木鱉鹼。黑死館藥物室裡的空瓶，或許就是算哲準備拿來裝戴克斯比贈送的番木鱉鹼吧。

解釋完這些，覆蓋著黑死館的過往暗影已經完全消失。但檢察官在亢奮之中依然難掩些許失望。

「你說得沒錯，但是我們對眼前的案情還是一無所知。另外，你要怎麼解釋這個矛盾？從房門到房中這段路，地毯下因水留有人偶的腳印。但是一進入密道，那卻變成人類的腳印。」

「支倉，這是加減計算問題。我一開始就不相信有人偶存在，根本不覺得需要提及這一點。但唯有這件事不能以偶然的巧合來解釋。因為比較密道的拖鞋痕跡和人偶腳印，發現其步寬和腳型的全長相等，另外，拖鞋痕跡和人偶的步寬也符合。熊城，這實在是個很有趣的問題。」

接著，法水在暖爐前把手放在紅色爐火前，接著說：

「說到那人偶腳印，原本是我測量地毯下的水滴擴散痕跡而推算出的。其上下兩端最明顯——換句話說，也就是以水滴量最多的部分作為基準……這就可以重現我所謂加減法的詭計。其實道理很簡單，那就是在拖鞋底下墊著另一雙上下相反的拖鞋，而且這雙拖鞋正好與腳上穿著的拖鞋左右相反。開門後先讓拖鞋飽含水分，然後用力以腳跟踩下後方的前端包覆處。這麼一來腳跟會在包覆處中央施加呈圓形的小面積力道，被壓出的水剛好呈現朝上的括弧形狀（◗）。接著再以腳尖踩在前端包覆處上，這時會形成馬蹄形的痕跡，靠近兩端處會比中央濺出更多的水，呈現朝下的括弧形狀（◖）。就這樣讓如此形成的上下不同括弧形狀水痕左右交替前進。也就是說，兇手事先量好了大小約常人三倍的人偶腳印形狀。然後讓前進的步寬符合這腳印，這麼一來夾在兩括弧中間的形狀也會看似人偶腳印形狀。因此，拖鞋全長就等於搖擺前進的人偶步寬，完全逆轉了腳印痕跡的陰陽正反。」

詭譎奇妙的技巧終於揭穿，既然沒有了人偶，那麼屍光與割痕這兩者其中之一，勢必就是兇手闖進這房間的目的了。時間是十一點三十分——不過打算在這晚破案的法水依然沒有要離開的意思。不久，檢察官發出嘆息般的聲音。

「法水啊，這樁事件的一切好像都是以浮士德的咒文為基準，一連串連續的同義語。火和火、水和水、風和風……不過只有那攝影感光板，我還是無法了解它代表的意義。」

「喔？同義語。所以你想要把這齣悲劇跟特殊意圖連結在一起？」

法水輕聲說著，語氣裡有些諷刺，不過話說到一半又乍然中斷。

「啊！沒錯！支倉！同義語——攝影感光板。啊啊！我好像知道那割痕是怎麼來的了！」

他突然大叫一聲就如疾風般衝了出去。但沒過多久就帶著亢奮的神情回來，手上握著昨天開封的遺囑。接著他將上方左右並列的一個徽紋，與割痕的照片疊合，透著燈光查看，這時檢察官和熊城兩人也不禁驚嘆。因為這兩者竟然分毫不差完全相符。法水大口灌下傭人送來的紅茶。

⑨Georg Bartisch，一五三五—一六〇七年，德國醫藥學家。
⑩Königsbrück 德國薩克森州的一個市鎮。
⑪Strychnos。

「太厲害了。這兇手的聰明創意實在令人驚訝。這張信箋早在一年前就已經變成現在的樣子。當然，那個感光板則映照著在那之前藏在事件背後的瘋狂事實。你們回想一下押鐘博士的供詞。再不然看看眼前這張信箋也可以發現，算哲寫好遺囑後再在上面撒了古時軍令狀用的銅粉。熊城啊，銅這種物質具有在暗處會顯像於攝影感光板上的自發光性質啊！啊！就讓我來朗讀那場序幕，也就是這樁恐怖悲劇的序文吧。那天夜裡算哲把撕碎的那張遺囑放在下方，將兩張遺囑一起收在保險箱的抽屜裡——不過在那之前，兇手已經事先在黑暗的保險箱底部鋪上了攝影感光板。這就表示，隔天早上算哲打開保險箱，在所有列席家人面前取出已被顯像的遺囑將之燒毀後，到他將另一張再次收進金庫這段期間中，有人拿走了那印有遺囑全文的攝影感光板。其實就在這極短暫的時間裡，浮士德博士和惡魔訂下了契約。憑直覺和預兆來判斷，那被燒毀的半張當然就是我想像中陳屍預言圖的另一半，同時這也成為一項座標，在那幻想空間中掀起一股可怕的漩渦。」

「原來如此，那攝影感光板藏著無限的神祕。但是結論當然會回到當時列席的人中是誰先離開，對吧？」

說著，熊城雙手無力地下垂，臉上寫滿濃濃的失望。

「當然，現在可能已經沒人記得清楚了。那割痕和攝影感光板又有什麼關係呢？」

「這是來自羅傑・培根[12]（一二一四年—一二九二年，英格蘭修道士。除了是知名魔法鍊金術師，原本更是一位優秀科學家，傳說中他早在十三世紀就發明了火藥等東西）的智慧。」

法水平靜地說：

「在阿韋利諾的《聖人奇譚》中，記載了培根在吉爾福特教堂[13]於屍體背部顯現出精緻十字架的故事。但是另一方面，如果想想培根用硫磺和鐵粉包起發火鉛（把酒石酸加熱後密閉。一接觸空氣就會發出如舌頭般的紅色閃光而燃燒）所製造的投擲彈，就可以看出方術的真相。同時，也解釋了這樁事件中割痕的成因。熊城，你知道心跳停止之前，皮膚和指甲不會出現活體反應吧？另外，如果是休克死亡，全身汗腺會急遽收縮。假如這部分的皮膚接觸到閃光火焰，就會留下如同被手術刀切割過的割痕。兇手在丹恩伯格夫人瀕死之際，將這些原理運用在攝影感光板上。他的手法是先從感光板上割下兩個徽紋，用酸在圖案四周輪廓蝕刻出橄欖冠的圖案。然後將兩個徽紋疊合，在這空洞中製造發火鉛。所以只要快速將之貼近太陽穴，發火鉛就會閃燃，沿著溝痕留下那道割痕。如何？熊城，你一定很受不了吧。所謂方術說穿了只不過是幼稚的早期化學。但是它的神祕精神卻有一段時間化為化學記號，成為一種傀儡人偶。」

當人偶的存在如夢中泡沫般消失，當然，丹恩伯格夫人簽名寫下人偶名字的紙片，也很可能是兇手故意連同紙張跟鉛筆留下來的。可是兇手又是如何取得那特殊的簽名呢？還有，假如要追究攝影感光板，也一定得追溯到神意審判會，才能找到其出處。法水沉思了一會兒，也不知他想到什麼，雖然夜已深，依然執意傳喚伸子。

「你們叫我來應該是為了這件事吧。」

伸子一坐下先主動開了口。她的態度還是一樣開朗、充滿溫暖。

⑫Roger Bacon。

⑬Guildford。

「昨天雷維斯先生公然向我求婚。而且還要我馬上回答……」

語尾聲音漸小，彷彿在哀嘆這太過突然的無常人生。不過接著她從懷中取出一個東西，三人目不轉睛地瞪著那燦爛得非比尋常的東西。那是兩支王冠型髮夾。這兩支白金台座打造的髮夾，其中一支上面鑲有紅寶石，另一支則鑲著變色石⑭，看來應該有一百二、三十克拉吧，欖尖形切割的凸面晶燦閃動。伸子虛弱地嘆氣，沉重地開口。

「溫暖的黃色變色石代表吉兆、如血的紅寶石當然就代表凶兆。而雷維斯先生希望我在演奏時將其中一支插在頭髮上，據此表示是否答應求婚。」

「那麼，讓我來猜猜。」

法水狡猾地瞇起眼，但不知為什麼，他感到胸口一陣劇烈地起伏。

「過去為了躲避雷維斯，妳曾經逃到樹皮亭裡對吧。」

「不，雷維斯先生的死，我並不覺得自己需要負道德上的責任。」

伸子呼吸急促地大叫。

「其實我別了變色石髮夾。我打算跟他一起離開這座哈茨山（傳說中妖魔舉行沃普爾吉斯饗宴的山）。」

她定定凝視著法水的臉，哀戚地說道：

「請告訴我真相。他該不會是自殺的吧？但我既然已經別上變色石髮夾，他絕對不可能這麼做的啊……」

此時法水臉上的暗影頓時一掃而空，換上的是煩惱的神色。他原本的暗影是因為心中還存有一個悖論，但剛剛伸子這番話將其完全粉碎了。

「不、正確來說，應該是他殺。」

法水語氣沉痛地回答。

「可是我請您過來的原因沒有其他，只是想請教您一件事。去年算哲博士公布遺囑時，是誰先離開的？」

已經過了將近一年的事情，照理來說伸子應該會毫不考慮地搖頭。但聽到法水這若有深意的一句話，伸子卻好像想起了什麼。她全身突然出現奇怪的倉皇反應。

「那……那是……是那個人。」

伸子的表情扭曲痛苦，似乎正在說與不說之間強烈格鬥，終於，她好像下定了決心，毅然望著法水。

「現在不能從我口中說出來。但是稍後我會寫在紙上告訴您。」

法水滿意地點頭，結束了伸子偵訊。今日的事件伸子可說包圍在各種不利證詞中，而法水卻一點都不打算觸及，熊城似乎顯得相當不滿……不過要揭穿藏在攝影感光板背後的深奧祕密，最後的方法就是重現當時神意審判會的情景。當然，在那之前法水已經請便衣刑警向鎮子詢問當時七人各在的位置。當時眾人入座的位置，只有丹恩伯格夫人單獨坐在一側，中間隔著榮光之手（用絞刑死刑犯屍體醋醃後再乾燥而成），對面由左而右依序是伸子、鎮子、賽雷那夫人、克里瓦夫夫人、旗

⑭ Alexandrite，又稱亞歷山大石、紫翠玉。

太郎，這五個人彼此間隔著相當距離，圍坐成半圓形，只有雷維斯在半圓頂點的賽雷那夫人前方，略採蹲姿入座。六人的位置都背向入口房門。

進入之前神意審判會的同一個房間，熊城從鐵框中取出榮光之手時，他手指的顫抖讓人感到無邊的恐懼。不管線條或者肌塊，都看不出這曾是人體的一部分，似乎像在嘲笑這個事實一樣。上面奇異地混合了許多雜色雜形，像是盆栽上造型奇巧的木根工藝，看到整片布滿細微龜裂的羊皮紙色皮膚，又像是日本古書剝落的封面。要從中看出類似肉體的痕跡，簡直難上加難。另外，每根指頭上的屍燭，都有其方向和記號，看起來光澤略顯黯淡，不過外觀卻與一般白蠟燭沒有兩樣。從最旁邊逐個點上火，屍燭發出熟悉的唧唧聲，亮起一點赭紅——彷彿稀釋了鮮血的色澤擴散到房間各個角落裡。不久，坐在丹恩伯格位置上的法水視野開始蒙上一層異樣的朦朧。那是一種帶有特別味道的霧氣，漸漸從底部包圍住五根燭身，火焰開始搖晃閃爍，室內光線頓時沉了下來。同時，法水伸出手去開始檢查每根蠟燭。他發現五根屍燭底部——中央那三根之兩側、兩端的兩根之內側——各有一個奇妙的小孔。看到這情形，熊城隨即打開電燈開關，那片異樣的霧氣隨即變成法水病態探究的雲。過了一會兒，法水臉上一陣竊笑，回頭看著兩人。

「這些微孔的存在意義可以說是一種隱身蓑衣，同時也會引起一種水晶凝視⑮。由於每個芯孔相通，通過孔中的蠟蒸氣會傳到蠟身，往上冒出。不過這麼一來，丹恩伯格夫人面前便形成了一堵蒸氣牆，另外也會讓中央的三枝蠟燭閃爍、導致光線變暗。當然，位於圓陣中央的那個人，距離兩端正常燭火最遠。所以從丹恩伯格夫人的位置完全看不見。另外，位於兩端的兩枝蠟燭也同時受到兩端升起的蒸氣煽動，使火焰橫倒。這樣使得光線位置更偏，當然從這個位置看坐在兩端的人，也會因為光線遮擋而看不見。所以即使旗太郎、伸子、賽雷那夫人這三個人中途離開房間，丹恩伯格夫人當然無法察覺。再說，其他人也可能因為這種異常氣氛而喪失了識別周圍環境的能力。沒有發現有人離開也是理所當然。這麼一來，伸子在丹恩伯格夫人倒下後立刻從隔壁房間拿水過來這件事，反而令人懷疑。也就是說，她可能在這之前就已經離開房間，預知到會發生這種事而去準備水。不過這個推測只是指出某種行為的可能性，當然不能成為足夠的證據。」

「這些小孔應該是兇手動的手腳沒錯。」

檢察官緊收下巴反問：

「不過當時丹恩伯格夫人大叫了一聲『算哲』後倒地。我想原因應該不只是那女人的幻覺吧。」

「你說得很對。這絕對不是單純的幻覺。丹恩伯格夫人一定是具有里博⑯所謂第二視力的人，也就是具備藉由錯覺來產生幻覺的能力。聖德蕾莎將此稱為『乳香入神』。隔著薰煙或蒸氣看過去，凹凸會更加鮮明，殘影有時還會化為奇怪的形象。在這個情況下，位於兩側蠟燭內側的這兩人，也就是鎮子和克里瓦夫夫人的臉，會因為凝視而呈現複視般的重疊。可能就是這種錯覺引起了丹恩伯格夫人的幻視。里博將之稱為人類精神最大的神祕力量，特別在中世紀，被視為最高貴的人性特徵。啊！丹恩伯格夫人一定跟昔日的聖女貞德或聖德蕾莎一樣，具有某種歇斯底里性的幻視能力。」

法水的推理不斷反轉躍進，當天晚上在凸窗附近掉落攝影感光板的鬼祟身影，除了先前推測的

⑮crystal gazing，凝視晶球預知未來的方術。
⑯疑為 Théodule-Armand Ribot，一八三九—一九一六年，法國心理學家。

津多子，現在名單上又多了旗太郎等三人。此時法水的戰鬥狀態正處於顛峰。似乎連他劇烈的神經運動脈動都可以清楚聽見，說不定這個晚上就可以宣告案件的終結。接著他們沿著昏暗走廊，再回到原本的房間，房裡已經放著剛才伸子答應要回覆的答案。在神意審判會這個套索中，四人包圍在層層濃厚的嫌疑中，現在一張最後的王牌正要扔到他們當中。法水的嘴唇乾燥，拿著信封的右手不住莫名顫抖。他在心裡吶喊：伸子呀，命運之星躺在妳胸前⑰！

⑰"in deiner Brust ruhen deine Schicksals Sterne."

三、父呀！我也是人子

去年公布那封眾所矚目的遺囑時，一定有個最早出席的人物，在算哲抵達之前從保險箱裡取出將撕毀遺囑內容全數顯像的攝影感光板。因此，法水此時緊握著伸子寫有這個人名字的信封，不免在內心激動吶喊。可是當他拆封一瞥內容，那個瞬間不知何故，法水眼中神采頓失，緊繃的身體霎時鬆弛，無力地將紙條丟在桌上。檢察官驚訝地取過紙條來一看，只見上面並無人名，只寫著下面這句話。

——從前杜勒（一）身上有竊聽筒（二）。

（注）

一、杜勒——最早出現在歌德《浮士德》中葛瑞卿唱的民謠。在浮士德送了她戒指後，開啓她悲慘的命運。

二、竊聽筒——最早設於西班牙宗教裁判所。在烏髮[1]的電影《會議漫舞》[2]中，梅特涅[3]曾用

①Universum film agUniversum Film AG，通稱烏髮電影公司（德語：UFA），德國電影公司。

②原名"Der Kongreß tanzt"。

③Klemens Wenzel von Metternich，一七七三—一八五九年，奧地利首相。

來竊聽威靈頓[4]的對話。

「原來是竊聽筒嗎？——能了解其可怕之處的，大概只有伸子了。」

法水一邊苦笑一邊兀自頷首。

「事實上浮士德博士那隱形竊聽筒可說隨時隨地都鉅細靡遺地監聽著我們的對話。所以一不小心伸子也顯然會陷入跟葛瑞卿相同的命運。那惡鬼的耳朵一定會以某種形式採取陰險的制裁方法。」

「此事姑且不談……。我還想再問你關於重現神意審判會的事。」

法水聽了抬起頭來，看到多疑的皺紋在檢察官臉上舞動。

「你剛剛說丹恩伯格夫人擁有第二視力，而且更驚人的是，兇手已經預期到她會產生幻覺。但是假如能輕易預測到那種精神方面的超形而上形式，你的論點終究還是相當曖昧。說不上有什麼深奧內涵。」

法水故意大動作發出一聲挖苦的嘆息聲，盯著檢察官看。

「我又不是席爾修……我並不想將丹恩伯格夫人塑造成神祕英雄——比方說斯威登堡[5]或奧爾良[6]的少女般，具有慢性幻覺性偏執症。不過夫人的某種機能過度發達，那種特性偶然遇到有機的刺激，就會形成感覺上有技巧性的抽象圖案。也就是將隨意分散各處的東西視為一項現實。支倉，佛洛伊德還提出了一項假說，『所謂幻覺，就是受壓抑的願望之象徵性描寫』。以丹恩伯格夫人來說，起源於對算哲禁令的恐懼——也就是和雷維斯之間不被允許的戀情。因此，假如兇手能預見她的幻覺，必定表示也熟知這當中的來龍去脈。並且進而想出這套讓屍燭產生水晶凝視的微妙詭計。讓夫人陷入輕微的自我催眠狀態。不過支倉，那種潛意識狀態的觀念，卻帶給了我光榮……」

說到這裡法水霎時噤口，開始默默思考，過了幾根菸的時間，他好像靈機乍現。法水命人緊急傳喚旗太郎、賽雷那夫人和伸子，再度來到禮拜堂。沒有人聲的空盪禮拜堂裡，籠罩著一股寂寥憂鬱的灰色氣息，上方那片看不透的無垠黑暗，讓天花板看來異樣低垂。這當中的光線只有聖壇上搖曳的微弱燈火，反而讓整個空間顯得更狹小。這裡開始產生一股陰暗腥暖、好比處在母體中——但又帶著奇妙赭紅的黑暗。而且如果一直凝視著那閃動的金色光環，就會感到一種刺眼的灼熱，那就好比是法水激烈的熱情和力量，企圖就此底定成敗，往浮士德博士頭上施以差點要撼動地獄礎石圓柱的懲罰。不久後，六人圍著圓桌入座。這天晚上，平時格外講究穿著打扮的旗太郎難得只穿了天鵝絨背心，始終低著頭把玩著自己泛著陰森光澤的蒼白雙手。他身邊的伸子小而機敏的手，有如乾杏般的健康光澤，被旗太郎襯托得格外可愛。但是賽雷那夫人一如往常，依然是宛如戀愛之盾上看到的典型貴夫人風範。而加了撐架的裙子還有置裝形成的古典美背後，有著一種寂靜主義者脈搏遲緩、不喜歡性急饒舌者的安靜。不過現場的氣氛明顯瀰漫著一絲危機感。這不僅是因為眾人猜不透法水排除津多子的意圖究竟何在，而且每個人心中都各有各的擔憂和計謀，這短暫的沉默就好像在試探著彼此。一會兒，賽雷那夫人瞥了伸子一眼，大概是反射性地開口：

「法水先生，採信證詞關乎檢察官的威信。剛剛確實已經有很多人作證，聽到伸子小姐行動的衣服摩擦聲。」

④Arthur Wellesley，1st Duke of Wellington，一七六九—一八五二年。
⑤疑為 Emanuel Swedenborg，一六八八—一七七二年，瑞典科學家、神學家、神祕主義思想家。
⑥The Siege of Orléans（一四二八—一四二九）。此處的少女係指率領軍隊解除危機的聖女貞德。

「不，我的手握著豎琴前緣，一直屏氣凝神。」

伸子毫不遲疑地以自制的語氣反駁。

「如果他們說聽到長弦的聲音還有可能……。總之，妳的比喻跟事實完全相反。」

這時旗太郎以他出奇老成的態度，半邊臉上浮現著擠出的冷笑。

「希望法水先生能仔細玩味妳那妖冶的個性。那麼當時從豎琴附近傳過來的那股氣流又是什麼？說到那嘹亮樂音，可不是近衛胸甲騎兵的壯麗行進，而是一群粗魯無文、身穿短衣裸露胸毛，還到處聞著野鹿淌滴血跡的黑色獵人。我看那傢伙一定嗜食人肉吧。」

在咄咄逼人的兩人之間，伸子明顯居於劣勢。他們殘忍的宣告幾乎像要永遠地束縛著她，但法水卻露出熱切的眼光。

「不，那應該不是人肉、而是魚肉。不過因為那尾不可思議的魚接近，反而讓克里瓦夫夫人朝著與你們所想像的相反方向撤軍。」

一樣是充滿戲劇性的誇張態度，此舉卻立刻讓伸子和其他兩人地位對調。

「在水晶吊燈熄滅之前，當時伸子小姐正彈奏著全弦的滑音。之後當燈光突然熄滅的那一瞬間，她不自覺地踩下所有踏板。其實當時的奇妙聲響正是依照這踏板順序發出的聲音，所以聽起來才會像接近的空氣流動聲。也就是說，因為在留有尾韻時踩下踏板，才讓豎琴發出了哼響——因為你們這些惡意指控，讓我不得不解釋這簡單的道理。」

法水收起輕浮的態度，一轉為嚴肅語氣。

「不過這麼一來，克里瓦夫夫人命案的局面就完全逆轉了。因為如果克里瓦夫夫人也聽到那聲音，當然會朝你們兩位的方向後退。對了旗太郎先生，當時您手中沒握著弓、握著什麼？我看我就直說了。當水晶吊燈再度亮起時，左撇子的你為什麼右手持弓、左手拿小提琴？」

旗太郎被法水這番鏗鏘有力的話語震住，頓時如化石般僵硬。對他而言這一定是完全無法想像的意外發展。法水用玩弄對方的態度悠然開口。

「旗太郎先生，您知道波蘭俗諺中有一句『小提琴家拉弦殺人』嗎？事實上，在龍布羅索盛讚的萊卜麥爾《庸才與天才的發達》中，也介紹過手指麻痺的舒曼和蕭邦，在改訂版中又舉出了小提琴家伊薩伊⑦的苦惱，同時他也提到等同音樂家生命的骨間肌（手指肌肉）。萊卜麥爾根據這些例子提出了『激烈的力量會導致肌肉痙攣』的論點。不過以目前的狀況，這個結論當然還不夠確實。但既然您是演奏家，我想終究不能忽視那種慣性。您在那之後應該是無法再用左手的兩根手指持弓了吧？」

「你、你要說的就是這些嗎——這就是你所謂的降靈術？根本就是抖動桌腳，發出刺耳聲音而已……」

那詭異早熟少年滿臉炙熱的憎惡痙攣，好不容易擠出嘶啞的聲音。但是法水繼續進逼。

「其實那才是正確的中庸系統——還有，你曾經讓丹恩伯格夫人寫下人偶的名字對吧。」

他說出這句出其不意的話，這精采高潮把在座所有人都帶到亢奮的頂峰。

「其實我們剛剛試著重現神意審判會的情景，竟然發現丹恩伯格夫人其實擁有第二視力，具備一種歇斯底里性的幻視能力。因此在她發作時，麻痺的手就有可能出現自動書寫的現象（心理學家

⑦Eugene Ysaye，一八五八—一九三一年，比利時小提琴家。

迦奈首次進行相關實驗，實驗者在不讓受試者發現的情況下，握住其麻痺持筆的手，寫下兩三次文字後再放開實驗者的手，結果受試者會以自己的筆跡寫出同樣文字。這是一種變態心理現象）。看到伸子房門旁的勾裂痕跡，也可以知道夫人的手當時已經麻痺。可是這麼一來又回歸原點、產生更異樣的矛盾。因為如果施加刺激的是非慣用手，有時寫出來的並不是要求的文字，只是類似的東西。那天晚上伸子小姐撞倒花瓶，接著丹恩伯格夫人進房來，精神狀態相當亢奮的夫人，只從臥室帷幔間露出了右肩。所以您認為機不可失，試著讓她自動書寫。但最後夫人寫的文字卻跟您要求的不一樣。」

法水在桌上的紙片上寫下以下這兩個字，特別將中間三個字母圈起來。

[Th]e[r] ese S[ere]na

所有人不約而同地發出驚嘆。尤其是賽雷那夫人，與其說是憤怒，不如說是這太過意外的事實，讓她怔愣失神地看著旗太郎。旗太郎冷汗直流，全身像鞭子扭動，聲音中震盪著憤怒。

「法水先生，你！不、閣下！這樁事件中的巨龍不是別人，就是你。印在奧托卡爾先生咽喉上的家父指痕，那巨龍的爪痕，就是你的分身吧！」

「巨龍？」

法水一個字一個字仔細地念著。

「沒錯，那殯室裡確實有巨龍存在。不過，那一人分飾的兩角中，其中一個角色是蘭花的一種，以炫學的方式來說，就是龍舌蘭。」

說著，他撕開從懷中取出的雷維斯領布，從兩片縫合的布之間出現了收縮成褐色的網狀帶子。前面還附著編了好幾層、狀似拇指的兩個橢圓形。法水將手指放在上面，繼續說道。

「這樣一看就能明白了。吸收水分之後，龍舌蘭的纖維會縮短為原長的八分之一。這當然就是殯室前室得有熱氣瀑布的理由。兇手先將龍舌蘭纖維掛在總開關器把手上，利用纖維的收縮切斷電流。等到開關柄朝下，纖維也會落下掉進水流中，從排水孔流出。接著說到拇指痕，這是利用以龍舌蘭纖維編成的領布，來勒緊雷維斯的咽喉。也就是說，雷維斯的死亡不是他殺、而是自殺。想像一下大致上的過程，首先，兇手確認雷維斯進入了後面的停屍間後，開始製造熱氣瀑布。所以當溼度漸漸提高，龍舌蘭纖維便開始收縮，使得雷維斯逐漸呼吸困難。這時候出現了某種讓那個男人起了自殺念頭的異常原因。所以雷維斯的死包含了兩種意志，那疑似算哲的拇指印上，正寫滿了這個男人的悲痛。」

說到這裡法水停了下來，銳利地盯著旗太郎。

「但是這條領布上當然看不見任何人的臉孔。不過總有一天，這次事件的巨龍將會無法再從鎖鏈中拔出利爪。」

汗溼涔涔的旗太郎，在這短暫時間內彷彿膽汁溢滿全身。他似乎連怒吼的力氣都耗盡，只是失神地盯著半空。不過接著他搖搖晃晃的身體突然像木棒一樣僵硬，失神的旗太郎就這樣直挺挺一頭栽在桌面上。法水命人將他帶走，賽雷那夫人淡淡以眼神示意後，也跟著離開。房裡只剩下伸子一個人，有好一陣子都瀰漫著鬆弛而慵懶的沉默——啊！真沒想到那個異常早熟的少年會是兇手。不斷踱著方步的法水終於坐下，雙手交抱著就這樣擱在桌上，對伸子說出一句別有深意的話。

「對了，我很想知道從黃到紅的真相。」

聽了之後她的臉瞬間出現神經性地痙攣，感受到侮蔑和屈辱的精神潔癖讓她不禁開口。

「您是要我說出聯想嗎？從黃到紅——那不就是橙黃色嗎。橙黃色——啊！您指的是那顆香橙吧？難道您以為我喝檸檬水的吸管會吐出肥皂泡嗎……不，我向來習慣成束使用吸管。不過這麼一來，吸管可不會成束掛在弦上。」

伸子炮火猛烈地不斷挖苦。

「還有，那丹——丹麥國旗（Danebrog）降下半旗的慘劇，那丹恩伯格跟我又有何干？還有氰化鉀……」

「不，我要問的不是這個……。這些事我反而想對津多子夫人說。」

法水的臉微微泛紅，平靜地繼續說：

「其實所謂的從黃到紅——指的是變色石和紅寶石的關係。伸子小姐，當時您應該插上了代表拒絕的紅寶石髮夾吧？」

「不、絕對沒有……」

伸子凝視法水，格外用力地強調。

「我還記得演奏開始之前旗太郎先生曾經看過我的髮夾，還問過我為什麼會戴著雷維斯的變色石。這就是最好的證據。」

伸子這句話不僅讓雷維斯的自殺依然成謎，更讓法水心中除了苛責和慚愧之外，又加上永恆的重擔，啃食著他的內心一角。但是法水已經揭開這樁慘劇的神祕帷幔，成功地完成眾人皆視為不可能的剖腹手術。時間已近拂曉，一個胸前鈕扣掛著方燈的矮小男人從大門警衛室走出來。斑點鶇一、兩聲輕囀傳來，堡樓另一端升起令人不禁詩情大發的美麗曙光。法水和伸子站在窗邊，沉醉在這遼闊視野中，法水伸手放在她肩上，帶著深沉涵義和疼愛語氣對她說：

「伸子小姐，暴風雨和急迫的時代已經過去。這座黑死館也會重回舊日那絢爛拉丁詩歌與戀歌的世界。響尾蛇的毒牙已經拔除，妳應該可以放心地實現和我之間的約定。現在一切都已經結束，新世界即將開始。我希望能用肯納⑧的詩句來點綴這樁神祕事件的落幕：『泛黃秋色，夜晚燈火之後，春花赤紅燦爛』。」

到了隔天下午，本來以為會收到伸子捎來的揭密底牌，但是檢察官和熊城來訪時帶來的卻是伸子遭槍擊當場死亡的消息。法水聽了之後不僅沮喪到幾乎想放棄這個案件，好不容易差點能掌握確證，現在希望卻完全幻滅，這個案子將永遠得不到刑法上的解決。三十分鐘後，法水神色黯然地出現在黑死館。他親眼看到伸子遺體時，法水彷彿覺得，眼前這個從事件之初就一直被浮士德博士如波濤的魔掌玩弄其間，最後還被推下生命斷崖的葛瑞卿，似乎在要求法水負起道德上的責任，釐清其死因，這種感覺漸漸在他心中化為慚愧和悔恨。不過法水一踏入伸子喪命的房間，馬上發現裡面清楚地留下兇手的最後意志——Kobold sich muhen.（地精呀，勤奮工作吧。）

而且這次沒有寫在之前的紙片上，而是印在伸子的身體上。伸子左手到左腳呈現垂直的直線，右手和右腳呈く字形，整個身體形狀看起來就像Kobold的K字一樣。她的腳位在距離門口約三尺左右的前方，斜向右方仰躺，跟雷維斯還有克里瓦夫夫人一樣帶著悲痛的神情，卻沒有絲毫恐懼。屍體右邊太陽穴上有個穿孔彈痕，地毯上沾著流出來的黏膩血漬，不過看她身穿外出服、戴好手套，可以研判應該是正要出門拜訪法水時，突然遭受狙擊。還有，行凶的槍枝直接被棄置在門外的門把

⑧ Justinus Kerner，一七八六—一八九二年，德國詩人。

下方，房門從外面被門上。而且這個局面還伴隨著一個令人悚然的證詞，其中彷彿隱約可聽到浮士德博士衣服的摩擦聲響。

——槍響時正好是兩點左右，當時宅邸中籠罩在一股窒息的恐怖中，沒有人想趕赴現場。大約過了十分鐘後，身在隔壁房間內驚嚇不已的賽雷那夫人，聲稱她聽到關上房門上門的聲音。這證明了浮士德博士仍在暗中活躍，儘管狀況相當單純，但此時法水除了旁觀，也無能為力。當然，槍枝上沒有留下任何指紋，其他家人的行動也因為當時的情況特殊，無法清楚掌握。或許，為了實現和法水之間的承諾，才給了這位事件始終遭逢不幸的薄倖處女，帶來了最後的悲劇吧。

現在連最後一張王牌伸子也已經死亡，那張狂大膽的惡鬼掀起的舞動狂潮，最後竟失去了解決的希望。不過，從這天晚上一直到隔天正午，法水一直沉浸在他那幾乎要榨乾腦漿的特有思考當中，最後終於在伸子之死中發現一項悖論。這一天，午飯後不久，來拜訪法水的檢察官和熊城推開書房房門，迎面撞見法水立即感受到他眼中的凌厲視線。他粗魯地揮動雙手，來回在室內踱步，不斷瘋狂大叫：

「啊！怎麼會有這種童話般的建築——兇手出奇的才智實在太驚人了！」

他停下腳步，詭異的眼睛時而畫起半圓，時而如巨大波浪般起伏、畫出縱向波形。

「這結局何等精采——看看浮士德博士落幕時讓全場觀眾叫好的壓軸表演——看看這出人意表的總懺悔之風貌。支倉，如果取地精（Kobold）、水精（Undine）、火精（Salamander）的各個字首，再加上事件解決的象徵，就可以合成Kuss（吻）這個字。啊！大廳暖爐架上不就擺著一座羅丹的『吻』複製雕像嗎？走吧，到黑死館去。我要親自拉下最後一幕的帷幔。」

三人抵達黑死館時，伸子的葬禮剛好開始。這一天風很大，帶雪的淡黑色雲層低垂，掩住樹林的樹梢之間，靜靜不動。在這片荒涼風景中，宅邸內人影稀疏得寂寥，造形樹籬搖晃，枯枝嘈嘈，其中湧現了禮拜堂傳來的追悼合唱。法水進入黑死館，獨自走向客廳，當他回到丹恩伯格夫人房間、再次出現在兩人面前時，從他臉上的表情就可以知道他已經找到足以佐證結論的證據了。當法水知道目前所有關係人，包括家人和押鐘博士都聚集在禮拜堂裡，不知為什麼，法水竟然下令延期舉行葬禮。接著他說道：

「沒有錯，兇手確實就在禮拜堂內。而且處於絕對無法動彈的狀態。不過我想，我有義務趁伸子——應該說是她的遺體還在地面上時，說出兇手的名字。」

說了之後他沉默許久，臉上才又浮現複雜的表情再次開口。

「支倉，巨人軍勢終於瓦解，黑死館將再度曝晒白日之下。我先依照順序，從一開始的丹恩伯格夫人事件開始說明吧。關於當時丹恩伯格夫人為什麼只拿血橙這一點，過去我一直沒有注意到這條捷徑，也就是山道年[9]（驅蟲劑）造成的黃視症狀。山道年中毒症狀會導致所有視野中的物體都化為黃色，再加上輕度近視的影響，使得水果盤上不管是水梨或其他顏色的香橙，看起來都跟盤子一樣顏色。所以在丹恩伯格夫人眼中只看得到那帶有特殊紅色的血橙。再者，山道年中毒會出現幻味和幻覺，所以儘管是早已超過致死量的異臭毒物，丹恩伯格夫人也毫不懷疑地吞下。不過我之所以想到這個可能性絕非出於偶然。論根本，要歸結到我對兇手進行的心理分析。但是還有一項來自側面的刺激，有趣的是，這山道年也對兇手造成了影響，這兩種現象加起來，就好比照相的負片與正

⑨santonin，一種蛔蟲藥。

片一樣相符。其實我說的不是別的，就是那園藝鞋的鞋印。我已經分析過那些鞋印出於偽造，但是在回程途中，這鞋印大步跨越了枯草坪，照理來說就算踩下去也並無不妥。但其實這個差點被我忽略的細節，儘管微如寒毛，卻成為兇手的致命三寸。我終於牢牢掌握住涅墨西斯⑩的魔力。在這樁命運的悲劇中，兇手使用山道年作為波吉亞的毒藥⑪，但最後又因山道年而不得不走向死路。你知道為什麼嗎，支倉？因為兇手和丹恩伯格夫人一樣，不得不服下山道年，了解這一點後，自然就能明白兇手跨越那處枯草坪的意義了。其實那是一種腦髓上的盲點，明明自己沒有發生什麼黃視症狀，但兇手卻相信已經發生。兇手看到晚上泛著黃光的枯草坪，誤以為是自己產生了黃視症才將水灘看成黃色。另一方面，山道年對腎臟造成的影響，也從體內浮現到皮膚表面，成為產生屍光的主因。」

接著法水走進帷幔，用小刀往床鋪下方的油漆一刮。下面出現一層看似瀝青的塗層，將鉛筆尾端的箍環靠近，可以看到發出微弱的螢光。

「過去從來沒有對床鋪附近進行跟屍體一樣的仔細觀察，自然不會注意到這一點。這看似瀝青的塗層，就是含有鈾的瀝青鈾礦。我過去曾經提過四位聖教徒的屍光現象，發生地點都圍繞在波希米亞領地內。當然，那只不過是新舊教徒衝突所引發的示威詭計。但是在地理上如此接近，也是因為當地中心就是山道年的主要產地厄爾士山脈⑫。簡單地說，這千古之謎，到頭來只是一場理科化學的遊戲。支倉，你知道『食砒者』的意義吧。中世紀的修道士尤其會將砒霜拿來當作禁欲藥，這跟他們使用月桂春藥（在月桂油中加入極微量的氰酸。是一種會引起痙攣和異樣幻覺的自慰劑）一樣，相當知名。從羅丹的『吻』中我發現，如同我剛剛所說的例子，丹恩伯格夫人也是個『食砒者』，她經常性地服用微量砒霜作為神經疾病的治療藥物。長久下來，連她的身體組織也被砒霜的無機成分所滲透。所以一旦山道年引起皮膚表面的浮腫和出汗，凝聚在此的砒霜成分就會承受瀝青鈾礦的鈾輻射。」

「你對現象的說明確實已經相當足夠。而且不管是表現何等朦朧的東西，也都有著嶄新魅力。但我覺得你的說明刻意避開了具體敘述。兇手到底是誰？」

檢察官神經質地交握手指，倒嚥一口唾液。

「當時伸子應該喝下跟丹恩伯格夫人一樣的檸檬水。可是那個女人已經被浮士德博士還原成原本的元素了。」

此時的法水就像毫無生氣的鈍重生命軀殼一樣，那個樣子看起來就像個處於劇烈痛苦頂點、獲得勝利的人。或許是因為即將接近完結終點，此時驟然襲來的疲勞，想必比什麼都要來得吸引人吧。但是他馬上又迸發出強烈意志力。

「沒錯，就是紙谷伸子。」

他緊咬牙關、顎骨喀啦一響，瞬間又恢復了生氣。

「她就是克尼特林根的魔法使者。」

黑死館的惡鬼浮士德博士就是紙谷伸子。聽到這句話的剎那，檢察官和熊城的所有理法與真情彷彿那一瞬間化為烏有，但是等他們稍微鎮定下來，又進入一種連迴響都聽不到的徹底沉靜，認真提出反駁反而讓自己覺得荒謬，冷靜到不可思議。畢竟眼前就擺著足以否定法水結論的鐵錚錚事實，

⑩Nemesis，意為「因果報應」，希臘神話中被人格化的復仇女神。
⑪Borgia，十五、十六世紀義大利貴族家系，以擅用毒藥知名。
⑫Erzgebirge，德國和捷克邊境的山脈。

那就是伸子已成為第五個活祭品，那些明顯的他殺證據也都隨著法水的署名列入了驗屍報告。再者，她並非降矢木家的一員，根本沒有任何動機，更何況她集法水的同情和庇護於一身，叫人怎麼相信她其實是兇手呢？難怪熊城開始認為法水可能因為用腦過度，出現了病態傾向。

「真是叫人愈聽愈發昏了。假如你頭腦還正常，哪怕一個也好，給我一個刑法上的價值吧。首先得先把伸子的死因改成自殺。」

「熊城，這次所謂微如寒毛的關鍵，就在房門的門板上，我就把它當作實際證據提交給你吧。」看到對方毫無反應，法水再加強了語氣議道。

「你不妨先想像一下這個狀況。先把龍舌蘭纖維綁在針上，輕輕刺在其中一扇門板上，並且將另一端塞入鑰匙孔中、倒進水。這麼一來纖維開始收縮，兩扇門板之間的距離也漸漸變窄。這時，她將射中太陽穴的手槍從手中拋出，丟在兩扇門板之間。幾分鐘後房門被鎖上，事先立好的門閂剛好掉下。更重要的是房門的動作已經將手槍推到走廊上。當然，龍舌蘭纖維也扯掉了針，完全掉進鑰匙孔內。」

說到這裡法水停了半晌，他吸了一口深長帶著顫抖的氣。接著，他再次把黑暗祕密的重擔和著呼吸一同吐出。

「熊城，當事件由他殺轉為自殺時，就出現了任何光線下都看不到的伸子告白信。除非是有著任性妖精般，豐麗愉快、而且擁有出奇智慧的人，否則不可能接觸到那種不可思議的感性。伸子給這種陳腐至極的手法，灌注了新生命……」

「什麼？告白信？」

檢察官似乎整顆腦袋都麻痺了，菸從嘴中落下，呆呆看著法水的臉。

「沒錯，火焰之舌。而且是絕對看不見的火焰。那是浮士德博士最後的儀禮，一種祕密表現。支倉，依照頭髮、耳朵、嘴唇、耳朵、鼻子這個順序，這五個單字分別是Hair、Ear、Lips、Ear、Nose，各取字首就變成Helen——伸子便在她從他殺變成自殺的轉機中，藏了這種祕密表現。不過她最先用屍體表示的K字，是伸子自發性引起的歇斯底里性麻痺。在古琉與布洛的《人格轉換》中也提過許多實例，某些類型的歇斯底里病患，如果身體接觸到鋼鐵，沒有碰觸到的另一側會出現麻痺症狀。也就是說，假如她高舉左手緊靠著一邊門角，同時將手槍抵著右頰，這麼一來左半身就會出現僵硬症狀。接下來直接開槍倒地，那垂直的左半身就會呈現那個駭人的K字形。當然，那並不是『地精呀，勤奮工作吧』的象徵。由龍舌蘭纖維連結兩扇門板形成的半圓，再怎麼看都是U字形。還有被房門推動的手槍軌跡，動線竟然是個S字形。啊，地精（Kobold）、水精（Undine）、風精（Sylphe）……。最後再加上這個局面的真相Suiside（自殺），整體就變成K（Kuss）了。這就是浮士德博士極盡奇詭的懺悔文。當然，伸子之前就將某個東西藏在『吻』那座雕像中……」

這裡描繪著兩個異於常人的聰慧頭腦賭上生死搏鬥的壯觀景象。檢察官這才吐出憋得快窒息的腐敗氣息。

「這麼說，那龍舌蘭的詭計，也應用在排鐘室和黃道十二宮的圓花窗上了嗎？但是當時旗太郎已經被指為兇手，伸子可以說坐上勝利和平安的頂峰，為什麼要莫名自殺呢？法水，你又怎麼解釋這個疑問……」

「問題出在那天夜裡我最後對她說的那句肯納的詩，『泛黃秋色，夜晚燈火之後，春花赤紅燦爛』。那個瞬間，伸子就意識到自己悲慘的結局了。因為變色石這種寶石，如果透過燈光觀看，會是鮮紅色的。

所以我才會解釋，伸子指定雷維斯到那個房間，她自己則插上變色石髮夾，讓雷維斯透過燈光觀看感到絕望。支倉，你聽聽這句警語如何？『雷維斯，那匈牙利戀愛詩人，誤以秋為春，離開此世』。」

法水深深吸了一口菸，無視於兩人迷惘的嘆息，繼續說道：

「其實那句『由黃變紅』還有其他涵義，我之所以看出山道年黃視症狀也絕非偶然。因為我從中釐清了兇手的潛意識。換句話說，也就是可以重現兇手因行兇導致的精神外傷，包括當時感受到的表象、觀念等感覺和情緒經驗。當然，我在重現神意審判會時，已經嗅到伸子強烈的嫌疑。我試著使出全身解數去譏嘲、諷刺她，甚至當場揑造出莫名罪狀來攻擊旗太郎。這當然是為了消除伸子的緊張和戒心，事實上丹恩伯格夫人的自動書寫，確實是伸子導引她寫下泰芮絲之名，除了雷維斯之死和拇指痕跡的真相之外，沒有一件是真的。接著我突然用『由黃變紅』這句話，用變色石和紅寶石的關係來作比喻。沒想到這句話卻以完全不同的形態出現在伸子的心中。在萊因哈特《抒情詩快樂與否的表現》這本著作中，記載了哈賓的詩〈愛爾蘭占星〉。其中有這麼一句『聖帕特里克說，獅子座在彼方，兩隻大熊和牡牛，還有巨蟹⑬』，聽說朗誦者念到巨蟹（Cancer）時，突然念成雲河（Canalar）。這是因為朗誦者原本一直在腦中描繪著星座的形狀，也就是佛洛伊德所謂『錯誤所顯現的感覺痕跡』。另外，這也可說是聯想並沒有出現在個別單字上，而出現在整體形體的印象，也就是空間感覺上。不過以伸子的情況來說，她的話中具顯了從丹恩伯格夫人命案到禮拜堂的慘劇，這前後四樁命案。因為伸子在說完香橙的話題後，說到她以成束吸管喝檸檬水云云。在她這樣的印象中，當然有排在排鐘室的鍵盤作為背景。接著她又把丹恩伯格夫人的名字誤稱為丹麥國旗（Danebrog），這很明顯地呈現了武器室全貌。因為當時伸子人在前院的樹皮亭，眺望著雷維斯所製造的彩虹霧靄從窗戶灌入。

然而樹皮亭的內框上刻著各種詩文，其中有一句是費茲納的『當時霧氣燦然飄入（Dann, Nebel-loh-gucktten）』。所以當時混淆的印象，化為 Dannebrog 這個相似的名詞脫口而出。如此一來，支倉，在伸子分開的四句話中，只有排鐘室和武器室這兩個印象奇妙地夾在中央。這麼說……」

法水頓了頓，給自己這番驚人的心理分析做出最後結論。

「這麼說，頭尾的黃和紅這兩者的感覺，也就分別來自最初的丹恩伯格夫人事件，還有最後的禮拜堂之場景。假如最後的紅指的是宮廷樂師絢爛的朱紅色服裝，那一開始的丹恩伯格夫人事件為什麼會讓伸子感受到黃色呢？」

這段期間檢察官和熊城都包圍在一股陶醉般的感動中。但是過了一會兒，熊城冷靜地提出幾項疑點。

「可是在禮拜堂黑暗中聽見的兩個聲響，應該是決定兇手究竟是旗太郎或伸子的重要因素吧？」

「那聲音不過是死點和焦點，也就是單純的音學問題罷了。從克里瓦夫夫人的位置看來，伸子用踏板發出的聲音為死點。旗太郎琴弓摩擦的聲響不管再怎麼輕微，也剛好位於能夠聽見的焦點。所以她靠向伸子，被伸子從背後刺殺。支倉，我想已經沒有再討論的必要，我只對那受到伸子操控、穿上鞠靴戴上盔甲的愚蠢易介，感到無限憐憫哪。」

接著法水依序說明伸子的行動。這下也終於明白，伸子服用水合氯醛只是一場陰險狡猾的表演。說完之後法水換了個口氣，終於提到這黑死館殺人事件的核心謎團——也就是眾人費盡心思都無從得

⑬"St. Patrick said, 'A lion's there, two bears, a bull and cancer."

知的伸子殺人動機。真相是個無言的事實。當法水從口袋裡取出藏在羅丹雕像『吻』中的東西時，兩人的視線都忍不住直盯著不放——是攝影感光板！拼湊這幾塊感光板碎片後，出現了下列全文如下。

一、丹□伯□砒霜的□□。

二、川那部□□、胸腺死亡的危□□。

（關於特異體質的條目只有這兩條，之前的文字不詳）

三、吾忍痛犧牲□，將生下的女兒與男孩調換，長大後留在吾身邊任祕書□紙谷伸子。因此，旗太郎與□□血統全無關聯。

於是乎，這糾結紛亂的黑死館殺人事件終於拉下了最後簾幕，也揭開了紙谷伸子是算哲親生女兒這個祕密。這麼一來，算哲窒息死亡當然是伸子弒父的結果，而『父呀！我也是人子』這句話，正展現了她強烈的復仇意志。不過攝影感光板可說是法水夢想中的花朵、也就是陳屍預言圖的另外半頁，但是現存的只有其中一部分，其他部分或許在掉落時摔碎，或者已經被伸子丟棄，無論如何，除了上面提到那兩人的特異體質之外，其他人究竟擁有何種特異體質，只能成為一個永遠的謎。檢察官終於如大夢初醒般問道。

「所以伸子是因為自己明明是當代家主卻無可奈何，才變成一個殘忍的欲望之母。我可以理解這種嗜血症的起因。但是她每次行凶都會營造出幾乎超越人類世界的怪異美感和壯闊。法水，你怎麼從心理學來解釋這種行為呢？」

「簡單地說，那是一種遊戲的情感——一種生理上的淨化。人類為了滿足被壓抑的情感或者乾涸的情緒，會渴望某種生理的淨化。支倉，就像薩比里克斯（被稱為年輕的浮士德，十六世紀前半流浪於德國的妖術師）和迪茨[14]的法烏斯蒂努斯主教[15]等人沉迷於神祕主義也是一樣的道理……。當人類氣力耗盡，失去反擊方法時，只有神祕主義才能緩解心中的激情不是嗎？從伸子創造那種畸狂變態世界的種種手法，可以發現她受到書庫裡波那提[16]（被稱為十三世紀義大利浮士德的魔法師）的《點火術要論》或者瓦薩利的《祭祀師與謝肉祭裝置》等書籍的影響。伸子偷走攝影感光板，原本可能是出於一時興起的惡作劇心態吧。但是知道內容時，伸子一定感受到好比魔法般的湛亮月光。突然產生的失望、傷心、宿命感，這些情緒群聚成十字狀，瓦解了原本保有內心平衡的另一端。同時引起了那充滿破壞性又神聖的瘋狂，爆發這起舉世罕見的慘絕事件。但我不會把伸子稱為悖德者，她只是白朗寧[17]口中的『命運之子』，這一連串的事件，就像是一首活生生的人類之詩。」

法水用他澄澈聰明的眼睛回頭看著檢察官。

「支倉，至少這最後一程，該讓伸子享有身為神聖家族最後一人的光采吧。」

流著梅第奇家的血、妖妃比安卡．卡佩蘿之後，這神聖家族降矢木家的最後一人，紙谷伸子的靈柩覆蓋著佛羅倫斯的市旗，由四位披麻修道士扛著。在寧靜的合唱和氤氳的香煙中，緩緩送進後院的墓窖中。

⑭Diez，德國萊茵蘭—普法爾茨州的一個市鎮。
⑮疑為 Bishop Faustinus。
⑯Guido Bonatti，？—約一三〇〇年，義大利占星術師。
⑰疑為 Robert Browning，一八一二—一八八九年，英國詩人。

人間模樣 37

黑死館殺人事件：
本格推理炫技經典˙四大奇書始祖（精裝二版）

作　　者　小栗虫太郎
譯　　者　詹慕如

野人文化股份有限公司
社　　長　張瑩瑩
總 編 輯　蔡麗真
責任編輯　徐子涵
校　　對　魏秋綢、林昌榮
行銷企劃經理　林麗紅
行銷企劃　蔡逸萱、李映柔
封面設計　井十二設計研究室
版型設計　綠貝殼資訊有限公司
內頁排版　洪素貞

讀書共和國出版集團
社　　長　郭重興
發行人兼出版總監　曾大福
業務平臺總經理　李雪麗
業務平臺副總經理　李復民
實體通路組　林詩富、陳志峰、郭文弘、吳眉姍
網路暨海外通路組　張鑫峰、林裴瑤、王文賓、范光杰
特販通路組　陳綺瑩、郭文龍
電子商務組　黃詩芸、李冠穎、林雅卿、高崇哲
專案企劃組　蔡孟庭、盤惟心、張釋云
閱讀社群組　黃志堅、羅文浩、盧煒婷
版 權 部　黃知涵
印 務 部　江域平、黃禮賢、林文義、李孟儒
出　　版　野人文化股份有限公司
發　　行　遠足文化事業股份有限公司
地址：231 新北市新店區民權路 108-2 號 9 樓
電話：（02）2218-1417　傳真：（02）8667-1065
電子信箱：service@bookrep.com.tw
網址：www.bookrep.com.tw
郵撥帳號：19504465 遠足文化事業股份有限公司
客服專線：0800-221-029
法律顧問　華洋法律事務所　蘇文生律師
印　　製　成陽印刷股份有限公司
初版首刷　2017 年 12 月
二版一刷　2021 年 11 月

9789863846130 (實體書)
9789863846208 (PDF)
9789863846222 (EPUB)

國家圖書館出版品預行編目（CIP）資料

黑死館殺人事件 : 本格推理炫技經典 . 四大奇書始祖 / 小栗虫太郎著 ; 詹慕如譯 . -- 二版 . -- 新北市 : 野人文化股份有限公司出版 : 遠足文化事業有限公司發行 , 2021.11
面；　公分 . -- (人間模樣 ; 29)
ISBN 978-986-384-613-0(精裝)

861.57　　110017469

野人文化官方網頁　野人文化讀者回函

黑死館殺人事件
線上讀者回函專用 QR CODE，你的寶貴意見，將是我們進步的最大動力。

廣　告　回　函
板橋郵政管理局登記證
板 橋 廣 字 第 143 號

郵資已付　免貼郵票

野人

23141
新北市新店區民權路108-2號9樓
野人文化股份有限公司 收

請沿線撕下對折寄回

野人

書號：0NJP4037

野人文化
讀者回函卡

書 名

姓 名 □女 □男 年齡

地 址

電 話 手機

Email

□同意 □不同意 收到野人文化新書電子報

學 歷 □國中(含以下)□高中職 □大專 □研究所以上
職 業 □生產/製造 □金融/商業 □傳播/廣告 □軍警/公務員
□教育/文化 □旅遊/運輸 □醫療/保健 □仲介/服務
□學生 □自由/家管 □其他

◆你從何處知道此書？
□書店：名稱 ____________ □網路：名稱 ____________
□量販店：名稱 ____________ □其他 ____________

◆你以何種方式購買本書？
□誠品書店 □誠品網路書店 □金石堂書店 □金石堂網路書店
□博客來網路書店 □其他 ____________

◆你的閱讀習慣：
□親子教養 □文學 □翻譯小說 □日文小說 □華文小說 □藝術設計
□人文社科 □自然科學 □商業理財 □宗教哲學 □心理勵志
□休閒生活（旅遊、瘦身、美容、園藝等） □手工藝／DIY □飲食／食譜
□健康養生 □兩性 □圖文書／漫畫 □其他 ______

◆你對本書的評價：（請填代號，1. 非常滿意 2. 滿意 3. 尚可 4. 待改進）
書名 _____ 封面設計 _____ 版面編排 _____ 印刷 _____ 內容 _____
整體評價 _____

◆你對本書的建議：

野人文化部落格 http://yeren.pixnet.net/blog
野人文化粉絲專頁 http://www.facebook.com/yerenpublish

腦髓地獄

夢野久作——著　詹慕如——譯

日本四大推理奇書之首！
怪物作家、變格派大師夢野久作最令人難以理解的經典長篇；超越時代的偉大作品，推理迷心中唯一夢幻鉅著！

一名男子，在陌生的房間中甦醒，同時，也忘記關於自己的所有事情。這時隔壁房間的女子傳來淒厲的叫喊，並說明兩人之間的關係，但這慘絕人寰的過程讓他更加恐懼。

此時，一位名叫若林鏡太郎的醫師現身，說明他跟一宗離奇的殺人案件有關，只要他的記憶恢復，就能夠解開這個案件，若林醫師並將另一位正木教授整理的以這位男子為實驗對象的「瘋人解放治療」論文，以及這件殺人案件相關資料交給他閱讀，看是否能因此讓他恢復記憶。

男子閱畢後發現，這起案件的發生，是源自於一位古早的中國畫家吳青秀，他的奇異性格遺傳給了他的後代吳一郎身上，因此引發了一連串的事件。不過，除了這件事以外，男子又發現，這個案件背後，還有許多撲朔迷離的案外案……